B.C. SCHILLER

FREUNDE MÜSSEN TÖTEN

Sämtliche Figuren und Ereignisse dieses Romans sind der Fantasie entsprungen. Jede Ähnlichkeit mit echten Personen, lebend oder tot, ist zufällig und von den Autoren nicht beabsichtigt.

ISBN: 1535573236
ISBN-13: 9781535573238

Lektorat: Erika Krammer-Riedl, www.transwrite.at
Titelgestaltung: www.afp.at
Bildnachweise: Weißes Leder-Hintergrund: 34367252, Dolas, copyright iStockphoto, Weiße alte Spule der Faden und Nadel Nahaufnahme.: 63196585, Andriu_s, copyright iStockphoto
Blut fallen, isoliert auf weißem Hintergrund: 72377757, NYstudio, copyright iStockphoto

ANMERKUNG

Wir haben uns erlaubt einige Namen und Örtlichkeiten in Linz und Bratislava aus Spannungsgründen neu zu erfinden, anders zu benennen und auch zu verlegen. Sie als Leser werden uns diese Freiheiten sicher nachsehen.

ÜBER DIE AUTOREN B.C. SCHILLER

Barbara und Christian Schiller leben und arbeiten mit ihrem Rhodesian Ridgeback Jabali in Wien und auf Mallorca. Gemeinsam waren sie über 20 Jahren in der Marketing- und Werbebranche tätig und haben ein totales Faible für packende Thriller. B.C. Schiller gehören zu den erfolgreichsten Selfpublisher-Autore im deutschsprachigen Raum. Bisher haben sie mit ihren Thrillern über 1.000.000 Leser begeistert.

Die Tony Braun Thriller:

TOTES SOMMERMÄDCHEN – der erste Tony Braun Thriller „wie alles begann"

TÖTEN IST GANZ EINFACH – der zweite Tony Braun Thriller

FREUNDE MÜSSEN TÖTEN – der dritte Tony Braun Thriller

ALLE MÜSSEN STERBEN – der vierte Tony Braun Thriller

DER STILLE DUFT DES TODES – der fünfte Tony Braun Thriller

RATTENKINDER – der sechste Tony Braun Thriller

RABENSCHWESTER - der siebte Tony Braun Thriller

Alle Tony Braun Thriller waren monatelang Bestseller in den Charts. Die Thriller sind in sich abgeschlossen und können unabhängig voneinander gelesen werden.

Wenn Sie laufend die **B.C.SCHILLER-NEWS** erhalten wollen, dann senden Sie uns doch bitte Ihre E-mail-Adresse an bc.schiller@blue-velvet.com oder melden Sie sich einfach auf unserer website an: www.bcschiller.com

Tauchen Sie ein in die B.C. Schiller Thrillerwelt.

Wir freuen uns über jeden Fan auf Facebook und Follower auf Twitter – DANKE!

www.facebook.com/BC.Schiller

www.twitter.com/BCSchiller

www.bcschiller.com

www.instagram.com/bc.schiller

www.amazon.de/BC.Schiller

B.C. SCHILLER

FREUNDE MÜSSEN TÖTEN

THRILLER

8. Auflage, Juli 2016

Ohne Dich kann ich nicht sein
Mit Dir bin ich auch allein.

(Rammstein: Ohne Dich – Schiller Remix)

1

PROLOG: IM REICH DER ENGEL

Am Morgen ihres Todes wurde sie erstmals in das Reich der Engel geführt. Die alten Steinwände glänzten feucht und der Geruch von Moder und Schimmel wehte ihr ins Gesicht. Sie musste einen Brechreiz unterdrücken. Über faulige Holzträger, mit denen das Gewölbe abgestützt wurde, flitzten geschäftige Ratten. Ihnen konnte der intensive Geruch nach Fäulnis und Verwesung nichts anhaben, im Gegenteil, sie genossen diesen Ort der Zersetzung.

Sie versuchte ihren Blick auf die roten Augen und die gelben Zähne einer Ratte zu fokussieren, die knapp vor ihrem Gesicht über einen schrägen Balken huschte, aber ihre Pupillen rutschten nach oben und sie musste gestützt werden, damit sie nicht in einen der zahlreichen Schächte fiel und sich das Genick brach.

Das wäre schade gewesen.

Dann hätte sie nicht mehr das Rondell erreicht mit dem gewellten, verschimmelten Boden und den vielen geborstenen Spiegeln. Vor allem aber hätte sie niemals die Mädchen kennen gelernt, die mit ihren angenähten Federn und toten Augen wie kleine Engel aussahen und sie neugierig betrachteten und begierig darauf warteten, dass sie eine von ihnen werden würde.

Wenn das Mittel nachließ, spürte sie den Schmerz überall auf ihrem Körper, sah schattenhaft die kleinen Federn auf ihrer Brust und die blutigen Flügel auf ihren Schultern. Am liebsten hätte sie laut aufgeschrien, aber sie brachte keinen Ton hervor, nur ein heiseres Krächzen, denn ihre Kehle war ausgedörrt und das Schlucken fiel ihr schwer.

Irgendein intaktes Kämmerchen in ihrem Schädel flüsterte ihr höhnisch zu, dass dieser Alptraum nie zu Ende sein würde, dass diese Federn, die in ihre Haut genäht waren, und schmerzten und wie Feuer brannten, dass diese Federn ihren Tod herbeiführen würden. Mit glasigen Augen starrte sie ohne zu begreifen auf den an ihrem Oberarm festgeklebten Plastikbeutel, aus dem wie in Zeitlupe monoton eine gelbe Flüssigkeit in einen Schlauch tropfte, weiter bis zu der Kanüle glitt, die direkt in ihrer dicken, blau angelaufenen Vene in der Armbeuge befestigt war und ihr die Illusion vermittelte, sie könne diese Folter überleben. Dieses tropfende Geräusch vermischte sich mit dem mitleidlosen Klacken des diamantbesetzten Sekundenzeigers ihrer Armbanduhr, dem einzigen Gegenstand, der ihr noch geblieben war, und der sie daran erinnerte, dass ihre Zeit abgelaufen war.

2

ROTES AUGE

Als es wie jeden Abend an der Tür läutete, wusste Gregor Pestalozzi noch nicht, dass er den Rest seines Lebens in dem „weißen Zimmer“ mit sinnlosem Schachspielen verbringen würde.

Erst als er die fremde Stimme hörte, die sich hoch und schrill wie ein Schneidbrenner in sein Gehirn fräste, schreckte er hoch und blickte verwirrt in seinem Zimmer umher, so als würde er das schmale Bett, den Kasten, den Schachbrettteppich und die Papierstöße mit seinen Anmerkungen und Analysen zu der Fischer-Spasski-Partie zum ersten Mal sehen.

Auf seinen Knien rutschte er über den Teppich aus schwarzen und weißen Quadraten, schob die Tür seines Zimmers einen Spalt breit auf, nur so weit, bis ein schmaler Lichtstrahl in sein dunkles Zimmer fiel, und er in dessen hellem Schein auf den Bauch sank, um zu lauschen. Doch Worte und abgehackte Sätze flossen an ihm vorbei wie geschmeidiges Quecksilber und glitten durch seine Finger, ohne dass er ihren Sinn begreifen konnte.

Er nutzte den Augenblick, als sie erneut die Tür des Penthouses geöffnet hatte, wahrscheinlich wollte sie den Besucher wieder hinauswerfen, um schnell in ihr Schlafzimmer zu schleichen. Dort versteckte er sich wie immer in dem großen Kleiderschrank und spähte zwischen den Lamellen der Schiebetür genau auf ihr Bett.

Diesmal jedoch kam sie nicht direkt in das Schlafzimmer, so wie sie das sonst immer tat, diesmal blieb sie im Wohnzimmer. Er hörte sie nervös auf den Boden trampeln, auch der Besucher war noch hier und ging mit lauten Schritten auf und ab, mit Schritten, die aggressiv wie Peitschenschläge auf das Parkett knallten.

Jetzt wurde die Tür zum Schlafzimmer aufgerissen. Doch es war nicht wie sonst, dass sie sich die Kleider vom Leib rissen und dann nackt ins Bett fielen. Diesmal zögerte sie, wurde aber von dem Besucher vorwärts gedrängt und immer weiter zum Bett geschoben. Die Atmosphäre wurde düster und spannungsgeladen und als auch das Licht der Stehlampe in der Ecke zu flackern begann, biss er sich ganz fest in den Finger, bis er das Blut schmeckte und das Geschrei, das er einfach ausgeblendet hatte, kehrte mit aller Macht zurück. Ihre Stimme war ein kaum verständliches, hysterisches Kreischen, eine schwarze Schallwelle, die sich wie eine Flut bis zu ihm ausbreitete und versuchte, ihn nach draußen zu ziehen. Fast wäre es ihr gelungen, ihn mit diesen panischen Hilferufen nach draußen zu locken, doch als er die harten Schläge hörte, die auf sie niederprasselten, verkroch er sich noch weiter hinter ihren Kleidern.

In dem Handgemenge fiel von beiden unbemerkt eine Brosche mit einem geschnitzten Einhorn aus Elfenbein leicht wie eine Feder vor dem Kleiderschrank auf den Teppich und das rubinrote Auge des Einhorns starrte ihn an.

Nach einem Schlag in die Magengrube ging sie stöhnend in die Knie und in diesen letzten Sekunden, ehe ihr die Plastikfolie über das Gesicht gezogen wurde, trafen sich ihre Blicke. Doch da hatte er sich bereits abgeschottet und schloss blitzschnell seine Augen, presste die Handflächen über seine Ohren, um die Ordnung in seinem Kopf nicht zu gefährden. Jetzt stand er an der Kippe und natürlich wäre es in diesem Zustand am besten gewesen, er hätte laut die Züge der ersten Schachpartie aus Reykjavik heruntergebetet, die Züge der Eröffnungspartie Spasski gegen Fischer vom 11. Juli 1972. Aber dann wäre er gehört worden und die Unordnung und das Chaos hätten Besitz von ihm ergriffen. Deshalb schwieg er und spielte die Partie lautlos.

Wie immer stoppte er nach dem 29. Zug, ruderte wie ein Taucher, der soeben noch durch das Wrack eines gesunkenen Schiffes getrieben war, nach oben, nur dass es sich bei ihm um das Wrack seines Gehirns handelte. Doch in diesem Moment des Auftauchens realisierte er, dass im Schlafzimmer alles ruhig war.

Vorsichtig öffnete er die Augen, spähte wieder durch die Lamellen und hörte das Wasser im Bad rauschen. Mit angehaltenem Atem schob er die Schranktür auf und kroch nach draußen. Das Zimmer war leer, nur die Brosche mit dem weißen Einhorn lag noch immer am Boden und das rubinrote Auge funkelte böse. Hastig hob er die Brosche auf und behielt sie in seiner Faust. Nebenan im Bad wurde der Wasserhahn abgedreht und aggressive Schritte näherten sich. Lautlos wie ein Schatten rollte er sich unter ihr Bett und verschmolz mit dem cremefarbenen Teppichboden. Stundenlang lag er unter dem Bett und spielte die Schachpartie wieder lautlos bis zum 29. Zug, so lange, bis sein Gehirn sich wie eine Zentrifuge zu drehen begann und alle Logik gegen die Wände schleuderte. Da begann er zu zittern und der Schaum vor seinem Mund erstickte ihn beinahe.

Mit der Brosche in seiner Faust, um das rubinrote Auge nicht sehen zu müssen, schlich er hinüber ins Wohnzimmer und musste sich sofort wieder abschotten, um die Unordnung, die wie eine Lawine über ihn hereinbrach, zu überleben. Aber diesmal war die Unordnung nicht in seinem Kopf, diesmal war sie in dem riesigen Wohnzimmer mit der großen Glasfront und dem Blick auf die Stadt Linz. Diesmal stand er mitten in diesem Chaos.

Alle Bücher lagen verstreut auf dem Boden, die Stereoanlage war aus dem Regal gezerrt und die Bilder von den Wänden gerissen worden. Die Kissen der schweren Couch hatte jemand mit einem Messer aufgeschnitten und der silberne Laptop, auf dem sie immer gearbeitet hatte, war verschwunden. Um die Ordnung wieder herzustellen, musste er jetzt auf einem Bein zurück ins Schlafzimmer hüpfen und weiter in das angrenzende Badezimmer.

Dort fand er endlich seine Schwester Laura. Sie lag nackt und entspannt in der Wanne, hatte allerdings kein Schaumbad verwendet, wie sie es sonst so gerne tat, und das irritierte ihn. Ihr Kopf war über den Rand der Wanne weit nach hinten gebogen, sodass er nur ihren lang gezogenen Hals und das Kinn sehen konnte. Jetzt hatte er das umgestürzte Schminktischchen entdeckt und die über den Boden verstreuten und zerbrochenen Parfumfläschchen und Lippenstifte. Im Licht der grellen Spots glitzerten die Splitter wie kleine Diamanten und die Duftwolke, die vom Boden aufstieg, war betörend. Laura lag in dem noch immer heißen Wasser, aus dem die Dampfschwaden aufstiegen, wie draußen der Nebel. Die weiße Haut ihres Körpers war bereits ein wenig aufgequollen und porös. Ihr Gesicht konnte er nicht sehen, denn die Plastikfolie, die mehrmals eng um ihren Kopf gewickelt worden war, verbarg ihre Züge. Wie zum Hohn hatte ihr jemand die Miss-World-Krone über der Plastikfolie auf den Kopf gesteckt.

„Die. Ordnung. Wieder. Herstellen!“, schrie er und wunderte sich über den rauen Klang seiner Stimme. „Die. Ordnung. Wieder.

Herstellen!", brüllte er und sprang in die Höhe. Das machte er mehrmals. Dann hatte er sich so weit unter Kontrolle, dass er den leblosen Körper aus dem Wasser ziehen konnte. Laut platschten sie beide auf den Boden, kleine Bäche rannen ihre Körper entlang, bildeten kleine Pfützen auf den Fliesen. Die Plastikfolie knisterte und beschlug sich mit heißem Dampf, machte ihr Gesicht vollkommen unsichtbar. Zaghaft zupfte er ein Stück Folie von ihrem Kopf, doch jetzt verstärkte sich das Chaos und sprang wie ein gefährlicher Funke in seinen Schädel, um sein Gehirn in Brand zu setzen.

„Bauer. d2. Auf. d4. – Fehler. Beim. 29. Zug", heulte er mit überkippender Stimme. Er brüllte die ganze Partie durch die offene Tür ins leere Schlafzimmer hinaus, schlug dazu mit dem umgestürzten Schminktisch den Rhythmus auf den Boden und heulte und tobte, bis ihn ein eigenartiges Geräusch stoppte.

Überrascht sah er auf und sah zwei fremde Männer in der Tür stehen. Beide fixierten ihn mit durchdringenden Blicken und zielten mit großen Pistolen auf ihn.

*

Der Mann im Badezimmer starrte Chefinspektor Tony Braun mit blutunterlaufenen Augen unverwandt an und schien langsam aus einer tiefen Trance zu erwachen.

„Langsam aufstehen und zu uns herüberkommen!", befahl Braun und machte eine Kopfbewegung Richtung Tür, ohne seine Pistole zu senken. Sein Partner Inspektor Dominik Gruber trat jetzt einen Schritt zurück und sicherte Braun den Rücken gegen eventuelle unliebsame Überraschungen. Der Mann schien sie nicht gehört zu haben, denn er rührte sich nicht, sondern atmete hektisch mit offenem Mund und bewegte seinen Kopf ständig vor und zurück.

„Aufstehen! Kommen Sie hierher!“, rief Braun erneut und winkte den Mann mit der Hand zu sich. Als der Mann wieder keine Reaktion zeigte, schlug Braun mit dem Lauf seiner Glock so fest gegen die Badezimmertür, dass es von den verfliesten Wänden zurückhallte. Jetzt schrak der Mann auf und schob mit einer zärtlichen Handbewegung den Kopf einer leblosen Frau von seinem Schoß hinunter auf den Boden. Noch einmal strich er mit dem Handrücken über ihre Wange, eine groteske Geste, denn der Kopf der Frau war mit einer Plastikfolie umwickelt und darauf steckte eine verbogene Goldkrone. Langsam richtete sich der Mann auf, ohne mit den Kopfbewegungen aufzuhören. Auch schien er ständig lautlos zu sprechen, denn seine Lippen bewegten sich hektisch und sein Mienenspiel wirkte auf Braun ziemlich neurotisch. Der Mann war groß und sehr dünn, sein graues T-Shirt und seine zerschlissenen Jeans hatten dunkle Wasserflecke. Immer heftiger schleuderte er den Kopf vor und zurück, dabei riss er die Augen weit auf und schien das Schachbrettmuster der Badezimmerfliesen förmlich in sich aufzusaugen. Langsam und merkwürdig verdreht kam er näher und Gruber gab Braun ein Zeichen, dann bemerkten beide, dass der Mann anscheinend panische Angst davor hatte, auf die schwarzen Fliesen zu treten. Noch immer schien der Mann nicht zu realisieren, was eigentlich vor sich ging.

„Gruber, wir brauchen sofort den Notarzt und die Spurensicherung!“, flüsterte Braun. „Du siehst nach der Frau, ich kümmere mich um den Kerl da!“ Gruber nickte mit zusammengebissenen Lippen, ließ aber den Mann nicht aus den Augen, als er vorsichtig an der Wand entlangrutschte, um am Tatort so wenig Spuren wie möglich zu hinterlassen.

„Wie heißen Sie?“, fragte Braun den Mann, der jetzt knapp vor ihm stand, endlich mit den nervigen Kopfbewegungen aufgehört hatte, jetzt aber das Kinn fest gegen seine Brust presste und mit weit aufgerissenen Augen an Braun vorbei ins Leere stierte.

„Wie heißen Sie?“, fragte Braun, diesmal eine Spur lauter, denn der Typ ging ihm langsam auf die Nerven. Als er wieder keine Antwort erhielt, packte er den Mann rüde am Arm und zog ihn in das riesige Wohnzimmer.

Gehorsam wie ein kleines Kind trippelte der Mann mit kleinen Schritten neben Braun her und bewegte hektisch und wie unter Zwang die Lippen, ohne einen Laut von sich zu geben.

„Warum sprechen Sie nicht laut!“, rief Braun, dem in Augenblicken wie diesem jedes psychologische Einfühlungsvermögen fehlte. Er hatte das schon so oft erlebt: Ein Beziehungsstreit, der mit Mord endet und der Täter plädiert sofort auf Unzurechnungsfähigkeit.

Genauso wie der Kerl hier, der verkauft uns doch nur für blöd!, dachte er. Total genervt schubste Braun den Mann auf ein unbeschädigtes Sofa der ausladenden Sitzlandschaft und pflanzte sich ganz knapp vor dessen Gesicht auf.

„Schluss jetzt mit dem Theater!“, zischte er, packte den Mann bei den Schultern und schüttelte ihn durch. „Verarsche uns bloß nicht, Junge!“, schoss er nach und zog den Mann an den Haaren zurück, um Blickkontakt herzustellen. „Mach endlich den Mund auf!“ Doch statt zu antworten, glitten die Pupillen des Mannes nach hinten und Braun konnte nur noch das Weiße seiner Augen sehen. Vor Wut schnaubend richtete er sich wieder auf, kratzte sich den Dreitagebart.

Gruber telefonierte gerade mit dem Notarzt. Aus dem Bad drangen undeutlich einige Wortfetzen: „Nein, kein Puls mehr.

Wahrscheinlich erstickt", hörte Braun die gepresste Stimme seines Partners.

Scheiße! Wie ich vermutet habe, dachte Braun und versuchte neuerlich das Kinn des Mannes zu heben, um endlich irgendeinen Kontakt mit ihm herzustellen. Doch der Mann kniff jetzt die Augen fest zusammen und auch seine Miene verlor den neurotischen Zug und verfinsterte sich immer mehr, je stärker er die Stirn in Falten legte. Verächtlich spuckte er jetzt in einem gefährlich monotonen Singsang Buchstaben und Zahlen in Brauns Richtung: „d2. Nach. d4." Zuerst langsam, dann schnell und immer schneller. Immer wieder „d2. Nach. d4". Es war einfach die totale Verarsche und am liebsten hätte Braun dem Kerl eine gescheuert.

Doch er riss sich zusammen, brüllte stattdessen „Aufhören!" und schüttelte den Mann erneut. „Aufhören! Wer ist die tote Frau im Bad?" Doch der Mann war anscheinend wieder in seine eigene Welt abgetaucht, in der es nur so von Buchstaben und Zahlen zu wimmeln schien und zu der Braun keinen Zutritt hatte. Deshalb gab er auch auf und musste einsehen, dass es keinen Zweck hatte, den Mann weiter zu befragen.

„Gruber, wir brauchen für den Kerl auch einen Psychiater!", rief er in das Badezimmer, wo Gruber noch immer telefonierte. „Ich mache das selbst!", sagte er dann, als von Gruber keine Antwort kam.

Gerade als Braun sein Handy aus der Anzugtasche gezogen hatte, um den psychiatrischen Notdienst der Polizei anzurufen, stand der Mann mit abgehackten Bewegungen auf und trippelte wie ferngesteuert auf Braun zu. Der Mann schien wieder in eine tiefe Trance gefallen zu sein, wirkte mit seinem langen schmalen Körper wie ein zerbrechliches Wesen von einem anderen Stern, wie ein zart flackerndes Irrlicht, das in einer Moorlandschaft aufleuchtet und die Wanderer ins Verderben stürzt.

„Sofort hinsetzen!", schrie Braun hektisch, denn plötzlich hatte er das Gefühl, dass von dem Mann eine unbekannte Gefahr ausging. Deshalb wollte er ihn mit seinem ausgestreckten Arm auf Distanz halten, schnell das Telefon wieder einstecken und die Handschellen hervorholen, um den Mann sicherheitshalber zu fixieren.

Dann ist mir wohler!, dachte er und spürte, wie der Schweiß unter dem weißen T-Shirt seinen Rücken hinunterlief. Doch wie befürchtet, ignorierte der Mann Brauns Befehl und trippelte zielgerichtet weiter mit diesem mitleidlos wütenden Blick, mit dem er Braun aus schmalen Augenschlitzen fixierte, und diesem geifernden Mund, aus dem ein wirrer Buchstabensalat, verpackt in feine Spucke, auf Brauns Anzugsjacke und den Parkettboden regnete.

„Sind Sie taub! So geht das nicht! Setzen Sie sich sofort wieder!" Die plötzlich aufkommende Panik ließ Brauns Stimme überkippen und Panik war keine gute Strategie, das wusste Braun aus dutzenden von Einsätzen. Und trotzdem war sie da und er verwünschte sich dafür, dass er die Glock wieder zurück in das Holster gesteckt hatte und dass es jetzt unendlich lange dauern würde, bis er sie wieder im Anschlag hatte.

Während er blitzschnell seine Möglichkeiten durchcheckte, war der Mann auch schon bei ihm und die Perspektive verdrehte sich um 90 Grad, als Braun krachend auf dem Parkettboden landete. Während er die Fäuste ballte, um zurückzuschlagen, spürte er plötzlich die eisernen Hände des Mannes, die seinen Hals umklammerten und zudrückten. Es war natürlich lächerlich, aber der einzige Gedanke, der ihm durch den Kopf rauschte, war, dass der Mann eigentlich Pianisten-Hände hatte und nicht die brutalen Pranken eines Mörders. Mit seinen Fäusten hieb er dem Mann in die Nieren, doch genauso gut hätte er einen Sandsack beim Aufwärmtraining im Box-Club attackieren können, die Reaktion war gleich null. Jeder Schlag, den er setzte, war vollkommen wirkungslos! Wie ein auf Mord programmierter Roboter drückte der Mann Brauns Hals zu, stierte ihn dabei mit einem bösen Glitzern in seinen starren Augen an und gab dazu ein Kauderwelsch aus Buchstaben, Zahlen, Spucke und übel riechendem Atem von sich und presste Braun die Kehle zu. Einmal noch bäumte sich Braun auf, umklammerte die eisenharten Hände, die im Begriff waren, sein Leben auszulöschen, und trommelte mit den Absätzen seiner Springerstiefel auf das Parkett, dann wurde es schwarz vor seinen Augen und er fiel ins Bodenlose.

3

SCHLECHTES GEFÜHL

Die Mauern des Hochsicherheitsgefängnisses wirkten in dem nebeldurchzogenen morgendlichen Zwielicht noch deprimierender als sonst. Die glatten grauen Mauern ragten an die fünf Meter senkrecht in die Höhe und schlossen oben mit einer Stacheldrahtkrone. An den Ecken befanden sich Wachtürme mit riesigen Scheinwerfern, die sofort jede falsche Bewegung der Insassen in helles Licht tauchen würden. Diese Wachtürme waren immer mit zwei bewaffneten Männern besetzt, die sowohl das Innere des Hochsicherheitsgefängnisses checkten als auch ein wachsames Auge auf die Umgebung hatten.

Auf der schmalen Straße, die an der Gefängnismauer entlangführte, stand schon seit einiger Zeit ein verdreckter alter Range Rover, an dessen Kühlerhaube ein Mann mit verschränkten Armen lehnte. Er war etwa 45 Jahre alt, trug einen schwarzen Anzug und ein weißes T-Shirt, hatte kinnlange schwarze Haare, die ihm der kalte Wind ständig ins Gesicht wehte, und einen Dreitagebart. Um den Hals trug er eine weiße Manschette, wie man sie zur Stabilisierung des Nackens bei einem Schleudertrauma erhält. Der

Blick des Mannes ging ins Leere, er erweckte den Eindruck, als wäre er intensiv mit einer Geschichte beschäftigt und deshalb tief in seiner Gedankenwelt versunken.

„Siehst du den Mann da?", fragte ein Wachebeamter und zeigte nach unten auf die Gestalt bei dem Range Rover. Sein Kollege nickte.

„Der kommt öfters hierher und starrt auf die Mauer."

„Das ist aber doch sehr verdächtig! Sollen wir nicht Alarm schlagen?", fragte der Wachebeamte.

„Nein, wozu!" Sein Kollege konnte ein Lächeln nicht unterdrücken. „Der Mann ist Polizist."

*

Tony Braun starrte auf die fugenlose graue Mauer des Hochsicherheitsgefängnisses von Garsten bei Steyr, warf dann einen Blick nach oben zu dem Wachturm, wo ihn die Wachmannschaft durch ihre Ferngläser beobachtete. Vorsichtig drehte er den Kopf in der unförmigen Halskrause, die er seit der Attacke von Gregor Pestalozzi tragen musste und die ihm wahnsinnig auf die Nerven ging. Er drückte eine Schmerztablette aus der Blisterverpackung und schluckte sie ohne Wasser. Der Wind pfiff die Mauer entlang, wehte Motorenlärm zu Braun herüber, trotzdem bildete er sich ein, die dünnen Räder des schwarzen Rollstuhls quietschen zu hören, mit dem der Gelähmte manisch im Gefängnishof Runde um Runde zog.

Natürlich wusste Braun, dass er auch heute wieder unverrichteter Dinge wegfahren würde. Die Schmerztablette wirkte bereits, denn als Braun vorsichtig den Kopf bewegte, spürte er nichts und erleichtert riss er sich die lächerliche Halskrause herunter und warf sie in seinen Wagen. Als er sich ans Steuer setzte, schlug er mit der Faust auf das Lenkrad.

„Scheiße! Aber das nächste Mal schaffe ich es!", zischte er wütend, startete den Motor und fuhr zurück nach Linz in die Polizeidirektion.

Die Mordkommission war im zweiten Stockwerk eines hässlichen Büroturms aus den Sechzigerjahren untergebracht und Brauns Büro befand sich am hinteren Ende des Gangs, wo durch eine Milchglasscheibe spärliches Tageslicht hereinsickerte und den in deprimierendem Grau gestrichenen Wänden einen trüben Glanz verlieh. Links und rechts gingen unzählige Türen ab, hinter denen seine Kollegen die Straftaten bearbeiteten, die in einer Stadt wie Linz zum Alltag gehörten. Auf weiß lackierten Bänken saßen zusammengesunkene Gestalten, die mit offensichtlich schlechtem Gewissen auf ihre Vernehmung warteten, dazwischen standen wie düstere Schatten uniformierte Polizisten in ihren dunkelblauen Monturen. Doch Braun achtete nicht weiter darauf, er war ziemlich mieser Laune, hatte immer die Tür links vorn im Blick, hinter der sich die Kommandozentrale befand, die diesen endlosen Kreislauf aus Kriminalität und Bestrafung mit Befehlen und Anweisungen in Bewegung hielt. Das war das Büro des Chefs der Mordkommission, sein Büro.

Als Braun die Tür öffnete, telefonierte sein Partner Dominik Gruber gerade.

„Du rührst dich nicht von der Stelle!", zischte Gruber noch schnell in sein Handy und beendete dann hastig das Gespräch. Abwartend lehnte er am Besprechungstisch, der vor einer leeren Wand stand, auf die man bei Bedarf mit dem altersschwachen Beamer Fotos, Videos und Protokolle projizieren konnte.

Dominik Gruber war der Designstar der Mordkommission Linz, der immer wieder als Fotomodell für den Polizeikalender herhalten musste, dessen Bild in allen Zeitungsredaktionen archiviert war und immer dann zum Einsatz kam, wenn allgemein über die Mordkommission berichtet wurde und man einen besonders smarten Polizisten mit Ecken und Kanten abbilden wollte. Auch jetzt war Gruber wieder absolut top gestylt, sein gut aussehendes gebräuntes Gesicht verzog sich zu einem angedeuteten Lächeln, gerade so viel, dass seine ebenmäßigen weißen Zähne hervorblitzten.

Gruber verkörperte auf den ersten Blick perfekt den Sonnyboy, wären da nicht die bis auf die Haut abgebissenen Fingernägel gewesen und das eingetrocknete Blut am kleinen Finger, das er vergessen hatte wegzuwischen. Braun war auch aufgefallen, dass Gruber in letzter Zeit zunehmend hektischer wurde, oft stundenlang verschwand, um dann kommentarlos wieder aufzutauchen. Er hatte schon öfters vorgehabt, seinen Partner darauf anzusprechen, aber bisher hatte sich noch keine Gelegenheit ergeben und jedes Mal, wenn Braun über Privates quatschte, hatte Gruber abgeblockt und das Gespräch schnell in eine andere Richtung gebracht.

„Ich habe die Pestalozzi-Akten für die Pressekonferenz schon vorbereitet.“ Gruber deutete auf mehrere Ordner, die sich auf dem Besprechungstisch stapelten. Er bemerkte Brauns Blick und lutschte hastig das Blut von seinem Finger. Der Fall, dem Braun seine bescheuerte Halskrause zu verdanken hatte, war durch die internationale Presse gegangen, schließlich war die ermordete Laura Pestalozzi eine ehemalige Miss World gewesen und hatte nach Beendigung ihrer Modelkarriere als Eventmanagerin für den internationalen Krell-Konzern gearbeitet.

„Wie du ja weißt, hat die Staatsanwaltschaft ein psychiatrisches Gutachten in Auftrag gegeben.“ Gruber wedelte mit einem Schnellhefter.

„Ich habe es schon gestern Abend gelesen. Der mutmaßliche Mörder von Laura Pestalozzi, ihr Bruder Gregor, soll also für unzurechnungsfähig erklärt und in die Psychiatrie abgeschoben werden. Das befürwortet Goldmann, der Psychiater.“

Braun war erst seit zwei Tagen wieder im Dienst, hatte sich in dieser Zeit aber bereits einen detaillierten Überblick über den Mordfall Laura Pestalozzi verschafft, denn als Leiter der Mordkommission musste er bei der morgigen Pressekonferenz die Fragen neugieriger Journalisten gekonnt parieren.

„Was hältst du von Goldmann, dem Psychiater?“, fragte Gruber plötzlich.

Braun zuckte mit den Schultern.

„Ich kenne ihn nicht besonders gut“, antwortete er einsilbig wie immer, wenn er es mit der Wahrheit nicht so genau nahm. Er öffnete seinen Schrank, in dem außer drei identischen schwarzen Anzügen, fünf weißen T-Shirts und einem Paar schwarzer Springerstiefel nur leere Bierdosen waren und ein Foto seines Sohnes Jimmy an der Innenseite der Tür klebte, und hängte sein schwarzes Sakko auf den leeren Haken.

Er stellte sich vor die große Pinnwand gegenüber vom Fenster und betrachtete zum wiederholten Mal die Fotos, welche die Spurensicherung von der ermordeten Laura Pestalozzi gemacht hatte. Doch seine Gedanken schweiften wieder ab, landeten in der Praxis von Raphael Goldmann, den er gegen seinen Willen hatte aufsuchen müssen, das war einfach Vorschrift, wenn ein Polizist attackiert wurde. Er dachte an das funktionelle Büro des Psychiaters in der Klinik, der hinter seinem fast leeren Schreibtisch saß und im Minutentakt eine

Taubenfeder in eine Styroporkugel steckte, was ein knirschendes Geräusch verursachte, das Braun auch jetzt noch schaudern ließ.

„Es ist normal, dass Sie sich an den Angriff nicht mehr erinnern können. Das ist ein Zeichen dafür, dass Ihr Unterbewusstsein den Vorfall positiv verarbeitet. Trotzdem sollten Sie die Tabletten nehmen, die werden Ihnen helfen."

Mit der rechten Hand schob er Braun eine Schachtel mit Pillen über die blanke Schreibtischfläche und zwinkerte ihm aufmunternd zu. „Die machen richtig high." Er verzog seine dünnen, blutleeren Lippen zu einem angedeuteten Grinsen und bleckte seine unregelmäßigen Zähne.

Nun, in einer Beziehung hatte der Psychiater Recht gehabt, die Pillen machten wirklich high und als Braun mit seinem Range Rover deswegen einen Betonpfeiler in der Tiefgarage rasierte, warf er sie in den Müll und ging stattdessen lieber auf einige Dosen Bier in den Anatolu Grill am Hafen. Doch davon brauchte Gruber ja nichts zu wissen.

Braun trat einen Schritt zurück, kniff die Augen zusammen und die Bilder verschmolzen zu einem abstrakten Todesgemälde. Während er versunken vor der Pinnwand stand, zählte Gruber weiter die Fakten auf, die zusammen mit dem psychiatrischen Gutachten die Basis für das Briefing mit dem Polizeipräsidenten Wagner am Nachmittag und die Pressekonferenz am nächsten Tag bilden würden.

„Gregor Pestalozzi leidet unter dem Asperger-Syndrom, eine spezielle Form von Autismus. Deshalb hat er auch nicht normal reagiert, als wir aufgetaucht sind, und spricht auch jetzt noch immer nicht", beendete Gruber seine Ausführungen.

Braun blätterte konzentriert in den Akten. „Alles, was Gregor Pestalozzi in seinem Schädel hat, sind Schachpartien", brummte er.

„Fakt ist also, Pestalozzi kann laut Psychiater nicht für seine Tat belangt werden und wird deshalb ohne Verhandlung in die Psychiatrie abgeschoben. Fall abgeschlossen, der Mord an unserer Miss World ist gesühnt und Big Boss Wagner und die Presse sind zufrieden“, fasste Gruber das Wesentliche zusammen. Braun grunzte missgelaunt und machte auch kein Hehl daraus, dass ihm die bisherigen Ermittlungsergebnisse überhaupt nicht zusagten. *Das werden wir mal sehen, ob wir damit zufrieden sind*, dachte er insgeheim und lächelte böse.

4

LETZTE STATION

In Matovce, einer verschlafenen slowakischen Ortschaft direkt an der ukrainischen Grenze, stieg Sherban B. Sherban aus seinem Wagen und verfluchte den schlechten Zustand der Straße. Mit einem weichen Rauledertuch, das er immer gefaltet in seiner Jackentasche trug, wischte er sorgfältig die Schmutzspritzer von der Stoßstange seines schwarzen Dodge V8. Wie bei einem erotischen Vorspiel befeuchtete er dann mit seiner Zunge eine Ecke des Tuches und kratzte behutsam die weiße Vogelscheiße aus dem Gesicht der weinenden Madonna, die als Airbrush-Gemälde vorne auf der lang gestreckten Motorhaube seines Sportwagens prangte.

Ein kalter Wind blies über den verlassenen Hauptplatz. Sherban zog den Reißverschluss seiner weichen Designlederjacke bis zum Hals hoch, verschränkte fröstelnd die Arme vor der Brust, blickte zu den beiden niedrigen Gebäuden, die ein wenig außerhalb der Ortschaft lagen. Gebäude war übertrieben, tatsächlich handelte es sich um angerostete Container, die man rechts und links der vom Regen aufgeweichten Schotterstraße aufgestellt hatte, um den Verkehr zu kontrollieren.

Das war eine Grenzstation, welche die Slowakei von der Ukraine trennte. Der Grenzübergang war täglich nur vier Stunden geöffnet, ein so genannter kleiner Grenzverkehr, das wurde zwar an den Schengen-Außengrenzen nicht gerne gesehen, aber bei dem geringen Verkehrsaufkommen war es leicht, die aus der Ukraine kommenden Lastwagen, Busse und Autos auf Schmuggelware oder illegale Einreisende zu kontrollieren.

Vorsichtig lehnte sich Sherban mit verschränkten Armen an die Kühlerhaube seines Dodge V8. Er zündete sich eine Zigarette an, beobachtete die Grenzposten, die mit ihren Sturmgewehren gelangweilt von einem Container zum nächsten schlenderten, dabei rauchten oder mit den Stiefelspitzen Muster in den Straßendreck zeichneten. Natürlich langweilten sie sich, natürlich wären auch sie gerne in der Hauptstadt Bratislava stationiert, natürlich hätten sie auch gerne die Zulagen, die man dort für die Schwerpunktkontrollen bekam, natürlich wussten sie, dass jeder, der in einen Grenzort wie Matovce versetzt wird, auf dem Abstellgleis gelandet ist und einem das Stigma des Versagers ein Leben lang anhaftet.

Deshalb musste man das Beste aus der Situation machen und das Beste war, die 400 Euro Monatslohn zu verdoppeln, auf einer virtuellen Lohnliste aufzuscheinen, einer Lohnliste, für die man nichts weiter zu tun brauchte als die Augen zu schließen, wenn ein ukrainischer Bus die Grenze passierte, genauso wie es die Kollegen auf der ukrainischen Seite auch taten, nur dass diese noch weniger verdienten.

Als Sohn eines hohen kommunistischen Funktionärs aus Rumänien war Sherban in Bukarest und später in Moskau auf Eliteschulen gegangen. Nach dem Zusammenbruch des Kommunismus in seiner Heimat kam er wie viele der verhassten Funktionäre in Haft. An diese Zeit wollte er unter keinen

Umständen denken. Aber die brutalen Tätowierungen auf seinem Körper, die er täglich sah, wenn er vor dem Spiegel stand, erinnerten ihn immer wieder aufs Neue und mit aller Härte an die schlimmsten Monate seines Lebens.

Um viele dunkle Erfahrung reicher und sowohl psychisch als auch physisch für den Rest seines Lebens deformiert, musste er nach seiner Entlassung natürlich Geld verdienen. Da er sich schon immer für Mode und Fitness interessiert hatte, betrieb er einen schwunghaften Handel mit gefälschten Kosmetikartikeln und Anabolika. Als jedoch der Sohn eines Oligarchen an Sherbans Aufputschmitteln qualvoll starb, interessierte sich plötzlich die russische Polizei für seine Geschäfte. Zum Glück hatte Sherban genügend Geld, um seiner Verhaftung zu entgehen, er konnte sich in die Slowakei absetzen.

Sein Pech war nur, dass einer der damals mit seinem Fall befassten Moskauer Polizisten in die Privatwirtschaft gewechselt war und ausgerechnet in Bratislava einen Club eröffnet hatte, für den er die Mädchen von Madonna Models wollte. Sherban hatte sich zunächst geweigert, doch als er mit Nachdruck darauf hingewiesen wurde, dass nach wie vor ein russischer Haftbefehl gegen ihn existierte, musste er wohl oder übel eine Geschäftsbeziehung mit dem Ex-Polizisten eingehen, um seine Haut zu retten.

Doch jetzt war keine Zeit, sich mit der Vergangenheit zu beschäftigen, jetzt hieß es nach vorne zu blicken. Aus der Gesäßtasche seiner kunstvoll zerschlissenen Designerjeans fischte Sherban den Brief hervor, der ihn hier in dieses gottverlassene Nest geführt hatte, den Brief, der ihn dazu bewogen hatte, seinen teuren Dodge über schlechte Straßen zu lenken, den Brief, der ein neues Gesicht für Madonna Models brachte. Das passierte im Durchschnitt ein- bis zweimal im Monat und jedes Mal holte Sherban die Mädchen persönlich an der Grenze ab. Er achtete peinlich genau darauf, niemals eine Grenzstation zweimal hintereinander zu benutzen, deshalb war er auch schon seit einigen Monaten nicht mehr in Matovce gewesen, deshalb kam ihm der Ort auch noch trostloser vor, als er ihn in Erinnerung hatte.

Ein kleiner, schwarzweiß gefleckter Hund näherte sich kriecherisch, auf der Suche nach etwas Fressbarem. Mit einem angedeuteten Fußtritt verscheuchte Sherban den Köter, betrachtete das Foto des Mädchens, das in einem gottverlassenen Kaff irgendwo in der Ukraine einen Schönheitswettbewerb gewonnen hatte und jetzt von der großen Modelkarriere im Westen träumte. Kopfschüttelnd las er wieder den in kindlicher Handschrift auf Russisch und Deutsch verfassten Brief, in dem das Mädchen lang und breit vom Westen und seinen Möglichkeiten schwärmte. Sie schien ein überkluges Mädchen zu sein, das gleich mit ihren Fremdsprachenkenntnissen protzte, das behagte Sherban gar nicht, aber er würde ihr schon beibringen, dass Klugheit in seinem Modelbusiness schlimmer als Dummheit war.

Er konnte sich plötzlich nicht mehr an den Namen des Mädchens erinnern – Marusha, es fiel ihm in dem Augenblick ein, als er das Foto umdrehte. Wie alle Mädchen träumte auch Marusha von einer Karriere als Supermodel, sah sich bereits auf den Covers der internationalen Fashion-Magazine, bei Fotoshootings an exotischen Destinationen. Unwillkürlich musste Sherban grinsen, es war immer wieder das Gleiche. Diese Mädchen glaubten, gutes Aussehen alleine würde schon ausreichen. Doch darauf würden sie später schon kommen. Das Modelbusiness war harte Arbeit und bei Madonna Models war die Arbeit noch härter, dort mussten die Mädchen alles geben. Er, Sherban, würde aus diesen unförmigen

Rohdiamanten kleine, entzückende Edelsteine formen, die wirklich Klasse und seinen Ruf auch über die Slowakei bis nach Österreich getragen hatten. Er hatte sich einen Kundenstock erarbeitet, den er niemals enttäuschte, der ihm blind vertraute und der sich dieses Vertrauen und diese Leistung auch etwas kosten ließ.

Natürlich kam es auch vor, dass die Models nicht die ausgefallenen Wünsche der Kunden erfüllen wollten oder dass die Dinge auf der Suche nach dem speziellen Kick aus dem Ruder liefen, so wie das vor einiger Zeit in Linz passiert war. Dort hatte es Betriebsunfälle gegeben und sein Kunde war in Panik geraten. Zunächst hatte es so ausgesehen, als würde er seinen größten Auftraggeber verlieren. Doch dann hatte sein Kunde einen Mann engagiert, der Betriebsunfälle auf seine Weise entsorgte und alles war wieder gut.

5

WIEN MACHT DRUCK

„Alle Indizien sprechen dafür, dass Gregor Pestalozzi seine Schwester Laura ermordet hat. Sind Sie nicht auch dieser Meinung?"

Robert Wagner, der Polizeipräsident von Linz, intern von allen Mitarbeitern Big Boss Wagner genannt, verschränkte die Arme vor seiner Brust und sah aus dem Fenster seines Büros im sechsten Stock des Polizeipräsidiums in den grauen Nebel, der die Stadt schon seit Tagen in ein diffuses und deprimierendes Zwielicht hüllte. Als er keine Antwort von Tony Braun erhielt, der vor seinem Schreibtisch saß, drehte er sich wieder um und versuchte ein aufmunterndes Lächeln in sein Gesicht zu zaubern.

Braun runzelte die Stirn und strich sich seine schwarzen Haare mit beiden Händen zurück. Gedankenverloren betrachtete er einen Ordner, der vor ihm auf Wagners Schreibtisch lag.

„Es stimmt, die Indizien sprechen für Gregor Pestalozzi als Täter. Nur mein Bauchgefühl sagt mir etwas anderes", sagte er nach einer Weile zögernd.

„Sie und Ihr viel gerühmtes Bauchgefühl, Chefinspektor! Was verrät es uns denn heute?“ Ein ironischer Ausdruck schlich sich auf Wagners Gesicht und verstärkte seine fuchsähnlichen Züge.

„Warum sollte Pestalozzi seine Schwester umbringen und die Wohnung verwüsten? Auf mich machte er einen verzweifelten Eindruck. Er hat seine tote Schwester gefunden und ist durchgedreht. Sie dürfen dabei nicht vergessen – der Mann ist krank“, ließ sich Braun nicht aus der Ruhe bringen.

„Zu diesem Schluss kommt auch das Gutachten von unserem Psychiater Goldmann.“ Wagner hielt den Schnellhefter zur Bestätigung in die Höhe und ließ ihn dann wieder auf seinen mit Papieren angehäuften Schreibtisch segeln. Langsam ging er um den Schreibtisch herum, blieb erst ganz knapp vor Braun stehen und beugte sich zu ihm hinunter.

„In Wien möchte man, dass die Sache vom Tisch ist“, flüsterte er vertraulich und schob sein spitzes Gesicht noch näher an Braun heran, so dass dieser die geplatzten Adern in dem kalkweißen Gesicht von Wagner überdeutlich sehen konnte. „Laura Pestalozzi war eine ehemalige Miss World und weit über die Grenzen hinaus bekannt!“

Braun hob überrascht die Augenbrauen. Wagner hatte seine Hausaufgaben gemacht und sich anscheinend intensiv mit dem Modelbusiness beschäftigt.

„Der Fall hat international für Schlagzeilen gesorgt. Eine schöne Frau mit einem verrückten Bruder, von dem niemand etwas wusste. Diese Geheimnisse lieben nun einmal die Leser.“ Mit seinen grauen Augen starrte Wagner durchdringend in Brauns Gesicht. „Der Auftrag aus Wien lautete unmissverständlich: den Fall unter allen Umständen so schnell wie möglich aufklären!“

Wagner richtete sich langsam wieder auf, umrundete seinen Schreibtisch und setzte sich Braun gegenüber. „Das haben wir auch erreicht! Auftrag ausgeführt!“, sagte er im Brustton der Überzeugung und klopfte zur Bekräftigung noch mit der flachen Hand auf den Tisch.

„Wir lassen uns also von Wien vorschreiben, wie wir zu ermitteln haben?“, fragte Braun und wetzte genervt auf seinem Stuhl hin und her. Es war immer wieder das Gleiche. Big Boss Wagner hasste Schwierigkeiten und suchte wie üblich den bequemsten Weg. Vor allem aber wollte er es jedem recht machen. Das war vielleicht auch das Geheimnis seines Erfolgs: Seilschaften bilden, niemandem zu nahe treten, wegschauen, wenn es darauf ankam.

Wagner verdrehte die Augen und schnaufte hörbar.

„Braun, als Leiter der Mordkommission müssen Sie doch wissen, dass es manchmal übergeordnete Interessen gibt! Laura Pestalozzi war internationale Eventmanagerin der Krell Holding. Ihr gewaltsamer Tod schadet dem Unternehmen, dass hauptsächlich im Ausland tätig ist. Um das internationale Rating des Unternehmens nicht zu gefährden, hatte der Fall deshalb auch höchste Priorität.“

„Der Tod einer Eventmanagerin gefährdet ein börsennotiertes Unternehmen?“, fragte Braun ungläubig. „Da steckt doch noch mehr dahinter!“ Herausfordernd sah er Wagner an, der sich jetzt sichtlich unwohl fühlte und hektische rote Flecken in seinem weißen Gesicht bekam.

„Laura Pestalozzi hat rauschende Feste für die wichtigsten Kunden und Investoren organisiert. Ende der Diskussion, Braun!“, sagte Wagner knapp und klappte gedankenverloren den silbernen Bilderrahmen mit dem Porträt seiner Frau auf und nieder.

Genervt zuckte Braun mit den Schultern, dachte, *Scheiß drauf!* und fragte ruhig: „Wer in Wien macht Druck? Das Innenministerium?“

„Nicht nur das Innenministerium. Auch das Außenministerium setzt mir zu, deshalb muss der Fall abgeschlossen sein!“

Wagner war wirklich nicht zu beneiden und er tat Braun irgendwie leid, aber trotzdem: Big Boss Wagner war ein Opportunist.

Wagner schien seine Gedanken zu erraten, lehnte sich in seinem Stuhl zurück und straffte seine Schultern, um Autorität zu verströmen.

„Bevor Sie mich für einen Feigling halten, Braun, sollten Sie vielleicht einmal in größeren Dimensionen denken und da ist dieser Fall nun einmal eine Randnotiz. Denken Sie auch an die morgige Pressekonferenz und an die öffentliche Meinung. Ich möchte, dass Sie die Öffentlichkeit von unserer kompetenten Ermittlungsarbeit überzeugen.“ Wagner streckte sein Kinn angriffslustig vor. „Wir sind die Kämpfer für Recht und Ordnung, Braun. Die Bevölkerung muss Vertrauen in unsere Arbeit haben!“

Wagner schwieg, faltete die Hände unter seinem Kinn und starrte auf die Decke des Büros, wo sich in einer Ecke ein hässlicher dunkler Fleck gebildet hatte, der seine Ausläufer immer weiter die Wand nach unten schob und auf eine undichte Stelle am Dach zurückzuführen war. Plötzlich schien es, als hätte Wagner eine Idee, denn ein Ruck ging durch seinen Körper und er sah Braun prüfend an.

„Wenn Sie etwas Konkretes vorweisen können und sich nicht nur auf Ihr diffuses Bauchgefühl berufen, dann können Sie die Ermittlungen wieder aufnehmen. Doch im Augenblick ist der Fall offiziell abgeschlossen.“

Damit war die Diskussion beendet und Braun informierte Wagner über die Ergebnisse der Spurensicherung. Auch der Abschlussbericht des Gerichtsmediziners Paul Adrian brachte keine neuen Erkenntnisse. Da die Leiche längere Zeit im Wasser gelegen hatte, waren mögliche DNA-Spuren vernichtet worden.

Die Obduktion hatte die vorläufige Diagnose des Notarztes nur bestätigt: Laura Pestalozzi war zweifelsfrei erstickt worden und bereits tot, als der Täter sie in die Badewanne verfrachtete, denn sie hatte kein Wasser in der Lunge. Auch die Hämatome und Druckspuren auf ihrem Körper waren post mortem entstanden. Manche konnte man nicht zuordnen, doch einige davon stimmten zweifelsfrei mit den Handdimensionen und Fingerabdrücken ihres Bruders überein. Der Gerichtsmediziner Paul Adrian hatte sich wütend bei Braun über die Hektik beklagt, die bei diesem Fall an den Tag gelegt worden war. Braun konnte nicht viel dazu sagen, denn er war nach dem Angriff von Pestalozzi zwei Wochen außer Gefecht gewesen. Fakt war, dass die einzigen verwertbaren Spuren von Gregor Pestalozzi stammten.

Doch Tony Braun ahnte, dass dieser Fall noch eine andere Dimension hatte …

6

DAS SCHWARZE PARADIES

Als sich Sherban auf dem tristen Parkplatz von Matovce eine neue Zigarette anzündete, wurde er plötzlich von einer unerklärlichen Unruhe erfasst.

Angestrengt starrte er auf das grüne Zifferblatt seiner Rolex Seamaster, verfolgte den träge laufenden Sekundenzeiger, so als könne er ihn kraft seines Willens zwingen, langsamer zu laufen, aber die Sekunden wurden zu Minuten und der Bus aus der Ukraine war schon dreißig Minuten überfällig. Das war bisher noch nie vorgekommen und Sherbans Körper spannte sich, als er sich von der Motorhaube abstieß. Ohne die Grenze aus den Augen zu lassen, öffnete er die Tür seines Sportwagens, tastete unter den Schalensitz, fühlte den Griff der Pistole und sein Pulsschlag normalisierte sich langsam wieder.

Kein Grund zur Nervosität, versuchte er sich zu beruhigen. Ukrainische Busse sind immer unpünktlich. Prüfend ließ er den Blick über die hässlichen Betonbauten des Platzes schweifen. Nichts regte sich, der Ort war wie ausgestorben, nur in einem einstöckigen unverputzten Bau zuckte und flackerte ein Neonschild mit dem

Wort „Bar“, daneben eine abgeschlagene schwarze Tafel mit einem weißen Pferd. Plastiktüten und Papierfetzen wurden von einem jähen Windstoß über den Platz gewirbelt. Ein gebeugter Mann, der sich schwer auf einen Stock stützte, wankte aus der Bar, wohl bis oben hin voll mit selbst gebranntem Schnaps, und verschwand in einem der Nebenhäuser. Die Zöllner hatten sich vor dem kalten Wind in ihre Container geflüchtet und auch Sherban quetschte sich in die aerodynamischen Schalensitze seines Dodge, atmete genussvoll den Geruch von Leder und Holz ein, von Kraft und Erfolg, den der Innenraum seines Wagens verströmte. Nichts erinnerte mehr an seine Vergangenheit, jetzt war er ein erfolgreicher Modelagenturchef mit internationalen Kontakten, niemand wäre auf die Idee gekommen, in ihm etwas ganz anderes zu sehen.

Sherban schaltete das Radio ein, suchte einen Musiksender, der zu seiner Stimmung passte, aber der Empfang in dieser elenden Ecke der Slowakei war schlecht und in einem Anfall von Paranoia wagte er nicht, den integrierten MP3-Player zu aktivieren. Internet-Daten konnten gespeichert werden, deshalb hatte er schon früher vorsorglich den Chip für das Navigationssystem ausbauen lassen und telefonierte mit gewissen Kunden nur mit billigen Wegwerfhandys.

Gerade als er den Kopf gemütlich an die Nackenstütze legte, kam vorn an der Grenzstation Bewegung auf. Schnell stieg er aus dem Wagen, die Zöllner waren bereits aus ihren Containern gekommen, rotteten sich vor dem Aluminiumtor zusammen, dann sah Sherban auf der ukrainischen Seite bereits langsam den altersschwachen Autobus, der mit einem schrillen Quietschen direkt vor dem Aluminiumtor zum Stehen kam. Nach einer scheinbar endlos langen Zeit wurde das Tor geöffnet, eingehüllt in eine Abgaswolke ächzte der Autobus bis zu den Containern, wo mit einem lauten Röcheln der Motor verendete. In einer langen Prozession stiegen die

Fahrgäste aus, die Reisepässe hielten sie wie Erkennungszeichen vor sich. Einer der Zöllner sammelte alle Dokumente ein, ging schnell auf einen der Container zu, nicht ohne vorher in Sherbans Richtung mit dem Kopf zu nicken. Schon nach kurzer Zeit kam er wieder zurück, winkte ein Mädchen, das mit gesenktem Kopf in der Reihe stand, zu sich und gab ihm den Pass zurück. Dann schob er das Mädchen an den Containern vorbei in Richtung Sherban.

„Marusha!" Sherban pfiff anerkennend durch die Zähne. Dieses Mädchen hatte Klasse, das hatte er sofort gespürt, seine Intuition hatte ihn nicht im Stich gelassen.

„Marusha", immer wieder flüsterte er den Namen, fixierte sie mit einem prüfenden Blick. Über einsfünfundsiebzig groß, mit aschblondem Haar, den hohen Wangenknocken, die seine Kunden so liebten, und den Schatten unter den Augen, die ihr eine leicht beschädigte Aura gaben, eine kranke Verletzlichkeit, die sie noch interessanter machte. Wie alt war sie doch gleich? Er rief sich den Brief ins Gedächtnis. 16 Jahre, das richtige Alter, sie war einfach perfekt.

Grüßend hob er die Hand, winkte Marusha zu sich, konzentrierte sich auf ihren Gang, der noch schwankend und unsicher war, so wie bei allen Mädchen, wenn sie unter Sherbans prüfendem Blick versuchten, selbstbewusst zu erscheinen.

„Hello Marusha! My name is Sherban from Madonna Models!", begrüßte er das Mädchen auf Englisch, doch Marusha antwortete in flüssigem Deutsch.

„Danke, Herr Sherban, danke für die Chance, die Sie mir geben. Ich werde Sie nicht enttäuschen! Ich gebe alles!"

Wie eingelernt kamen die Sätze aus ihrem Mund und Sherban konnte sich gut vorstellen, wie sie in dem dreckigen Autobus, eingekeilt zwischen ausgemergelten Saisonarbeitern mit zukunftslosem Blick und fauligen Zähnen diese Sätze immer wieder aufgesagt hatte: „Ich gebe alles!“ und „Ich werde Sie nicht enttäuschen!“ mit immer größerer Euphorie, je weiter sie sich von dem Drecksnest entfernt hatte, aus dem sie stammte. Das machten sie alle, da war Marusha keine Ausnahme.

„Ich freue mich, dass du jetzt bei Madonna Models bist. Es wird eine tolle Zeit für dich. Wir haben ja so viel vor!“ Während er seine standardisierte Begrüßung herunterleierte, wippte er auf den Zehenspitzen, war aber trotz der hohen Absätze mit seinen einssechzig wesentlich kleiner als Marusha.

„Du bist das Mädchen, auf das Europa wartet“, schloss er seine Rede und griff – ganz Kavalier – nach ihrer Reisetasche, einem widerlich abgewetzten und schmutzstarrenden Ethnobag, den er am liebsten sofort entsorgt hätte, stellte sie behutsam in den Kofferraum des Dodge, nicht ohne zuvor ein Putztuch daruntergelegt zu haben.

„Gib mir deinen Pass, Marusha.“ Noch immer lächelnd, hielt ihr Sherban die offene Hand entgegen, doch Marusha zögerte und eine kleine, kaum sichtbare Nachdenkfalte machte sich auf ihrer Stirn bemerkbar. Noch ehe sie eine Frage stellen konnte, gab Sherban auch schon seine vorbereitete Erklärung ab.

„Wir sind jetzt in Europa, Marusha! Da gibt es Bürokratie und Formalitäten. Es muss alles seine Richtigkeit haben, du willst doch nicht wieder zurück in die Ukraine, oder?“

Mit Panik im Blick schüttelte Marusha verneinend den Kopf. Ihre großen grauen Augen färbten sich leicht ins Lila, schienen eine imaginäre Grenze, die in ihrem Kopf gewesen war, zu überschreiten, schienen ihre triste Herkunft endgültig zu vergessen und wollten sich voll auf das neue, das bessere Leben einlassen. Gehorsam öffnete sie ihre kleine Umhängetasche, auf der mit Faserschreiber versucht worden war, das Gucci-Logo zu kopieren, und streckte Sherban zögernd ihren Pass entgegen.

„Natürlich nicht, Herr Sherban! Natürlich nicht! Bitte entschuldigen Sie! Es tut mir leid! Ich gebe mein Bestes!"

„Braves Mädchen! Du wirst es noch weit bringen! Fahren wir!" Galant öffnete er ihr die Tür auf der Beifahrerseite, doch Marusha blieb vor dem schnittigen schwarzen Wagen stehen, strich vorsichtig mit ihrer Handfläche über den Lack.

„So ein Auto kenne ich nur aus den Magazinen", flüsterte sie ergriffen und tippte vorsichtig auf den versenkbaren Türgriff.

„Ein Dodge V8 mit 450 PS. Beschleunigt von 0 auf 100 in 4,3 Sekunden", erwiderte Sherban nicht ohne Stolz. Marusha starrte ihn zunächst nur verständnislos an, begann dann zu strahlen, ihre Zähne waren weiß und ebenmäßig, ein Glücksfall, so konnte er sich fürs Erste den Zahnarzt sparen.

„Madonna Models", hauchte sie und wies mit ihrem ausgestreckten Arm auf die Kühlerhaube mit dem Airbrush-Gemälde der weinenden Madonna.

„Los jetzt, wir haben es eilig!" Langsam ging Sherban das kindische Getue auf die Nerven, deshalb ging er auch nicht näher darauf ein, sondern bugsierte Marusha in den Wagen und trat dann voll aufs Gas. Der Motor heulte mit seiner ganzen Kraft auf, die Reifen drehten kurz durch und schleuderten eine Dreckfontäne auf die Häuserfront. Mit Genugtuung stellte Sherban fest, dass sich Marusha panisch an den Türgriff klammerte und den Mund fest zusammenpresste, aber keinen Laut von sich gab. Er beschleunigte noch mehr, obwohl die Straße in einem katastrophalen Zustand war und er musste den Wagen in Bratislava sofort einer Spezialwäsche unterziehen.

Nach knapp 50 Kilometern, als sie endlich auf dem Autobahnzubringer waren, hielt er plötzlich vor einer abgewirtschafteten Raststation, langte nach hinten auf den Rücksitz und warf Marusha eine Plastiktüte auf den Schoß.

„Ich habe mich nach deinen Angaben gerichtet. Kleidergröße 36, Schuhgröße 40, das stimmt doch?"

Verwirrt nickte das Mädchen, öffnete dann vorsichtig den Sack und stieß einen Schrei des Entzückens aus, als sie Designerjeans, Pailletten-T-Shirt, Leo-Print-Jacke und Marken-Sneakers nacheinander herausfischte. An allen Kleiderstücken baumelte noch das Preisschild, auch das gehörte zur Strategie von Sherban. *Sollen die Mädchen doch ruhig wissen, was in sie investiert wird!*

„Zieh das an!", forderte er Marusha auf und beugte sich über ihren Körper, um die Beifahrertür zu öffnen. „Deine alten Sachen kannst du gleich in den Müll werfen!", rief er ihr noch hinterher.

Ungefähr zwei Stunden später hatten sie die Stadtautobahn von Bratislava erreicht, der Verkehr wurde dichter und Marusha starrte mit offenem Mund auf die Neonreklame, die immer mehr wurde, je näher sie dem Stadtzentrum kamen. In ihrem neuen Outfit sah sie wirklich hinreißend aus und Sherban beglückwünschte sich zum wiederholten Mal für seinen guten Instinkt, als er ihr Foto gesehen hatte. Sie hatte zwar noch immer die selbst gemachte Gucci-Tasche auf ihrem Schoß, aber er wollte nichts überstürzen, wollte sie zunächst nicht sofort und ganz und unwiderruflich von ihrer Vergangenheit trennen. Unauffällig wischte er sich die rechte Hand an der Innenseite seiner Jeans ab, dort, wo ihm Marusha so überschwänglich den Handrücken geküsst hatte.

„Danke, danke! Sie sind so gut zu mir! Ich gebe mein Bestes!", hatte sie mit Tränen in den Augen ausgerufen, als sie in den nagelneuen Designerklamotten wieder ins Auto stieg.

Hoffentlich hält sie auch Wort und gibt tatsächlich ihr Bestes, wenn es darauf ankommt!, dachte Sherban.

Mit einer leicht angewiderten Miene hatte er ihr mit spitzen Fingern ein Taschentuch gereicht, damit sie ihre Tränen trocknen konnte und den Rest der Fahrt hatten sie schweigend verbracht.

Dann waren sie angekommen und Marusha war ein wenig verwirrt gewesen, als sie die leeren Geschäftsflächen und die kaputte Rolltreppe in der Passage gesehen hatte. Doch als sie oben aus dem Lift stieg und die Lichter von Bratislava durch die Panoramafenster strahlten, war alles wieder vergessen. Aufgeregt wies sie auf das Firmenschild, sprang in die Luft und klatschte vor Freude in die Hände. Dann strich sie ehrfurchtsvoll über die aufgeklebte Folie: eine weinende Kitschmadonna, darunter in geschwungenen Buchstaben der Firmenname: Madonna Models.

Dass irgendjemand der Madonna die Augen ausgekratzt hatte, bemerkte sie in ihrer Euphorie nicht.

7

EIN TAUBENMANN VERZAUBERT

„Ich will einfach davonfliegen, genau wie sie!" Mit den Zähnen öffnete Jimmy den Sack mit dem Vogelfutter, schüttete vorsichtig eine Handvoll Körner in die bunten Schälchen, die mit kleinen Haken an dem Maschendraht befestigt waren. Dann schlurfte er bis an den Rand des Flachdachs, streckte die Arme waagrecht zur Seite.

„Wäre schön, wenn ich so durch die Luft kreisen könnte wie deine Tauben!"

Hinter sich hörte Jimmy die beruhigende Stimme von Phil, die sich mit dem leisen Gurren der Tauben zu einer entspannten Soundcollage vermischte: „Fliegen ist nicht so wichtig. Du musst sie erziehen, dass sie immer wieder zurückkommen, immer bei dir bleiben. Sie müssen wissen, wo ihr Zuhause ist."

Wie immer trug Phil seinen schmutzstarrenden Mantel und stank durchdringend nach Pisse und Schnaps. Doch daran hatte sich Jimmy schon gewöhnt und wenn er Phil bei der Arbeit zusehen konnte, war er glücklich. In Momenten wie diesem, wenn seine Gedanken grenzenlos wie die schwerelosen Taubenfedern durch die Luft segelten, hatte Jimmy kein schlechtes Gewissen. Er war zwar drei Tage hintereinander nicht in der Schule gewesen und wenn seine Mutter dahinterkam, dann gab es hundertprozentig einen Riesenkrach. Doch Phil und die Tauben waren wichtiger und schließlich war Jimmy ja schon dreizehn Jahre alt und konnte durchaus selbst entscheiden, was wichtig für ihn war und was nicht. Und jeden Tag die langweilige Schulbank zu drücken, war definitiv nicht wichtig!

Da fühlte er sich hier oben auf dem Dach des leer stehenden ehemaligen Logistik-Centers in der Industriezeile am Hafen schon bedeutend wohler. Die rostigen Eisenlamellen der seit Jahren nicht mehr benutzten Klimaanlagen klapperten und ächzten und die aus grobem Holz gezimmerten Verschläge für die Tauben schwankten bedenklich im kalten Wind. Eigentlich nicht sehr gemütlich, aber Jimmy liebte dieses heruntergekommene Ambiente, das ihm einen Hauch von Freiheit vermittelte. Eine bisher unbekannte Freiheit, die ihm seine Mutter nicht zugestehen wollte. Denn seine Mutter hatte panische Angst, dass ihm etwas zustoßen könnte, und ihre Paranoia nahm schon bedenkliche Formen an. Jeder Erwachsene war für sie ein potenzieller Kinderverführer. Bei dem Gedanken, dass seine Mutter einmal Phil zu Gesicht bekommen würde, musste Jimmy unwillkürlich grinsen.

Zum ersten Mal hatte er Phil vor dem Center bemerkt, an einem jener langweiligen Tage, an denen er die Schule geschwänzt hatte. Jimmy hatte sich im Hafenviertel herumgetrieben und war schließlich auf dem verkommenen Parkplatz gelandet, wo Türken und Albaner, Österreicher, Nigerianer und Vietnamesen vom Autoreifen bis zum Taschenrechner alles verkauften, was sich auch nur irgendwie zu Geld machen ließ.

Mit großen Augen hatte sich Jimmy durch die Menschenmassen aus aller Herren Länder treiben lassen und den Lärm, den die

Händler verursachten, genossen. Unter dem Dach des mit Brettern verrammelten Haupteingangs hatte dann ein langer Tisch sein Interesse geweckt, auf dem nur kleine Körner lagen. Körner in Form von Kreisen und von Kreuzen. Körner wie Sternenstaub, die Jimmy an die Milchstraße erinnerten und an die gekiesten Wege in den heißen Sommern seiner Kindheit, in denen alles überbelichtet wirkte, wie in einem alten Film, einer Kindheit, in der er noch gewusst hatte, wie ein echtes Zuhause war.

Der alte Mann hinter dem Tisch hatte zwar ein wenig merkwürdig ausgesehen mit seinem über und über mit Vogelscheiße verklebtem Mantel, aber sein vom Schnaps verwüstetes hochrotes Gesicht hatte auf Jimmy offen und freundlich gewirkt. Geschäftig hatte er Jimmy zu sich gewinkt, noch schnell einen kräftigen Schluck aus einem abgegriffenen Flachmann gekippt, um dann theatralisch wie ein Zauberer mit seiner Vorführung zu beginnen.

„Hochverehrtes Publikum!“, hatte er gerufen und dabei mit seinen verquollenen, blutunterlaufenen Augen Jimmy verschwörerisch zugeblinzelt. „Hochverehrtes Publikum! Ich bitte um Ruhe. Die Künstler müssen sich auf ihren Auftritt vorbereiten!“

Natürlich war auf dem überfüllten Parkplatz an Ruhe nicht zu denken und die wenigen Zuseher, die sich um den Tisch scharrten, schüttelten den Kopf oder tippten sich kichernd an die Stirn.

„Ein Verrückter! Total crazy!“, hörte Jimmy, bevor ein lauter Pfiff alle verstummen ließ. Noch immer hatte Jimmy diesen besonderen Klang in den Ohren, diesen Laut, der sich so grundsätzlich von allen unterschied und den er auch jetzt noch unter tausenden Geräuschen wiedererkennen würde. Und plötzlich waren sie da: An die zwanzig Tauben rauschten im Formationsflug über den Himmel, flatterten wie ein riesiges Dreieck über den Parkplatz, sodass die Händler auf ihre Tauschgeschäfte vergaßen, alle Gespräche verstummten und Händler und Kunden mit offenem Mund in den bleigrauen Himmel starrten, von wo das Geschwader jetzt zur Landung ansetzte und knapp über ihren Köpfen auf den langen Tisch vor dem verrammelten Eingang zusteuerte. Aus den Kreisen, Kreuzen und Milchstraßensystemen formte sich plötzlich ein Ballett aus Federn, rosa Beinen und eleganten Schnäbeln, als die Tauben leise gurrend die Körner aufpickten und anschließend wie ein Gemälde auf dem Tisch regungslos verharrten.

„Echt krass!", mehr brachte Jimmy damals nicht über die Lippen. Als er sich von seiner Überraschung erholt hatte und die anderen Händler und Schaulustigen den Zylinder des alten Mannes mit Münzen und abgelaufener Schokolade gefüllt hatten, begann er ihn auszufragen und wollte alles über die Taubenzucht wissen. So hatte sich zwischen den beiden innerhalb kürzester Zeit eine Freundschaft entwickelt, die für Jimmy so wichtig wurde, dass er sich mit immer neuen Ausreden von zu Hause loseiste oder einfach tagelang die Schule schwänzte.

„Komm, lassen wir noch eine Taube fliegen. Ich zeige dir auch, wie sie von deiner Schulter starten kann. Wir nehmen Damian, die Schwarze! Nimm sie, aber sei zärtlich zu ihr", riss ihn Phils sanfte Stimme aus seinen Gedanken. Gehorsam nahm Jimmy die schwarze Taube, die ihm hingehalten wurde, in seine Hände, drückte das weiche Gefieder an seine Wange, spürte das kleine Herz in ihrer flaumigen Brust hektisch pochen.

„Jetzt binde ihr die kleine Rolle ans Bein!" Das war gar nicht so einfach und Jimmy musste die Taube immer wieder streicheln, um sie zu beruhigen und ihr die Rolle mit einem dünnen Bindfaden an das Bein zu binden.

„Erkennst du sie wieder, wenn sie zurückkommt? Sie hat ja keinen Ring um das Bein."

„Damian ist einzigartig. Damian erkenne ich unter tausenden. Sie kommt immer zu mir zurück. Los, wirf sie in die Höhe!“

Jimmy streckte beide Arme in die Höhe, öffnete die Hände und die Taube flatterte in den grauen, nebelverhangenen Himmel, drehte einige Kreise, um dann zielgerichtet die Stadtautobahn zu überqueren und auf den Pöstlingberg zuzusteuern.

„Wo fliegt sie hin?“

„Zu mir nach Hause!“

„Ich dachte, du wohnst hier, wo du deine Tauben züchtest und ihnen die Kunststücke beibringst? Du musst doch auf das verlassene Center aufpassen, hast du mir erklärt! Du bist Tag und Nacht im Einsatz, damit nichts passiert!“

Phil grunzte etwas Unverständliches und schraubte den Flachmann auf.

Nachdenklich runzelte Jimmy die Stirn. „Wer kümmert sich dann um die Tauben, wenn das nicht dein Zuhause ist?“

„Hier ist mein Zuhause und auch nicht! Was soll’s, erzähle mir von dir. Deine Mutter hat dich weggegeben? So einen hübschen Jungen, ich verstehe das nicht! Du hast kein Zuhause mehr?“, lenkte Phil das Gespräch geschickt in eine andere Richtung.

„Nein, so ist das nicht. Ich habe bei meiner Mutter gewohnt. Sie ist nur ein wenig paranoid. Mir geht dieser ganze Frauenzirkus total auf den Keks. Ab jetzt wohne ich bei meinem Vater. Der ist zwar ein grenzenloser Ego-Typ, aber mal sehen, hoffentlich dreht er nicht wieder durch.“

Jimmy kniff die Lippen zusammen und fuhr mit einem Finger an dem Draht der Käfige entlang. Es war ein hässliches Geräusch. Wellpappe hatte sich vom Flachdach gelöst und knatterte im Wind, das gleichmäßige Rauschen der Autos auf der Stadtautobahn drang durch den immer dichteren Nebel. Das rote Neon-Logo des riesigen

Baumarktes gegenüber glühte, färbte die graue Nebelsuppe in ein fahles Rot, so als wäre dort drüben das Tor zur Hölle. Von fern war das durchdringende Quietschen der Verschubwaggons vom Containerhafen zu hören. Hier oben auf dem Dach nur Knattern und Gurren.

„Wieso? Schlägt er dich?"

„Keine Spur! Er ist einfach ein Kämpfer, der alles um sich vergisst, wenn er jemandem auf der Spur ist! Hatte ganz darauf vergessen, dass er mich dabei hat, als den Drogendealern das Hirn weggepustet wurde! Coole Aktion, Mann, coole Aktion!"

Jimmy machte eine Pause, drückte den Kloß im Hals weg, als die Erinnerung zurückkehrte, wie ein Blitz durch seinen Kopf zuckte und ihm die Tränen in die Augen trieb. Das Trauma hatte die superkluge Therapeutin nicht wegbekommen, noch immer bekam er diese blöden Zustände, wenn er daran dachte, so wie jetzt: An der Hand seines Vaters nach oben in die Wohnung in der Altstadt, sein Vater mit gezogener Pistole, mit dem Fuß hatte er die Tür aufgetreten und Jimmy war vor dem ganzen Schlamassel gestanden, zwei Leichen mit weggeschossenen Schädeln und er, Jimmy, live dabei, er hatte das Blut gesehen, die Scheiße gerochen, roch sie noch immer, wenn ihn die Erinnerung einholte.

Heftig ein und ausatmen, ein und aus! Das Herz klopfte wie verrückt, trotzdem blieb er cool bis in die Zehenspitzen.

„Mutter ist natürlich total ausgeflippt! Peng, Scheidung, das war's dann!" Bei dem Gedanken an die hässliche Szene zu Hause und den Tobsuchtsanfall seines Vaters, der in seiner ganzen Hilflosigkeit wahllos gegen Türen und Möbel getreten und ununterbrochen geflucht und gefleht hatte, schluckte er erneut und schnaufte wie ein Walross.

„Gib mir was von deinem Schnaps!" Jimmy deutete auf den schmierigen Flachmann, der aus der eingerissenen Manteltasche ragte. Als Phil keine Anstalten machte, ihm den Flachmann zu geben, zog er ihn einfach aus Phils Tasche und nahm einen kräftigen Schluck. Der Alkohol brannte in seiner Kehle wie Feuer und er musste einen Brechreiz unterdrücken. Aber der Schnaps hatte auch sein Gutes, die Atemnot ging vorüber und er entspannte sich wieder.

„Ab Morgen wohne ich also wieder bei meinem Vater. Bin gespannt, wie das wird. Dann können wir uns öfter sehen, denn er hat nie viel Zeit. War nie daheim, für ihn gibt es kein Zuhause. Er ist eigentlich immer im Dienst. Führt seinen Privatkrieg gegen das Böse." Jimmy kicherte leise und nahm noch einen Schluck aus dem Flachmann. „Hält Linz für Gotham City und sich, na du weißt schon. So war das früher jedenfalls."

„Hört sich ja ziemlich traurig an." Phil machte einen traurigen Schmollmund und wackelte mit dem großen roten Schädel, dann wurden die blutunterlaufenen verquollenen Augen hellwach.

„Was macht dein Vater denn so beruflich?", fragte Phil treuherzig, obwohl er bereits die Antwort wusste.

„Er ist bei der Polizei. Er ist der Chef der Mordkommission in Linz."

8

EIN PATIENT SPIELT SCHACH

Die Klinik befand sich auf einem großen, umzäunten Gelände, das sich an einen nicht sehr repräsentativen Stadtteil von Linz anschloss. Sie bestand aus mehreren modernen Gebäuden, die sich sternförmig um ein Haupthaus gruppierten, die untereinander auf allen Ebenen mit gläsernen Gängen verbunden waren.

Tony Braun schritt die breite Kiesauffahrt nach oben, außer Einsatzfahrzeugen waren auf dem Klinikgelände keine Fahrzeuge erlaubt. Die Klassepatienten allerdings wurden mit weiß lackierten Golfcaddys von ihren persönlichen Pflegern über das Gelände chauffiert. Auf Braun machte die Klinik den Eindruck eines Luxusressorts, wo sich die Gäste eine Auszeit gönnten, um später wieder dem Alltagsstress gewachsen zu sein. Irritiert stellte er wieder fest, dass außer beim Eingangstor keine Wachposten zu sehen waren.

Er hatte sich natürlich telefonisch angekündigt, so war das Anmeldeprozedere mit dem Ansteckausweis auch schnell erledigt und er fuhr nicht zum ersten Mal mit dem gläsernen Lift mitten im Foyer in den zweiten Stock. Aber wie jedes Mal, wenn er in die enge Kabine stieg, bekam er einen Schweißausbruch und sein Atem wurde hektisch und pfeifend. Doch diesmal war er nicht wegen der amtlich verordneten Therapie in der Klinik, diesmal betraf es das Gutachten von Raphael Goldmann, dem Psychiater.

Braun wollte gerade an Goldmanns Tür klopfen, da wurde diese aufgerissen und eine Frau mit hellblond gefärbten Haaren prallte gegen Braun. Überrascht zuckte er zurück, murmelte eine Entschuldigung und wollte sich an ihr vorbei in Goldmanns Büro drücken. Doch die Frau hielt ihn am Arm fest und blickte ihm herausfordernd in die Augen. Dabei fuhr sie sich mit der Zungenspitze über ihre grotesk aufgespritzten Lippen, so lange, bis der Speichel auf ihr Kinn tropfte. Irritiert drückte Braun die Frau zur Seite, die Situation war mehr als peinlich, doch da kam ihm auch schon Goldmann zu Hilfe.

„Ist schon in Ordnung, Camilla! Halte den Inspektor nicht auf, er hat noch zu arbeiten!“

„Sind Sie Polizist?“, hauchte die Frau und wollte sich enger an Braun schmiegen, doch Goldmann fasste sie resolut um die Hüfte und schob sie auf den Gang.

„Hau ab, du Schlampe!“, zischte Goldmann.

„Natürlich, Herr Doktor. Natürlich“, sagte die Frau gehorsam wie eine Schülerin und stöckelte hysterisch lachend langsam den gläsernen Gang hinunter.

Als Braun in Goldmanns Büro trat, lag auf dem Schreibtisch noch ein schwarzer Slip, den Goldmann wütend packte und damit hinaus auf den Gang lief.

„Camilla!“, hörte ihn Braun rufen. „Du hast schon wieder deinen Slip vergessen!“

Immer wenn er bei Goldmann war, verspürte Braun ein unglaubliches Verlangen nach einem kühlen Bier. Das konnte zwar an dem überheizten Raum liegen, aber Braun wusste natürlich, dass er Goldmann gerne gesagt hätte, dass einige Dosen Bier wesentlich klüger waren als das nervige Analysieren und die Tabletten.

„Wer war die Frau?", fragte Braun neugierig, als Goldmann wieder hinter seinem Schreibtisch Platz genommen hatte und mit der rechten Handfläche über die Taubenfedern strich, die in der Styroporkugel auf seinem Schreibtisch steckten.

„Das war Camilla, eine Privatpatientin von mir", erwiderte Goldmann einsilbig und streifte immer schneller über die Federn.

Goldmann holte dann eine dünne Mappe aus einer Schublade seines Schreibtisches. „Das Gutachten über Gregor Pestalozzi. Deswegen sind Sie doch hier!"

Geschäftig schlug er seine Mappe auf.

„Gregor Pestalozzi leidet an dem Asperger-Syndrom. Das wissen Sie ja bereits." Er sah Braun fragend an und dieser nickte zustimmend.

„Pestalozzi zieht sich in seine eigene Welt zurück und entwickelt Wahnvorstellungen."

Goldmann machte eine kurze Pause, zupfte gedankenverloren an einer Feder in seiner Styroporkugel, während er in dem Gutachten blätterte. Für Braun war Goldmann der typische Klinikleiter, der sich um die betuchte Klientel kümmerte. Er war um die sechzig, hatte kurze graue Haare und ein Raubvogelgesicht mit angriffslustig vorspringender Hakennase und pechschwarzen Augen, die Braun an glimmende Kohlestücke erinnerten. Wie alle Männer in seiner Position bevorzugte er einen unaufdringlichen Businesslook, über dem er jetzt aber einen weißen Ärztemantel trug. Das einzige Irritierende an Goldmann waren seine klobigen Schuhe, die Braun auch früher schon aufgefallen waren. Jetzt bemerkte er, dass bei dem linken Schuh der Absatz deutlich höher war als bei dem rechten. Goldmann hatte ein kürzeres Bein.

„Ein Unfall in meiner Jugend. Ich war damals in Nepal auf einer Trekking-Tour und bin in eine Schlucht gestürzt. Die Sherpas haben mich herausgezerrt, aber das Bein war zerschmettert und dort oben gab es keine ordentliche medizinische Versorgung, wie Sie sich denken können." Goldmann war Brauns Blick natürlich aufgefallen. Nach der lapidaren Erklärung räusperte er sich und sah Braun fragend an.

„Welche Wahnvorstellungen meinen Sie?", kam Braun wieder auf das eigentliche Thema der Besprechung zurück.

„In seiner Welt ist er Bobby Fischer, der frühere Schachweltmeister."

„Natürlich!", rief Braun und pfiff zwischen den Zähnen durch. „Deshalb die merkwürdigen Buchstaben und Zahlen, die er ständig aufgesagt hat. Er spielt in Gedanken die Partien von Fischer nach."

„Sie sind ein kluger Kopf, Chefinspektor." Goldmann nickte anerkennend. „Wie Fischer trägt Pestalozzi jetzt ein Ringelshirt und eine verspiegelte Sonnenbrille. Sein Leben pendelt zwischen dem 11. Juli und dem 1. September 1972 hin und her. Die restliche Zeit spielt für ihn keine Rolle."

„Wieso 1972? Da war er ja noch überhaupt nicht auf der Welt?", warf Braun ein.

„In diesem Zeitraum war die Schachweltmeisterschaft in Reykjavik."

„Laut Ihrem Gutachten halten Sie Pestalozzi also für schuldig? Können Sie diese Tatsache bei der Pressekonferenz auch ganz einfach begründen?", fragte Braun. „Sie verstehen schon, kein abgehobenes Kauderwelsch."

„Natürlich! Vertrauen Sie mir, Chefinspektor Braun." Goldmann lächelte nachsichtig. „Von Fischer wurde immer wieder gesagt, dass er sehr jähzornig werden konnte, wenn er auf der Verliererstraße war. Genauso ist es mit Pestalozzi."

„Wie meinen Sie das?" Braun runzelte die Stirn und fixierte die Styroporkugel auf Goldmanns Schreibtisch, die das einzige Schmuckstück in dem funktionellen Büro war. Keine Bilder an den Wänden, nicht ein persönlicher Gegenstand auf dem Bord an der rückwärtigen Wand.

„Ich habe den Abschlussbericht der Mordkommission gelesen. Laura Pestalozzi wollte das Penthouse loswerden und sich in Spanien eine Finca kaufen."

„Richtig. Entsprechende Unterlagen hat mein Kollege Gruber in der Wohnung sichergestellt", stimmte Braun zu, der sein Verlangen nach einer kühlen Dose Bier fast nicht mehr unterdrücken konnte. „Sie hat auch einen Platz in einem Sanatorium in Marbella für ihren Bruder reserviert", ergänzte er und konzentrierte sich wieder auf sein Gegenüber.

„Das war der Auslöser! Menschen mit seiner Krankheit wollen überhaupt keine Veränderung. Das macht sie häufig aggressiv." Goldmann kratzte mit einem seiner langen Fingernägel eine imaginäre Linie über die Glasplatte seines Schreibtischs.

„Das war die dünne weiße Linie – the thin white line – die er überschritten hat." Goldmann fuhr sich mit der Handkante elegant über den Hals. „Dann hat er seine Schwester gekillt, damit er wieder die Kontrolle hat."

„Klingt alles ziemlich einleuchtend." Nach wie vor wunderte sich Braun, dass Goldmanns Büro kein einziges Fenster hatte. Es gab zwar einen Vorhang und einen Radiator darunter, aber keine Fensteröffnung, nur eine nackte Wand.

„Das menschliche Denken ist nun einmal einfach gestrickt. Chefinspektor“, sprach Goldmann weiter. „Es dreht sich immer um Sex und Siegen. Jeder will ein Winner sein, niemand ein Loser. Wenn sie erst einmal realisieren, dass sie ihren Lebensinhalt verloren haben, dann werden die Menschen zu Psychopathen.“

Nach diesen Worten stand Goldmann abrupt auf.

„Aber so geht es uns doch allen von Zeit zu Zeit. Dann werden auch unsere Handlungen irrational, denn sind wir nicht alle ein wenig Psycho?“

9

EIN SIEG WIRD GEFEIERT

„Bringen Sie den Herrschaften die gewünschten Erfrischungen", sagte Nora, eine gertenschlanke, groß gewachsene Blondine, zu den beiden sehr jungen Mädchen, richtete ihnen noch die Halsbänder und öffnete dann die Flügeltüren, die in den Konferenzsaal führten. Elegant, so als würde sie über einen Laufsteg schreiten, umrundete sie den riesigen Besprechungstisch, die beiden Mädchen mit den Getränken im Schlepptau. Auf dem Konferenztisch stapelten sich Papiere, Ordner und Akten. Über die Bildschirme der Laptops flimmerten die Kurse der wichtigsten Börsenplätze und die Männer an dem Tisch hatten ihre Nadelstreifsakkos abgelegt und saßen dickbäuchig mit verschwitzten, aufgedunsenen Gesichtern in ihren weißen Hemden am Tisch und starrten auf einen enormen Flatscreen an der Wand. Auf dem Bildschirm war ein ähnlicher Konferenzraum mit ähnlich hässlichen Männern zu sehen, nur befand sich dieser Konferenzraum in Hongkong. Die Videokonferenz hatte den Zweck, zu erfahren, ob eine geplante Firmenübernahme durch die Wettbewerbsbehörde in Brüssel und das Kartellamt verhindert wurde oder nicht und deshalb war man auch noch telefonisch mit Brüssel verbunden.

Die beiden sehr jungen Mädchen verteilten die Karaffen mit walisischem Quellwasser und die Flaschen Roederer-Champagner auf dem Tisch, ohne dass irgendeiner der Männer von ihnen Notiz nahm. Alle schwiegen und starrten gebannt auf einen Mann mit blonden Haaren, der ein Vertu-Handy an sein Ohr presste und anscheinend jemandem zuhörte. Als sich Nora zu ihm hinunterbeugte, um ihm etwas zu sagen, winkte er nur unwirsch ab und sofort verschwand sie nach hinten und stellte sich kerzengerade zu den beiden sehr jungen Mädchen, die verschreckt an der Wand lehnten, ohne diese jedoch eines Blickes zu würdigen.

Nach quälenden Minuten, in denen sowohl die Männer in dem Konferenzraum als auch auf dem Flatscreen angespannt schwiegen, ließ der blonde Mann endlich das Handy sinken und sah in die Runde. Jetzt war die Anspannung beinahe greifbar und der Blonde kostete diese Spannung bis zur Neige aus.

„Brüssel und das Kartellamt haben zugestimmt! Die Firmenübernahme ist bewilligt!“, schrie er dann und streckte die Faust triumphierend in die Höhe. Wie auf Kommando sprangen alle von ihren Stühlen, der blonde Mann streckte nun beide Fäuste in die Luft, die Männer umarmten sich, trampelten mit den Füßen, brüllten vielstimmig und in grauenhaft falschem Singsang „We are the champions of the world“.

Als die Videokonferenz beendet war, gab Nora den beiden sehr jungen Mädchen ein Zeichen und diese traten nach vorne, um ihre Arbeit zu tun. Champagnerkorken knallten, Gläser klirrten und die Männer umfassten sich jetzt im Freudentaumel an den Schultern, formten einen Kreis und drehten sich schnell und immer schneller in der Runde und schwitzten und lachten mit ihren feisten hochroten

Gesichtern und freuten sich auf die zukünftigen mörderischen Gewinne durch dieses Takeover. Während einige das hervorragende kolumbianische Koks mit ihren schwarzen Kreditkarten zerteilten, um nicht vorzeitig schlapp zu machen, soffen andere gierig den Champagner aus der Flasche als gäbe es kein Morgen, und die besonders Witzigen unter ihnen hielten sich die Flasche wie einen Penis in den Schritt, während sie in alle Richtungen spritzten.

Immer schneller drehte sich eine Runde Männer im Kreis, feuerte lautstark einen korpulenten Glatzkopf in ihrer Mitte an, der mit heruntergelassener Hose und einer Zigarre im Mund hinter den beiden sehr jungen Mädchen stand, die nackt bis auf die Hundehalsbänder auf samtenen Betschemeln knieten und von ihm im Takt der trampelnden Füße und der gebrüllten Anweisung „Links, rechts, links, rechts" abwechselnd von hinten gefickt wurden.

Nora, die neben einer kurzen Karriere als Model auch einen akademischen Titel in Soziologie vorweisen konnte und, wie sie sich einredete, nur wegen des enormen Gehalts den Job von Laura Pestalozzi übernommen hatte, ging, als die Schmerzensschreie der Mädchen das Gebrüll der Männer übertönten, langsam zu der riesigen Fensterfront, die eine ganze Breitseite des Konferenzsaals einnahm und starrte hinunter auf die Stadt, ohne eine Miene zu verziehen.

10

DER VERFALL HAT BEGONNEN

„Ich kann Ihnen sagen, warum Laura ermordet wurde!“ Ein schneller Blick auf das hochgeklappte Display ihres Telefons zeigte Kim Klinger, dass die verzerrte Frauenstimme von einer unterdrückten Nummer kam. Vorsichtig drückte sie die „Record“-Taste, um das Gespräch aufzuzeichnen, ehe sie weitersprach.

„Der Fall ist doch geklärt. Es gibt eine Pressekonferenz zum Abschluss der Ermittlungen.“ Am anderen Ende der Leitung war es für einen Augenblick ruhig, so als würde die Anruferin überlegen.

„Ich kannte Laura ziemlich gut. Wir arbeiteten für dasselbe Unternehmen und hatten ein Ziel. Jetzt ist sie tot und ich muss unsere gemeinsame Sache zu Ende bringen.“

Die Stimme war nicht auf Kims Einwand eingegangen, sondern wurde schriller: „Es gibt sieben Mädchen, die verschwunden sind! Wahrscheinlich sind sie genauso tot wie Laura!“

„Moment mal.“ Kim bemühte sich, einen gleichgültig sachlichen Ton anzuschlagen. „Laura Pestalozzi wurde von ihrem

Bruder ermordet. Das steht zweifelsfrei fest. Wer sind Sie und wieso rufen Sie ausgerechnet mich an?“

„Sind Sie an der Story interessiert?“ Die verzerrte Stimme wurde von einem lauten Krachen unterbrochen, dann folgte ein lang anhaltendes Husten. „Ich habe beruflich in Linz zu tun. Ich melde mich bei Ihnen, sobald ich in Zeit habe.“

„Warten Sie! Ich brauche einen Anhaltspunkt, etwas Greifbares, dass Sie etwas wissen und mir nicht einfach ein Märchen erzählen.“ Ganz leicht spürte Kim ein Pochen in ihrem Hinterkopf.

Das kann ich jetzt überhaupt nicht gebrauchen!, dachte sie und konzentrierte sich mit aller Macht auf die nur schwer verständliche verzerrte Stimme.

„Okay! Ich gebe Ihnen eine kurze Information. In der Zeitung stand, dass die Wohnung von Lauras Bruder verwüstet wurde.“ Wieder ein Husten am anderen Ende der Leitung. „Stimmt nicht! Der wirkliche Mörder hat eine DVD gesucht. Hat sie aber nicht gefunden, denn ich habe sie.“

Kim hörte ein verhaltenes Kichern und fragte sich unwillkürlich, ob die Anruferin verrückt war. Das Pochen in ihrem Kopf wurde stärker und irgendwie ging ihr das Telefonat auch langsam auf die Nerven.

„Und was gibt es so Interessantes auf der DVD zu sehen?“, fragte sie in einem absichtlich gelangweilten Tonfall.

„Man sieht, wie die Mädchen abtransportiert werden“, kam es postwendend zurück.

„Schicken Sie mir eine Wave-Datei, damit ich das überprüfen kann.“ Kim setzte sich aufrecht und war wieder völlig bei der Sache.

„Erst treffen wir uns und verhandeln das Finanzielle. Dann erhalten Sie ein File.“

„Ich weiß ja nicht einmal, wer Sie sind! Ihre Stimme ist verzerrt, wie soll ich ...“

„Keine Angst, ich kenne Sie und melde mich, wenn es an der Zeit ist", schnitt ihr die Stimme das Wort ab, dann wurde die Verbindung abrupt getrennt und das gleichförmige Tuten der toten Leitung vermischte sich mit dem Pochen in Kims Kopf.

Kim blieb an ihrem Schreibtisch sitzen und überlegte, ob sie dem Chefredakteur von diesem merkwürdigen Telefonat berichten sollte. Sie warf einen kurzen Blick nach hinten in den Glaskasten, in dem ihr Chef, dieser Schnösel, saß und ständig mit Handy und Tablet-PC kommunizierte. Natürlich wäre das ein schöner Knalleffekt, wenn sie die sieben verschwundenen Mädchen und die Verbindung zu Laura Pestalozzi bei der Pressekonferenz einwerfen würde. Doch besser erschien es ihr, die Informationen für sich zu behalten und erst das Treffen mit dieser mysteriösen Frau abzuwarten. Dann konnte sie noch immer ihren Chefredakteur informieren und sich wieder seine klugen Sprüche anhören, wie eine verkaufsfördernde Headline zu formulieren sei.

„Na, Kim, gestern wieder eine lange Nacht gehabt?", riss sie eine Stimme aus ihren Überlegungen. Schnell von der Sportredaktion setzte sich ungeniert auf ihren Schreibtisch und fuhr sich mit dem Zeigefinger unter den Augen entlang. „Schwarze Ringe", klärte er Kim auf, so als hätte sie seine Geste nicht kapiert.

„Schnell, ich habe überhaupt keine Zeit für deine müden Scherze!", fuhr ihn Kim bissig an. Schnell zuckte überrascht zurück und rutschte von ihrem Schreibtisch.

„Du hältst dich wohl für etwas Besseres, Kim. Aber du bist nur eine kleine Gerichtsreporterin."

Kim setzte ihren Schlafzimmerblick auf und säuselte: „War's das, mein Süßer? Ich muss zu einer Pressekonferenz!"

Achselzuckend drehte sich Schnell um und verschwand wieder hinter seinem Paravent. Kim lächelte, als sie sich auf den Weg zur

Pressekonferenz machte. Der Auftritt hatte doch sein Gutes gehabt, denn sie hatte völlig auf das Pochen in ihrem Kopf vergessen.

Verbrechen und Mord, zwischen diesen beiden Polen bewegte sich das Leben von Kim. Verbrechen und Mord, diese beiden Worte waren Symbole für Verzweiflung und Hysterie, für Gier und Hass, für Gewalt und Erniedrigung, für Zerstörung und Auslöschung.

Für Kim bedeutete es, zwischen diesen beiden Polen, die sich wie träge Mühlsteine aufeinander zubewegten, nicht zerrieben zu werden. Jeder Tag forderte sie erneut, jeder Tag saugte ein wenig Kraft aus ihrem Körper, jeder Tag verhärtete ihr Herz ein Stück mehr. Jeden Morgen, wenn sie von ihrem Handy geweckt wurde und sie sich wie zerschlagen fühlte, wenn sie sich in ihrer Single-Wohnung alleine einen Kaffee braute, dabei manchmal an lang zurückliegende Liebschaften dachte, musste sie sich von Neuem motivieren und auf die Suche nach deprimierenden Schicksalen machen, die sich zu fetten Schlagzeilen verdichten ließen.

Am wichtigsten war aber das gleichgültige Dahintreiben, knapp über dem Boden dieser gewaltbereiten Stadt, nur gelegentlich gestattete sie sich eine Berührung mit den traurigen Existenzen. Dieses gelegentliche Antippen an tragischen Schicksalen bedeutete aber auch, dass sie mit den Jahren einen Panzer aus Coolness und Gleichgültigkeit zugelegt hatte. Das galt besonders, wenn sie ihre Interviews mit Hinterbliebenen oder Opfern führte.

Dieses Leben in der Dunkelheit mit nur sporadischen Ausflügen in eine harmonische Wirklichkeit hatte dazu geführt, dass sich in Kims hübsches Gesicht bereits mit Ende dreißig zwei scharfe Falten von den Nasenflügeln zu den Mundwinkeln eingekerbt hatten, zwar nur andeutungsweise und bei günstiger Beleuchtung leicht zu kaschieren, aber trotzdem waren sie vorhanden. Seltsamerweise konnte sie sich den Verfall ihres Gesichts in einigen Jahren nicht vorstellen, so weit würde es nicht kommen.

Sie versuchte, sich von den schrecklichen Schicksalen zu distanzieren, mit denen die „Morgenpost" täglich ihre Leser fütterte und so mit allen Mitteln versuchte, die Auflage zu steigern. Denn um die finanzielle Situation der Zeitung war es alles andere als gut bestellt, deshalb erhoffte man sich auch mit der ausufernden Berichterstattung über den Pestalozzi-Mord einen Aufschwung, der beständig war und auch die nervösen Investoren überzeugen würde.

Aus diesem Grund hatte Kim auch am Morgen vor dem merkwürdigen Telefonat bereits einige Eckdaten des Pestalozzi-Mordes in dem bekannt reißerischen Stil der „Morgenpost" formuliert, dazu ein Foto, dass Laura Pestalozzi am Höhepunkt ihres Erfolges bei der Krönung zur Miss World zeigte, und ein Foto ihres letzten Shootings, das die Zeitung dem Fotografen Mario Matto abgekauft hatte. Dieses Bild zeigte eine ungünstig ausgeleuchtete und daher deutlich älter als dreißig wirkende Laura Pestalozzi mit der Bildunterschrift „Angst vor dem Alter hat die Schönheit zerstört". Ein peinlicher Text, wie Kim fand, aber das war nun einmal der Stil der Zeitung und die Leser mochten die plakative Aufmachung.

Jetzt saß Kim in ihrem Wagen auf dem Parkplatz vor der Polizeidirektion und kramte in ihrer übergroßen Handtasche nach dem Jägermeister, den sie in einem Zug leerte. Vor dem Rückspiegel kämmte sie ihre dichten, dunkelblonden Haare nach einer Seite über die Wange, zog den farblosen Lippenstift nach und zündete sich zum ersten Mal seit langer Zeit wieder eine Zigarette an.

Ist ja sowieso egal!

Ihre grün gesprenkelten Augen mit den schweren Lidern verliehen ihr ein katzenhaftes Aussehen und als sie sich so mit der glimmenden Zigarette zwischen den Lippen betrachtete, hatte sie den Eindruck, die Falten an den Mundwinkeln wären an diesem Tag besonders tief und ausgeprägt. Deshalb machte sie mit ihrem Handy ein Foto dieses eigenen Verfalls vor dem Rückspiegel.

Diese Fotodokumentation des eigenen Gesichts ging jetzt schon in das fünfte Jahr. Seit sie Single war, hatte sie begonnen, Selbstporträts zu schießen, jeden Monat ein Foto. Es war ihre feste Überzeugung gewesen, dass diese Bilder, diese „Kim of Destruction", ihr den Weg in ein künstlerisches Dasein ebnen würden. Aber wie immer in ihrem Leben, hatte sich Kim auch da getäuscht, die Fotos interessierten niemanden und das Kapitel Kunst wurde schweren Herzens abgehakt, stattdessen hatte sie sich wieder auf die Journalistik konzentriert und war bei der „Morgenpost" gelandet. Dort hätte sie gerne das Kulturressort übernommen, aber das war bereits vor Jahren eingespart worden, dafür hatte man die Gerichtsreportagen ausgebaut und statt der Schönheit gab es für sie ab diesem Zeitpunkt nur noch das Elend.

Immer wieder sah Kim auf die Digitaluhr in ihrem Wagen, verglich die Anzeige mit ihrer Armbanduhr, um sich zu beruhigen. Wie immer war sie viel zu früh gekommen, obwohl sie ständig Angst davor hatte, zu spät zu einem Pressetermin zu kommen, unvorbereitet und Stunden zu spät zu erscheinen und das Interview zu versauen, den Job und die Wohnung zu verlieren und in dem schwarzen Schlamm zu versinken, den sie sonst nur flüchtig streifte, und plötzlich ganz tief unten zu landen.

MP3-Recorder, Presseausweis, das Handy mit dem hochauflösenden Objektiv, den vorab gemailten Pressetext der

PR-Abteilung der Polizei im Kopf, wie immer war Kim gut vorbereitet und hatte alles im Griff – oder doch nicht? Erneut überprüfte sie den Inhalt ihrer Handtasche, das verschwörerische Klirren der kleinen Fläschchen entspannte sie für einen kurzen Augenblick. Sie rekapitulierte den Pressetext ohne nennenswerte Hänger, ihr Gedächtnis war also in Ordnung, der Aussetzer vor einigen Tagen ein dummer Zufall, der auf Stress und Überarbeitung zurückzuführen war. Alles war auf Schiene.

Mit der Zigarette im Mundwinkel stieg sie aus ihrem Wagen und zog den Reißverschluss ihrer Biker-Lederjacke bis ganz nach oben. Mit einer eleganten Handbewegung schnippte sie die bis zum Filter abgerauchte Kippe in eine Pfütze, wo sie zischend verlöschte, wie ein abgelegter Liebhaber, dessen Feuer verglüht ist. Dichter, die Luft abschnürender Nebel umhüllte sie. In dieser schmierigen Nebelsuppe fühlte sie sich beschützt und geborgen, sie kannte das Thema der Pressekonferenz, hatte sich bereits Fragen zurechtgelegt, doch als die von Smog und Abgasen geschwärzten Waschbetonwände des Polizeipräsidiums vor ihr aus dem Grau auftauchten wie Unheil bringende Gespenster von Opfern und Tätern, war es vorbei mit ihrer Sicherheit. Sie fühlte sich wieder wie auf einer Bühne mit hunderten von lauernden Augenpaaren, die aus dem Dunkel des Zuschauerraums gebannt darauf warteten, sie bei einem Fehler, einer falschen Bewegung zu ertappen.

Auf der Suche nach einem Kaffeeautomaten, um sich ein wenig zu dopen, kam sie in ein scheußliches Seitenfoyer aus den Sechzigerjahren, mit einer nervig flackernden, defekten Neonröhre und einer kupferverzierten Doppeltür, die in den großen Pressesaal führte. Ein Kaffeeautomat war in Sichtweite an der gegenüberliegenden Wand, allerdings war er von zwei Männern blockiert, die sich angeregt unterhielten.

Einen der beiden kannte sie bereits, es war der Chef der Mordkommission Linz, Tony Braun, der diesmal besonders verlebt aussah, mit dicken Ringen unter den Augen, seinen langen Haaren und dem Dreitagebart. Für Kim war er nicht klar einschätzbar. Er hatte den Ruf eines Einzelgängers, der sich nicht um Vorschriften scherte, wenn es darum ging, einen Täter zu fassen. Doch es kursierten auch Gerüchte, dass er in seiner Freizeit als eine Art telefonischer Sozialberater arbeiten würde, doch darüber wusste Kim nichts Genaues.

Gerade als sie überlegte, ob sie die Gelegenheit nutzen sollte, um bei einem Kaffee scheinbar zwanglos mit Braun über den Fall zu reden, klingelte Brauns Telefon. Kim sah plötzlich die deutliche Veränderung in seiner Miene. Die Falten auf Brauns Stirn wurden noch tiefer, der Mund begann nervös zu zucken und ungeduldig klopfte er mit einem Fuß auf den Boden, als er das Gespräch annahm. Schlechte Neuigkeiten, mutmaßte Kim, Braun hatte eindeutig schlechte Neuigkeiten erhalten.

*

Braun und Goldmann standen schon eine Weile in einem engen Foyer eines Seitentrakts des Polizeipräsidiums vor einem Kaffeeautomaten und warteten auf Polizeipräsident Wagner und Oberstaatsanwalt Ritter, um vollzählig bei der Pressekonferenz zu erscheinen. Das Foyer verströmte den konservativen Charme der Sechzigerjahre mit getäfelten Wänden, Waschbetonsäulen und Messingleuchten. Staubige Gummibäume standen links und rechts neben einer mit Kupferornamenten verzierten Doppeltür, die in den großen Pressesaal führte. Im Hintergrund wischte eine einsame Putzfrau in einem geblümten Arbeitsmantel monoton den schwarzweiß gesprenkelten Marmorboden, immer wieder lichtblitzartig erhellt von einer nervös zuckenden Neonröhre. Ein antiquierter Heizlüfter blies ständig einen Schwall heißer Luft in die Halle, das Klappern des Ventilators vermischte sich mit dem Knistern der defekten Neonröhre und dem Klatschen des nassen Putztuchs zu einem einschläfernden Geräuschteppich.

Braun war zuvor noch in seiner Lieblingskneipe, dem Anatolu Grill drunten am Hafen, gewesen und hatte sich schnell einen Kebab genehmigt. Kemal, der Wirt, hatte in seinem umgebauten Container nur beschränkt Platz und da der feuchtkalte Nebel den Aufenthalt im Freien ziemlich ungemütlich machte, drängten sich die Arbeiter aus dem Hafen in dem winzigen Raum mit den zwei Stehtischen.

Braun, der schon im Lift leichte Anfälle von Klaustrophobie erlitt, hatte es natürlich nicht geschafft, dicht an dicht mit den anderen Gästen sein Bier zu trinken, sondern war lieber alleine draußen in den schwärzlichen Nebel gegangen, um an einem der wackeligen Stehtische in Ruhe sein Bier zu zischen und über seine Rolle bei der Pressekonferenz nachzudenken. Sein Bauchgefühl sagte ihm, dass irgendetwas an diesem ganzen Fall nicht stimmte, aber wie tags zuvor schon Big Boss Wagner festgestellt hatte, fehlten Braun einfach die Fakten. Und auf reiner Intuition konnte man einfach keine Theorie aufbauen, das wusste auch Braun.

Wie ich diese Pressekonferenzen hasse!, dachte er und sah zu, wie die Putzfrau die Blätter des Gummibaums mit einer intensiv nach Chemie riechenden Flüssigkeit besprühte. Goldmann hingegen war ganz in seinem Element und redete ununterbrochen auf Braun ein, um ihm seine bahnbrechenden Therapieansätze detailliert zu erläutern. Mitten in einer weitschweifigen Erklärung machte

Goldmann plötzlich eine Pause und drehte sich irritiert zu der Putzfrau, die mit Kübel und Putzlappen bewaffnet immer näher rückte und ein Lied in einer fremden Sprache summte.

„Dieses Singen bringt mich völlig aus dem Konzept“, sagte er entschuldigend, hinkte hektisch gestikulierend zu der Putzfrau, die ihn zunächst verständnislos anstarrte, dann mit dem Kopf nickte und schließlich verstummte. Aus der Brusttasche seines Jacketts fischte Goldmann eine mit roten Flecken verschmierte Serviette und wischte sich den Schweiß von der Stirn.

„Ist nur Ketchup“, murmelte er, als er Brauns irritierten Blick bemerkte. Goldmann atmete tief durch und pflanzte sich mit vor Begeisterung glänzenden schwarzen Augen direkt vor Braun auf. Schaler Kaffeeatem und feiner Speichelregen hüllten Braun ein, als Goldmann ihn an am Arm packte und vertraulich zu flüstern begann.

„Ich sehe, dass Sie noch immer Bedenken haben, Braun. Aber vertrauen Sie mir, Gregor Pestalozzi ist unser Mörder. Mein psychiatrisches Gutachten ist hieb- und stichfest.“

Gedankenverloren lächelnd ließ Goldmann jetzt Brauns Arm wieder los und holte eine Münze aus seinem Jackett, die er in den Schlitz des Kaffeeautomaten steckte. Während er auf seinen Kaffee wartete, wurde sein Tonfall immer enthusiastischer.

„Er ist ein Gewinn für die Wissenschaft. Wir werden völlig neue Erkenntnisse über das Asperger-Syndrom gewinnen. Gregor Pestalozzi ist das ideale Forschungsobjekt.“

Geräuschvoll schlürfte Goldmann den heißen Kaffee, bevor er gezielt den Schlusspunkt setzte. Triumphierend umklammerte er mit beiden Händen den leeren Kaffeebecher und drückte ihn geräuschvoll zusammen.

„Pestalozzi spielt noch immer die erste Partie von Fischer. Fischer hat die erste Partie verloren. Wird Gregor Pestalozzi diese

Hürde meistern und den Verlust der Partie positiv verarbeiten? Dann wäre er im Prinzip geheilt! So ist das nun einmal, junger Mann!“ Gönnerhaft klopfte Goldmann Braun dabei auf die Schulter und redete weiter.

Jetzt erst bemerkte Braun die Frau, die mit selbstbewussten, federnden Schritten auf sie zukam. Ihre dunkelblonde Mähne wippte im Takt und ihre schläfrigen Augen fixierten den Kaffeeautomaten. Natürlich kannte er sie. Sie war eine Journalistin, die ihn schon bei einigen seiner Fälle mit ihren niveaulosen Artikeln ziemlich genervt hatte.

Als Brauns Handy klingelte, brachte er Goldmann mit seinen langatmigen psychiatrischen Erläuterungen mit einer Handbewegung zum Schweigen.

„Ist etwas Wichtiges!“, sagte er entschuldigend und seine Miene verdüsterte sich, als er die Nummer auf dem Display erkannte.

Am Telefon war Margot, seine Ex-Frau, die ihren – wie er fand – scheußlichen Vornamen immer französisch, also ohne das „T“ aussprach. Margot, die Mutter seines dreizehnjährigen Sohnes Jimmy, den er seit über einem Jahr nicht mehr gesehen hatte. Margot, mit der er einen erbitterten Sorgerechtsstreit um seinen Sohn geführt hatte. Margot, die vor Kurzem plötzlich wieder in seinem Leben aufgetaucht war, weil Jimmy in der heftigsten Pubertät war und sich ganz hochtrabend auf Spurensuche nach seinem Vater begeben wollte. Was im Klartext soviel hieß wie: Er würde ab jetzt bei seinem Vater wohnen, da ihm seine Mutter einfach auf die Nerven fiel.

Jetzt durchzuckte Braun auch siedend heiß die Erkenntnis, dass er total auf seinen Sohn vergessen hatte. Wie immer, die Familie stand oft ganz hinten auf seiner Prioritätenliste und so hatte er auch die Tatsache komplett ausgeblendet, dass Jimmy bei ihm wohnen würde. Er hatte einfach nicht mehr daran gedacht!

Braun wusste zwar noch, dass Margot vergangene Woche angerufen hatte, konnte sich aber beim besten Willen nicht mehr an den Inhalt des Gesprächs erinnern. Er war zu sehr mit seinem angeknacksten Ego beschäftigt gewesen. Dass ihn der dünne Gregor Pestalozzi so einfach plattgemacht hatte, nagte nach wie vor an ihm. Deshalb hatte er auch wie immer nur halb zugehört. Hatte einfach den vereinbarten Termin total verschwitzt. Wurde jetzt von ihr mit eisiger Stimme daran erinnert, warum er Jimmys Sachen noch nicht abgeholt hätte. Aber das sei sie ja von Braun gewöhnt und Margots Freund würde Jimmys Sachen zu Braun bringen und einfach vor die Tür stellen, wenn er nicht zu Hause wäre. Brauns Gedanken wanderten in seine verwahrloste Wohnung mit leeren Bierdosen in jeder Ecke und dem zur Abstellkammer umfunktionierten Gästezimmer.

Diese Scheiße kann ich Jimmy nicht zumuten!

Doch diese Bedenken behielt er lieber für sich, zu Margot sagte er nur cool und vielleicht ein wenig zu flapsig, dass sein Sohn willkommen sei, wenn er ihn noch erkennen würde und dass er sich freue, wenn es zwischen Vater und Sohn wieder so sein würde wie früher.

„Nicht so wie früher!“, unterbrach ihn Margot mit leicht aggressivem Unterton in der Stimme. „Nicht so wie früher!“, wiederholte sie drohend und Braun wusste, dass sie ihm den Zwischenfall mit den beiden erschossenen Dealern, den Jimmy direkt mitbekommen hatte niemals verzeihen würde. Er tippte auf den roten „Aus“-Balken und schickte Margots Stimme zurück in den lichtlosen Raum, in dem sich ihre Spuren vor Jahrzehnten einmal gekreuzt hatten.

11

EIN MANN DREHT AUF

Der Saal, in dem die Pressekonferenz stattfand, war die Realität gewordene Pop-art-Phantasie eines Linzer Künstlers. In den 60er-Jahren hatte dieser ein Faible für geschwungene und möglichst bunte Glasleuchten entwickelt und so hingen die verstaubten und teilweise beschädigten Kugeln in allen Farben und Abwandlungen von der messingverzierten Decke. Die Wände waren mit riesigen knallbunten Siebdrucken geschmückt, die Film-Stills aus klassischen Kriminalfilmen darstellten: der „Malteser Falke“ oder „Vertigo“. Stühle und Teppichboden strahlten in orange-violettem Ornamentmuster und waren extra für die Pressekonferenz frisch gereinigt worden. Der große Saal war der erklärte Stolz des Polizeipräsidenten und dem Vernehmen nach bemühte er sich schon seit Längerem, ihn unter Denkmalschutz stellen zu lassen.

Als Polizeipräsident Wagner, der Psychiater Goldmann, Oberstaatsanwalt Ritter und als Letzter Tony Braun auf dem Podium Platz genommen hatten, startete wie auf Kommando das einschüchternde Klicken und Surren der Kameras und Fotoapparate. Mikros wurden auf dem Podium in Stellung gebracht,

Kameras mit Laserpointern wie Schusswaffen eingestellt und eine erwartungsvolle Stille senkte sich über den Raum, als Big Boss Wagner die anwesenden Journalisten mit den üblichen Floskeln begrüßte und dann sofort zu Goldmann überleitete. Gelangweilt ließ Braun den Blick über die Reihen der Journalisten gleiten. Viele von ihnen kannte er vom Sehen, einige mit Namen, aber es waren auch viele dabei, die Braun noch nie gesehen hatte. Eine ermordete Miss World war für Linz eine große Sache, da machten alle Zeitungen, Fernsehstationen, die Internetradios und Web-TV-Stationen mobil. Jeder wartete auf die perfekte Schlagzeile, die enthüllende Backgroundstory, jeder wollte der Erste sein, der seine Leser mit den entscheidenden Details fütterte.

In der vorletzten Reihe entdeckte Braun auch Kim Klinger, die eingekeilt zwischen einem existenzialistischen Webradio-Reporter mit schwarzer Hornbrille und dem Fotografen des Citymagazins, der ständig sein Objektiv überprüfte, saß. Ihr träger Blick erfasste Braun, wich ihm nicht aus und für einen kurzen Moment starrten sie sich intensiv an und warteten nur darauf, wer zuerst nachgab. Doch beide waren stur und nach einiger Zeit verlor das Spiel seinen Reiz.

Gelangweilt ließ Braun seinen Blick weiter durch den Saal schweifen und entdeckte auch Peter Klein, der für Big Boss Wagner als Fahrer eingesetzt war. Klein war aber mehr als Wagners Chauffeur, er war Wagners Gedächtnis, dessen rechte Hand und erinnerte ihn ständig an wichtige Termine. Klein schien sich auch für das Thema der Pressekonferenz zu interessieren, denn er reckte den Kopf wissbegierig Richtung Podium, um alles noch besser erfassen zu können.

Nachdem Goldmann eine Kurzfassung seines Gutachtens vorgetragen hatte, ging ein wütendes Raunen durch die versammelten Journalisten, es brandete wie eine Woge gegen das Podest, Fragen prasselten wie Wellen über die Tische und um der allgemeinen Aufregung wieder Herr zu werden, erhob sich Wagner, hielt besänftigend die Hände nach vorne, wie ein Dirigent, der sein wild gewordenes Orchester wieder disziplinieren muss.

„Meine Damen und Herren, ich bitte Sie!", schrie er in die Menge. „Professor Goldmann ist ein international anerkannter Psychiater! Sein Urteil hat Gewicht!"

„Keine Verhandlung! Der Mörder bleibt ungeschoren!", schwappte es wütend aus der Meute nach oben.

„Keineswegs! Gregor Pestalozzi kommt in eine psychiatrische Anstalt für geistig abnorme Verbrecher!"

„Stimmt es, dass er ein Schachbrettmuster auf den Bauch seiner toten Schwester gemalt hat und dann auf der Leiche Schach gespielt hat?"

„Nein, das ist blanker Unsinn! Pestalozzi hält sich allerdings manchmal für einen früheren Schachweltmeister, das stimmt schon", mischte sich Goldmann ein, „das hat allerdings nichts mit dem Mord zu tun. Gregor Pestalozzi ist ein armer Mensch! Er ist verzweifelt, gefangen in seiner Unfähigkeit, normal zu kommunizieren!"

„Kommt es zu einer Verhandlung, wenn er wieder zurechnungsfähig ist?"

„Das kann man zum jetzigen Zeitpunkt nicht sagen. Aber ich kann Sie beruhigen, der Geisteszustand von Gregor Pestalozzi wird von anerkannten Fachleuten laufend überprüft. Ist er zurechnungsfähig, gibt es natürlich einen Prozess." Oberstaatsanwalt Ritter beugte sich zu einem der Mikrofone, vermied jedoch den Blickkontakt mit den wüst durcheinanderrufenden Journalisten.

„Chefinspektor Braun, wie ist Ihre Meinung als Chef der Mordkommission dazu?" Kim Klingers Stimme bahnte sich den

Weg durch die Reihen der Journalisten, brüchig, rauchig, einfach total kaputt.

„Eine weltbekannte Schönheit wurde angeblich von ihrem Bruder ermordet und Sie gehen so einfach wieder zur Tagesordnung über?"

„Ja und, was soll diese Frage!", schnappte Braun zurück, der spürte, dass die Journalistin nicht locker lassen würde.

„Es wurde ja nicht einmal ansatzweise in andere Richtungen ermittelt. Stimmt das?"

„Das ist richtig, weil alle Indizien für Gregor Pestalozzi als Täter sprechen." Braun machte eine kurze Pause. „Es gibt ja auch ein Motiv. Vielleicht hat er es nicht verkraftet, dass seine schöne Schwester so erfolgreich war, denn dass sie sogar im Tod eine außergewöhnliche Schönheit war, haben wir selbst gesehen. Außerdem ist jede Veränderung des täglichen Ablaufs bei seinem Krankheitsbild sehr gefährlich." Als Braun weitersprechen wollte, kam auch schon die nächste Frage von Kim.

„Habe ich Sie da richtig verstanden. Ihnen hat die tote Laura Pestalozzi gefallen? So nach dem Motto: die Schöne und der Tod?"

„Was?"

„Sie verstehen mich genau, Chefinspektor. War das ein Kick, als Sie Laura gefunden haben? In der Badewanne, vielleicht sogar nackt. Sie haben es ja selbst gesagt: Laura Pestalozzi war eine außergewöhnliche Schönheit, sogar noch im Tod. So schön kann also töten sein! Das haben Sie doch gedacht, als Sie Laura Pestalozzi gefunden haben?"

„Sind Sie komplett verrückt?" Vor Wut zitternd knüllte Braun sein Manuskript zusammen und schleuderte es auf den Boden. „Was soll diese Scheiße! Recherchieren Sie besser: Die Tote lag auf dem Boden, in den Armen ihres Arschloch-Bruders, der sie ermordet hat!

Das ist doch komplette Scheiße, was Sie sich da zusammenreimen! Wollen Sie etwa andeuten, dass mich die tote Laura Pestalozzi angetörnt hat?"

„Wann hat man schon die Gelegenheit, eine nackte Miss World zu sehen, warum also nicht?"

„Das genügt! Gibt es noch andere Fragen?", schaltete sich Oberstaatsanwalt Ritter schnell ein und hielt dann die Hand über das Mikro. „Lassen Sie sich nicht provozieren, Braun", flüsterte er Braun ins Ohr, doch dieser dachte nicht im Mindesten daran, einzulenken.

„Jetzt hören Sie mir mal zu!", brüllte er und war plötzlich wieder ganz tief unter Wasser, tauchte durch den Tunnel, sah das Licht am Ende, wusste, dass er durchtauchen sollte, wie es ihm die Therapeutin vor langer Zeit geraten hatte, doch er war in dem Tunnel gefangen und konnte nicht mehr atmen, sondern nur noch schreien.

„Töten ist einfach schön! Gefällt Ihnen das?", schrie er und seine Stimme klang schrill, knisternd und übersteuert aus den Lautsprecherboxen. „Ich komme an einen Tatort, sehe eine nackte Frauenleiche, am besten eine Miss World, und sage ganz geil und glücklich: Töten ist einfach schön!"

Braun stoppte und hätte der entgeistert dreinblickenden Journalistenmeute am liebsten den Mittelfinger gezeigt, aber dann begnügte er sich mit einer abwertenden Geste in Richtung Kim.

„Sie können mich mal!"

Zack! Jetzt war er endlich aufgetaucht und zurück im wirklichen Leben. Natürlich bemerkte er die peinliche Stille, den schockierten Blick von Big Boss Wagner, sah die gerunzelte Stirn von Ritter und den verächtlich hochgezogenen Mund von Goldmann, der auch als Erster das Wort ergriff.

„Der Chefinspektor ist emotionell in den Fall verstrickt, deshalb dieser Ausbruch. Wie Sie ja alle wissen, wurde Chefinspektor Braun bei der Festnahme beinahe getötet. Ein derartiges Erlebnis hinterlässt in der Psyche natürlich Spuren! Davon wurden Sie jetzt Zeugen. Als Arzt kann ich nur sagen: Das Verhalten des Chefinspektors ist ganz normal."

„Chefinspektor Braun ist einer unserer fähigsten Ermittler", assistierte ihm Polizeipräsident Wagner pathetisch. „In seinem unermüdlichen Kampf für Recht und Ordnung hat er für uns alle sein Leben riskiert."

„Sie dürfen nicht vergessen, dass Chefinspektor Braun auf der Seite des Rechts steht und die Öffentlichkeit vor Verbrechern schützt. Damit Sie alle und auch Ihre Familien beruhigt schlafen können!", mischte sich jetzt auch Oberstaatsanwalt Ritter in die Diskussion ein.

„Herr Präsident! Ihr Termin, wir müssen unseren Zeitplan einhalten." Klein, der Fahrer von Wagner, hatte während der Diskussion den Saal durchquert und stand jetzt plötzlich neben dem Podium. Als ihn Brauns Blick streifte, hob er zustimmend seinen Daumen und nickte Braun aufmunternd zu.

Wagner gab dem Oberstaatsanwalt ein Zeichen und dieser beendete die Pressekonferenz eloquent wie immer, bedankte sich bei den Anwesenden und stellte sich taub bei den noch vereinzelt hochbrandenden Fragen. Als bereits alle Journalisten den Saal verlassen hatten, stand auch Braun auf und versetzte seinem Stuhl einen wütenden Fußtritt, ehe er als Letzter den Saal verließ. In seinem Kopf waren nur noch Kälte und Leere.

12

DIE WARNUNG

Sherban war nur einmal wütend geworden. Marusha saß auf dem durchhängenden Bett in der winzigen Einzimmerwohnung und versuchte gerade, Ludmilla, ihrer besten Freundin aus Ternopol, eine SMS zu schicken. Sie war so vertieft in das hektische Tippen, in das ausufernde Schildern der vielen neuen Eindrücke, der Beschreibung von Sherban, dass sie überhaupt nicht mitbekam, das Sherban schon länger in ihrem Zimmer stand. Erst als seine Hand wie die Pranke eines Tigers nach vorne geschossen war und ihr das Handy aus der Hand gerissen hatte, war sie wieder zurück in der Wirklichkeit, hatte zunächst fassungslos beobachtet, wie er ihr kostbares Handy einfach auf den Boden geschleudert und mit dem Absatz seines Stiefels zertreten hatte.

Gleich am nächsten Tag hatte er sie schon früh am Morgen abgeholt und ihr schweigend zugesehen, wie sie sich vor dem kleinen fleckigen Spiegel geschminkt hatte.

„Heute ist dein erstes Casting, Täubchen", dabei bleckte er die Zähne wie ein Raubtier und Marusha lächelte scheu und ihre Finger zitterten, als sie ihre samtigen Wimpern tuschte.

„Gib dich locker und natürlich. Und vor allem – halte den Mund. Rede kein Wort! Der Kunde wird dir schon sagen, was du zu tun hast."

In einem länglichen Raum, dessen Fenster mit schwarzer Folie beklebt waren, befand sich ein verspiegelter Laufsteg, auf dem Marusha in den vergangenen Tagen das elegante Gehen geübt hatte. Dabei hatte sie sich nicht ungeschickt angestellt, manchmal hatte eines der Mädchen, die ab und zu bei Madonna Models auftauchten, schweigend zugesehen, aber im Grunde fanden alle diese Trainingseinheiten lächerlich, doch wenn Marusha sie nach ihrer Meinung fragte, sagten sie nur „very good" und hielten grinsend den Daumen in die Höhe.

Diesmal war es jedoch anders. Diesmal war Musik aus versteckten Lautsprechern zu hören, diesmal war es keine Trainingseinheit für Marusha, diesmal stand Sherban mit verschränkten Armen vor dem verspiegelten Laufsteg und unterhielt sich leise mit einem Mann in einem dunklen Anzug, der aufsah, als Marusha den Raum betrat.

„Los, Marusha, geh für uns auf und ab!" Sherban klatschte aufmunternd in die Hände. „Los, bewege dich zur Musik!"

„Sie soll wie eine Katze auf allen Vieren gehen." Der Mann hatte blonde Haare und sprach völlig emotionslos mit österreichischem Akzent.

„Hast du gehört?" Als Marusha nicht sofort auf die Knie ging, gab ihr Sherban einen leichten Klaps auf den Hinterkopf. „Das ist ein Casting! Du musst die Wünsche des Kunden erfüllen!", zischte er.

„Strecke den Hintern mehr in die Höhe!", gab er Anweisung, als Marusha sich auf allen Vieren tatsächlich geschmeidig wie eine Katze über den spiegelnden Laufsteg schlängelte und mit dem pulsierenden Beat und dem flackernden Licht zu einem blitzenden

Sternbild verschmolz, kleine funkelnde Blitze ausschickte, wenn sie ihre blonde Mähne schüttelte und mit wildem Blick hinter das Licht starrte, wo sie Sherban und den Kunden vermutete.

„Habe ich Ihnen zu viel versprochen?“, hörte sie im abebbenden Sound Sherbans Stimme, die sich schmeichelnd, glatt und ölig wie ein glänzender Aal über ihren Körper schlängelte.

„Ja, ich finde sie ganz okay“, sagte der Mann, ohne besonderes Interesse. „Ich gebe dir Bescheid, wann der Transport startet.“ Er trat noch weiter zurück in die Finsternis, hinter die Scheinwerfer, die gnadenlos auf den Laufsteg brannten.

Noch immer mit den zuckenden Blitzen auf der Netzhaut war Marusha draußen am Gang blind umhergetaumelt und direkt in Lola hineingelaufen.

„Pass auf, du blindes Huhn!“

Langsam konnte sie wieder klar sehen, das harte Gesicht von Lola setzte sich Stück für Stück zusammen: Die pechschwarzen Haare, die bleiche Stirn mit der senkrechten Einkerbung zwischen den Brauen, die blauen Augen, jetzt rotunterlaufen vom schmierigen Rauch, der von der Zigarette aufstieg, die Lola zwischen ihre blutrot geschminkten Lippen geklemmt hatte.

„Ach, Lola! Ich glaube ich habe meinen ersten Job. Der Kunde war zufrieden.“ Seufzend schmiegte sie sich an die Brust von Lola, die spontan einen Schritt zurücktrat, sich dann aber doch eines Besseren besann und Marusha zögernd durch das Haar strich.

„Schön für dich, Kleines“, nuschelte sie, ohne die Zigarette aus dem Mund zu nehmen.

Lola war das erste Mädchen gewesen, das Marusha bei Madonna Models in Bratislava kennen gelernt hatte. Lola, die gut zehn Jahre älter war als sie und die aus Österreich stammte. Lola, die so erfolgreich war, wie es Marusha auch werden würde. Lola, die durch Madonna Models groß geworden war, das hatte jedenfalls Sherban gesagt und Lola hatte nachsichtig gelächelt und sich mit der bis zum Filter abgerauchten Zigarette die nächste angezündet. Aber Lola war mit ihren 26 Jahren schon alt und hatte vom vielen Rauchen eine schlechte Haut. Lola färbte sich die Haare zu pechschwarz, doch diese Kritik behielt Marusha für sich, darüber sprach sie mit niemandem, aber sie hatte sich zum Ziel gesetzt, Lolas Platz einzunehmen.

„Ich habe mein erstes Casting gewonnen!“, rief sie erneut, klatschte fröhlich in die Hände und vollführte vor der amüsiert die Augenbrauen hochziehenden Lola einen Freudentanz. Sie fasste Lola an den Händen, um einen improvisierten Pas de deux in dem düsteren Gang aufzuführen, einen Tanz aus Sternenstaub und Rauch, einen Tanz aus Illusion und Hoffnung, aus Verzweiflung und Abgebrühtheit – so jedenfalls fand es Lola, die endlich die Kippe aus dem Mund nahm, der Filter blutrot vom Lippenstift wie bei einer Lungenkranken, und die überdrehte Marusha stoppte.

„Krieg dich wieder ein, Kleines!“

Folgsam wie ein abgerichtetes Hündchen verharrte Marusha mitten in der Bewegung und ihre großen, erstaunten Augen färbten sich von Grau zu Lila. Sie durfte nicht übertreiben, noch sah sie in Lola eine Verbündete für ihre Zukunft, die große Schwester, die sie beruhigte, fest an sich drückte, wenn sie glaubte, einsam und verloren zu sein, so alleine, wie sie sich fühlte, wenn sie zwischen Mitternacht und Morgen wach in ihrem Bett lag und ängstlich auf kläffende Hunde, fauchende Katzen und andere geheimnisvolle Geräusche lauschte.

„Tut mir leid, Lola! Tut mir leid! Ich freue mich nur so! Ich gebe mein Bestes, das habe ich auch Sherban gesagt. Ich gebe immer mein Bestes!“

Lola zündete sich eine weitere Zigarette an, paffte ihr rücksichtslos mitten ins Gesicht und verzog den grell geschminkten Mund zu einem mitleidigen Grinsen.

„Als ich so alt war wie du, ging es mir genauso! Aber jetzt, jetzt sehe ich die Dinge ein wenig nüchterner." Angewidert zuckte sie mit den Schultern, blies hektisch den Rauch aus ihren Nasenlöchern wie ein Rennpferd, kurz vor dem Start.

„Weißt du, Kleines, ich habe eine Mission." Ihr Gesicht verhärtete sich noch mehr, die Adern an ihren Schläfen traten deutlich hervor und zwei scharfe Einkerbungen liefen wie tektonische Risse von den Nasenflügeln nach unten, als Lola verächtlich den Mund verzog.

„Ich brauche das alles nicht mehr! Ich habe genug von den Erniedrigungen und Beleidigungen, von Sherbans Versprechen! Ich habe eine Mission!"

„Was für eine Mission?"

„Das geht dich nichts an, Kleines! Das wirst du noch früh genug mitkriegen! Und jetzt hör mir einmal zu."

Mit überraschender Brutalität packte sie Marusha am Arm und drückte sie auf einen der Stühle im Gang. Lolas Kopf schoss nach vorne, ihre schwarzen Haare klatschten wie die neunschwänzigen Katzen auf Marushas Wangen, ängstlich zuckte diese zurück, lächelte halbherzig, während sie mit ihren lila Augen an Lola vorbei zur Tür schaute, aus der sie gerade gekommen waren.

„Lass dich von Sherban nicht einlullen, Kleines! Sieh zu, dass du bei der erstbesten Gelegenheit verschwindest, am besten nach Österreich oder Deutschland! Sonst geht es dir so wie mir! Ich bin vor zehn Jahren aus Linz hierher gekommen, Sherban hat mich auf der Straße aufgelesen, ich war am Ende. Er hat mir Jobs verschafft, zunächst als Model, dann wollten die Kunden aber immer mehr!"

Lola nahm einen tiefen Zug von ihrer Zigarette, blies den Rauch wieder durch die Nase aus, behielt die fast abgerauchte Kippe im Mund, während sie hektisch eine neue Zigarette aus der zerknüllten Packung klopfte.

„Mir war das echt egal, ich erwartete mir sowieso nichts mehr vom Leben! Aber es ist ein Einschnitt. Man überschreitet eine Grenze und dann gibt es kein Zurück mehr. Man befindet sich plötzlich in einem anderen Leben, einer anderen Zeitrechnung, in einer anderen Welt." Lolas Stimme wurde immer mehr zu einem Flüstern:

„Du erwachst in einer bösen Welt."

13

DIE FREUNDSCHAFTSANFRAGE

„Töten ist einfach schön!" Die balkengroßen Lettern füllten beinahe die gesamte Titelseite der Zeitung aus. Wütend warf Tony Braun die Zeitung gegen die Wand, fuhr sich generv̌t mit beiden Händen durch die Haare, knallte mit einem Absatz seiner Springerstiefel die unterste Lade seines Schreibtischs zu, dass die leeren Bierdosen klapperten.

„Verdammte Scheiße!", fauchte er und riss den Kühlschrank auf, der neben der Tür stand, holte einen verschrumpelten Apfel heraus, biss nur einmal hinein und pfefferte ihn dann an die Wand. „So eine Scheiße!"

Mit der Zeitung am Morgen hatte alles angefangen, schon auf dem Parkplatz waren ihm die balkengroßen Lettern entgegengesprungen, als ein Kollege vom Drogendezernat die Titelseite triumphierend in seine Richtung geschwenkt hatte.

Ja, Braun, jetzt hat es auch dich einmal erwischt. Jetzt hast auch du endlich eine schlechte Presse abbekommen, nicht immer nur die anderen!

Diese Gedanken hatte Braun förmlich von seiner Stirn ablesen können.

Der doppelte Espresso war eine denkbar schlechte Wahl, denn jetzt war Braun noch nervöser und gereizter. Angewidert hob er die Zeitung vom Boden auf, um den ganzen Artikel in der Morgenpost zu lesen, bisher hatte er ja nur die Headline „Töten ist einfach schön!" mitbekommen. Neben der Headline waren zwei Fotos, eines zeigte Laura Pestalozzi mit Schärpe und Miss-World-Krone und eines war ein Schnappschuss von Braun, der ihn unvorteilhaft und angriffslustig bei der Pressekonferenz zeigte. Schnell überflog er den Bericht, der ihn als einen Polizisten beschrieb, der den Mörder in Schutz nahm, einen Mord entschuldigte, einen Mann, der bei der Mordkommission war, weil er tote Frauen mochte. Am Schluss verstieg sich die Morgenpost zu der Behauptung, dass für den Chef der Mordkommission Linz „Töten einfach schön ist!", besonders wenn es sich um eine ehemalige Miss World handelt.

„Töten ist einfach schön!" sei schon eine ziemlich starke Ansage, die tiefe Rückschlüsse auf die emotionelle Gedankenwelt von Tony Braun zulassen würde. Die Verfasserin des Artikels war Kim Klinger. Mit vor Zorn zitternden Fingern knüllte Braun das Schmierblatt zusammen, stopfte es in den Papierkorb und gab dem Blechkübel noch einen festen Tritt.

„Miststück, das hätte ich ihr nicht zugetraut!", fauchte er. Kim Klinger, die ihm auf der Pressekonferenz mit ihrer Scheißfragerei, mit der sie ihn in eine Ecke gedrängt hatte, schon auf die Nerven gefallen war. Diese Kim Klinger verursachte ihm nun mit dem Artikel, der von vorn bis hinten erlogen war, einen ziemlichen Stress.

Gleich würde sich Big Boss Wagner melden und der PR-Sprecher der Polizei und dann war Schadensbegrenzung angesagt. Die Morgenpost würde die Aussagen in dem Artikel berichtigen müssen, aber natürlich wussten sie alle, dass niemand eine Berichtigung las, sondern die heutige Headline war in allen Köpfen.

„Scheiße!", brüllte Braun und starrte auf die zerknüllte Zeitung im Papierkorb, von der jetzt wenigstens die „Töten ist einfach schön!"-Headline nicht mehr zu sehen war, dafür aber das halbe Bild von Laura Pestalozzi, die ihn irgendwie anklagend zu betrachten schien, so als wäre sie mit dem Verlauf der Ermittlungen nicht einverstanden. Wie auch immer, jetzt galt es zu handeln und das bedeutete für Braun, sich diese Journalistin vorzuknöpfen. Nach einigen sinnlosen Weitervermittlungen hatte er endlich die gewünschte Durchwahl, doch statt die echte Kim Klinger am Apparat zu haben, landete er nur auf ihrer Mailbox. Die Musik in der Warteschleife hatte aber auch ihr Gutes, denn Brauns Wut war soweit verraucht, dass er Worte wie „Scheiße" oder „Schlampe" aus seinem Wortschatz verbannte, stattdessen seine Enttäuschung über den Artikel zum Ausdruck brachte und für ein klärendes Gespräch seine Handynummer hinterließ. Kaum hatte er aufgelegt, läutete sein Telefon am Schreibtisch und ein Blick auf das Display sagte ihm, dass Big Boss Wagner in der Leitung war.

„Schon die heutige Zeitung gelesen?", fauchte Wagner ohne sich mit einer Begrüßung aufzuhalten oder eine Antwort zu erwarten. „Der Bericht ist eine Katastrophe! Wir geben noch heute eine Entgegnung heraus! Der Oberstaatsanwalt wird seinen ganzen Einfluss geltend machen, damit diese Journalistin gefeuert wird!" Wagner machte eine Pause, er schien kurz den Faden verloren zu haben.

„Ich sehe zu, dass ich mit der Journalistin ein Interview bekomme", versuchte Braun, Wagner zu beruhigen. „Damit können wir die Situation entschärfen."

„Sehen Sie zu, dass sie alles ins Reine bringen, Braun! Wien hat sich auch schon wieder gemeldet! Der Fall muss aus der

Öffentlichkeit verschwinden, Braun! Sorgen Sie dafür, dass keiner mehr darüber spricht!“

Noch ehe Braun antworten konnte, hatte Wagner auch schon aufgelegt und ihm blieb nichts anderes übrig, als bei einem weiteren Espresso zu überlegen, wie er die ganze Sache aus der Welt schaffen konnte.

Ohne anzuklopfen wurde die Tür zu seinem Büro aufgerissen. Ein Mann in einem weißen Arbeitsmantel und einem Sicherheitshelm auf dem Kopf trat in das Zimmer.

„In zwei Tagen muss alles geräumt sein!“, sagte er in einem übertrieben geschäftigen Befehlston und hielt Braun ein Schriftstück unter die Nase. Verständnislos betrachtete Braun zunächst den Mann, dann das Papier.

„Was soll das?“

„Anordnung der Baubehörde“, antwortete der Mann geschäftsmäßig. „Bei der Untersuchung des undichten Daches wurde festgestellt, dass der Bau zu einem großen Teil mit Asbestplatten verkleidet ist.“ Der Mann machte eine vielsagende Pause. „Ich brauche Ihnen ja wohl nicht zu sagen, wie gefährlich Asbest für die Gesundheit ist.“

„Wie? Wir müssen alle weg?“ Braun schüttelte ungläubig den Kopf. Der Tag hätte wahrlich nicht beschissener sein können.

„Alle müssen raus“, pflichtete ihm der Mann bei. „In den nächsten Tagen wird der ganze Turm generalsaniert oder abgerissen. Das werden die genauen Messungen zeigen.“ Zur Unterstreichung seiner Worte klopfte er mit dem Zeigefinger an die Wand.

„Wohin soll die Mordkommission übersiedeln?“, fragte Braun stirnrunzelnd und sah den Mann an. Dieser kratzte sich überlegend an der Wange.

„Das liegt außerhalb meiner Kompetenz", sagte er schließlich und tippte mit einem Finger auf das Schreiben, das Braun noch immer in der Hand hielt.

„Hier müssen Sie noch unterschreiben! Sie bestätigen, dass ich Sie über die Verlegung informiert habe!" Als der Mann wieder draußen war, trank Braun noch seinen pechschwarzen Espresso und stieß mit dem Fuß die Verbindungstür auf, die von seinem Büro in das Zimmer seines Partners Gruber führte. Gruber fuhr zusammen, als die Tür gegen die Wand knallte.

„Schon gehört, Gruber, wir müssen uns eine neue Bleibe suchen", platzte es einfach aus ihm heraus.

Gruber drehte sich langsam zu ihm um und Braun fiel auf, dass er unrasiert war und seine Haare strähnig herunterhingen.

„Hör mal, Braun! Dieser Artikel ist extrem subjektiv. Man muss beide Seiten objektiv darstellen. Nicht einseitig berichten, so wie es hier gemacht wurde. Objektivität ist heute einfach nicht mehr gefragt. Ich meine, ist es richtig, jemanden einzusperren, der nichts verbrochen hat? Subjektiv natürlich nicht, aber objektiv ist es zum Besten desjenigen!"

„Tickst du noch richtig, Gruber. Was soll diese Scheiße?", grunzte Braun gereizt, denn er hatte kein Wort verstanden. Gruber zuckte bloß mit den Schultern. Braun folgte seinem hektisch umherirrenden Blick und blieb auf den beiden Handys hängen, die auf Grubers Schreibtisch lagen. Eines davon war rosa und das war irgendwie merkwürdig. Doch noch ehe Braun eine Frage dazu stellen konnte, kam Gruber wieder auf den Artikel zu sprechen und redete hektisch weiter.

„Diese Journalistin hat jedes Wort verdreht, damit es in den Stil und das Weltbild der Zeitung passt."

„Weltbild? Welches Weltbild?", raunzte Braun. „Die denkt doch überhaupt nicht! Für diese Kim Klinger gibt es nur Schwarz oder Weiß! War nicht meine Idee, dass Gregor Pestalozzi unzurechnungsfähig ist! Dann noch die beschissene Sache mit der schönen Leiche! Die Zeitung ist auf der Seite der Guten! Ich bin also das Böse!“ Braun machte eine theatralische Handbewegung.

„Es fehlt einfach die Objektivität! Der übergeordnete Blick auf die Welt.“ Wie besessen tippte Gruber mit dem Finger auf das Mousepad auf seinem Schreibtisch. „Jeder muss zu einem Retter werden.“

„Du sitzt auf einem anderen Scheißplaneten, Gruber! Ich verstehe überhaupt nicht, was du sagen willst! Ist mir auch egal! Ich bin sowieso der böse, perverse Bulle. Auf mich hat sie es abgesehen, diese Zeitungsschmiererin. Mich macht sie für diese ganze Scheiße verantwortlich! Mir steht es bis hierher!“ Wieder klingelte das Telefon auf Brauns Schreibtisch und auch das auf lautlos gestellte Handy in seiner Hosentasche begann zu vibrieren. Plötzlich fühlte sich Braun von diesem metallischen Klingeln wie eingekesselt, wie in einem Käfig aus Stacheldrahtrollen, die aus lauter Tönen bestanden und sich enger und enger um seinen Schädel schlossen, zu einem pausenlosen Schrillen anschwollen, das ihn über kurz oder lang um den Verstand bringen würde. Jetzt gab es für Braun nur noch einen Ort, an dem er klar denken konnte – den Anatolu Grill drunten am Hafen.

„Ich brauche einen kühlen Kopf, Gruber. Muss einfach wieder die Gedanken in meinem Kopf sortieren!“ Und er warf die Tür wieder zu.

Habe ich Fieber? Oder bin ich tatsächlich mit den Nerven so am Ende, dass ich verrückt spiele?

Doch Gedanken wie diese wollte er einfach nicht zulassen, da war es besser, drunten am Hafen beim Anatolu Grill ein Bier zu zischen, um wieder klar im Kopf zu werden, um endlich einmal durchzuatmen.

Gerade als er seinen Kram zusammenpacken wollte, trudelte eine Mail ein, die sich automatisch öffnete. Gleichzeitig war aus dem Lautsprecher seines Laptops ein Geräusch zu hören, so als würden Flügel im Wind schlagen.

„Scheiße! Was soll das?“, brummte Braun und drehte sich zum Bildschirm.

Lieber Freund! Ich habe heute in der Zeitung Deine Nachricht erhalten, die mich sehr glücklich macht. Es stimmt, ich war unsicher, auf Irrwegen und habe nicht klar erkannt, wohin die Reise führt. Ich habe im Verborgenen gelebt. Doch mit einem Mal hat sich eine Tür geöffnet, ein Tor zu einer anderen Welt. Jetzt erkenne ich meine wahre Berufung, jetzt werde ich alles tun, um Dir zu zeigen, dass ich verstanden habe, was Du mir mitteilen willst. Ich sende Dir einen meiner erlösten Engel, damit Du siehst, dass Töten auch für mich wirklich schön ist! Das habe ich noch nie jemandem erzählt außer Dir. Ab jetzt sind wir Geistesverwandte, die gerne töten, um zu erlösen. Ich warte auf Dein Zeichen, damit wir beginnen können. Du bist der einzige Mensch, der mich versteht. Alles wird gut. Sag mir, dass ich nicht böse bin, denn Du bist mein Freund!

Da war auch noch ein Anhang: ein unscharfes Handyfoto, eine Art Kiste mit geöffnetem Deckel, darin war verschwommen eine nackte Frau zu erkennen, deren wachsbleiche Haut mit dem hellen Stoff, der das Innere der Kiste bedeckte, beinahe verschmolz. Rund um ihre Brust waren dunkle Federn zu einem Ornament drapiert und merkwürdige Federn wuchsen auch aus den eckigen Schultern. Braun zoomte das Bild näher. Es waren vertrocknete Taubenflügel, die anscheinend an der Haut befestigt waren. Das Mädchen hatte ein ausgemergeltes Gesicht und dort, wo normalerweise der Mund war, ein großes klaffendes Loch. Das Mädchen war sehr jung und hatte riesige starre Augen. Es war eindeutig tot.

*

Natürlich hatte Braun das rosa Handy auf seinem Schreibtisch gesehen. Zum Glück war er mit dem verdammten Artikel in der Morgenpost zu sehr beschäftigt gewesen, um eine Bemerkung darüber fallen zu lassen. Aber registriert hatte er es, da gab es keinen Zweifel.

Dominik Gruber war gerade dabei gewesen, die ausgehenden Anrufe auf dem rosa Handy zu checken, als Braun in sein Büro gestürmt war. Jetzt war er wieder verschwunden und Gruber machte sich daran, die Arbeit fortzusetzen. Natürlich war es ein Fehler gewesen, ihr das Handy zu lassen, aber sie hatte ihm versprochen, es nur zu benützen, um ihn zu erreichen. Um ihn um Hilfe zu bitten, wenn sie nicht mehr weiterwusste. Wenn sie es einfach nicht mehr aushielt. Aber sie hatte in ihrem Zustand den polizeilichen Notruf gewählt. Zum Glück kannte er den Kollegen in der Zentrale, der den Anruf entgegengenommen hatte. Dieser hatte Gruber sofort informiert, als sie seinen Namen und seine Adresse genannt hatte, und er war auch sofort in seine Wohnung gefahren, hatte ihr das Handy abgenommen und sie ruhiggestellt. Ja, ruhiggestellt, so nannte er das.

Um sie zu retten!

Heute Abend musste er allerdings weit reichende Entscheidungen treffen. Das Zimmer musste gesichert werden.

Er scrollte sich durch die Nummern auf ihrem rosa Handy. Da, er hatte so ein Gefühl gehabt und jetzt wusste er genau, dass sie ihn schon wieder angelogen hatte. Die Nummer hatte sie verraten. Langsam stieg eine nie gekannte Wut in ihm auf, als er sich seine Designerlederjacke griff und die Tür zu Brauns Büro öffnete.

„Bin kurz unterwegs", sagte er und schob den Kopf durch den Türspalt. Doch Braun schien ihn nicht zu hören, sondern starrte mit offenem Mund auf seinen Monitor.

„Das ist ja total krank", flüsterte er zu sich selbst und beugte sich noch weiter vor, dass seine Nasenspitze beinahe den Bildschirm berührte. Dann sah er kurz auf und erst jetzt registrierte er Gruber.

„Gruber, sieh dir das einmal an!" Mit der Hand winkte ihn Braun zu sich.

Gruber war überhaupt nicht in der Stimmung, sich mit Braun wieder irgendwelche Bekennermails anzusehen, die sie in regelmäßigen Abständen erhielten und in denen Verrückte sich als Täter outeten. Das bedeutete immer jede Menge Papierkram, denn selbstverständlich musste diesen Hinweisen nachgegangen werden.

Und überhaupt wollte sich Gruber jetzt um die Telefonnummer auf ihrem Handy kümmern. Wieder packte ihn diese grenzenlose Wut. Er schüttelte den Kopf, um die Gedanken aus seinem Kopf zu bekommen und beugte sich zu Brauns Computer hinunter. Zuerst konnte er nicht klar erkennen, was das auf dem Bildschirm eigentlich war, doch der Eindruck war ungut und beklemmend. Aber dann sah er noch genauer hin.

„Ist das ein totes Mädchen oder will uns hier bloß einer verarschen?", fragte er mit belegter Stimme.

„Das ist kein Scherz, Gruber! Lies mal die Mail!" Braun öffnete die Mail und Gruber las stirnrunzelnd den Text.

„Völlig durchgeknallt, der Typ“, sagte er und fuhr sich nervös durch die ungewaschenen Haare. „Aber gefährlich! Was meinst du?“

„Denke auch, dass wir es hier mit einem Psychopathen zu tun haben. Ich muss gleich nach oben zu Big Boss Wagner. Bin gespannt, was er dazu sagt.“ Braun wandte sich zu ihm und tippte ihm mit dem Finger auf die Brust. „Check du mal, ob es in letzter Zeit ein vermisstes Mädchen gab. Alter schätze ich zwischen 16 und 20 Jahren. Älter ist die doch nicht.“ Er deutete auf das Foto. „Und überprüfe, ob es sich wirklich um eine Tote handelt.“

„Geht klar, aber ich muss zuvor noch in einer anderen Sache etwas checken. Dauert aber nicht lange.“ Er war schon bei der Tür, als ihm Braun hinterherrief:

„Krieg deine private Scheiße wieder in den Griff, sonst haben wir bald ein Problem. Hast du mich verstanden, Gruber?“

Natürlich hat er es bemerkt, Braun ist nicht zu unterschätzen, dachte Gruber, als er auf den Gang trat.

Überall standen Kartons mit Akten umher, die Beschaffungsabteilung der Polizei hatte wirklich ganze Arbeit geleistet und die Umsiedelung perfekt organisiert.

„Hallo, Gruber! Freust du dich schon auf den Umzug? Ihr sitzt ja dann in der schwarzen Halle drunten am Hafen.“ Gruber starrte seinen Kollegen verständnislos an, er hatte keine Ahnung, wovon der sprach.

„Schwarze Halle am Hafen! Dahin übersiedelt die Mordkommission! Schon vergessen?“, half ihm der Kollege auf die Sprünge.

„Ach ja, alles klar.“ Gruber nickte wissend, er hatte den Termin der Übersiedelung komplett verschwitzt. Doch jetzt galt es, das Telefonat zu regeln.

In der Tiefgarage quetschte er sich in seinen schwarzen Fiat 500. Als Marken für ihn noch wichtig waren, hatte er sich dieses enge Auto gekauft. Keine Probleme mehr mit dem Einparken, hatte der Verkäufer gestrahlt, aber Linz war ja nicht Rom, wo man um jeden Parkplatz kämpfen musste. Zügig fuhr er die Industriezeile entlang. Aus dem dichten Nebel, der die Stadt schon seit Wochen in ein gleichförmiges Zwielicht hüllte, begann es leicht zu schneien und Gruber wurde immer deprimierter. Je mehr er sich der Innenstadt näherte, desto dichter wurde der Verkehr und knapp vor dem Neuen Dom ging überhaupt nichts mehr. Fiat 500 hin oder her, wenn man im Stau steckte, half einem auch das kleinste Auto nicht weiter. Jetzt wäre es natürlich schön gewesen, mit Blaulicht an den wartenden Fahrzeugen vorbeizubrausen, aber Gruber musste diskret vorgehen. Nach einer unendlich langen Zeit hatte er endlich sein Ziel erreicht. Er parkte den Wagen im Halteverbot, wischte die angelaufene Scheibe frei und hatte einen ungehinderten Blick auf den mit Brettern verrammelten 50er-Jahre-Kiosk, der bald einem Vorplatz des neuen Musiktheaters weichen würde, aber im Moment noch ein Treffpunkt für die Linzer Kleindealer und sonstige Typen aus der Drogenszene war. Fest umklammerte er das rosa Handy in der Tasche seiner Designerlederjacke, die plötzlich keinen Wert mehr für ihn besaß, so hatten sich die Prioritäten verschoben.

Objektiv betrachtet musste er sie vor dem Untergang retten. Aber in dem Park hingen einfach zu viele zitternde Junkies und durchfrorene Huren und Stricher auf der mit Hundescheiße und Gummis übersäten braun-matschigen Wiese herum. Trotzdem musste er seine Arbeit erledigen, das war einfach wichtig. Das Beste war, mit ihr einen Ausflug zu machen.

14

DIE SCHWARZE TAUBE

„Gefällt es dir hier, meine Schöne?“ Zärtlich blickte er auf das sehr junge Mädchen in dem Boot, erwartete aber keine Antwort. Während er langsam und bedächtig wie ein venezianischer Gondoliere durch das Wasser ruderte, summte er ein trauriges Liebeslied und seine ausdruckslose Stimme wurde in dem Gewölbe als sanftes Echo zurückgeworfen. Überall glitzerten schon verführerisch die ersten Eiskristalle, denn in dem Gewölbe war es bereits im November eiskalt.

„Bald haben wir unser Ziel erreicht, meine Liebe. Dort wartet dann eine Überraschung auf dich!“ Ein Lächeln umspielte seine Lippen, als er sich zu dem sehr jungen Mädchen hinunterbeugte und ihr zärtlich über die Wange strich.

„Wie schön du doch bist“, flüsterte er zärtlich und breitete ihre aschblonden Haare zu einem Fächer aus. „Trotzdem ist es nicht richtig. Warum machst du denn so etwas?“ fügte er leise hinzu und hob tadelnd seinen Zeigefinger. „Aber jetzt hast du ja mich und ich werde dich erlösen, vertraue mir“, murmelte er und hielt dann sein

Ohr an den Mund des Mädchens. „Hast du etwas gesagt, meine Schöne?“

Die Augen des Mädchens waren vor Panik unnatürlich geweitet und aus ihrem Mund drangen nur gurgelnde Laute. Eine Flasche Roederer-Champagner war leider zerbrochen, als man sie dem Mädchen in den Mund gerammt hatte und der Flaschenhals hatte ihr nicht nur fast alle Zähne ausgeschlagen, sondern die scharfen Splitter hatten auch Lippen, Zunge und Gaumen zerschnitten und das bisschen Luft, das ihr blieb, vermischte sich mit dem immer heftiger stoßweise hervorschießenden schwarzen Blut.

„Das hätten die bösen Männer aber nicht tun dürfen, meine Schöne!“, sagte er und betrachtete interessiert den zerschnittenen, fast lippenlosen und blutig entstellten Mund des Mädchens.

„Aber du bist ja selbst schuld, wenn du dich von allen ficken lässt“, schimpfte er, beruhigte sich aber schnell wieder und redete in einem salbungsvollen Ton weiter. „Doch bald ist dein Schmerz vorüber, dann bist du der Engel in meinem Universum, dann musst du nie wieder so arbeiten, sondern brauchst nur für mich schön zu sein.“ Ein letztes Mal strich er über ihren blutverschmierten Mund, betrachtete dann seine blutigen Finger und leckte sie sauber. Aus einer Kiste im Boot holte er eine schwarze Taube, deren Flügel fest an den Körper gebunden waren.

„Die Taube gehört dir! Ein Geschenk für dich, meine Schöne.“ Jetzt schossen ihm vor Glück die Tränen in die Augen und am liebsten wäre er niedergekniet und hätte ihr einen Heiratsantrag gemacht. Doch dann riss er sich doch zusammen und drehte stattdessen der schwarzen Taube mit einem Knacken den Hals um.

15

WER STEHT SCHON AUF TOTE MÄDCHEN

Als Tony Braun im sechsten Stock aus dem Lift stieg, begann das Licht im Korridor plötzlich zu flackern und der Wind heulte um das Gebäude und rüttelte an den Fenstern. Draußen war es fast dunkel, obwohl es erst kurz nach Mittag war und der dichte Nebel war einem Schneeregen gewichen. Im Stockwerk von Big Boss Wagner standen überall die Umzugskartons herum und schweigsame Männer in blauen Arbeitsmonturen schraubten Kästen und Regale auseinander.

Wagner saß hinter seinem Schreibtisch, die Regale an den Seitenwänden in seinem Büro waren leer, die Schranktüren geöffnet, auf dem Boden stapelten sich Berge von staubigen Akten, es sah aus wie nach einer Hausdurchsuchung. Der feuchte Fleck an der Decke hatte sich seit Brauns letztem Besuch ziemlich vergrößert. Auf Wagners Schreibtisch lag noch immer die Morgenpost mit der fetten „Töten ist einfach schön!"-Headline. Braun hatte seinen Laptop mitgebracht, den er jetzt aufklappte und einfach auf die Zeitung stellte.

„Das müssen Sie sich ansehen!“, fiel er Wagner gleich ins Wort, der schon wieder von dem Artikel reden wollte, und deutete auf den Bildschirm.

„Sind Sie sicher, dass da niemand einen Scherz mit Ihnen machen wollte?“, fragte Wagner nach eingehendem Studium des Bildes und hatte den Zeitungsartikel völlig vergessen.

„Für mich sieht dieses Foto leider ziemlich authentisch aus.“ Braun vergrößerte einen Ausschnitt. „Hier, die Schultern, an denen die kleinen Flügel befestigt sind, da sind ganz deutlich Einstiche und ein Faden zu erkennen.“

Wagners fuchsähnliches Gesicht war mit roten Flecken übersät und angeekelt bleckte er seine spitzen Zähne.

„Das ist doch total krank. Ein Psychopath, was meinen Sie, Braun?“

„Würde ich auch sagen. Am meisten beunruhigt mich aber die Mail.“ Braun öffnete die Mail und Wagner las mit zusammengekniffener Mine. „Er bezieht sich ausdrücklich auf die Zeitungsschlagzeile und bezeichnet mich als seinen Freund. Das gefällt mir gar nicht!“

„Die Schlagzeile ist für ihn also so was wie ein Startschuss? Ein Auftrag für einen Mord?“ Wagner starrte Braun mit seinen grauen Augen fragend an.

„Kann ich mir gut vorstellen! Aber zunächst müssen wir herausfinden, wo dieses Foto gemacht wurde.“ Braun dachte kurz nach. „Und wer das Foto gemacht hat! Wenn wir das wissen, sind wir schon ein ganzes Stück weiter.“

„Dann haben wir vielleicht auch den Täter“, nickte Wagner zustimmend.

Beide schwiegen eine Weile und starrten auf das Bild mit dem toten Mädchen, das ohne Vergrößerung eine Ähnlichkeit mit einem Vogel hatte.

„Mich erinnert das Mädchen an einen toten Engel“, sagte Braun mit rauer Stimme in die Stille hinein. Wagner zuckte mit den Schultern. „Das wird auch in dem Mail erwähnt: erlöste Engel.“

„Interessant, wäre mir nicht aufgefallen. Am besten ist, Sie zeigen Goldmann das Bild. Vielleicht kann er als Psychiater einen Tipp geben, ob dieser Verrückte gefährlich ist oder nicht.“ Wagner fingerte in seiner Jackentasche herum, zog eine elegante silberne Dose hervor, über die er gedankenverloren mit den Fingern strich. „Goldmann kennt sich mit Psychopathen aus.“

„Gute Idee. Ich rufe ihn gleich an“, sagte Braun und zückte sein Handy. Gerade als er die Kurzwahltaste der Zentrale drückte, schoss es ihm durch den Kopf: *Verdammte Scheiße! Was bin ich nur für ein Idiot!* Und er schlug sich mit der flachen Hand auf die Stirn.

„Wie kommt die Mail überhaupt auf meinen Computer!“ rief er und drehte den Bildschirm wieder zu Wagner. „Alle Anrufe landen doch in der Zentrale.“ Wagner nickte zustimmend und Braun fuhr fort: „Wie ist das mit den Mails? Da gibt es doch den zentralen Server mit der Firewall.“

„Natürlich, Sie haben Recht, Braun! Dort werden alle Anhänge sofort durchsucht und bei Verdacht als Junk-Mails klassifiziert. Diese Maßnahme habe ich selbst angeordnet.“

Braun wollte gerade etwas erwidern, da klopfte es an der Tür und Klein, der Fahrer von Wagner, trat ein.

„Jetzt nicht, Klein. Ich habe mit dem Chefinspektor noch einiges zu besprechen“, knurrte Wagner genervt.

„Ich soll Sie doch an den Termin beim Oberstaatsanwalt erinnern, Herr Polizeipräsident“, entgegnete Klein mit ruhiger Stimme. Interessiert blickte er von Wagner zu Braun. „Aber natürlich warte ich. Ich will Sie dann auch nicht länger stören“, sagte er mit seiner ausdruckslosen Stimme und verschwand genauso lautlos, wie er erschienen war.

„Oberstaatsanwalt Ritter will vor Weihnachten noch einige alte Fälle abschließen. Er macht ziemlichen Druck“, murmelte Wagner entschuldigend. „Ich muss weg! Klären Sie das mit der EDV-Abteilung und vergessen Sie nicht, das Bild an Goldmann zu mailen! Sie haben alle Freiheiten, die Sie benötigen, um Klarheit in diese Sache zu bekommen“, rief Wagner noch, nachdem er die Tür zu seinem Büro geöffnet hatte und bereits auf dem Gang stand. Hastig winkte er Braun noch zu, übergab seine unförmige Aktentasche an Klein, der lässig an der Wand lehnte und durch seine randlose Brille mit ausdrucksloser Miene die Aufschriften auf den Umzugskartons studierte.

Nachdem Braun wieder in seinem Büro war, schnappte er sich das Telefon, ließ sich mit der EDV-Abteilung verbinden, trommelte mit den Fingerspitzen auf die Schreibtischplatte, bis er endlich einen der Techniker in der Leitung hatte.

„Wie kann eine fremde Mail mit einem Anhang auf meinen Laptop gelangen!“, brüllte er in den Hörer und beschrieb dem verblüfften Techniker Mail und Attachment. „Wie funktioniert das, ein Verrückter schickt mir eine Mail mit einem Bild und kommt einfach so durch unsere Firewall! Das ist doch eine totale Sicherheitsscheiße!“, ließ er den Techniker nicht zu Wort kommen.

„Moment, Moment!“, setzte sich der Techniker zur Wehr. „Wenn Sie die Mail mit dem Anhang bekommen haben, dann wurde sie als unbedenklich eingestuft.“

„Unbedenklich?", schnaubte Braun und war nahe daran, den Hörer auf die Gabel zu werfen, so sehr nervte ihn dieser Techniker. „Jetzt hören Sie mir einmal zu! Der Anhang war ein Bild und auf diesem Bild war höchstwahrscheinlich eine Leiche! Finden Sie das unbedenklich?"

„Oh, das kann aber nicht sein! Mail und Anhang wären bei uns gelandet. Bei Fotos und Grafiken gibt es keine Ausnahme!"

„Anscheinend doch! Irgendjemand aus eurer Scheiß-Abteilung hat höchstwahrscheinlich den Anhang als unbedenklich zertifiziert."

„Wann haben Sie die Mail bekommen?"

Braun nannte dem Techniker die Uhrzeit und hörte, wie am anderen Ende der Leitung die Tasten klapperten. Schon nach wenigen Augenblicken meldete sich der Techniker wieder in der Leitung.

„Zum fraglichen Zeitpunkt ist keine Mail bei uns registriert worden." Er machte eine Pause und Braun hörte den Techniker hektisch atmen.

„Ist Ihnen noch etwas eingefallen?", insistierte Braun.

„Es gibt eine Möglichkeit, aber die ist so unwahrscheinlich ..."

„Machen Sie es doch nicht so spannend!" Braun fuhr sich mit der Hand über die Stirn und spürte einen leichten Schweißfilm auf seiner Haut. Es war ziemlich heiß in seinem Büro, ob das wohl an den verseuchten Asbestplatten lag?

„Jemand hat sich in unser Netzwerk eingeklinkt und benutzt jetzt unsere Codes für seine Mails."

„Geht das so einfach?", fragte Braun und winkte die beiden Männer in den blauen Overalls herein, die ihre Faltkartons auspackten und mit routinierten Handgriffen begannen, die Ordner aus den Regalen zu holen.

„Im Prinzip nicht. Man muss sich schon mit den Verschlüsselungen auskennen.“ Der Techniker machte eine Nachdenkpause. „Doch es ist machbar. Ich werde mich darum kümmern.“

„Was heißt das im Klartext?“ Jetzt hatten die Männer schon das halbe Regal leer geräumt, bald würden sie auf Brauns Bierdosenvorrat hinter den Ordnern stoßen, deshalb beeilte er sich, das Gespräch zu beenden: „Also, wie gehen wir weiter vor?“

„Ich schicke die Mail mit dem Quellcode intern an unsere Spezialisten weiter. Wenn ich Näheres weiß, melde ich mich wieder.“

„Aber Sie schicken nur die Mail, nicht den Anhang“, warnte ihn Braun.

„Geht klar! Wir stehen auch nicht auf tote Mädchen!“

16

RUSSISCHE ABWEHR

Lola sprang aus dem durchhängenden Bett, steckte die DVD in ihre große Designerhandtasche und starrte aus dem Fenster von Block Nummer drei. Gestern war sie mit dem Tragflügelboot aus Bratislava gekommen und sie fand Linz noch genauso deprimierend, wie sie es in Erinnerung hatte. Die Trostlosigkeit der Umgebung war nicht mehr zu überbieten, Fabrikschlote ragten schemenhaft wie riesige abgestorbene Bäume in den düsteren Himmel über Linz und weiter hinten leuchtete das Feuer der Stahlkocherei wie die Hölle.

Block Nummer drei. Wie passend. Klingt stark nach GULAG. Ideal für mich!

Im Schneeregen wirkten die anderen Hochhäuser mit ihren geschwärzten Fassaden wie surreale Objekte zwischen den Lagerhallen und Fabriken. Fünf billig hochgezogene Plattenbauten, die mit verglasten Gängen untereinander verbunden waren. Früher hatten diese Glasgänge als Aufenthaltsräume für die Frauen und Kinder der Angestellten gedient. Jetzt waren sie Mülldeponien für die Bewohner der Hochhäuser, die in der Mehrzahl osteuropäische und afrikanische Arbeiter sowie Putzfrauen für die umliegenden Linzer Stahlfabriken waren.

In Block Nummer drei hatte eine findige Geschäftsfrau über zwei Stockwerke eine Art Pension eingerichtet, deren Zimmer man wochenweise mieten konnte. Da die Besitzerin keine Fragen stellte, wurde die Pension bald zum Hotspot für Prostituierte und illegale Ausländer. Oder für Menschen wie Lola. Hier war sie sicher vor unliebsamen Überraschungen. Hier wartete sie, bis es an der Zeit war aufzubrechen.

Sie zog einen schwarzen Pullover über ihr Tanktop. Konzentriert knöpfte sie ihren Leopardenmantel zu, den sie wie auch ihre restliche Kleidung vor einigen Stunden in einem Secondhandshop am anderen Ende der Stadt bar bezahlt hatte, dann verließ sie ihr Zimmer und öffnete die Tür zum Treppenhaus. Sie nahm niemals den Aufzug.

Als sie in Gedanken versunken die letzten Treppenstufen nach unten stieg und im verdreckten Foyer ankam, sah sie durch die halb geöffnete Tür draußen im Dunkel drei Männer, die vor dem Eingang herumlungerten. Einer von ihnen hatte sie bereits entdeckt und stieß jetzt seine Freunde an. Die Männer sahen wenig Vertrauen erweckend aus und Lola wusste aus Erfahrung, dass der Ärger vorprogrammiert war. Unauffällig fischte sie die Spraydose mit dem russischen Reizgas aus ihrer Handtasche.

„Hallo, wie geht's?“ Der Älteste, ein osteuropäischer Typ mit schwarzen, kurzen Haaren und schlechten Zähnen, fackelte nicht lange, sondern öffnete sofort den Reißverschluss seiner silbernen Bomberjacke und zog einen selbst gemachten Totschläger heraus. Natürlich hatten diese Typen mitbekommen, dass in Block Nummer drei ein illegales Bordell betrieben wurde und glaubten, Lola würde dort arbeiten. Aber Lola wusste, dass es zwecklos wäre, sie vom Gegenteil zu überzeugen.

„Du wirst jetzt für uns anschaffen!“, stotterte der Mann mühsam auf Deutsch. Um seinen Worten den nötigen Nachdruck zu verleihen, klopfte er mit dem Totschläger in seine Handfläche.

„Ja, zahlen, zahlen!“, echoten die beiden anderen wie Sprechpuppen und kamen langsam von den Seiten näher. Natürlich wollte sie kein Aufsehen erregen, das wäre das Letzte.

„Ich will keinen Streit anfangen! Wie viel Geld wollt ihr?“

„Na, geht doch!“ Der mit den schlechten Zähnen war also der Anführer. An den musste sie sich halten.

„Also wie viel? Ich habe nicht ewig Zeit!“

„Zuerst wollen wir ein wenig Spaß haben mit dir!“ Mit einem ekligen Grinsen, das seine Zahnfragmente noch unappetitlicher ins Blickfeld rückte, kam der Anführer auf sie zu und leckte sich geil über die aufgesprungenen Lippen.

Es läuft immer auf dasselbe hinaus! Immer.

Mit einem resignierten Seufzer holte Lola das russische Reizgas aus ihrer Manteltasche und sprayte dem Mann solange eine Ladung ins Gesicht, bis er schreiend in die Knie ging. Das russische Reizgas war natürlich von einer ganz anderen Beschaffenheit als die in Europa erhältlichen Pfeffersprays. Es verätzte auf direktem Weg Schleimhäute, Lunge und Augen und hinterließ irreparable Schäden. Dieser Mann würde nie wieder eine Frau belästigen, dazu fehlte ihm in Zukunft einfach der Atem.

„Lasst mich gefälligst in Ruhe! Ich bin nicht so wie die da!“, schrie sie und deutete auf zwei abgekämpfte Huren, die im Foyer standen und nicht wussten, was sie machen sollten. Doch die beiden anderen Männer hatten sie längst vergessen, sie kümmerten sich um ihren vor Schmerz wimmernden Anführer und Lola konnte unbemerkt zu der nahe gelegenen Busstation laufen. Als sie endlich in dem leeren Bus saß und die Hochhäuser im Nebel verschwunden waren, atmete sie tief durch, doch dann begann sie zu zittern und Tränen stiegen ihr in die Augen. Schnell kramte sie ihre Sonnenbrille hervor und setzte sie auf.

Bald habe ich diese Demütigungen überstanden!, dachte sie und steckte sich eine Zigarette in den Mund, ohne sie anzuzünden. Die fast leere Spraydose mit dem Reizgas hatte sie an der Busstation in einen Mülleimer geworfen. Jetzt war sie wehrlos und der Gedanke behagte ihr überhaupt nicht.

17

DER HAFENSTERN

„Hier geht es nicht nur um Sex, man will ausprobieren, wie weit man gehen kann. Wenn dann ein Mädchen stirbt, ist das nur ein Betriebsunfall." Die junge Frau wollte noch etwas hinzufügen, aber ein plötzlicher Hustenanfall stoppte sie. Skeptisch hob Kim die Augenbrauen, versuchte in dem verlebten Gesicht der jungen Frau etwas zu entdecken, das ihr zeigte, dass es vielleicht doch ein Fehler gewesen war, sich mit der Frau im Hafenstern, einer Kneipe, die früher einmal der Verkaufsraum eines Computerherstellers gewesen war, zu treffen. Aber die Miene der jungen Frau blieb ausdruckslos, maskenhaft, die unnatürlich bleiche Haut war von dünnen Falten durchzogen, obwohl die Frau sicher noch keine dreißig war. Der Blick aus ihren blauen Augen wanderte ständig zwischen Kim und der schmierigen Glaswand hin und her, die den winzigen Raucherbereich vom Rest des Lokals abtrennte und in dem die Luft zum Schneiden war. Jedes Mal, wenn sich die Tür öffnete, zuckte sie zusammen, verkroch sich noch tiefer in ihren Mantel und nuckelte hektisch an ihrer Zigarette.

„Also noch einmal. Sie haben Informationen, dass hier in Linz illegal eingeschleuste Mädchen für einen geheimen Business Club missbraucht werden! Es wird auch gemunkelt, dass die Mitgliedschaft an die 200.000 Euro kosten soll. Die Klientel ist international, setzt sich aus hochrangingen EU-Politikern, Konzernchefs und Millionären zusammen. Ist das richtig?", rekapitulierte Kim und schaute die junge Frau fragend an. Auf Kim wirkte sie zutiefst verzweifelt und ihre Geschichte klang nicht sehr glaubwürdig. Trotzdem, sie hatte dem Treffen zugestimmt, denn vielleicht war ja wirklich was dran, an diesen Gerüchten über diesen mysteriösen VIP-Club.

„Genau! Allerhöchste Kreise sind involviert. Und wie ich schon gesagt habe, dabei geht es nicht ums Ficken, sondern ums Quälen und Misshandeln!"

Die Frau lehnte sich zurück und zündete sich eine neue Zigarette an. Auffordernd hielt sie Kim die Packung mit den slowakischen Zigaretten hin. Kim schüttelte ablehnend den Kopf, versuchte, auch das Schaben in ihrem Kopf zu ignorieren und das weiße Rauschen, dass wie ein Störsender durch ihr Blickfeld lief.

„Haben Sie Beweise für diese Behauptungen? Ich kann doch nicht einfach darüber schreiben, ohne stichhaltige Fakten in den Händen zu haben. Bevor Sie Geld bekommen, brauche ich eine Information, die ich auch auf ihren Wahrheitsgehalt hin überprüfen kann."

„Wahrheitsgehalt, Wahrheitsgehalt! Was soll das! Es sind schon sieben Mädchen verschwunden. Wahrscheinlich stecken die feinen Herren dahinter. Hier in Linz, hier mitten in Österreich. Und niemand interessiert sich dafür, weil alles vertuscht wird. Hier wird immer alles vertuscht! Das war auch früher schon so und es hat sich nichts geändert! Aber jetzt werde ich alles aufdecken! Ich habe eine Mission! Verstehst du, eine Mission!“, redete sich die Frau in Rage und packte Kim fest am Oberarm. „Ich lasse mich nicht mehr verarschen!“

Wütend drückte sie die Kippe in dem überquellenden Aschenbecher aus und fischte eine neue Zigarette aus der zerknautschten Packung.

„Niemand will Sie verarschen“, versuchte Kim die Situation wieder auf eine sachliche Ebene zu verlagern. „Warum sind Sie nicht zur Polizei gegangen? Haben denen von den verschwundenen Mädchen erzählt? Ich meine sieben Mädchen, das ist doch eine ganze Menge. Es gibt doch eine Vermisstenstelle. Vielleicht ist ja alles ganz harmlos.“

„Zur Polizei! Zur Polizei! Dass ich nicht lache. Ich hätte dich nicht für so dumm gehalten, Journalistin! Ich habe doch gesagt, alle sind korrupt und stecken in der Sache drinnen! Aber jetzt werde ich nicht mehr den Mund halten, sondern alles aufdecken! Alle ans Messer liefern!“ Hysterisch raufte sich die junge Frau die Haare und begann am ganzen Körper zu zittern. Beruhigend legte ihr Kim die Hand auf die Schulter und die junge Frau redete stockend weiter.

„Lola, habe ich zu mir gesagt, ich habe Beweise für grauenhafte Dinge, die mit den Mädchen passiert sind, und diese Beweise will ich mir teuer abkaufen lassen! Das ist der Deal!“ Erneut wurde die junge Frau von einem heftigen Hustenanfall geschüttelt und ließ sich von Kim auf den Rücken klopfen.

Verschwörerisch beugte sie sich vor, flüsterte mit heiserer Stimme: „Meine Partnerin wurde hier in Linz ermordet, ich muss also extrem vorsichtig sein!“

„Ihre Partnerin wurde ermordet? Hier in Linz? Wann soll das denn gewesen sein?“ Kim fächelte mit ihrer Hand den Rauch weg, den ihr Lola direkt ins Gesicht blies.

„Stand doch in allen Zeitungen! Laura Pestalozzi, die ehemalige Miss World. Du hast ja selbst über ihren Tod geschrieben: Töten ist einfach schön! Geiler Spruch. Nur leider war der Tod von Laura nicht geil! Laura und ich wollten die ganze Scheiße hinter uns lassen. Wir wollten endlich auch einmal ein schönes Leben haben. Jetzt ist Laura tot und die da oben haben sie ermordet!“

Laura Pestalozzi war also die Partnerin dieser verrückten Lola. Was hatten die beiden Frauen vorgehabt? Erpressung? Wie auch immer, Kim würde das schon herausfinden.

„Woher kannten Sie Laura Pestalozzi?“

„Wir haben beide für Madonna Models in Bratislava gearbeitet. Sie hat dann die Eventvilla für die reichen Bonzen hier in der Nähe gemanagt, Journalistin! Jetzt ist aber Schluss mit der Auskunft. Reden wir über das Geschäft!“, brachte sie Kim wieder zurück auf den Boden der Tatsachen und diese Tatsachen bedeuteten Geld.

„Du bekommst alle Details, wenn ich das Geld sehe!“ Sie beugte sich vertraulich vor und blies Kim den Rauch direkt in die Augen. „Das ist meine Lebensversicherung, verstehst du! Damit verschwinde ich ins Ausland, nach Thailand, dort ist das Leben billig, aber zuvor habe ich noch eine Mission zu erfüllen! Hier in Linz, das bekommst du exklusiv und gratis, wenn es so weit ist! Gib mir deine Handynummer!“ Während sie die Nummer speicherte, winkte sie dem Kellner und bestellte noch einen schwarzen Tee mit einer Extraportion Rum. Kim nippte an ihrem Mineralwasser, dachte bei dem Rum an die Jägermeister, die in den Untiefen ihres Rucksacks schlummerten und darauf warteten, von ihr in einer schwachen Stunde, wenn sie sich kalt und einsam fühlte, geweckt zu werden. Warum war sie überhaupt in dieser stickigen Kneipe? Begann sie zu zittern? Kehrten die Kopfschmerzen zurück?

„Ist was? Du bist ja ganz blass! Rauch eine!“ Aufmunternd hielt ihr Lola die zerknautschte Packung entgegen, klopfte mit ihrem nikotingelben Zeigefinger eine Kippe heraus. „Ich weiß doch, dass du rauchst! Man sieht’s an deinem Finger!“ Lola tippte auf den gelben Fleck an Kims Mittelfinger.

Was war das? Woher kam der widerliche Nikotinfleck? Rauchte sie? Ja, wahrscheinlich, aber im Moment war Kims Kopf völlig leer, nein, nicht völlig leer, eher das Gegenteil. Zugestopft mit Ängsten, die sich immer weiter ausbreiteten wie eine Seuche, besetzt von Samsa, dem Insekt, das geschäftig in ihren Gehirnwindungen umherkrabbelte und mit Millionen von Stacheln an den Beinchen an der Innenseite ihres Schädels kratzte, ein unendliches und unaufhörliches Schaben, gegen das sie hilflos war, genauso wie gegen den Kopfmüll. Ihr Kopf war angefüllt mit unkoordinierten Erinnerungen, die wild umherpurzelten, eine galaktische Milchstraße vom Dunkel ins Licht, ein Kopfdaten-Highway ohne Maß und Ziel, immer im Blitzlichtgewitter, aber das Licht löschte alle Konturen der Bilder aus, die Erinnerungen verblassten, so wie alte Fotos vergilben, bis nur noch das reine Weiß übrig bleibt – das weiße Rauschen.

„Ah, das tut gut!“ Kim saugte hingebungsvoll an der Zigarette, unterdrückte den Hustenreiz und bestellte bei dem tätowierten Kneipenbesitzer einen Prosecco. Langsam wieder das Leben hochfahren, nahm sie sich vor, als die Realität wieder klar und deutlich wurde: die überheizte Kneipe, angefüllt mit Musikern, Studenten, Werbern und Medienleuten. Lola, die ihr gegenübersaß und mit ihren zerzausten schwarz gefärbten Haaren und der bleichen Haut einen leicht verrückten Eindruck auf sie machte. Lola, die, wenn sie nicht rauchte, ständig nervös die protzige Uhr an ihrem Handgelenk drehte. Vor sich sah Kim das schlanke Stielglas auf dem 50er-Jahre-Nierentisch, das bereits leer war, den Prosecco hatte sie soeben mit einem Schluck geleert, und draußen den Nebel, bei dessen Trostlosigkeit sich Kims Herz zusammenzog.

„Hast du diese Aussetzer öfter?“ Lola sah sie von unten herauf an und in ihrer Miene lag etwas Lauerndes. „Ist mir ja auch egal!“, meinte sie schnippisch, als von Kim keine Antwort kam. „Also, ich will hunderttausend Euro für die Informationen. Dann erhältst du alle Daten, Namen und natürlich auch Fotos von der Eventvilla und Files. Wir können das Geschäft noch diese Woche abwickeln.“

„Ich spreche mit meinem Chef darüber, das ist klar. Aber ich brauche natürlich zuvor einen Beweis, dass deine Behauptungen auch stimmen.“ Kim leerte das zweite Glas Prosecco und bestellte das nächste. „Warum bist du mit deiner Story ausgerechnet zu mir gekommen? Zu einer Linzer Zeitung?“

„Ich habe eine, sagen wir, emotionelle Beziehung zu Linz. Und dein Foto auf der Homepage eurer Zeitung hat mir gefallen, ich hätte gerne so eine Schwester wie dich gehabt. Überhaupt eine Familie.“ Lola zündete sich eine neue Zigarette an, zuckte mit den Schultern, fuhr sich wie eine überdrehte Diva mit ihren zu Krallen gespreizten Fingern theatralisch durch die strähnigen Haare. „Meine Mission ist gefährlich, weil es kein Zurück mehr gibt. Ich komme aus dem Nichts und verschwinde im Nirgendwo. Ich mache das für Brigitta! Diese Geschichte mit allen handelnden Personen bekommst du gratis, du musst nur ein wenig Geduld haben. Versprich mir, dass du die verschwundenen Mädchen nicht vergisst!“

„Ich verspreche es dir, aber welchen Namen hast du vorhin erwähnt? Ich habe ihn nicht verstanden.“

„Vergiss es! Du erfährst alles zu seiner Zeit!“ Lola presste trotzig die Lippen zusammen und starrte finster auf die Tischplatte. Dann fuhr sie betont geschäftsmäßig fort: „Wie ist also unsere weitere Vorgangsweise?“

„Okay. Wegen der Story mit den sieben verschwundenen Mädchen rufe ich dich an, sobald ich mit meinem Chef gesprochen habe. Wenn ich grünes Licht habe, kommst du in die Redaktion, wir machen einen Vertrag über die Exklusivrechte und vereinbaren einen Termin zwecks Übergabe Geld gegen Beweise. Ist das so in Ordnung für dich?“

„Nein, nichts ist in Ordnung! Bist du bescheuert? Ich gehe nirgendwo hin, damit mich alle sehen! Ich rufe dich an und treffe mich nur mit dir! Und ich schicke dir eine kurze Wave-Datei auf dein Handy, als Beweis, dass meine Behauptungen stimmen.“

Abrupt stand Lola auf, verstaute Zigaretten und Handy in ihrer riesigen Designerhandtasche und stakste auf ihren hohen Absätzen auf den Ausgang der Kneipe zu, ohne sich von Kim zu verabschieden. Sie drehte sich nicht einmal um, als hinter ihr ein Kellner ein Tablett mit leeren Gläsern fallen ließ, sondern ging zielgerichtet die Treppe nach unten und verschwand im Nebel. Für Kim, die ihr nachdenklich hinterherblickte, wirkte sie wie ein langes, dünnes, schwankendes Rohr, irrlichternd in einer rauen Wirklichkeit.

„Hätten Sie auch gleich eine Flasche nehmen können, Lady“, kommentierte der tätowierte Wirt die vier leeren Sektflöten auf dem Nierentisch, als er ein fünftes volles Glas dazustellte.

„Da haben Sie Recht“, nickte Kim, „bringen Sie mir also eine von diesen blausilbrig glänzenden Flaschen. Halt, warten Sie!“, rief sie ihm hinterher, als er schon bei der Glastür war. „Können Sie ein Foto von mir schießen? Nur das Gesicht und ganz nahe, wenn es geht.“ Sie reichte ihm ihr Smartphone. „Für ein Kunstprojekt“, fügte sie schnell hinzu, als sie seine verständnislose Miene bemerkte.

Als er weg war, betrachtete sie lange ihr Foto, stellte es dann in eine virtuelle Reihe zu den anderen, die sie im Lauf der Jahre gemacht und von ihrem Computer auf das Smartphone übertragen hatte, damit ihre Porträts immer bei ihr waren. *Langsam wird es zu einer echten Obsession!,* dachte Kim und starrte gebannt auf das neue Bild. Heute war der Verfall besonders deutlich zu erkennen, in den Augen. Ja, in den Augen sah sie es – gezackt und tödlich, die Bildstörung.

Kim trank die Flasche leer und dann noch eine. Eine wohlige Entspanntheit machte sich breit und beinahe wäre sie eingeschlafen, doch dann setzte sich ein schwarz gestyltes Pärchen an ihren Tisch, das anscheinend nur über seine iPads miteinander kommunizierte. Kim riss sich zusammen und fummelte geschäftig auf ihrem Smartphone herum, um sich den Anschein von nervöser Betriebsamkeit zu geben, notierte tatsächlich auch einige verschwommene Details aus dem Gespräch mit Lola, neben das Wort Eventvilla setzte sie ein Fragezeichen. Wann hatte Lola über eine Eventvilla gesprochen? Keine Ahnung! Sie scrollte durch ihre Notizen. „Brigitta, Manager, EU-Politiker – recherchieren", stand da, hatte Lola über EU-Politiker gesprochen? Sie war sich nicht sicher, absolut nicht sicher.

Plötzlich wurde die Luft schwerer und immer undurchsichtiger, das konnte nicht an dem Zigarettenqualm liegen, da war sich Kim sicher, sondern es lag an der anschwellenden, überwichtigen Hektik, die den Hafenstern immer stärker aufblähte, zu einem raumgreifenden Rauschen wurde, das Kim an die Wand drückte. Dieses Summen und Vibrieren von tausenden wichtigen und unwichtigen Gedanken und Ideen, die aus den Köpfen der Gäste in die Atmosphäre entwichen und diese vergifteten und sich in der Kneipe aufbliesen wie ein entfesselter Lärmballon drückte Kim rücksichtslos gegen die Wand. So wie sie oft in der Redaktion an die Wand gedrückt wurde, wenn sie in der Kantine mit einem Tablett in der Hand in einer Reihe mit den anderen stand und alle gleichzeitig redeten und dachten und schoben und zerrten und Kim sich ausgeschlossen fühlte und nur hoffte, durch übertriebenes Lachen dem weißen Rauschen zu entkommen. Doch das Ausgeschlossensein und das weiße Rauschen waren da so wie jetzt und blieben für immer.

Draußen bremste ein schrottreifer Range Rover direkt vor dem Lokal und die Scheibe auf der Fahrerseite wurde heruntergelassen. Ein Mann beugte sich aus dem Wagen, kniff die Augen zusammen und sah suchend in das Lokal. Im Licht, das aus den Fenstern der Hafenstern-Kneipe nach draußen auf die Straße drang, war sein Gesicht wegen des starken Nebels nur undeutlich zu erkennen. Nach einiger Zeit gab er Gas und der Wagen verschwand in der grauen Nebelwand. Abwesend starrte Kim noch lange nach draußen und versuchte das längst verschwundene Gesicht mit einem Namen zu verbinden. Der Fahrer erinnerte Kim irgendwie an den Polizisten Tony Braun und trotz ihres bedenklichen Alkoholpegels und des Brummtons im Ohr wählte sie nach dem nächsten Glas Prosecco seine Nummer.

18

DIE KÖNIGE VON BRATISLAVA SIND WIR

Mit einem zufriedenen Grinsen klappte Sherban seinen Laptop zu. Er hatte die Mail abgeschickt und sie mit einem Code versehen, dass sie nicht so einfach zurückzuverfolgen war. Jetzt nahm alles seinen Lauf und schon bald würde er reich sein. Er hatte alles dokumentiert, fotografiert und sehr darauf geachtet, dass man die Gesichter klar erkennen konnte. Das war sein Kapital, seine Lebensversicherung.

Er zündete sich eine Zigarette an und starrte den Rauchkringeln nach, die sich an der Decke verflüchtigten. „Madonna Models" gehörte bald der Vergangenheit an, dann würde er in Paris arbeiten, würde sich nicht mehr mit drittklassigen Models abgeben müssen, sondern wäre ein wirklicher Modelagent. Wäre wieder reich, könnte die Vergangenheit vergessen, das Gefängnis vergessen, vor allem aber die Erinnerung ausradieren und die bösen Träume: Das endlose Nachhallen der Schreie nachts in den Zellen, das ihn immer noch verfolgte, ihn immer noch hochschrecken ließ, wenn er davon träumte, wie seine Tattoos entstanden waren. Wie er Nacht für Nacht die Hände seiner Mithäftlinge spürte, die ihn auf den Boden drückten, während grobe Federn und Messer seine Haut ritzten. Wie sein Körper glühte unter dem Schmerz, einem Schmerz, der die anderen Häftlinge noch mehr anspornte und die Wärter noch gleichgültiger werden ließ, da sie ihn ja doch nur für eine Schwuchtel hielten. Nacht für Nacht war er in der Zelle seiner Erinnerung, wurde eingeschlossen, war hilflos gegen diese Gedanken, da halfen weder Drogen noch Wodka, irgendwann, zwischen Mitternacht und Morgen, kam der Zeitpunkt, an dem seine Gedanken in die zwei mal zwei Meter große Zelle zurückwanderten und er wimmernd auf dem feuchten Boden saß, über und über mit blutigen Tattoos verunstaltet, und nach oben zu den winzigen vergitterten Fenstern blickte, wie ein heulender Wolf. Nacht für Nacht und Tag für Tag sah er nach oben zu diesen Fernstern, die ihm nur einen kleinen Streifen blauen Himmels zeigten, gerade so viel, dass er wusste, dass draußen Freiheit und Licht existierten, Alltäglichkeiten, die für ihn längst ihre Bedeutung verloren hatten.

Doch bevor er komplett verrückt wurde, hatte sich oben außerhalb der Gitterstäbe auf der Brüstung ein Taubenpärchen eingenistet, deren Gurren die einzige Abwechslung war, die Sherban in der häufigen Isolationshaft hatte, und deren Bedeutung er in flammende Liebesgedichte übersetzte. Und immer, wenn eine der Tauben sich aufplusternd schüttelte und eine abgeworfene Feder nach unten flatterte und mit einem sanften Schwung auf dem rissigen Betonboden der Zelle landete, heftete er sie in seine blutende Haut und bildete sich ein, seinen Körper über und über mit diesen Federn zu bedecken, um abzuheben und davonzufliegen in die Freiheit, ohne wie Ikarus in der Sonne zu verglühen.

„Die Mädchen fürchten sich vor dem Österreicher!" Die Stimme des Russen riss Sherban aus seinen Gedanken, mit mikroskopischer Klarheit wurde ihm plötzlich die Ärmlichkeit des Zimmers bewusst, die Möbel, die Design bloß vortäuschten, in Wahrheit aber billigste Kopien waren, genauso wie die Mädchen, die er als Models verkaufte, obwohl sie nichts weiter waren als kleine, billige Huren. Doch daran wollte er nicht denken. Langsam und bewusst cool wandte er sich an Danilowitsch, den Chef vom Sub Club, der ihm die Frage gestellt hatte.

„Alles nur Gerüchte! Lass sie einfach reden!" Provokant langsam setzte er die verspiegelte Sonnenbrille auf und verwünschte den Tag, an dem dieser russische Ex-Polizist in Bratislava aufgetaucht war. Trotzdem war die „so genannte" Geschäftsbeziehung ein Gewinn für Sherban, denn seine Modelagentur brauchte die Auslastung und Danilowitsch die hübschen Mädchen, die seinen Club bis weit über die Grenzen hinaus bekannt machten. Es war eine wechselseitige Abhängigkeit, das wussten beide und jeder hätte seinen Geschäftspartner ohne mit der Wimper zu zucken kaltgemacht, aber im Moment brauchten sie einander noch wie ein psychopathisches Pärchen.

„Ich habe die Mädchen auf Tournee geschickt, sie haben Jobs überall in Europa, sie sind Models und gut gebucht." Sherban strich sich mit beiden Händen über seinen rasierten Schädel. „In zwei Wochen sind sie wieder zurück, dann können sich alle wieder beruhigen."

„Wie du meinst." Danilowitsch zuckte mit den Schultern. „Wenn du mit mir im Geschäft bleiben willst, dann musst du dich von dem Österreicher trennen! Du weißt ja, in Moskau interessiert man sich für dich!"

Danilowitsch angelte sich einen Stuhl und setzte sich rittlings darauf, die Arme auf die Stuhllehne gestützt. Mit ausdruckslosen, kalten Augen starrte er Sherban ins Gesicht. „Der Österreicher ist schlecht für das Business. Über kurz oder lang wird die Polizei

Fragen stellen. Damit will ich aber nichts zu tun haben und du doch sicher auch nichts!“

Sherban erhob sich rasch, schnappte den Laptop von seinem Schreibtisch und presste ihn unter den Arm.

„Ich werde die Geschäftsbeziehung zu dem Österreicher kündigen. Du kannst dich auf mich verlassen.“

„Da bin ich mir nicht mehr so sicher! Du arbeitest viel zu eng mit den Österreichern zusammen. Mädchen verschwinden und im Club denkt man, ich hätte etwas damit zu tun!“

„Du musst keine Angst haben. Ich habe alles unter Kontrolle, so wie immer.“

Er lächelte Danilowitsch aufmunternd zu und blieb in der geöffneten Tür stehen.

„Vertraue mir einfach. Und jetzt verschwinde bitte. Ich habe noch zu arbeiten! Ist noch etwas?“ Mit zusammengekniffenen Augen fixierte Sherban den Russen, der keinerlei Anstalten machte, sein Büro zu verlassen.

„Du kannst natürlich auch hier sitzen bleiben. Darija soll dir einen Kaffee mit Wodka bringen. Entspanne dich ein wenig mit ihr! Oder läuft da nichts mehr?“

Er lächelte zynisch über seine boshafte Bemerkung, drehte sich zur Tür um, hörte noch das Wischen, ein Geräusch, das ihn an das leise Wischen von Federn an der Wand und damit an die Zelle von früher und damit auch an die Schmerzen erinnerte. Er wusste gleichzeitig, dass dieses Wischen Gefahr und Gewalt nach sich zog und hatte Recht. Instinktiv duckte er sich und die riesige Faust von Danilowitsch schlug krachend in den Türrahmen. Noch ehe sich der Russe von der Vorwärtsbewegung erholt hatte und zu einem neuerlichen Schlag mit seiner aufgeplatzten, blutigen Faust ausholen konnte, hatte sich Sherban bereits elegant an dem Russen vorbeigeschoben und hieb ihm mit beiden Fäusten in die Nieren, dass dieser vor Schmerz aufjaulte und zu Boden ging. Sofort sprang Sherban auf seinen Rücken, riss sein primitives Knochenmesser aus seinem Stiefelschaft und bohrte dem Russen die Knochenklinge in das linke Ohrläppchen, bis das Blut spritzte.

„Das habe ich in der Hölle gelernt!", zischte er und drehte die Spitze weiter, bis die feine Haut einriss und Danilowitschs Ohrläppchen aufplatzte. Die Erinnerung wurde wieder hochgespült, als Sherban den im Gefängnis aus Flaschenkorken hergestellten Griff des Messers spürte, das er aus den Knochen einer verendeten Taube gefeilt hatte, und er drehte die Knochenklinge tiefer und tiefer in Danilowitschs Ohr. Der Russe heulte auf und versuchte sich aus Sherbans eisernem Griff zu befreien, doch Sherban trat ihm mit seinem Knie ins Kreuz.

„Wir sind Geschäftsleute und haben keine Zeit für diese dummen Spiele! Vergiss nicht, dass ich dir die schönsten Mädchen bringe! Vergiss das nie. Ohne mich bist du nur ein russischer Gangster. Mit meinen Mädchen bist du der König von Bratislava!"

Langsam zog er das Knochenmesser aus dem Ohr von Danilowitsch und drückte sein seidenes Versace-Halstuch auf die heftig blutende Wunde.

„Schenke ich dir. Damit kannst du die Blutung stillen", zischte er, ließ Danilowitsch aus seiner Umklammerung, sprang blitzschnell auf und ging zu einem verkleideten Kühlschrank, aus dessen Gefrierfach er eine eisbeschlagene Flasche Wodka holte.

„Los, trinken wir auf die Könige von Bratislava!"

„Auf die Könige von Bratislava!", grunzte der riesige Danilowitsch mit schmerzverzerrtem Gesicht und in seinen rotgeränderten Augen glommen blanker Hass und ein tödliches Feuer.

19

DAS GOLDENE ZEICHEN

„Es sind mindestens sieben Mädchen verschwunden", lallte die Stimme so laut, dass Tony Braun das Handy ein Stück von seinem Ohr weghalten musste. „Ich habe eine absolut vertrauenswürdige Quelle, brauche aber Ihre Hilfe, um einige Fakten zu überprüfen ..." Es folgte minutenlanges Schweigen und ein jämmerliches Seufzen. Braun verdrehte die Augen nach oben und räusperte sich lautstark.

„Hallo, sind Sie noch dran?" Verdammt. Er hätte den Anruf von Kim Klinger, der Journalistin, die ihn so in die Pfanne gehauen hatte, nicht annehmen dürfen. Nachdem er ihr die Meinung gesagt hatte, hatte sich Kim Klinger mit schwerem Zungenschlag wortreich für die Schlagzeile entschuldigt und dann übergangslos eine Zusammenarbeit vorgeschlagen.

„Sie müssen in die Vermisstenstelle und herausfinden, ob in den letzten Jahren Models hier in Linz verschwunden sind. Sieben Mädchen, das kann doch nicht unbemerkt geblieben sein! Das bin ich diesen Mädchen schuldig! Ich muss sie vor dem Vergessen bewahren, haben Sie mich verstanden, diese Mädchen dürfen nicht vergessen werden!" Noch immer brüllte sie so laut in das Handy, dass Braun richtige Kopfschmerzen bekam.

„... eine große Sache! Echt heftig, alle stecken mit drinnen!", faselte sie weiter, und ihr Zungenschlag wurde noch schwerer. „Laura Pestalozzi war bei Madonna Models mit meiner Informantin ... checken Sie das ..." Plötzlich riss die Verbindung ab und Braun war froh darüber. Mit klappernden Zähnen stand er unter der in den letzten Zügen röhrenden, mickrigen Wärmelampe im Anatolu Grill und dachte für einen kurzen Augenblick daran, seinem Lokal untreu zu werden und in den Hafenstern zu wechseln, wo es schön warm und gemütlich war. Doch dann sah er die verschlossene Bierdose vor sich auf dem wackeligen Stehtisch, die ihm Kemal, der Wirt, in weiser Voraussicht bereits hingestellt hatte, und bereute diesen Gedanken sofort wieder. Niemals würde er sein Stammlokal im Stich lassen. Es war bereits das zweite Mal an diesem Tag, dass die Vermisstenstelle ins Spiel kam. Und immer ging es um junge Mädchen, die entweder so wie auf dem Foto tot oder verschwunden waren, wie Kim erzählt hatte. Gedankenverloren trank er sein Bier aus.

„Und bringen Sie mir einen Schnaps!"

Eine Frauenstimme beförderte Braun wieder zurück in die Gegenwart.

„Mir auch noch ein Bier!", rief er Kemal zu.

Während er die nächste Dose öffnete, beobachtete er die Frau. Sie war ziemlich groß und ausgesprochen dünn, trug einen schäbigen Mantel aus Fellimitat mit Leopardenmuster. Die riesige Louis-Vuitton-Tasche, die neben ihr am Boden stand, war gefälscht, das stellte Braun auf den ersten Blick fest. Ihre Hände wirkten ungepflegt, die Nägel eingerissen. Am rechten Handgelenk trug sie eine große Armbanduhr, die teuer und vor allem echt aussah. Aber das passte nicht zum Gesamteindruck der Frau, die Braun trotz des verlebten Gesichts nicht älter als dreißig schätzte. Alles an ihr wirkte wie eine Fälschung, das sagte ihm sein Instinkt als Polizist. Dazu passten auch die brutal schwarz gefärbten Haare und die protzige Designerbrille, die zu groß für ihr verwirrtes, unnatürlich bleiches Gesicht war. Als sich die Frau eine Zigarette anzündete, schob sie für einen kurzen Augenblick ihre dunkle Sonnenbrille hoch und ihr Blick kreuzte sich mit dem von Braun. Einen kurzen Augenblick verharrten ihre blauen Augen auf Braun, doch das reichte ihm, um festzustellen, dass sie erst kürzlich geweint hatte.

Als sie bemerkte, dass er sie beobachtete, verzog sie angewidert das Gesicht, kramte hektisch in ihrer Tasche umher und fischte einen übertrieben großen goldenen Lippenstift hervor. Mit vor Kälte zitternden Fingern versuchte sie ihn zu öffnen, dabei rutschte er ihr aus der Hand, fiel zu Boden und rollte über den leicht abschüssigen Platz direkt auf Brauns Stehtisch zu. Noch ehe die Frau reagieren konnte, hatte Braun die Fahrt des Lippenstifts mit dem Stiefel gestoppt und ihn aufgehoben.

„Er ist heil geblieben." Als er den Lippenstift auf ihren Stehtisch legte, sah er, dass jemand auf der goldenen Spiegelfläche mit einer Nadel ungelenk „For Lola" eingeritzt hatte.

„Danke!"

Die Stimme der Frau klang abweisend und auch Braun hatte keine Lust, sich mit ihr zu unterhalten. Er ging zu seinem Stehtisch zurück und widmete sich wieder seinem Bier. Die Frau zog sich die Lippen nach und verschwand zwischen den Containern im Nebel.

Nachdenklich sah Braun der dünnen, leicht schwankenden Gestalt hinterher, die in dem dunstigen Grau verschwand und war sich nicht sicher, ob sich die Frau noch einmal umgedreht hatte oder ob auch das nur eine Täuschung war. Dann machte er sich auf den

Weg, um noch schnell eine Pizza zu besorgen, bevor er seinen Sohn Jimmy abholen musste.

Irgendwo hinter den Containern, verschluckt vom Nebel startete auf der anderen Seite des Hafenbeckens ein Auto, Scheinwerfer zerschnitten das Grau und der Wagen fuhr im Schritttempo an der Rückseite des Anatolu Grill vorbei und bog in die Straße ein, auf der soeben noch die junge Frau gegangen war.

*

„Anatolu Grill" blinkte ein Neonschild aus dem Nebel. Als Lola sich näherte, stellte sie fest, dass es der Name einer ziemlich heruntergekommenen Hafenkneipe war, die nur aus einem umgebauten Container und einem Holzvorbau bestand. Auf der überdachten Terrasse stand eine ausgeblichene Plastikpalme, die der Kneipenbesitzer zur Verschönerung schon jetzt wahllos mit kitschigem Weihnachtsschmuck behängt hatte. Mehrere windschiefe Stehtische standen über die Terrasse verteilt und eine rostige Wärmelampe zischte bedrohlich. An einem der Stehtische lehnte ein Mann, der trotz der feuchten Kälte nur einen schwarzen Anzug trug und heftig gestikulierend mit dem Handy telefonierte. Vor sich hatte er mehrere Bierdosen aufgereiht, aber er wirkte nicht wie einer der üblichen Hafenaufseher oder Manager, er war ein Typ Mann, der sich den Anschein gab, als wäre ihm sein Aussehen vollkommen gleichgültig. Doch der Schnitt seines Anzugs und die derben Stiefel signalisierten Lola, dass er sich sehr wohl Gedanken über sein Outfit machte. Als Lola an die Scheibe des Containers klopfte, blickte der Mann kurz in ihre Richtung, doch er schien sie überhaupt nicht zu registrieren, sondern widmete sich nur seinem Gespräch.

„Wo ist der nächste Taxistandplatz?", fragte Lola den fetten, südländisch aussehenden Mann hinter dem hochgeschobenen Fenster, der sich umständlich auf die Fensterbank lehnte, die gleichzeitig als Tresen diente. „Und bringen Sie mir einen Schnaps!"

„Mir auch noch ein Bier!"

Lola zuckte zusammen, als sie die Stimme des Mannes hinter sich hörte. Hastig nahm sie das Schnapsglas, legte einen Geldschein auf den Tresen.

„Stimmt schon!"

Während Lola die plötzliche Wärme genoss, die der scharfe Schnaps in ihrem Körper entfachte, vermied sie es, in die Richtung des Mannes zu blicken, sondern starrte auf die übereinander gestapelten Container, die wie Hochhäuser im Nebel verschwanden. Sie spürte seinen prüfenden Blick, spürte dieses abschätzende Betrachten, dieses Taxieren, das sie aus dem Sub Club kannte, aber der Blick des Mannes war nicht gierig.

Lola schob die Sonnenbrille hoch und zündete sich eine Zigarette an. Während sie tief inhalierte, drehte sie unwillkürlich ihr Gesicht zu dem Mann und blickte direkt in braune, weiche Augen, die so gar nicht zu dem kantigen Gesicht und dem verwegenen Dreitagebart passten. Als sie das kurze Aufblitzen bemerkte, wusste sie, dass er die getrockneten Tränen in ihren Augen bemerkt hatte.

Konzentriere dich! Du hast eine Mission!

Zornig über ihre Schwäche kramte sie hektisch in ihrer Tasche nach ihrem goldenen Lippenstift. Doch ihre Hände zitterten, der Lippenstift rutschte ihr zwischen den Fingern hindurch, fiel zu Boden und rollte auf den Stehtisch des Mannes zu, wo er von dessen Stiefel gestoppt wurde.

„Er ist heil geblieben", sagte er, als er ihr den Lippenstift auf ihren Stehtisch legte.

„Danke!“

Lolas Stimme klang abweisend und spröde und der Mann ging sofort wieder zurück an seinen Stehtisch und widmete sich seinem Bier. Schnell zog sie die Lippen nach, packte ihre Tasche und machte sich auf den Weg zum Taxistandplatz, den ihr der Kneipenbesitzer zuvor gezeigt hatte.

Bevor die Hafenkneipe im Nebel versank, drehte sie sich noch einmal um und sah den Mann, der regungslos unter der Wärmelampe stand. Eine einsame Gestalt, die langsam vom Nebel verschluckt wurde.

Während Lola frierend zwischen den Containertürmen zur Hauptstraße ging und sich auf die Planung der nächsten Stunden konzentrierte, startete vor einem der heruntergekommenen Hafenbüros ein Wagen und fuhr in dieselbe Richtung. Zwischen den Containertürmen, die wie düstere Pfeiler aus dem Nebel herausragten, blieb sie stehen, um sich eine Zigarette anzuzünden, doch sie konnte ihr Feuerzeug nicht finden. Der Wagen, den sie zuvor gehört hatte, hielt neben ihr und die Beifahrertür wurde aufgestoßen. In der Innenbeleuchtung konnte sie den Fahrer erkennen und wunderte sich, ihn hier zu sehen. Doch als er sie mit einer Kopfbewegung aufforderte, einzusteigen, zögerte sie nicht lange, sondern setzte sich auf den Beifahrersitz und spürte im selben Augenblick, dass sie eine falsche Entscheidung getroffen hatte.

20

DER NEUSTART

Die Schachtel stand ganz hinten, war versteckt hinter abgewetzten Springerstiefeln, ausrangierten Reisetaschen und zusammengeknüllten und schon seit Längerem nicht mehr benutzten Lauf-Shirts. Die Schachtel war an den Ecken abgestoßen und der eingerissene Deckel mit einem Klebeband notdürftig fixiert. Die Schachtel enthielt alles, was aus Tony Brauns früherem Leben übrig geblieben war und was er in seine jetzige Existenz herübergerettet hatte. Die Schachtel enthielt Briefe, Kinderzeichnungen, Scheidungspapiere, Gerichtsurteile und jede Menge Fotos von Braun und seinem Sohn. Während er die Bilder durchsah und an die dazugehörigen Situationen dachte, fiel ihm auf, dass die Fotos von ihm und Jimmy abrupt aufhörten, als Jimmy elf Jahre alt war. Damals hatte sich Brauns Leben grundlegend geändert, plötzlich hatte er keine Familie mehr, musste sich eine neue suchen und diese Familie wurde die Polizei.

Und auch ein anderer Abschnitt meines Lebens ist unwiderruflich vorbei, dachte er, als er ein zerknicktes Foto näher betrachtete. Es zeigte ihn mit einem großen, durchtrainierten Mann mit beinahe kahl rasiertem Schädel, um dessen Hals weiße iPod-Kopfhörer baumelten. Beide waren sie verschwitzt und auf ihren Lauf-Shirts klebten die Startnummern eines Marathons. Braun dachte an den Namen des Mannes, gleichzeitig an die hohe, abweisende Mauer des Hochsicherheitsgefängnisses und daran, dass er endlich eine Entscheidung treffen musste.

„Scheiße!" Die Erinnerung packte ihn wie eine große schwarze Faust und drückte ihm die Brust zusammen. Er widerstand dem Verlangen, das Foto in lauter kleine Fetzen zu zerreißen, sprang stattdessen auf und gab den verdreckten Laufschuhen, die in dem Wandschrank lagen, einen wütenden Fußtritt und beförderte sie nach hinten zu den zerknüllten Lauf-Shirts. Nach allem, was damals vorgefallen war, hatte Braun aufgehört zu laufen.

Außer seinen Kollegen bei der Mordkommission hatte Braun überhaupt keine sozialen Kontakte, das wurde ihm jetzt schmerzlich bewusst. Er hatte zwar noch eine Mutter, die in einer Schrebergartensiedlung hauste, doch mit ihr hatte er schon jahrelang keinen Kontakt mehr. Er wusste, dass er sich eines Tages mit ihr aussprechen sollte, denn es gab zu viele ungeklärte Fragen zwischen ihnen. Manchmal beneidete Braun auch seinen Bruder, der wie seine Frau als Wissenschaftler tätig war und das Verhältnis zu ihrer Mutter ganz pragmatisch sah.

Mit der Schachtel unter dem Arm ging er ins Wohnzimmer mit den alphabetisch geordneten Schallplatten, die fast alle Wände zupflasterten. Er machte kein Licht, sondern ließ sich in der schattenhaften Dunkelheit einfach auf das Sofa fallen. Die weißen Lichtkegel der Scheinwerfer, die vom Zubringer zur nahe gelegenen Stadtautobahn in sein Wohnzimmer leuchteten, vollführten ein gespenstisches Ballett auf den Schallplatten-Regalen, huschten vor und zurück, so als würden sie geheime Zeichen aussenden, Zeichen, die Braun durch eine geheime Tür in ein neues Leben führen könnten.

„Jimmy ist mein neues Leben", murmelte er und wuchtete sich aus dem Sofa, machte sich auf den Weg zum Kühlschrank, der groß und metallisch glänzend das einzige Schmuckstück seiner Wohnung war. Mit leisem Zischen öffneten sich die Doppeltüren und Braun fischte sich eine Bierdose aus dem Getränkefach, trank sie in einem Zug leer, wollte gerade die Dose mit dem Stiefel in eine Ecke zu den anderen kicken, als ihm einfiel, dass Jimmy ab jetzt bei ihm wohnen würde. „Auf mein neues Leben!" Er drückte die Dose zusammen und steckte sie in einen schwarzen Plastiksack.

Das Zimmer, in dem Jimmy wohnen würde, sah aus wie eine Müllhalde. Braun hatte den Raum als Lager für ausrangierte Möbel, vergilbte Akten, kaputte CDs, zerfledderte Bücher zweckentfremdet und dementsprechend ratlos lehnte er jetzt in der Tür und starrte auf das Chaos. Das wütende Gekläff eines Hundes war durch das gekippte Fenster zu hören, der fadenscheinige Vorhang bewegte sich leicht in einem dünnen Luftzug und wirbelte feine Staubwolken auf. Am liebsten hätte Braun die Flucht ergriffen, die Tür hinter sich zugeschlagen, sich auf das Sofa gesetzt, Bierdose in der Hand, Musik aus den Boxen, Lichtspiele an den Regalen, aber so lief das diesmal nicht, denn Braun hatte jetzt Verantwortung. Dazu gehörte auch, dass er seinem Sohn ein wenigstens halbwegs ordentliches Zuhause bieten musste.

Als er sich daran machte, das verdreckte Zimmer zu putzen, fiel ihm auf, dass er im Grunde nichts über seinen Sohn wusste, er hatte keine Ahnung, womit sich ein dreizehnjähriger Junge beschäftigte, welche Interessen er hatte, ja nicht einmal, welche Musik er gerne hörte. Für Braun war sein Sohn ein Fremder, er hatte nicht einmal eine Ahnung, welche Schule er besuchte. Bald war das Gröbste beseitigt, das Zimmer mehr oder weniger wohnlich gestaltet und in einem Anflug von Sentimentalität pinnte Braun einige der Fotos, die ihn und Jimmy zeigten, an die kahlen Wände, bevor er zu seiner Exfrau Margot fuhr, um Jimmy abzuholen.

*

„Sieht echt Scheiße aus!" Jimmy Braun knallte genervt seinen Rucksack auf den Boden, drehte sich in Brauns Wohnung um die eigene Achse, die Hände tief in den Taschen seiner übergroßen Jeans vergraben. Immer wieder schüttelte er den Kopf, rümpfte die Nase, schlurfte dann zum Esstisch, um sich ein Stück der fettigen Pizza abzureißen, die Braun besorgt hatte, bevor er Jimmy abgeholt hatte.

„Mann, ich kann überhaupt nicht verstehen, wie man es hier aushält! Bei diesem Lärm." Das war Jimmys erster Kommentar, seit sie in Brauns Wohnung angelangt waren. Brauns grauer Wohnblock lag nicht nur knapp am Zubringer zur Stadtautobahn, auch die Umgebung mit dem neuen Wirtschaftsförderungsinstitut, einem Technologiezentrum und der Autobahn, die sich über die rostigen Blechdächer der Häuser, die winzigen, mit Müll und Autowracks übersäten Gärten und unbeleuchteten Straßen wie ein schwarzes Betonungetüm spannte, war alles andere als einladend.

Jimmy deutete mit dem Kopf Richtung Fenster, von dem aus man direkten Blick auf den Zubringer hatte. „Wie kann man sich hier bloß wohlfühlen!"

„Mir gefällt es. Der Ausblick, besonders bei Nacht, und die vielen Scheinwerfer, die über die Wände huschen, das erinnert mich an eine Großstadt."

Statt eine Antwort zu geben, schaltete Jimmy den Fernseher ein und zappte wahllos durch die Programme. Ohne auf den Bildschirm zu sehen, verfolgte er das Lichtspiel der Scheinwerfer, die über Wände und Plattenregale glitten und das Wohnzimmer von Braun eine unwirkliche Atmosphäre verliehen.

„Stimmt, ist cool, das mit dem Licht“, ließ er sich nach einiger Zeit zu einer Bemerkung hinreißen und drehte dabei nervös die blaue Muschel, die er an einem Lederband um den Hals trug, so als wäre ihm dieser Kommentar peinlich. Dann strich er sich die kinnlangen, dunklen Haare mit einer entschlossenen Geste hinter die Ohren, einer Handbewegung, die Braun nur zu gut von sich selbst kannte. Am liebsten hätte er jetzt seinen Sohn umarmt und gesagt: „Schön, dass du hier bei mir bist!“, aber er brachte keinen Ton heraus, stattdessen ging er zum Kühlschrank, fischte zwei Bierdosen heraus, von denen er eine Jimmy entgegenhielt.

„Spinnst du!“ Angewidert starrte sein Sohn auf die mit eisigem Kondenswasser beschlagene Dose. „Mama hat gesagt, dass du ein Säufer bist! Anscheinend hat sie damit ja Recht!“

„Jetzt hab dich mal nicht so!“ Wütend öffnete Braun eine der Dosen und drückte sie Jimmy in die Hand. „Schön, dass du hier bist“, sagte er dann doch noch und klackte gegen die Dose, die sein Sohn noch immer in der Hand hielt, ohne einen Schluck zu trinken. Jimmy schnaufte hörbar, nahm dann doch einen Schluck Bier, verzog angeekelt das Gesicht. „Schmeckt echt Scheiße! Hast du keine Cola?“ Mit geneigtem Kopf schlich er an den Plattenregalen entlang, um die Covers besser lesen zu können.

„Ganz schön spießig, Braun! Du sortierst deine Platten ja nach dem Alphabet!“

„Nenn mich nicht Braun!“, fauchte Braun. „Für dich bin ich Vater oder meinetwegen auch Tony. Aber nicht Braun. Hast du das kapiert?“

Dann fasste er seinen Sohn am Arm und zog ihn die Plattenregale entlang.

„Ich sammle Schallplatten. Ich will Musik vor dem Vergessen bewahren. Je obskurer, desto besser. Da, Peter Hammill, einer meiner Lieblinge.“ Braun zog eine Platte aus dem Regal. „Schreibt die besten Songs der Welt. Aber keiner kennt ihn mehr. Ich sorge dafür, dass er im Radio gespielt wird.“

„Ach ja, Mama hat erzählt, dass du eine Radiosendung moderierst. Aber nur Internet-Radio, hört das überhaupt jemand?“ Provokant starrte Jimmy in Brauns Gesicht und schob die Hände abwartend in seine weiten Jeans.

„Das ist mir doch egal. Wenn nur zehn Leute zuhören, dann ist das okay. Ich gebe ihnen Tipps, quatsche mit ihnen und spiele Musik, die mir gefällt.“

„Ausgerechnet du gibst Lebenstipps, ausgerechnet du. Mama sagt, dass du ja mit dir selbst nicht klarkommst.“

„Warum bist du dann hier? Du hättest ja auch bei Margot bleiben können!“

„Ach was, du nervst im Augenblick einfach weniger!“ Jimmy machte eine abwertende Handbewegung. Dann schaute er sich in dem spartanisch eingerichteten Wohnzimmer nochmals um. „Wo ist eigentlich mein Zimmer?“, fragte er.

Braun ging hinaus auf den Korridor und deutete auf eine Tür, vor der Jimmys Sachen aufgestapelt waren.

„Fenster geht auf den Hinterhof hinaus“, meinte er beiläufig. „Du brauchst also keine Sorge haben, dass du wegen des Lärms nicht schlafen kannst.“

Doch Jimmy schien ihn nicht zu hören, mit offenem Mund stand er in der geöffneten Tür und starrte auf die Wand über dem wackeligen Schreibtisch, die Braun mit Fotos aus glücklichen Tagen dekoriert hatte.

„Unglaublich, wo hast du nur all diese Fotos von mir her? Ist ja richtig gruselig! Krass, du glaubst wirklich, das Rad der Zeit zurückdrehen zu können. Mann, du lebst echt in einer Traumwelt!“

Schlechter Start!

„Dachte, ich mache dir eine Freude, wenn ich dein Zimmer ein wenig dekoriere.“

Jimmy nuschelte irgendetwas Undefinierbares und schlich zum Fenster, schob mit spitzen Fingern den Vorhang zur Seite. „Echt berauschend, die Aussicht“, meinte er und begann den Inhalt seines Koffers einfach auf den Boden zu kippen. „Ich räume morgen alles ein“, sagte er und ließ sich auf das schmale Bett fallen.

Mit verschränkten Armen lehnte Braun in der Tür und betrachtete seinen Sohn. Dreizehn Jahre alt, rotzfrech, ein echtes Ekelpaket. Trotzdem, sie würden schon zueinander finden, Braun seufzte laut auf, er hatte schon schlimmere Fälle gehabt.

„Ist noch was, Tony?“ Mit einem Satz sprang Jimmy aus dem Bett und blieb knapp vor Braun stehen. Doch anstatt ihn zu umarmen, wie es Braun eigentlich erwartet hatte, gab Jimmy ihm einen leichten Stoß mit der Hand vor die Brust und schob Braun zur Tür hinaus.

„Ich muss jetzt nachdenken, Tony. Dafür brauche ich meine Ruhe!“ Er schlug die Tür zu und ließ Braun draußen auf dem Gang alleine zurück.

Braun holte sich diesmal eine Dose Cola aus dem Kühlschrank und ließ sich ächzend auf die Couch im Wohnzimmer fallen. Die Scheinwerfer der Autos auf dem Zubringer malten abstrakte Gemälde auf die Schallplatten-Regale, wischten wie Sternschnuppen über die Decke und landeten wie zerplatzte Träume in einer Ecke des Raums. Plötzlich begann Brauns Handy zu summen und als er das Gespräch annahm, schien niemand dran zu sein, doch Braun glaubte trotz des Verkehrslärms ein leises Atmen zu hören.

„Hallo, wer spricht? Melden Sie sich!" Nichts, nur dieses Atmen, das von tief unten zu kommen schien, schoss es ihm plötzlich absurderweise durch den Kopf, ein Atmen, das krank macht und tötet.

*

Er genoss es, den Atem seines Freundes zu hören, stellte sich vor, wie er mit dem Handy in der Hand ans Fenster trat und nach draußen in den Nebel starrte. Gerne hätte er den Atem seines Freundes ganz in seiner Nähe gespürt, während er bei der Arbeit war. Gerne hätte er seinem Freund auch gesagt, dass er das Zeichen verstanden hatte und jetzt daran ging, Gutes zu tun und jemanden zu retten. Gerne hätte er ins Handy gesagt: „Wir tun nur Gutes!" Ach wie gerne! Aber das wäre verfrüht gewesen, denn er musste seinen Freund mit Taten überraschen, das wusste er.

„Hallo, wer spricht? Melden Sie sich!"

Wozu diese Frage, wenn sein Freund doch genau wusste, wer am Apparat war. Dann war wieder Stille, doch das Atmen seines Freundes sagte ihm, dass dieser die Botschaft verstanden hatte, dass ihre Freundschaft mit einer guten Tat, einer Erlösung besiegelt werden würde.

Wie sehr freute er sich schon auf den Tag, an dem er seinem Freund in aller Öffentlichkeit beweisen konnte, dass sie eine Freundschaft verband, die über den Tod hinausging.

21

EIN MÄDCHEN WIRD VERMISST

„Wie oft soll ich es dir noch sagen, Braun, es gibt keine vermissten Mädchen zwischen 16 und 22 Jahren." Chiara von der Vermisstenstelle schnaubte genervt, als Braun sie bat, erneut die Parameter zu ändern und eine neue Suche zu starten.

„Sieben verschwundene Mädchen. Das soll niemandem aufgefallen sein?" Fragend sah er Chiara an.

„Anscheinend nicht, sonst hätten wir ja eine Menge Vermisstenmeldungen." Braun klopfte auf das mausgraue Gehäuse des Computers. „Sind das die Vermissten der letzten fünf Jahre?"

„Ja, du siehst ja, wie sich unsere hochmoderne EDV bemüht", sagte Chiara sarkastisch.

Der altersschwache Computer brauchte minutenlang, um die Datenbank zu öffnen und Chiara drehte währenddessen genervt eine Locke ihres flachsblonden Haares, denn im Gegensatz zu ihrem südländisch klingenden Namen war sie ein ausgesprochener Wikingertyp.

„Wo ist eigentlich dein netter Partner Gruber, der blonde, gut aussehende Typ?“ Während sie das Passwort eintippte, starrte sie auf ihren Monitor.

„Der war doch gestern bei dir, wegen einer Suchanfrage“, antwortete Braun mehr als gelangweilt. „Also, warum fragst du?“

„Nein, er hat nur mit mir telefoniert! Es ging um eine Mail, die du bekommen hast. Er hatte es ziemlich eilig.“

„Er war nicht hier und hat dir das Foto gezeigt?“ Wütend presste Braun die Lippen zusammen und nahm sich vor, seinem Partner gründlich die Meinung zu sagen. Gruber war mehr als unkonzentriert bei der Arbeit, schickte Suchanfragen per Telefon, bloß weil er privat irgendetwas Geheimnisvolles am Laufen hatte.

„Nein, sage ich doch! Aber ich habe auch nichts gefunden. Das wollte ich ihm bloß sagen“, maulte Chiara, die Brauns schlechte Laune überhaupt nicht ausstehen konnte.

„Ist ja auch scheißegal“, lenkte Braun ein und beugte sich über den Computer, als endlich Bewegung auf den Bildschirm kam. Zwei Fotos erschienen in kleinen Fenstern. Brauns Herz begann schneller zu schlagen und ungeduldig beugte er sich noch weiter vor, um die Bilder besser erkennen zu können. Doch schon nach wenigen Augenblicken richtete er sich enttäuscht wieder auf. Die Mädchen auf den Fotos waren nicht zwischen sechzehn und zwanzig, es waren zwei pausbäckige Schulmädchen, zwölf und vierzehn Jahre alt, die seit drei Tagen vermisst wurden.

„Nichts! Tut mir leid, Braun. Hat diese Suche auch mit Grubers Anfrage zu tun?“

„Wie kommst du darauf?“, fragte Braun. „Da hat sich ein Psychopath auf meine Fersen geheftet. Der schickt mir Fotos von toten Mädchen und will mein Freund sein.“

„Echt krass! Hoffentlich kriegt ihr den Kerl bald."

„Ja, das hoffen wir auch!"

Chiara runzelte die Stirn und rief eine neue Datei auf. Wieder dauerte es unendlich lange, bis auf dem Bildschirm etwas zu sehen war. Das Foto eines blonden Mädchens mit schwarzen Schatten unter den Augen tauchte auf.

„Nadeshda Rubicowa", las Chiara laut den Text. „Alter 16 Jahre. Vermisst seit März dieses Jahres."

„Na bitte!", Braun schlug mit der linken Faust in seine flache rechte Hand. Er beugte sich weit über Chiara, um den Text auf dem Bildschirm lesen zu können.

„Woher stammt sie und wo wird sie vermisst?", murmelte er. „Was ist das überhaupt für eine Datei, Chiara!"

„Das Vermisstenregister von Europol, Braun." Chiara tippte auf den Bildschirm. „Diese Rubicowa ist Moldawierin und wurde in der Slowakei vermisst gemeldet. Sie war als Eventhostess für eine Tagung in Linz gebucht, ist aber nicht mehr nach Bratislava zurückgekehrt. Seither wird sie vermisst."

„Wer hat sie als vermisst gemeldet?", fragte Braun und strich sich nachdenklich über die Stirn. Chiara scrollte durch das File.

„Ihr Bruder, sie wollten sich in Bratislava treffen."

„Sie ist also entweder in Linz oder in Bratislava verschwunden." Braun dachte kurz nach, ehe er weitersprach.

„Wurde sie über eine Modelagentur gebucht?"

Chiara klickte auf dem Bildschirm nach unten.

„Die Buchung wurde über Madonna Models abgewickelt. Von dort wurde das Mädchen nach Linz geschickt."

„Stopp, Chiara. Wie war nochmal der Name der Modelagentur?" In Brauns Hinterkopf begannen die Alarmglocken zu läuten.

„Madonna Models! Eine Agentur in Bratislava."

Natürlich, jetzt fiel es ihm wieder ein. Kim Klinger hatte ihm gestern Abend von dieser Agentur erzählt und auch Laura Pestalozzi in diesem Zusammenhang erwähnt. *Merkwürdig,* dachte er, *da muss etwas dran sein!*

„Für welchen Event war sie in Linz gebucht?"

„Sorry, Braun, aber das steht hier nicht. Wurde anscheinend von den slowakischen Kollegen vergessen einzutragen."

Nachdenklich ging Braun in sein Büro zurück. Das mit dem vermissten Mädchen in Bratislava konnte ja Zufall sein, obwohl Braun in seinem Job nicht an Zufälle glaubte. Es war an der Zeit, sich einmal gründlich mit der Journalistin Kim Klinger zu unterhalten, um mehr über ihre mysteriöse Informantin zu erfahren.

Ächzend ließ er sich in seinen Drehstuhl fallen, um sich endlich der Presse-Aussendung aus der PR-Abteilung zu widmen, die noch immer um Schadensbegrenzung wegen der Presseberichte bemüht war. Als er sie mit seinen Anmerkungen versehen abgeschickt hatte, surrte sein Computer und eine Mail mit Anhang landete mit dem Vermerk „autorisiert" in seinem Posteingangsordner. Ohne dass Braun irgendetwas tun musste, öffnete sich die Mail:

Lieber Freund, danke für dein Zeichen; habe alles verstanden; morgen früh kannst du das Werk begutachten; bin in Eile wegen der Vollendung; hier der derzeitige Stand. Dein treuer Freund.

Mit einer bösen Vorahnung öffnete Braun das Attachment. Zunächst konnte er nichts erkennen, das Foto wirkte wie ein abstraktes Gemälde, doch nach und nach kristallisierten sich die Einzelheiten heraus. Vor einem glänzenden, leicht verschwommenen Hintergrund war die Vergrößerung eines menschlichen Oberarms zu sehen. An der zarten Schulter war mit einem schwarzen Faden ein noch blutiger weißer Taubenflügel angenäht. Feine Blutspuren, die von den Einstichen abgingen, zeigten Braun, dass das Opfer während dieser Tortur noch am Leben gewesen war.

„Dieses perverse Schwein! In welchem Horrorfilm befinde ich mich eigentlich!"

Wutentbrannt sprang Braun auf und knallte seinen Drehstuhl gegen die Wand. Riss das Fenster auf und die eiskalte Nebelluft schwappte in sein Büro. Er streckte den Kopf aus dem Fenster, atmete tief die abgasverseuchte Luft ein und wünschte sich den Absender der Mail nur für einen Augenblick hier in sein Büro. Mit seinen Fäusten würde er ihm das kranke Hirn aus dem Schädel prügeln. Wütend schlug er das Fenster zu. Jetzt würde er viel für eine Dose Bier geben, aber er konnte nicht einfach zum Anatolu Grill fahren und sich volllaufen lassen, denn jetzt war für ihn die Jagd nach diesem Irren eröffnet.

„Verdammte Scheiße! Ich habe schon wieder eine Mail von diesem Verrückten erhalten!", brüllte Braun in den Telefonhörer und ließ den EDV-Techniker nicht zu Wort kommen.

„Was läuft hier schief?"

„Beruhigen Sie sich." Der Techniker schnaufte laut und redete langsam wie ein Psychologe, der einen Verrückten beruhigen muss, als er die Mail öffnete, die ihm Braun sofort weitergeleitet hatte. „Es handelt sich um einen Trojaner."

„Was soll die Scheiße!", tobte Braun und seine Hände wurden an den Knöcheln knallrot, so sehr drückte er den Hörer zusammen. Er konnte nur mit Mühe den Drang unterdrücken, das Telefon gegen die Wand zu schleudern. „Also, ganz langsam, für beschränkte Arschlöcher wie mich. Was ist ein Trojaner?"

„Ein Trojaner ist eine Art Spionagesoftware, die anderen Zugriff auf Ihren Rechner gibt. Kommt aus der griechischen Mythologie – trojanisches Pferd. Na, klingelt es? Da hat wohl einer in der Schule nicht aufgepasst."

„Spar dir deine blöden Witze! Hier werden Menschen gefoltert und du findest das komisch, du Arschloch?", brüllte Braun in den Hörer und der EDV-Mann kapierte augenblicklich, dass er zu weit gegangen war.

„Sorry, aber jetzt im Ernst. Die Mail wechselt ständig die Identität und kann deshalb nicht herausgefiltert werden. Wir können im Augenblick nichts tun."

„Heißt das, ich bekomme jetzt ständig diese Mails?"

„Wenn es die Mails von dem Verrückten sind, dann mit Sicherheit."

„Das heißt, unser Absender ist ein Computerfreak?" Braun hatte sich wieder beruhigt.

„Nein, so einen Trojaner kann man sich problemlos aus dem Internet herunterladen und für seine Zwecke umformatieren. Kann im Prinzip jeder, der mit Computern zu tun hat", dämpfte der Techniker Brauns aufkommende Euphorie.

„Verdammt! Es gibt also keine Möglichkeit, den Absender der Mails zu eruieren."

„Doch, aber bis wir die IP-Adresse herausgefunden haben, müssen wir den Mailfluss genau analysieren. Das sind viele Mails und das dauert." Der Techniker machte eine kurze Pause und biss von einer Art Müsliriegel ab, jedenfalls kam es Braun so vor, denn das Krachen im Lautsprecher war infernalisch.

„Von wie vielen Mails sprechen wir?"

„Grob geschätzt sind das zehntausend Mails."

„Ach du Scheiße!", stöhnte Braun und legte frustriert auf.

22

DIE LEGENDE DER VOGELMÄDCHEN

Raphael Goldmann war völlig außer Atem, als er den schmalen Gang entlanghinkte, der von dem unbenutzten alten, vermoderten Keller der Klinik in die Lagerräume führte. In diesem Teil wurden ausrangierte medizinische Geräte, wackelige Betten und kaputte Rollstühle gelagert, einer von Goldmanns Vorständen hatte die Idee gehabt, hier einen Hightech-Operationssaal einzurichten, aber dafür fehlte das nötige Geld und so war der halb eingerichtete Saal zu einem Abstellraum umfunktioniert worden. Die Neonröhren an den Wänden waren teilweise defekt und blinkten im Takt seiner abgehackten Schritte. Trotz der Kälte, die hier unten herrschte, stand ihm der Schweiß auf der Stirn und vorsichtig öffnete er die Tür, sah sich immer wieder um, ob ihn auch niemand gesehen hatte. Erst im Lift entspannte er sich, blickte auf seine Armbanduhr, denn seine Privatpatientin war sehr ungehalten, wenn er sich bei einem Termin verspätete.

„Sie hat den Termin kurzfristig abgesagt", informierte ihn seine Sekretärin, als er keuchend in sein Büro kam. „Sie muss ihren

Aufschlag mit dem Tennislehrer analysieren", fügte sie ungefragt hinzu und hob vielsagend die Augenbrauen.

„Danke", erwiderte Goldmann knapp, dem der Sinn nicht nach Konversation stand, und verschwand schnell in seinem fensterlosen Büro.

Minutenlang saß er regungslos an seinem Schreibtisch und starrte gebannt auf die Styroporkugel, in der die Taubenfedern steckten. Zögernd streckte er den Arm aus und hielt seine rechte Handfläche darüber, ohne die Enden der Federn zu berühren. Er konzentrierte sich auf seinen Atem, versuchte möglichst gleichmäßig die Luft durch den Mund auszuatmen, um in einen meditativen Zustand zu gelangen. Aber diesmal wollte es ihm nicht gelingen, diesmal ging ihm einfach viel zu viel durch den Kopf. Also gab er ausnahmsweise und nur dieses eine Mal, wie er sich einredete, seinen Instinkten nach. Hektisch und mit schlechtem Gewissen zog er eine Feder aus der Styroporkugel und stieß sich die Spitze in seine rechte Handfläche. Der Schmerz beruhigte ihn augenblicklich und als er die Spitze der Taubenfeder wieder aus seiner Hand zog, war sie blutig und auch auf seiner Handfläche waren feine Blutstropfen zu erkennen. Aus seinem weißen Arztmantel zog er ein antiseptisches Tuch, das er auf die Wunde presste. Mit der unverletzten Hand zog er eine Lade seines Schreibtisches auf und legte ein dünnes Notebook auf Schreibtischplatte. Da die Klinik über WLAN verfügte, konnte er auf Knopfdruck seine Mails abrufen und entdeckte neben den üblichen Mails auch mehrere von Tony Braun, dem Leiter der Mordkommission.

Ohne den Text von Brauns Mail zu lesen, öffnete er sofort den Anhang und blicke minutenlang auf das Foto, das jetzt seinen gesamten Bildschirm einnahm. Noch immer pochte seine Handfläche vor Schmerz und er hätte sich gerne eine weitere

Federspitze in die Hand gestoßen, um die Gedanken zu vertreiben, die ihn jetzt beim Anblick des Fotos überrollten. Mit zitternden Fingern öffnete er das zweite Foto. Diesmal war es das Detail eines weiblichen Oberarms, in dessen Haut ein blutiger Taubenflügel genäht war.

Goldmanns Gedanken schweiften ab, glitten zurück in die Vergangenheit, als er mit zerschmettertem Bein auf der Geröllhalde gelegen hatte, mitten im Sherpaland. Auf den verwitterten Steinen rings um ihn hockten die Vögel und warteten. Warteten nur darauf, dass er einschlafen würde, warteten nur darauf, ihn dann mit ihren spitzen Schnäbeln zu zerreißen.

„Auch hier wird die Haut zerrissen", sagte er laut und schloss die beiden Fotodateien.

Hastig hinkte er nach draußen, nickte seiner Sekretärin finster zu und holte sich die notwendigen Patientenunterlagen für seine Visite. Unterwegs begegnete er einer philippinischen Schwester, die ihn an eine Madonna erinnerte und die er später für ein Experiment mit Gregor Pestalozzi einsetzen würde. Doch jetzt war es noch nicht so weit und deshalb lächelte er sie nur abwesend an, denn als Nächstes musste er sich um Chefinspektor Braun kümmern.

*

Tony Brauns Büro war bis auf den Schreibtisch und seinen Laptop leergeräumt, der Biervorrat, den er in einem Regal deponiert hatte, war jetzt in einer Kiste verpackt und wartete bereits auf den Abtransport. Braun war es schleierhaft, wie ein geregeltes Arbeiten in der schwarzen Halle drunten am Hafen möglich sein würde. Aus dem grauschwarzen Nebel, der die Stadt schon seit Wochen zu Boden drückte, begann es jetzt leicht und ungemütlich zu nieseln, dünne Regenspuren glitzerten auf den Fenstern und hinterließen feine Schlieren im Dreck.

Das Telefon klingelte und Goldmann, der Psychiater, hielt sich nicht lange mit einer Begrüßung auf, sondern kam direkt zur Sache.

„Ein spannender Fall ist da auf Ihrem Schreibtisch gelandet, Braun!“ Goldmann war in seinem Element und ließ Braun nicht mehr zu Wort kommen.

„Der Mann, von dem Sie diese Bilder haben, sieht diese Mädchen als dämonische Verführer, die er in Engel verwandeln muss. Das zeigt sich bereits in der altbabylonischen Fassung des Gilgamesch-Epos, das die Gestalt der Prostituierten Samhat enthält. Ich würde also sagen, diese Mädchen auf den Bildern sind Prostituierte und der Mann, der die Bilder schickt, wahrscheinlich ein Kunde, der sich für sexuelle Abartigkeiten schämt. Langweile ich Sie, Braun?“

„Nein, klingt hochinteressant! Reden Sie nur weiter“, sagte Braun und schrieb währenddessen die Worte „Prostituierte“, „perverser Freier“ und ein Fragezeichen auf seine Schreibtischunterlage.

„Es könnte natürlich auch ganz anders sein: Denn es gibt auch noch die bis in archaische Zeiten zurückreichende Mahrtenehe. Dabei wird eine Ehe zwischen einem Mann und einem Elementarwesen unter Bedingungen geschlossen, die für einen gewöhnlich Sterblichen einfach nicht erfüllbar sind. Können Sie mir folgen, Braun?“

„Ich bin ganz gebannt von Ihren Ausführungen, Goldmann“, sagte Braun und meinte es tatsächlich ohne einen Funken Zynismus.

„Was schließen wir daraus? Der Mann kann das überirdische Gebot nicht erfüllen, das angebetete Geschöpf kehrt zu ihrem ursprünglichen Wesen zurück und der Mann wird verrückt.“ Goldmann machte eine wohldosierte Pause.

„Jetzt kommen wir zum Kern meiner Ausführung: Bei diesen Elementarwesen handelt es sich um Geschöpfe wie Wasserfrauen, Nixen, Feen und – Vogelmädchen."

Goldmann kicherte in sich hinein und Braun war sich nicht sicher, ob der Psychiater nicht selbst komplett verrückt war.

„Braun, unser Mann sieht in den Vogelmädchen kleine Engel. Der Taubenflügel auf dem zweiten Bild bestätigt diese Theorie, würde ich sagen."

Braun steckte sich den Kugelschreiber hinter das Ohr und versuchte Goldmann die Gedanken zu vermitteln, die ihm plötzlich durch den Kopf geschossen waren.

„Im Polizistenjargon heißt das also, und bitte korrigieren Sie mich, wenn ich falsch liege: Unser Mann hat auf irgendeine Weise mit Prostituierten zu tun, lebt aber in einer verrückten Art von Zölibat. Er muss diese Prostituierten erlösen, um selbst nicht in Versuchung zu kommen und verwandelt sie deshalb in mythische Wesen – in Vogelmädchen oder wie in unserem Fall in Engel."

„Könnte sein, Braun." Goldmann war anscheinend nicht recht überzeugt und schien nachzudenken. „Für mich passen die Tauben allerdings nicht ganz ins Bild. Die müssen noch eine andere Bedeutung haben."

„Sind Tauben nicht auch ein religiöses Symbol?"

Goldmann brach wieder in sein glucksendes Lachen aus, als hätte ihm Braun einen Witz erzählt.

„Interessante Idee, Chefinspektor Braun, ich werde darüber nachdenken", kicherte er in einem fort und legte dann auf.

23

SEX UND DROGEN

Sie werden in flüssigen Gummi getaucht, um ihre Ursprünglichkeit zu erhalten, raunte man sich hinter vorgehaltener Hand ehrfürchtig zu. Anklagend reckten sie die geschwärzten, an mit Latex umhüllte Arme und Finger erinnernden Äste gegen die hohe weiße Betondecke, deren leichentuchartige Sterilität nur von einzelnen schwarz eingefassten Neonspots durchbrochen wurde.

Die Models starrten mit offenem Mund auf diese mit schwarzem Gummi überzogenen Äste und Blätter, die in echten New Yorker Mülleimern aus abgeschlagenem und rostigem Blech steckten und ein Spalier der Zerstörung, der Hoffnungslosigkeit und des Leids bildeten, das in einem an die rückwärtige Wand der Galerie genagelten, ebenfalls mit flüssigem Gummi überzogenen, kopfüber nach unten stürzenden Adler seinen deprimierenden Höhepunkt fand. Auf den dürren, verdrehten Ästen baumelten silbrig glänzende CD-Scheiben, die mit schwarzem Filzstift beschriftet waren und – wenn man den Aufschriften Glauben schenkte – MP3-Files mit den Stimmen von nordafrikanischen Flüchtlingen, die über ihre ganz persönlichen Schicksale berichteten. Diese Interviews, mit einem elektronischen Beat unterlegt, dienten als Soundtrack zu dieser verstörenden Vernissage in der Altstadt von Bratislava.

Suchend schaute sich Marusha um, außer Darija und den drei anderen Mädchen, mit denen sie gekommen war, kannte sie keinen Menschen.

Sherban hatte Darija beauftragt, gemeinsam mit den Mädchen die Vernissage des angesagten weißrussischen Künstlers Kossuth zu besuchen, der zum ersten Mal in Bratislava ausstellte. Dabei ging es weniger um Kunst als vielmehr um das internationale Publikum, das diese Ausstellung besuchte. Die „U-Gallery" diente als Kontaktforum für die asiatischen Geschäftsleute, um sich die schönsten Mädchen von „Madonna Models" in Ruhe auszusuchen.

Aus einer Ecke der Galerie hörte Marusha das bekannte perlende Lachen von Darija, das sich heroingetränkt bis zu ihr fortpflanzte und sogar den klagenden Soundtrack übertönte. Sie entdeckte Darija, umringt von fünf winzigen Vietnamesen in übergroßen schwarzen Anzügen mit rasierten Schädeln und dunklen Sonnenbrillen, denen sie mit dem intensiv stechenden Blick des rastlosen Junkies Lügengeschichten aus ihrer Heimat Moldawien erzählte.

Plötzlich legte sich eine Hand auf Marushas Schulter und ein elektromagnetischer Stoß durchfuhr sie, raste mit Lichtgeschwindigkeit durch ihren Körper mit einem kleinen Umweg über ihr Herz, das zu hüpfen begann, als sie in die Augen eines grau melierten, unrasierten Mannes blickte, in Augen, die so grün leuchteten wie die gefliesten Wände in der Badeanstalt von Ternopol.

„Ich bin Kossuth, der Künstler – das alles stammt aus meinem Kopf." Er machte eine ausladende, kreisende Handbewegung und schlug sich dann mit der Faust auf die Stirn.

„Ich heiße Marusha und arbeite für Madonna Models", flüsterte Marusha und konnte nicht aufhören, in die grünen Augen zu starren. „Ich starte gerade meine Modelkarriere", erzählte sie weiter und konzentrierte sich auf ihre Aussprache.

„Ah, du bist eines von Sherbans Mädchen." Kossuth nickte wissend. „Ich verstehe." Er fasste sie um die Taille und Marusha war wie elektrisiert. „Wie gefällt dir meine Installation ‚Lost Souls'?" Er zog sie enger an sich und beide gingen im Gleichschritt durch die Allee aus schwarzem Gummi, New Yorker Müll und eruptivem Schluchzen aus den Boxen und steuerten direkt auf den stürzenden Adler zu.

Darija war mit den fünf Vietnamesen inzwischen irgendwo in den hinteren Räumen verschwunden. „Ich sehe mir noch andere tolle Kunstwerke an!", hatte sie Marusha zugerufen und ihr eine Kusshand zugeworfen. Ihre schwarzen Augen glänzten an diesem Abend noch intensiver, die Pupillen waren noch größer und hinterließen in ihrem blassen Gesicht mit den weiß gefärbten Haaren den Eindruck glühender Kohlen. „Bin gleich wieder zurück, lauf nicht weg, mein Täubchen!", gurrte sie und ließ sich von den eifrigen Vietnamesen weiterschieben.

„Gehen wir nach hinten in das Büro! Dann mache ich ein Porträt von dir." Marusha folgte Kossuth durch eine Tür in einen fensterlosen Raum, in dem außer einem gläsernen Designerschreibtisch mit einem Laptop nichts zu sehen war. Kein Zeichenblock, keine Bilder an den Wänden, keine Staffelei, einfach nichts.

Kossuth setzte sich ganz entspannt auf den gläsernen Schreibtisch und fixierte sie mit seinen unergründlichen Augen, die tiefer waren als der Baggersee hinter der Schnellstraße nach Kiew. Absolut cool ließ er seinen breiten Gürtel aufschnappen, schob sich die schwarzen Jeans über die breiten Schenkel nach unten und tippte auf seine schwarzseidig glänzenden Boxershorts.

„Blas mir einen!“ Als er Marushas Zögern bemerkte, griff er mit zwei Fingern in die Brusttasche seines Jacketts und fischte mehrere elegant gefaltete 100-Euro-Scheine hervor, die er über Marushas Kopf regnen ließ. Dann riss er sie an den Haaren nach vorne und drückte ihren Kopf zwischen seine Beine.

„Fang endlich an!“, zischte er und in Marushas Kopf platzte die Seifenblase von Model, Laufsteg und Glücklichsein.

„Bitte, bitte nicht“, flüsterte sie, als ihr Kossuth mit der Schuhspitze das Designer-T-Shirt hochschob, um ihre Brüste zu inspizieren. „Bitte nicht!“, stammelte sie unter Tränen und versuchte, die glänzende schwarze Schuhspitze wegzudrücken. Über sich hörte sie das wütende Schnauben von Kossuth, das wie eine Gewitterwolke in dem Raum hing und nur darauf zu warten schien, sich über Marusha zu entladen. In Erwartung eines Schlages duckte sie sich noch tiefer, doch irgendwie war die Luft draußen, der Kick für ihn verflogen. Kossuth räusperte sich angeekelt und urinierte auf ihre Beine, bis sie über den Betonboden kroch und sich unter dem Schreibtisch versteckte. Dann richtete er sich gemächlich die schwarzen Jeans, drehte das Licht ab, ging wieder zurück in die Galerie, knallte die Tür hinter sich zu und ließ Marusha in einer Urinlache zurück.

24

DIE „WAHREN WERTE“

Vom Fenster aus hatte man einen Blick auf die ehemalige Stadtbücherei von Linz, die mittlerweile aber an einen anderen Ort übersiedelt war. Statt Lesern bevölkerte das schon einige Zeit leer stehende Gebäude jetzt eine Unmenge von Tauben, die durch die zerbrochenen Fensterscheiben ins Innere geschlüpft waren und sich jetzt zu hunderten in dem verkommenen Gebäude verkrochen. Manchmal bahnte sich ein dick vermummter Mann, der leicht hinkte, den Weg durch den nur nachlässig mit Brettern versperrten Haupteingang, um auf den breiten Treppen und in den von Taubendreck überzogenen Lesepulten Vogelfutter auszustreuen. Dann herrschte ein Kreischen und Flattern und Zischen und Scharren, das bis in die weitläufige Wohnung auf der anderen Straßenseite zu hören war und über die Räume einen gespenstischen Soundteppich legte.

Doch manchmal, wenn der Nebel immer dichter wurde und die Schatten der Einsamkeit aus allen Winkeln hervorkrochen, um sich in dem Herz der schlaflosen Bewohnerin gegenüber einzunisten und sie ruhelos auf und ab ging, hatte sie das Gefühl, als würde hinter einem der verdreckten Fenster im Dachgeschoss ein Lichtstrahl durch die Dunkelheit irren, wie ein Geist auf der Suche nach Erlösung.

Gebannt verfolgte Kim Klinger das flackernde Leuchten in dem leer stehenden Haus auf der anderen Straßenseite, dessen Konturen sich in Nebel und Dunkelheit langsam auflösten. Sie bildete sich ein, die Lichtstrahlen des Wachdienstes würden geheime Signale an sie aussenden und ihr den Weg in eine andere Wirklichkeit weisen. In eine Realität, in der sie ohne dröhnende Kopfschmerzen, ohne das nervige Schaben an ihrer Schädelwand leben könnte. Sie ballte die Hände zu Fäusten und presste sie gegen ihre Augen. Fest und immer fester. Als sie die Fäuste sinken ließ, war aber alles wie immer, nur das Leuchten gegenüber war verschwunden.

Die geheimen Signale sind doch alles nur Einbildung, dachte sie. Mit knisternden Stimmen im Kopf ging sie in ihr Badezimmer, starrte auf das Bord unter dem Spiegel, wo in Dreierreihen die grünen Jägermeister-Fläschchen aufgefädelt standen, die alle leer waren.

Noch immer benommen von den knisternden und kratzenden Geräuschen, die durch ihren Schädel kreisten, griff sie nach einigen Fläschchen und rutschte an der gefliesten Wand entlang auf den Boden. Aus einem kleinen Schrank unter dem Waschbecken nahm sie einen Trichter, den sie in das erste Jägermeister-Fläschchen steckte, dann holte sie eine medizinisch aussehende Flasche hervor und füllte das Jägermeister-Fläschchen mit einer klaren, geleeartigen Flüssigkeit. Genauso machte sie es mit den anderen Fläschchen, bis der alle auf dem Bord komplett aufgefüllt waren.

Als sie den Inhalt eines Fläschchens ex gekippt hatte, fühlte sich Kim gleich viel besser. Das Knistern und Kratzen verschwand, auch der Lichtschein gegenüber tauchte nicht mehr auf. Voll frischer

Energie setzte sie sich an den Computer und rief die Homepage von Madonna Models auf. Ihre Informantin Lola hatte ihr erzählt, dass die Agentur den Mädchen auch ganz normale Fotojobs vermittelte, um auf diese Art und Weise den Schein von Legalität und Normalität aufrechtzuerhalten.

Warum meldet sich Lola nicht?

Natürlich ahnte Kim bereits, dass etwas mit Lola passiert sein musste, sonst hätte sie sich sicher gemeldet. Sie war ja so scharf auf das Geld. Je länger sie darüber nachdachte, desto sicherer war sich Kim, dass etwas dran war an der Story mit den sieben verschwundenen Mädchen!

Irgendwo schlug eine Kirchturmuhr und riss Kim aus ihren Gedanken. Mit einer Zigarette zwischen den Lippen, die sie aber nicht anzündete, trat sie ans Fenster und sah ziellos nach draußen. Der graue Nebel war jetzt einem undurchdringlichen Schwarz gewichen, das Gebäude und Straßen gleichmäßig verhüllte und Kim das Gefühl gab, alleine in einem luftleeren Raum zu schweben, losgelöst von Zeit und Realität und gänzlich ohne Ahnung, wohin die Reise ging. Diese Orientierungslosigkeit jagte ihr Angst ein und sie riss ein Streichholz an, sah in der Flamme ihr Gesicht in der Fensterscheibe flackern, dann verlöschen.

„Verdammt!“ Hastig steckte sie Daumen und Zeigefinger in den Mund, die sie sich an der Streichholzflamme verbrannt hatte, und dieser kurze Schmerz holte sie wieder zurück in die Wirklichkeit ihres Arbeitszimmers. Sie drehte sich zu der dem Fenster gegenüberliegenden Wand, ging darauf zu, zunächst zögernd, dann aber immer bestimmter, öffnete zwei riesige Schiebetüren, die aber nur den Blick auf eine Mauer freigaben, mit der die ursprünglich große Wohnung in zwei kleinere Einheiten unterteilt worden war und jetzt eine Art Wandschrank bildete.

Doch hinter den Schiebetüren waren keine Kleider und auch keine Bücher oder Papiere, die Kim für ihre journalistische Arbeit brauchte. Hinter den Schiebetüren waren nur Fotos, welche die Trennwand bedeckten. Hunderte von A4-Computerausdrucken, die alle nur ein Motiv hatten: das Gesicht von Kim Klinger. Ganz links das erste. Aufgenommen vor fünf Jahren, als sie das erste Mal davon gehört hatte. Die Serie mit den dreißig Bildern für einen Monat vor drei Jahren in der Mitte. Dieser Juli vor drei Jahren war ihr als erstes Ablaufdatum mitgeteilt worden. Eine Prophezeiung, die sich letztlich als falsch herausgestellt hatte ...

Das Mitternachtsbild!

Klick! Sie nahm es selbst mit dem iPhone auf. Ein wenig aus der Spur, aber das Wichtigste, die Augen, waren zu erkennen. Die tiefen Falten rundherum, ja, der Verfall war nicht mehr aufzuhalten, fraß sich langsam, aber unermüdlich von innen nach außen, bis nichts mehr von ihr übrig bleiben würde als diese Bilder.

Um der erdrückenden Stille, die sich plötzlich über die Stadt, über das Viertel, über ihr Altstadthaus, über ihre Wohnung gelegt hatte und eben im Begriff war, auch sie mit dem ganzen Gewicht einer schwarz-hoffnungslosen Nacht zu erdrücken, klickte sie sich auf der Suche nach Musik durch die Welt der Internetradios, bis sie schließlich wie von selbst zu dem Sender „Wahre Werte“ gelangte. Ein Name, so altmodisch und aus der Zeit gefallen, dass er sofort Kims Interesse weckte.

„... schon wochenlang kein Wort miteinander gesprochen. Ich denke, wenn ich ihr sage, dass ich sie ...“, hier stockte die Männerstimme, um dann leiser und gehemmt fortzufahren: „... wenn ich ihr sage, dass ich sie liebe, wird sie mich verlachen!“

„Warum soll sie dich verlachen?“ Elektrisiert horchte Kim auf. Diese Stimme, woher kannte sie bloß diese Stimme. „Das Gegenteil wird der Fall sein! Sie wird dich für deinen Mut bewundern, dafür, dass du dich traust, Gefühle zu zeigen! Weißt du Mann, das ist echt Scheiße, dass wir Männer immer so verdammt cool sein müssen!"

Natürlich, das war Tony Braun, der Polizist, der für sie wegen der vermissten Mädchen recherchierte und mit dem sie sich ja für den nächsten Tag verabreden sollte. Tony Braun als Moderator einer Talkshow – einfach unglaublich! Kim schüttelte vor Verblüffung den Kopf, kippte gegen alle ihre Vorsätze noch schnell einen Jägermeister und hatte jetzt wieder alles scharfgestellt. Während Braun mit dem Anrufer weiter über Männer und ihre Gefühle und über die Stärke von Schwäche sprach, loggte sich Kim auf die Homepage der „Wahren Werte" ein und hatte plötzlich eine Idee.

*

„Peng! Peng!" Jimmy Braun hockte bei offenem Fenster auf dem schmalen Sims im Wohnzimmer seines Vaters und starrte nach draußen auf die Zubringerstraße, die im Nebel fast nicht zu erkennen und um diese Zeit auch nicht mehr stark befahren war. Immer, wenn sich die Scheinwerfer eines Autos durch die Dunkelheit fraßen, hob er die silberne Beretta, umfasste sie mit beiden Händen visierte die Dunkelheit knapp oberhalb der Scheinwerfer an und drückte ab.

„Peng!"

Obwohl die Waffe nicht geladen war, ließ ihn der Rückstoß jedes Mal beinahe zurück ins Zimmer fallen.

„Peng!" *Sniper killt nächtliche Autofahrer!*

Das wäre einmal eine Schlagzeile für diese verschlafene Stadt! Da würde sein Vater aber ganz schön schlucken und sich Vorwürfe machen.

Geschieht ihm ganz recht, warum bleibt er nicht einfach zu Hause, sondern lässt mich allein.

Die Waffe lag schwer und glänzend in seiner Hand und die kalte Nachtluft ließ ihn frösteln, aber er wollte nicht wieder zurück in sein warmes Zimmer, das im gedämpften Licht der Nachttischlampe im Grunde ganz gemütlich aussah, für ihn aber dieselbe Atmosphäre wie ein Hotelzimmer verströmte. In der Fensterscheibe spiegelte sich sein Gesicht und er konnte den rasierten Teil seines Kopfes deutlich erkennen. Immer wieder legte er die Mündung der Pistole an den rasierten Teil seines Schädels.

„Peng!" – so einfach wäre das.

Mit diesem Haarschnitt würde er seinen Vater schon zu einer Reaktion provozieren, wenn auch zu einer negativen. Aber besser so als gar kein Statement. Im Badezimmer hatte er sich zuvor die Haare auf der rechten Seite oberhalb der Schläfe radikal abrasiert, die Strähnen dann mit dünnem Bindfaden umwickelt und in seinem Rucksack verstaut.

Barfuß war er ins Wohnzimmer getappt, hatte „Your funeral, my trial", die Doppelmaxi von Nick Cave, aus dem Regal gezogen – *cooler Titel*, dachte Jimmy. Dann noch verschiedene Nick-Cave-LPs bis zu Nirvana „Unplugged" – dahinter war der Safe, in dem sein Vater die Pistole aufbewahrte. Jimmy hatte ein fotografisches Gedächtnis, das er von seinem Vater geerbt hatte und so war es auch nicht besonders schwierig für ihn gewesen, sich die richtige Safekombination zu merken, als er seinen Vater beobachtet hatte.

„Peng!" Er zielte auf die Eingangstür und drückte ab. Das trockene Klacken des Bolzens riss ihn aus seiner Trance.

Eine Zeit lang chattete er auf Facebook, machte mit dem Handy ein Foto seiner neuen Frisur und lud es hoch, doch irgendwie langweilte ihn diese virtuelle Kommunikation. Planlos surfte er durch diverse Homepages, bis er bei den „Wahren Werten“ landete, das hatte er im Hinterkopf auch vorgehabt, es sich aber natürlich nicht eingestanden, dass er hören wollte, was sein Vater nach Mitternacht bei diesem beknackten Internetradio so trieb. Aus den Lautsprechern seines Laptops drang blechern die Stimme seines Vaters. Während er konzentriert den manchmal wütenden, dann wieder besänftigenden Worten seines Vaters lauschte, der gerade einen Anrufer in der Leitung hatte, landete eine schwarze Taube auf dem Fenstervorsprung oberhalb seines Fensters mit einem leisen Gurren, beugte den Kopf nach unten und blickte Jimmy erwartungsvoll an.

Als der Anrufer fertig war und die Musik einsetzte, holte sich Jimmy ein Stück Brot aus der Küche, zerbrach es sorgfältig und streute die Krümel auf das Fensterbrett. Die Taube trippelte vorsichtig näher, pickte die Brotkrumen schnell auf, ohne Jimmy aus den Augen zu lassen.

„Coole Sendung, die mein Alter da macht!“

Die Taube neigte den Kopf, gurrte leise und flog davon. Jimmy war sich ziemlich sicher, dass es Damian gewesen war. Phil hatte sie so abgerichtet, dass sie auch nachts flog und wieder auf das Dach zu ihm zurückfand. Übermorgen würde er Phil die Pistole vorbeibringen, so wie es vereinbart war. Auch die Schachtel mit den Patronen hatte er aus dem Safe genommen. Genauso wie Phil es ihm aufgetragen hatte. Trotzdem hatte er irgendwie ein mulmiges Gefühl in der Magengegend, wenn er an Phils Worte dachte: „Mit einer Pistole ohne Patronen kannst du niemanden umbringen, mein Junge.“

*

Das bunte Mah-Jong-Sofa war der einzige Farbklecks in der nüchternen und hellen Wohnung von Dominik Gruber. Objektiv betrachtet war es das Apartment eines erfolgsverwöhnten jungen Mannes. Freistehende Küche mit großem Tresen für Show Cooking, Flatscreen auf einem weißen Bord und ein schmales blutrotes Gemälde, das vom Boden bis zur Decke reichte und so an der Wand lehnte, dass es die Tür dahinter fast vollständig verdeckte.

Die Tür war mit drei Schlössern gesichert und innen hatte Gruber auch noch eine dicke Matratze angeschraubt, damit sie sich nicht verletzen konnte, wenn sie dagegenrannte. Das Fenster in dem Zimmer hatte er mit massiven Brettern zugenagelt, die bekam sie im Leben nie auf. Er stoppte den YouTube Channel, auf dem er gerade „Burial" gehört hatte, und lauschte.

Gedämpft drangen leise Geräusche durch die abgedichtete Tür. Ging es ihr wirklich so schlecht? Sie hatte sich doch nach dem Ausflug schon viel besser gefühlt. Es war wie immer ein ständiges Auf und Ab. Objektiv betrachtet war sie auf dem richtigen Weg, aber wer scherte sich schon um Objektivität? Braun, zum Beispiel, würde ganz etwas anderes darüber denken, wenn er davon gewusst hätte. Braun wäre schwer davon zu überzeugen, dass es einen Sinn hatte, sie zu retten. Aber er musste sie retten, das war nun einmal sein Schicksal. Auch gegen ihren Willen musste er tun, was zu tun war.

Er hatte ihr das rosa Handy gegeben, aber sie hatte es einfach benutzt, um ihn zu hintergehen. Hatte ihn auch noch belogen, aber das war er schon gewöhnt. Alle lügen, wenn es ihnen schlecht geht, keine will gerettet werden, alle wollen noch tiefer fallen.

Nervös fummelte Gruber auf seinem iPad herum, fand den Stream, hörte sich wie jede Woche Brauns Talkradio an. Natürlich erzählte er Braun nichts davon, wollte von ihm nicht mit Fragen konfrontiert werden. Er könnte ihn ja einfach anrufen, doch Braun würde seine Stimme sofort erkennen. Aber dann könnte er seine

Situation schildern, als Radiohost war Braun zur Objektivität verpflichtet. Doch Braun war nicht objektiv, sondern das genaue Gegenteil. Braun war extrem subjektiv. Braun würde ihn nie verstehen.

Als Gruber die Stimme von Braun aus dem Lautsprecher hörte, wäre er dennoch froh gewesen, wenn er oder sonst jemand ihm auf die Schliche gekommen wäre, dann wäre endlich alles vorüber gewesen, dann würde sie von anderen gerettet werden, dann könnte er endlich wieder ein normales Leben führen, denn die ganze Sache wuchs ihm inzwischen über den Kopf.

*

Es war schon nach Mitternacht, als Kim Klinger das Gebäude erreichte. Ein einzelnes Auto stand quer über zwei Parkplätze. War das etwa sein Wagen? Ein schneller Blick ins Innere überzeugte sie. Auf dem Beifahrersitz lag achtlos hingeworfen ein magnetisches Blaulicht. Er war also noch immer hier. Sie schlängelte sich durch die verrosteten Eisenstangen zur Rückseite des Gebäudes, ging die Rampe nach oben, warf einen Blick auf Namen und Firmenschilder.

Erster Stock!

Vorsichtig schob sie das schwere Stahltor zurück, stieg die eiserne Wendeltreppe hinauf, öffnete die Tür mit dem bunten Logo. Düsterer Korridor mit Kaffeeautomat, wackeligem Tisch und zwei durchgesessenen Sofas. Poster an den Wänden. Niemand zu sehen. Sie prüfte die Umgebung. Zwei Türen, die rechts abgingen. Über dem einen flackerte ein rotes Licht.

Dann also durch die andere Tür!

Drinnen nickte sie einem Kerl mit Dreadlocks zu, der aber keine Notiz von ihr nahm, und setzte sich auf einen wackeligen

Klappstuhl außerhalb des Lichtkegels ins Dunkel. Sie studierte den Mann hinter der Glasscheibe.

Er trug Kopfhörer und hatte mehrere Bierdosen vor sich auf dem mit Filz überzogenen Tisch aufgereiht. Keine Notizen, kein Papier, kein Stift, nichts. Er arbeitete intuitiv, einfach nach seinem Gefühl. Darin lag auch das Geheimnis seines Erfolges, das hatte sie sich schon gedacht. Zunächst war sie skeptisch gewesen, hielt das für bloße Angeberei, doch als sie hörte, wie präzise er auf Fragen antwortete, änderte sie ihre Meinung.

Er kam ihr seltsam vertraut vor, so als wären sie ein altes Ehepaar, das sich wortlos versteht, das Gesten und Mimik des anderen total verinnerlicht hat. Oder lag es in ihrem Fall an den silbrig glänzenden Dosen, die er vor sich aufgereiht hatte und die sie an ihr eigenes Problem erinnerten?

Nein, es war seine Körperhaltung und seine Ausstrahlung. Er fühlte sich unbeobachtet, wusste nicht, dass sie nur wenige Meter entfernt saß, ihn durch eine schalldichte Glasscheibe beobachtete, seinen gequälten Gesichtsausdruck studierte. An seiner Mimik konnte sie lesen wie in einem Buch. Wie er dort drinnen im Halbdunkel mit hochgezogenen Schultern saß, den Kopfhörer auf den schwarzen Haaren, die Stirn in gequälte Falten gelegt, das Kinn trotzig nach vorne gestreckt, so als würde er dem Schicksal Paroli bieten, vor sich das Mikro, da war er trotz aller Energie in der Stimme die Verkörperung totaler Einsamkeit. Und sie wurde traurig, denn sie wusste, dass sie niemals eine Einheit werden würden. Doch diese Trauer wollte sie für immer festhalten, deshalb griff sie nach ihrem Handy und schoss ein Foto.

25

DAS WEIßE GIFT

Auf der Suche nach Marusha stellte sich Darija auf die Zehenspitzen, überragte so die meisten der Besucher und strich sich die weißen Haare aus der Stirn. In der Brusttasche ihrer Lederjacke knisterten fünfhundert Euro, die sie den fünf winzigen Vietnamesen für ein paar Blow-Jobs im Bilderdepot abgeknöpft hatte – am liebsten hätte sie zufrieden geschnurrt wie eine Raubkatze. Doch noch immer kochte das Heroin in ihrem Blut und machte sie stärker, aktiver und schöner und die Welt intensiver und aufregender.

„Hast du Marusha gesehen? Das Mädchen, mit dem ich gekommen bin. Blond, mit den verrückten lila Augen?", fragte sie den Galeristen, den sie schon länger kannte.

„Ist mit Kossuth im Büro verschwunden, dann nach draußen! Ging ihr wohl nicht besonders." Er machte eine Kopfbewegung Richtung Tür.

„Ach du Scheiße!" Darijas Augen flammten auf wie zwei Suchscheinwerfer, als sie nach draußen in die eiskalte Dunkelheit von Bratislava trat, und ihre weißen Haare knisterten im blauen

Licht über der Galerie. Das Heroin brodelte wie Lava durch ihren Kreislauf und sie öffnete ihre Jacke, so heiß war ihr plötzlich und ihr Ego wuchs und wuchs, als Model würde sie die Welt erobern!

Erst jetzt bemerkte sie die zusammengekauerte Gestalt, die auf dem Gehsteigrand hockte und an ihren Nägeln kaute. Marusha blickte nicht auf, als sich Darija leicht wie eine Feder neben sie auf den Gehsteig setzte. Prüfend ließ sie ihre Augen mit den tellergroßen Pupillen über Marusha gleiten. Das seidig blonde Haar hing ihr strähnig ins Gesicht, der Lack auf den abgebissenen Nägeln war abgesplittert, die engen Jeans waren völlig durchnässt und stanken fürchterlich. Als Marusha ihr das Gesicht zuwendete und diese verrückt graulila Augen aufschlug, bemerkte Darija, dass sie geweint hatte.

„Was ist mit dir, meine Kleine?“, fragte sie und die Worte perlten noch immer glänzend und geschmeidig aus ihrem Mund.

„Du bist so schön, meine Kleine, aber schwach, schwach, schwach! Du lässt dich besiegen und wirst fahl und verwelkt, dabei müsstest du doch strahlen und eine Siegerin sein!“

Gerne hätte sich Darija weiter an ihren eigenen Worten berauscht, doch als sie Marushas verzweifelten Gesichtsausdruck sah, riss sie sich zusammen, legte stattdessen den Arm um die Schultern des Mädchens, dachte daran, dass Marusha erst sechzehn Jahre alt war und noch viel zu lernen hatte, während sie, Darija, mit neunzehn schon die Welt von oben und von unten kennen gelernt hatte und bereits alles über Licht und Schatten, aber besonders über die Grautöne dazwischen zu wissen glaubte.

„Ich, ich kann das nicht“, schniefte Marusha und vergrub ihr Gesicht in der Lederjacke von Daria. „Ich will nicht mit Männern so herummachen.“

„Ich weiß, meine Kleine. Ich weiß, mein Baby.“ Jetzt gefiel sich Darija in der Rolle der älteren Schwester oder der erfahrenen

Freundin, nein, Darija war die Göttin, die weiße Göttin – und bei diesem Gedanken knisterten ihre feinen weißen Haare und leuchteten wie elektrisiert. Marusha war wie geschaffen für das Gift und Sherban würde sich über ihre, Darijas, Initiative freuen und ihr mehr Jobs vermitteln, denn dann gab es kein Problem mehr mit den Mädchen, denn alles, was zählte, war das Glücksgefühl, wenn der Schuss zu wirken begann. Ja, sie, Darija, war die weiße Göttin und das Leben der kleinen Marusha lag in ihrer Hand.

Sie fasste Marusha am Kinn, schob ihren Kopf nach oben und sah ihr dann tief in die Augen.

„Das gehört zum Business, Kleine, und Sherban hat ein Herz für Mädchen, wie du es bist. Bratislava ist ein gutes Pflaster. Schatz, du wirst es schon schaffen! Hier, ich habe was für dich."

Darija griff in die Brusttasche ihrer engen Lederjacke und fischte ein zerknittertes Bildchen hervor.

„Die Schwarze Madonna von Kiew. Nimm sie, meine Mamuschka hat gesagt, dass sie Glück bringt."

Marusha fixierte das Bild mit ihren graulila Augen, hielt es in das blaue Licht, das noch immer die Front der Galerie beleuchtete und Darijas weiße Haare mit einem spinnwebenhaften bläulichen Schimmer überzog und ihre tellergroßen Pupillen in dem knochigen Gesicht wie bei einer Schlange hervortreten ließ.

„Danke", flüsterte Marusha unter Tränen. „Danke. Die Madonna wird auch mir Glück bringen."

Wie eine Viper beugte Darija ihren Kopf nach vorn und fixierte Marushas noch immer zitternde Lippen.

„Diese Madonna wird dich beschützen. Verhalte dich professionell. Dann wirst du es weit bringen", flüsterte sie, ließ ihre

Zunge nach vor schnellen und küsste Marusha auf den Mund, leckte wie eine Katze über ihre Wange.

„Probiere das Heroin, das entspannt dich. Es macht dich unbesiegbar“, hauchte sie in Marushas Ohr und ließ ihre Zunge rund um Marushas Ohrläppchen kreisen.

„Versuche es! Ein Schuss Heroin unter die Zunge! Werde unbesiegbar!“ Elektrisch aufgeladen und von schockartigen Hitzewellen gejagt, sprang Darija energiegeladen in die Höhe und zog Marusha mit sich empor, ließ die eiskalte Bratislaver Nacht, den Gehsteig, die Galerie im Dunkel verschwinden, hatte nur noch Augen für Marusha. Mit ihren knochigen Händen und den vielen Ringen an ihren Spinnenfingern presste sie Marushas zarte Wangen sanft zusammen. Ihre Pupillen glühten und brannten sich wie Laser durch Marushas Kopf, verbrannten ihren Widerstand, machten sie willenlos und schwach und Darija wusste, dass sie ihr Ziel bald erreicht hatte.

„Los, komm! Nur einen Schuss Heroin! Vertraue mir!“

„Ja, ich vertraue dir.“

26

TALK OHNE LIMITS

Knapp vor ein Uhr morgens lief die Schluss-Signation seiner Sendung. Tony Braun lehnte sich entspannt zurück, öffnete mit einem lauten Klacken die nächste Bierdose, nahm einen kräftigen Schluck und spürte, wie die Müdigkeit langsam in seine Glieder kroch. Draußen waren schwere Schritte zu hören, dann wurde die Tür aufgerissen und eine riesige, massige Gestalt trat ein.

„War ja wieder eine tolle Sendung, Nighthawk!" Giorgio Miller stellte eine weitere Bierdose auf den wackeligen Tisch und ließ sich ächzend auf einen abgewetzten Stuhl fallen, der unter seinem Gewicht bedrohlich knarrte.

„Du weißt ja, es kam wieder dieser Skype-Anruf herein." Er fixierte Braun, doch dieser starrte an ihm vorbei ins Leere. „Aus dem Gefängnis. Du hast ihn wieder nicht angenommen! Na egal, ist ja dein Problem. Aber irgendwann musst du die Dinge für dich klären, Braun!"

Mit den Händen schob Miller sich die grauen langen Haare hinter die Ohren und senkte den riesigen Kopf, sodass sich sein schwabbeliges Kinn wellenförmig bis auf die Brust ausbreitete und den Hals komplett verdeckte.

„Wie gesagt, war eine super Sendung, Nighthawk“, wechselte er das Thema, als er merkte, dass Braun nicht auf seinen kleinen Vorwurf einging. „War ja ziemlich krank, was der Typ mit der Frau gemacht hat! Ich meine, als Liebesbeweis hat sie sich eine brennende Zigarette auf dem Oberschenkel ausgedrückt! Würdest du das von deiner Frau verlangen?“

Braun kratzte sich das Kinn und strich sich dann mit beiden Händen die zu langen schwarzen Haare aus der Stirn. Mit dem Daumen öffnete er die frische Bierdose, trank und wischte sich mit dem Handrücken über den Mund.

„Hoffentlich befolgt sie meinen Rat und verlangt von ihrem Freund einen ähnlichen Liebesbeweis. Ich denke, der Feigling ist ein ganz gewöhnlicher Sadist, der sofort zu winseln beginnt, wenn er bloß an eigene Schmerzen denkt. Sie soll ihn an den Eiern packen, dass er nur so kreischt. Das wird ihr die Augen öffnen und sie wird ihn verlassen.“

Noch immer hatte Braun die schrille Stimme der Frau im Ohr, hatte genau gespürt, wie sie darum kämpfte, die richtigen Worte zu finden, um ihre Hoffnungslosigkeit in die Nacht hinauszuschreien, wo schlafgestörte Zuhörer vor dem Computer oder dem Radio saßen und atemlos dem Talkradio lauschten.

„Das war heute wieder Spitze!“

Die Stimme des Webmasters dröhnte blechern aus dem Lautsprecher.

„Zweihundert Hörer waren die ganze Zeit online! Besonders die Geschichte mit der Zigarette als Liebesbeweis hat die Wogen hochgehen lassen. Wütende Statements, vieles davon absolut nicht jugendfrei! Und das um ein Uhr morgens. Für einen Polizisten kannst du ziemlich gut auf diese Problemfälle eingehen."

Auch Giorgio Miller hob zustimmend den Daumen und klopfte Braun anerkennend auf die Schulter.

Tony Braun schlüpfte einmal pro Woche in sein Alter Ego „Nighthawk", dem nächtlichen Moderator, dem es nie an direkten Worten fehlte. Er hatte sich in seiner um Mitternacht startenden Radiosendung „Talk ohne Limits" zu einer echten Kultperson entwickelt. Ein Polizist als Seelentröster, brutal direkt, wenn es nötig war, aber auch einfühlsam, wenn es darauf ankam. In der Tat war es für einen Mordermittler ungewöhnlich, um diese nachtschlafende Zeit eine Radiosendung zu moderieren. Aber das war auch nicht Brauns Idee gewesen. Seine Therapeutin hatte ihm geraten, sich nach seiner Scheidung sozial zu engagieren. Negative Strömungen in positive Schwingungen, in „positive vibrations" zu verwandeln, hatte sie gesagt. Zunächst hatte Braun über diese Psychoscheiße, wie er es nannte, nur gelacht, hatte widerwillig erste Sendungen für Giorgio Miller, den er von früher kannte, moderiert, war dann aber plötzlich aufgewacht, als er feststellte, dass die Anrufer seine Stimme und seinen Rat tatsächlich „brauchten".

Mittlerweile war Brauns „Talk ohne Limits" fixer Bestandteil bei dem kleinen Internetradiosender „Wahre Werte" mit seinem Pot rauchenden Betreiber Giorgio Miller, einem Althippie Ende sechzig, der stundenlang über seine Abenteuer bei den Piratensendern vor der englischen und holländischen Küste erzählen konnte. Doch Giorgio Miller war nicht nur ein überzeugter Kiffer, sondern er engagierte sich auch für kriminelle Jugendliche. Seine Idee, asoziale Kids statt in den Knast lieber in das städtische Tierheim zu stecken, wo sie Verantwortung übernehmen und täglich mit den Hunden spazieren gehen mussten, hatte für viel Aufsehen in Linz gesorgt. In diesem

Zusammenhang hatte ihn Braun auch näher kennen gelernt und bei einigen Dosen Bier und ein paar Joints war die Idee zu „Talk ohne Limits“ entstanden. Die wöchentliche Sendung wurde nach einigen Anlaufschwierigkeiten ziemlich erfolgreich und auch für Braun zu einer Konstanten in seinem sonst oft ziemlich chaotischen Leben.

„Ich geh dann mal.“

Mit einem lauten Knacken drückte Braun die leere Bierdose zusammen, schoss sie gekonnt in einen Mülleimer in der Ecke und stand auf. Er winkte dem Sound-Engineer hinter der Glaswand zu und war schon bei der Tür, als dessen Stimme aus den Lautsprechern quäkte:

„Du scheinst ja viele Fans zu haben, Braun.“ Der Sound-Engineer machte eine Pause. „Vor allem weibliche. Die kommen ja bis hierher ins Studio, um den berühmten Nighthawk zu sehen und zu fotografieren.“

„Wovon redet der eigentlich?“, fragte Braun Giorgio Miller, der schon draußen auf dem Korridor stand.

„Ach ja, habe ich ganz vergessen! Eine blonde Frau war hier, hat ein Foto von dir mit dem Handy geschossen und ist wieder verschwunden.“

*

Frank Bauer, der Chefredakteur der Morgenpost, schaltete den Stream ab, als die letzten Takte der Kennmelodie von „Talk ohne Limits“ verklungen waren, und streckte seine verkrampften Glieder. Ein letztes Mal checkte er seine Mails, schaltete dann seinen Computer aus, um sich endlich auf den Heimweg zu machen. Während er mit dem Lift nach unten in die Tiefgarage fuhr, ging ihm das Gespräch mit Kim Klinger durch den Kopf. Sie hatte von einer unglaublichen Story erzählt, bei der es um sieben verschwundene Mädchen hier in Linz ging.

„Sieben Mädchen!", hatte Bauer laut ausgerufen und sich mit der flachen Hand auf die Stirn geschlagen. „Spinnst du, Mädchen, das ist doch eine ausgemachte Zeitungsente! Meine Güte, Kim, was bist du doch naiv!" Wie immer hatte Kim emotionell reagiert und jede Faser ihres Körpers hatte signalisiert: Du gehst mir total auf die Nerven! Das beruhte auf Gegenseitigkeit, denn auch Bauer hatte für Kim nicht sonderlich viel übrig, aber sie war eine gute Journalistin und nur das zählte. In seinem iPad hatte er alles notiert, was sie berichtet hatte, doch erst als Namen wie Laura Pestalozzi und Krell Holding gefallen waren, war sein journalistischer Spürsinn erwacht.

„In Ordnung Kim. Wir warten, bis du die Wave-Datei erhalten hast, und dann entscheiden wir." Kurz hatte er an die Investoren der Zeitung gedacht, die bei den 100.000 Euro Gage wohl mächtig ins Schwitzen kommen würden, aber wenn es wirklich diese DVD gab, von der Kims Informantin gesprochen hatte, dann konnte das die ganz große Story werden. Um sich nach allen Seiten hin abzusichern, hatte Bauer auch für die kommenden Tage einen Termin mit der PR-Abteilung der Krell Holding vereinbart, damit diese auch ein Statement dazu abgeben konnte.

Außer Bauers Sportcoupé stand nur noch ein alter verbeulter Transit in der Tiefgarage, dem er aber keinerlei Beachtung schenkte. Gerade hatte er den Transit passiert und schon den elektrischen Türöffner für seinen Wagen in der Hand, da hörte er ein Geräusch hinter seinem Rücken und noch ehe er sich Gedanken darüber machen konnte, wurde er auch schon am Genick gepackt und in den Laderaum des Transits gestoßen.

„Was, was soll das!", würgte Bauer hervor und erhob sich wütend von dem schmutzigen Boden des Lieferwagens. Er war völlig desorientiert, wollte sich aber auf keinen Fall einschüchtern lassen, doch als er die seitliche Schiebetür öffnen wollte, erhielt er einen Schlag in den Nacken, der ihn der Länge nach auf die Ladefläche beförderte, und ein Stiefel landete schwer auf seinem Rücken.

„Hallo Bauer!", hörte er eine unbekannte Stimme und der Druck auf seinen Rücken verstärkte sich. „Fassen wir uns kurz, es ist ja schon spät!"

„Ich habe keine Ahnung, was Sie von mir wollen", ächzte Bauer und versuchte den Kopf zu drehen, um wenigstens das Gesicht des Angreifers zu erkennen, ließ es aber bleiben, als sich der Druck weiter verstärkte. Keuchend lag Bauer im Zwielicht und sah vor sich nur eine schmierige Matratze, die den halben Laderaum ausfüllte. Vor der Matratze stand ein niedriger Tisch, der mit Brandlöchern übersät war. Ein großer Messing-Aschenbecher war durch den Schwung umgekippt und verschrumpelte Kippen rollten auf den verdreckten gewellten Boden direkt vor Bauers Gesicht.

Noch ehe sich Bauer von seinem Schrecken erholen konnte, stieß der Angreifer den Tisch mit einem Fußtritt zur Seite, packte Bauer wieder am Genick und hob ihn wie eine Marionette in die Höhe.

„Du weißt, warum ich hier bin?", flüsterte er und schlug Bauers Kopf gegen die Blechwand des Transits. Der Mann war schwarz gekleidet und trug eine Sturmhaube, die sein Gesicht verbarg.

„Ich, ich habe keine Ahnung. Das muss eine Verwechslung sein", winselte Bauer und versuchte verzweifelt, sich aus dem Griff des Mannes zu befreien. Sein Puls raste und die Angst packte ihn wie eine Welle. Es war diese direkte und ungefilterte Gewalt, die ihn lähmte, gegen die er keine Abwehrmechanismen hatte.

„Bei uns gibt es keine Verwechslung!“, sagte der Mann mit einem höhnischen Unterton und gab Bauer blitzschnell links und rechts eine Ohrfeige, dass ihm die Ohren dröhnten.

„Ich weiß nicht, was Sie von mir wollen“, ächzte Bauer und versuchte sich vergeblich aus dem Griff des Maskierten zu befreien.

„Streck deine linke Hand aus!“ Als Bauer zögerte, zog der Mann eine Pistole aus seiner Jackentasche und hielt sie Bauer an die Stirn. „Deine linke Hand, halte sie nach vorn“, zischte er und spannte den Hahn. Panisch streckte Bauer seine Hand nach vorn, konnte aber ein Zittern nicht unterdrücken.

„Na also!“ Anscheinend zufrieden steckte der Mann die Pistole wieder weg, griff blitzschnell mit behandschuhten Fäusten nach Bauers Hand und knickte seinen kleinen Finger ab wie ein Streichholz. Eine noch nie gekannte Schmerzwelle raste durch Bauers Körper, heulend ging er in die Knie und hielt seine pochende Hand.

„Hör zu. Ich sage das nur ein einziges Mal: Wenn du die DVD von deiner neugierigen Journalistin bekommst, wirst du damit in die Tiefgarage fahren und sie hier in den Lieferwagen legen. Natürlich wird auch kein Sterbenswörtchen darüber in deiner Zeitung erscheinen. Sonst mache ich das mit allen deinen Fingern!“

„Ich habe verstanden. Natürlich mache ich alles genau so, wie Sie es gesagt haben.“ Ängstlich schüttelte Bauer den Kopf und zitterte wie Espenlaub, so sehr fürchtete er sich vor weiteren Schmerzen.

„Das wär's auch schon! Mehr brauchst du nicht zu tun. Den Rest erledigen wir!“

Dann wurde mit cincm Ruck die Schiebetür aufgerissen und ein Fußtritt beförderte Frank Bauer auf den vom Gummiabrieb der Autos fast schwarzen Boden der Tiefgarage.

„Ach ja, wenn du zur Polizei gehst, bist du tot!" hörte er noch die Stimme des Maskierten, dann startete der Lieferwagen und Bauer blieb auf dem Boden liegen, bis das Motorengeräusch verklungen war. Dann richtete er sich langsam auf und wusste, dass er niemals den Mut aufbringen würde, sich gegen diese Macht zur Wehr zu setzen.

27

DER FREUNDSCHAFTSBEWEIS

Der Schrankkoffer war groß und sperrig, an den Ecken bereits abgeschlagen und der ausziehbare Haltegriff bog sich unter dem Gewicht durch und schien jeden Augenblick zu brechen. Er hatte seinen besten Anzug angezogen und den hellen Kaschmirmantel, der ein wenig abgetragen aussah und auf den Schultern mit Taubenkot verschmutzt war. Doch hier im Nebel fiel er nicht weiter auf, er war einfach ein Reisender mehr, der bereits vor dem Morgengrauen die Stadt verlassen wollte. Schwer atmend zog er den unförmigen Schrankkoffer hinter sich her, wuchtete ihn über Randsteine hoch, bis er endlich den Vorplatz des Linzer Hauptbahnhofs erreichte hatte.

Mit einem leisen Zischen öffneten sich die Türen und gaben den Blick in das um diese Zeit mit Pendlern bevölkerte Foyer frei. Als er den schweren Koffer hineinschob, schlug ihm ein Schwall heißer Luft, vermischt mit den Ausdünstungen der Frühaufsteher, brutal entgegen und raubte ihm die ohnehin schon spärliche Atemluft. Nervös fischte er ein fleckiges Taschentuch aus seinem Mantel und wischte sich den Schweiß von der Stirn. Betont gleichgültig blickte er umher, sah zwei Securitymänner, die langsam die Treppe vom Untergeschoss nach oben kamen, in ein Gespräch miteinander vertieft. Unauffällig schob er den Koffer ein Stück zur Seite, verdeckte ihn mit seinem Körper, was natürlich ein aussichtsloses Unterfangen war, denn die Ausmaße des Koffers waren wirklich monströs. Aber die beiden Securitymänner interessierten sich nicht für ihn, auch nicht für andere Reisende und Pendler, sie interessierten sich nur für die großen Aluminium-Aschenbecher, die außerhalb des Foyers die Türen flankierten, bei denen sie sich in wenigen Sekunden ihre Zigaretten anzünden würden.

Hintergrundmusik plätscherte von der Decke und hüllte die Passanten in einen klebrigen Soundteppich, der nur von einschmeichelnden Stimmen durchbrochen wurde, die eine weitere Zugverspätung ankündigten. In Augenblicken wie diesem hätte er viel darum gegeben, wieder zurück auf seinem Dach zu sein, mit der wie ein reiner und klarer Fluss tosenden Stadtautobahn als meditatives Dauerrauschen, und nicht hier in diesem Inferno zu stehen und auf den Lift zu warten, der ihn mitsamt dem sperrigen Ungetüm ins Untergeschoss bringen sollte, wo er laut Plan den Koffer abzustellen hatte, um dann unauffällig und vor allem ungesehen zu verschwinden, um unerkannt im Nebel unterzutauchen.

Deshalb hatte er auch peinlich darauf geachtet, nicht direkt in das Blickfeld einer der zahlreichen Kameras zu gelangen, hatte sich im Hintergrund umhergedrückt, eine zerfledderte Zeitung, die er zufällig im Müll gefunden hatte, immer so weit vor dem Gesicht, dass es echt wirkte. Nichts wäre fataler, als wenn ihn jemand auf einem zufällig ausgedruckten Foto erkennen würde, ihn, der früher ganz oben gewesen war, ein goldener Reiter auf dem Zenit seiner Macht, unverletzbar und vom Glück auf geradezu unverschämte Weise begünstigt, bis zu dem Zeitpunkt, als er einmal zu viel riskiert hatte, als er tatsächlich geglaubt hatte, er sei unverwundbar und unsterblich. Das war natürlich nicht so und die „Ritter der Tafelrunde“, wie er seine Vorstandskollegen genannt hatte, ließen ihn fallen wie eine glühende Kohle und rümpften die Nase über seinen Alleingang, als würde er bei lebendigem Leib verfaulen.

Nun gut, für das Insidertrading war er einige Jahre im Knast gesessen, gottlob in Österreich, in den USA hätte er mehrmals lebenslänglich bekommen, aber hier hatte man ihn als Bauernopfer vorgeschoben. Jetzt war er ruiniert und am Ende und konnte nichts zu Ende denken, obwohl er früher doch so ein brillanter Stratege gewesen war. Während er so nachdachte, war der Aufzug endlich da und er schob das Kofferungetüm hinein, andere Reisende, die zu ihren Bahnsteigen wollten, zwängten sich dazu und jetzt bemerkte er auch wieder die scheelen Blicke und das leise Getuschel hinter seinem Rücken, wenn die Leute zufällig einen Blick auf die Schultern seines Mantels warfen, der über und über mit Vogelscheiße beschmiert war, ein Actionpaintingmuster hatte und nach echter Scheiße stank. Wenn die dicht an dicht stehenden Reisenden diese Sauerei entdeckten, hatte sich der Gestank bereits in ihren Köpfen eingenistet.

Natürlich war er jetzt aufgefallen, aber aus Erfahrung wusste er, dass Zeugen sich niemals erinnern können, er konnte das bei seinem eigenen Prozess feststellen, nicht einmal die „Ritter der Tafelrunde“ konnten sich an die Geschäftspartner seiner Finanztransaktionen erinnern, obwohl sie sich alle Seite an Seite durch die teuersten Haubenlokale der Stadt gefressen hatten.

Endlich unten angekommen, die ungläubigen und angeekelten Blicke der graugesichtigen Frühaufsteher ignorierend, bahnte er sich seinen Weg durch das frühmorgendliche Gewirr von Koffern,

Taschen und Leibern der Reisenden, die alle den Blick starr nach vorne gerichtet hatten, wie die New Yorker in der U-Bahn, aber die New Yorker U-Bahn würde er wohl nie wieder sehen, denn in Amerika wartete der Staatsanwalt auf ihn. Wie geplant stellte er den Koffer mehr oder weniger genau in die Mitte der Halle und fuhr diesmal mit der Rolltreppe wieder nach oben, denn von dort hatte er den optimalen Blick auf den Koffer.

Gerade als er sich an die Balustrade lehnen wollte, um den Koffer besser im Auge zu behalten, hörte er eine wütende Stimme hinter sich, die ihm bekannt vorkam. Als er sich langsam umdrehte, sah er zwei Personen durch die hintere Glastür in die Halle stürmen, draußen rotierte ein Blaulicht auf einem schrottreifen Range Rover, der halb auf dem Gehsteig parkte, und das bedeutete Gefahr!

Doch die beiden Personen kümmerten sich weder um ihn noch um den Koffer, sondern gestikulierten wild mit den Händen und warfen sich mit hochroten Gesichtern und wutverzerrten Mienen Schimpfwörter an den Kopf. Einer der beiden war wohl Mitte vierzig mit schwarzen, längeren Haaren, der trotz der Kälte nur ein T-Shirt unter seinem Anzug trug, der andere war wesentlich jünger, eigentlich noch ein großer, schlaksiger Junge, der die Haare auf einer Seite abrasiert hatte. Dieser Junge kam ihm bekannt vor und wenn er richtig tippte, dann wollte er ihm hier auf gar keinen Fall begegnen. Vorsichtig steuerte er auf einen entfernt liegenden Seiteneingang zu, hörte irgendwie halb verschluckt durch den allgemeinen Lärm, Durchsagen und Klingeltöne jemanden „Warte! Bist du das?“ rufen, doch da war er schon blitzschnell draußen und hatte sich unter die Fahrgäste gemischt, die auf die Busse warteten, die sie in die Stadt und den Hafen bringen würden.

Das war knapp!, dachte er, als er im Nebel an der Donaulände entlangspazierte und Hunde verscheuchte, die von seinem Gestank magisch angezogen wurden und ihm hinterherschnüffelten. Trotzdem fand er es schade, dass er seinen Beobachtungsposten im Bahnhof hatte aufgeben müssen und natürlich jetzt nicht mehr mitbekam, was rund um diesen unheimlichen Koffer passierte.

*

„Du siehst aus wie ein Irrer!“, brüllte Braun und krachte mit dem Range Rover über die Bordsteinkante, um den Wagen zu parken. Er knallte das Blaulicht auf das Dach und lief seinem Sohn hinterher, der auf die Eingangstür des Hauptbahnhofs zurannte.

„Lass mich einfach in Ruhe!“, schrie ihn Jimmy an, als Braun ihn wütend am Arm packte und anhielt.

„Warum hast du dir diese Scheißfrisur gemacht? Willst du mich provozieren? Das ist dir gelungen!“ Absolut undiplomatisch, das wusste Braun in dem Moment, als die Worte unkontrolliert aus ihm herausströmten.

„Absolut Scheiße, so wie du aussiehst!“

„Was willst du? Was willst du?“, keifte Jimmy los und Braun konnte die Tränen in seinen Augen sehen, so wütend war sein Sohn.

„Mit wildfremden Typen im Radio kannst du reden und die verstehst du! Denen hörst du zu, aber wenn ich etwas sage, dann schaust du nur genervt drein und verschwindest bei deinem Scheißjob. Vielleicht muss ich auch bei deiner beschissenen Sendung anrufen, damit wir einmal mitsammen reden können. Sonst wird das ja nichts! Denn zu Hause spielst du ja nur den großen Erzieher! Du interessierst dich doch einen Scheiß für mich!“

Wütend riss sich Jimmy los und stürmte in das Foyer des Hauptbahnhofs, wo er kurz stehen blieb, um sich zu orientieren, als Braun ihn einholte. Scheiße, der Junge hatte ja Recht! Mit den anonymen Anrufern klappte es wie am Schnürchen, da konnte er reden und verstand deren Probleme, konnte Rat geben oder einfach seine Meinung sagen. Aber von Angesicht zu Angesicht mit seinem Sohn war das unmöglich. Braun war wie blockiert und schaltete ständig sein Gehirn ein, anstatt seinem Bauchgefühl freien Lauf zu lassen. Trotzdem war es ein echter Schock gewesen, als er an diesem Morgen seinem Sohn über den Weg gelaufen war. Eine Seite des Kopfes komplett abrasiert und dazu ein patziger Gesichtsausdruck, der die Botschaft vermittelte: Halt dich da raus, Alter!

Aber Braun hielt sich natürlich nicht raus, sondern explodierte so richtig und das Resultat war ein Türenknallen und eisiges Schweigen beim Frühstück und auf dem Weg zum Bahnhof.

Doch Jimmy schien ihm überhaupt nicht zuzuhören, er blieb wie angewurzelt stehen, kniff die Augen zusammen, knallte seinen Rucksack zu Boden, stellte sich mit den Füßen darauf, reckte sich in die Höhe und starrte in die Menge.

„Den Mann dort drüber, mit dem hellen Mantel, ich glaube den kenne ich!“, rief er aufgeregt und deutete mit dem Arm auf einen ungepflegten Mann in einem schmuddeligen Mantel, der schnell auf eine Seitentür des Foyers zusteuerte, die zu den Busstationen führte.

„Warte! Bist du das?“, brüllte Jimmy durch das Foyer, doch der Mann reagierte nicht auf seinen Ruf und war Sekunden später verschwunden. Eine alte Frau mit zwei großen voll bepackten Reisetaschen schüttelte nachsichtig lächelnd den Kopf. Zwei Mädchen steckten die Köpfe zusammen und kicherten.

Um wenigstens für kurze Zeit die Aufmerksamkeit seines Sohnes zu erlangen, packte Braun ihn an den Schultern und versuchte ihn mit seinem Blick zu fixieren.

„Es tut mir leid! Ich war nur so schockiert, als ich dich heute Morgen gesehen habe!“

„Ist schon gut. Ist schon in Ordnung. Vergiss es!" Der Junge vermied es, Braun in die Augen zu schauen und klang ziemlich mürrisch und desinteressiert, aber Braun war es leid, jedes Wort von Jimmy auf die Goldwaage zu legen. Er nickte daher bloß verständnisvoll und wies auf den schweren Rucksack, der neben Jimmy am Boden stand.

„Hast du alles dabei, was auf dem Zettel der Schule stand?"

Jimmy nickte und sog geräuschvoll die Luft durch die Nase ein. Schweigend fuhren sie dann mit der Rolltreppe nach unten und Jimmy steuerte direkt auf einen Tabakladen zu.

„Willst du eine Zeitschrift?", fragte ihn Braun ziemlich naiv.

„Nein, ich brauche Zigaretten für den Ausflug! Wir sind ja dort im Nirgendwo!"

„Spinnst du, in deinem Alter wird nicht geraucht!", rief Braun und packte Jimmy am Rucksack, zerrte ihn unter den missbilligenden Blicken der Verkäuferin aus dem Laden. „Der Junge ist erst dreizehn. Wenn sie ihm Zigaretten verkaufen, verhafte ich sie!", brüllte er. Als sie den Mund aufmachte, hielt der völlig verdatterten Verkäuferin seinen Polizeiausweis unter die Nase und schob seinen Sohn Richtung Bahnsteig. Jimmy riss sich los, stapfte mit trotzig gesenktem Kopf durch die Halle, konnte erst im letzten Augenblick einem großen dunklen Schrankkoffer ausweichen, der mitten in der Halle stand. Wütend versetzte er dem Koffer einen Tritt und setzte sich mit dem Rücken zu seinem Vater auf eine der Wartebänke.

„Ruf mich an, wenn du angekommen bist", sagte Braun und klopfte Jimmy aufmunternd auf die Schulter, doch dieser reagierte nicht, sondern fischte ein Computerspiel aus der Tasche seiner Baggy-Jeans und bearbeitete verbissen die Konsole. Resignierend hob Braun die Hände in die Luft und fuhr mit der Rolltreppe ins

Foyer. Oben drehte er sich noch einmal um und sah seinen Sohn mit gekrümmtem Rücken auf der Bank sitzen und knapp dahinter den riesigen Schrankkoffer, dessen Schatten auf den blank geputzten Bodenfliesen beinahe seinen Sohn berührte.

*

Kurz vor sechs Uhr morgens wuchtete Martha Margulis die Zeitungsstöße auf den Tresen ihrer kleinen Tabaktrafik am Hauptbahnhof. In der Schalterhalle drehte der hypermoderne Putztraktor mit einem halb schlafenden Fahrer träge seine Runden, die blecherne Stimme auf den Bahnsteigen meldete die Ankunft des Frühzugs und in Sekundenschnelle war die schläfrige Atmosphäre einer hektischen Betriebsamkeit gewichen, als sich ein erster Schwall von Pendlern in die Halle ergoss. Jetzt herrschte Hochbetrieb in ihrem kleinen Laden und sie hatte nicht einmal Zeit, ihren mit vier Löffeln Zucker versüßten Morgenkaffee zu trinken, der in einer schwarzen Ghostbuster-Tasse langsam auskühlte.

Als sich der Trubel ein wenig gelegt hatte, kam sie zum Durchatmen und blickte zur Bäckerei gegenüber, wo sie mit der Verkäuferin gerne einen kurzen Schwatz hielt, wenn nicht so viel zu tun war. Aber im Augenblick war auch drüben jede Menge Kundschaft und gerade wollte sich Martha wieder dem Sortieren der Zeitschriften widmen, als sie den unförmigen Koffer bemerkte, der mitten in der Halle stand und der anscheinend niemandem zu gehören schien, denn die Pendler und Reisenden gingen achtlos daran vorüber. Hinten bei den Rolltreppen sah sie eine Gestalt in einem hellen Mantel nach oben ins Foyer fahren und für einen kurzen Augenblick bildete sie sich ein, dass diese Person kurz zuvor den Koffer abgestellt hatte, aber das war sicher ein Irrtum in dem ganzen Trubel gewesen.

Sie hatte bereits wieder völlig auf den Koffer vergessen, als ein armer, anscheinend kopfoperierter Jugendlicher in den Laden stürmte und von einem Mann wieder unsanft nach draußen befördert wurde. Missbilligend schüttelte sie den Kopf, überlegte, ob sie die Security über Notruf verständigen sollte, als der Mann zu schreien anfing, von Festnahme redete und mit einem Polizeiausweis vor ihrem Gesicht herumfuchtelte.

Was für ein Tag!, dachte Martha und wäre am liebsten wieder nach Hause gegangen, hätte sich ins Bett gelegt oder noch besser, sie wäre unter irgendeinem Vorwand zu Karim, dem Hausmeister, gegangen und gemeinsam mit ihm unter die Decke geschlüpft. So aber beobachtete sie den Jungen, dem auf einer Seite komplett die Haare fehlten, wie er dem riesigen Koffer einen Tritt versetzte und sich dann auf eine der Wartebänke lümmelte. Der angebliche Polizist ballte die Fäuste, ging dann mit wütenden Schritten zur Rolltreppe und fuhr mit finsterer Miene nach oben. Zurück blieben der Junge und natürlich der Koffer, der plötzlich wieder ins Zentrum von Marthas Interesse rückte.

*

Dein Rätsel, mein Freund: Dunkel, kompakt, monolithisch teilt er den Strom der Hoffnungen und Sehnsüchte, behindert durch seine Größe den stetigen Fluss von Abreise und Ankunft, doch unbewusst wagt es niemand, den abgewetzten Griff zu nehmen und ihn beiseitezuschieben, er ist ein archaisches Relikt, ein verlorenes Kunstwerk, das seine Schätze tief im Inneren verbirgt. Im grellen Licht der Neonlampen spiegeln sich seine bösartig verzerrten Umrisse

in den blank geputzten Marmorfliesen der Halle, ein schattenhafter Fremdkörper, der
Unheil verströmt …

Braun starrte auf die Mail, die mit einem penetranten Rülpston auf seinem Smartphone eingelangt war.

Dein Rätsel, mein Freund, las er und einen vollkommen blödsinnigen Text. Er legte den Kopf auf die verschlissene Nackenstütze und versuchte mit dem linken Arm das Blaulicht zu erreichen, das noch immer auf dem Dach seines zerbeulten Range Rovers rotierte, als jemand heftig an die Windschutzscheibe klopfte.

„Bahnhof-Security, Sie stehen auf dem Gehsteig mit einem rotierenden Blaulicht. Schalten Sie den Motor aus." Der vierschrötige Securitymann war jetzt nähergetreten und lehnte sich formatfüllend in die Fensteröffnung. Genervt griff Braun in seine Sakkotasche, wollte den Ausweis hervorholen, da schnellte der Securitymann zurück, riss eine Pistole aus dem Holster, mit der er vor Brauns Gesicht herumfuchtelte.

„Stopp! Beide Hände auf das Lenkrad! Gesicht geradeaus!", brüllte er mit vor Panik überkippender Stimme und am liebsten hätte Braun ihm die Autotür in den Bauch gerammt, diesem Idioten. Aber er beherrschte sich.

„Ich bin Polizist. Mein Ausweis ist in der Sakkotasche", sagte er so ruhig er konnte und blies dabei kleine Atemwölkchen gegen die Windschutzscheibe, die sich auch sofort beschlug.

„Von wegen Polizist, die Frau vom Tabakladen hat uns informiert, Sie haben versucht, einen kranken Jungen zu verprügeln oder zu entführen!"

Zack! Die Tür des Range Rovers knallte dem völlig überraschten Securitymann so stark vor die Brust, dass er die Balance verlor und schwer zu Boden ging. Braun war sofort über ihm und hielt ihm seinen Polizeiausweis unter die Nase.

„Schau genau hin, du Komiker, das ist ein Polizeiausweis und wenn du nicht sofort verschwindest, dann verbringst du den heutigen Tag auf dem Revier. Alles klar?"

Er stieg wieder in seinen Wagen und fuhr ins Polizeipräsidium, ohne den mit schmerzverzerrtem Gesicht am Bordstein sitzenden Securitymann weiter zu beachten. Langsam fuhr er durch die jetzt schon immer stärker verstopften Straßen des Bahnhofsviertels und war froh, dass die hässlichen Hochhäuser langsam im wattigen Nebel verschwanden. Im diffusen Licht einer Straßenlaterne zitterte eine Frau mit verschränkten Armen und ein kleiner Hund pisste mitten auf den Gehsteig. Ein Zeitungsausträger kniete in einer Hauseinfahrt und schlug mit den Fäusten auf ein aufgeweichtes Bündel Zeitungen. Nur Verrückte, wohin man auch sah! Die Morgenshow war noch immer auf Sendung und im Radio faselte ein penetrant aufgeweckter Moderator über die Strategie des Lächelns als Heilmittel gegen Herbstdepressionen. Braun biss sich auf die Unterlippe, um nicht laut loszufluchen.

Was hat der Typ für eine Ahnung! Herbstdepression, dass ich nicht lache! Die Menschen bringen sich aus viel banaleren Gründen um!

In der Industriezeile stand er wie üblich im Stau, da endlos lange Züge die Container von den Schiffen an die Firmen im Hafengebiet verteilten. Als es schließlich wieder zügiger weiterging, wurde der Nebel immer dichter und bald war außer den wie glühende Irrlichter wippenden Rücklichtern überhaupt nichts mehr zu erkennen. Braun musste heftig bremsen, als plötzlich ein Mann in einem hellen, schmuddeligen Mantel mit hochrotem

Gesicht aus dem Nebel heraus, ohne auf den Verkehr zu achten, über die Straße eilte und in Richtung des leer stehenden Logistik-Centers verschwand.

*

Die Männer der mobilen Einsatztruppe waren perfekt aufeinander eingespielt und als der Bombenalarm ausgelöst wurde, konnten sie ihre Übungsszenarien endlich auch einmal in der Realität erproben. Mit ihren beeindruckenden schwarzen Geländewagen riegelten sie alle Zufahrten zum Hauptbahnhof ab, im Sekundentakt glitten sie in Zweierteams beinahe lautlos durch alle verfügbaren Tore in das zentrale Foyer, verteilten sich schweigend, drängten verängstigte und überraschte Reisende zu den Ausgängen, eine schwarze Schwadron von Rettern mit getönten Visieren, Schutzwesten und Schildern wie römische Legionäre, schnell und ohne Zwischenfälle war die große Halle geräumt, die Züge umgeleitet und der Linzer Hauptbahnhof großräumig abgesperrt. Auch im Untergeschoss war es jetzt menschenleer, nur der riesige dunkle Koffer stand nach wie vor in der Mitte der Halle, so als würde er schon seit ewigen Zeiten hier stehen.

Doch ein derartiges Szenario war in den Alarmplänen der Stadt nicht vorgesehen und so war vom nahen Militärstützpunkt auch bereits der Hubschrauber mit dem Bombenexperten gestartet. Als in dem dichten Nebel der ohrenbetäubende Lärm der Rotorblätter zu hören war und die starken Scheinwerfer aus dem grauen Himmel heraus über den Boden zuckten, ging ein Raunen durch die sensationslüsternen Zuschauer, Kameras surrten und Moderatoren stellten sich in Position, um live für die TV-Stationen vom Schauplatz zu berichten.

Grigory Ginthör, der Bombenexperte, strich sich über den rasierten Schädel und sah mit stahlblauen Augen in die Kamera.

„Es gibt einen Bombenalarm, ja, das stimmt, aber es besteht kein Grund zur Sorge! Wir gehen nur auf Nummer sicher!"

Kurz und knapp beantwortete er noch weitere Fragen der besorgt klingenden Reporterin, ließ sich dann mit kantig vorgeschobenem Kinn für die Titelseite der Abendausgabe fotografieren.

„Wer hat eigentlich den Bombenalarm ausgelöst?", fragte ihn eine Journalistin mit rauchiger Stimme und ziemlich schläfrigen Augen.

„Jemandem, der täglich im Bahnhof zu tun hat, ist etwas Ungewöhnliches aufgefallen und im Hinblick auf die Vorkommnisse in Oslo vom letzten Sommer haben wir sofort reagiert", drückte er sich ein wenig umständlich aus, um zu vermeiden, dass die Frau aus dem Tabakladen ins Schussfeld der Medien gelangte. Doch diese Diskretion hätte sich Ginthör ruhig sparen können, denn gerade war eine kurvige Frau mit fahler Raucherhaut dabei, wortreich ihre Sicht der Dinge dem Reporter eines Privatsenders darzulegen und er erkannte sofort Martha Margulis, die Pächterin des Tabakladens, die den Alarm ausgelöst und auch gleich eine detaillierte Täterbeschreibung abgegeben hatte. Gesucht wurde ein zirka 40-jähriger Mann mit längeren dunklen Haaren, der einen schwarzen Anzug trug und sich als falscher Polizist ausgab. Doch das war eine Angelegenheit für die Polizei und Ginthör konzentrierte sich wieder auf seine Aufgabe – das Bombenentschärfen.

„Sonst noch Fragen?" Forsch streckte er sein Kinn in die Runde, setzte dann seinen Helm auf, der an einen antiken Taucherhelm erinnerte, und zog die stählernen Handschuhe bis über die Ellbogen nach oben. Als er das Visier zuklappte, flatterte eine Taube knapp an seinem Gesicht vorbei.

Kein schlechtes Omen, sicher nur ein Zufall!, dachte er.

Mit der Rolltreppe fuhr er nach unten, den großen, hochgestellten Koffer immer im Blick. Langsam umrundete er ihn und analysierte Größe und Beschaffenheit. Der Schrankkoffer erinnerte ihn an einen düsteren Monolithen, so wie er in dem Kreis aus Stahlschildern stand, diesem Schutzwall, der dafür sorgen sollte, dass bei einer Explosion durch herumfliegende Teile nicht das ganze Gebäude zum Einsturz gebracht wurde.

Trotz der vielen Technik, die ihn mit der Außenwelt, mit dem Leben verband, fühlte er sich jetzt unendlich alleine und unzählige Untergangsszenarien rasten an seinem inneren Auge vorbei. Dann hielt er die X-Ray-Kamera mit den Wärmesensoren professionell wie eine Pistole vor sich, achtete darauf, nicht über das dicke Kabel zu stolpern, mit dem die Kamera an einen Computer in sicherer Entfernung angeschlossen war. Fast zeitgleich tauchten die Bilder auf dem Bildschirm auf, wurden automatisch von der Software analysiert, abgeglichen und elektronisch an die Zentrale in Wien geschickt. Mit dem Objektiv tastete er die Verschlüsse ab. Die Klappen, mit denen der hochkant stehende Koffer verschlossen war, tauchten als rötlich-orange Umrisse auf dem Laptop seines Operators auf.

„Handelsübliche Verschlüsse, Metalllegierung, Verbindung zum Innenleben – negativ!"

Ginthör nickte, als er die Analyse über den Lautsprecher in seinem Helm hörte. Unendlich langsam öffnete er den oberen Verschluss, dann den unteren. Jetzt brauchte er nur noch den Deckel wie eine Türe aufklappen und dann ...

Gegen seinen Willen musste er plötzlich an die Taube denken, die kurz zuvor an seinem Kopf vorbeigeflattert war. War das seine Seele gewesen, die seinen Körper bereits in weiser Voraussicht verlassen hatte? War das alles gewesen, wofür es sich lohnte zu leben? Aber jetzt war es zu spät, sich darüber Gedanken zu machen, jetzt war es seine Pflicht, diesen Auftrag auszuführen.

„Nitroglyzerin – negativ!“, hörte er wieder die Stimme des Operators und noch weitere Sprengstoffvarianten wurden emotionslos heruntergeleiert – alle negativ.

„Nicht identifizierte Wärmequelle. Organischer Ursprung.“ Der monotone Singsang verrauschte in seinen Ohren, verflüchtigte sich und zurück blieb nur Stille, die er jetzt mit kratziger Stimme unterbrach.

„Wie lautet die Entscheidung?“

„Öffnen!“ Das war ein Befehl. Noch einmal dachte er an die Taube, dann schob er unendlich langsam den Deckel des Koffers auf.

Ein nacktes, wie ein Embryo zusammengekrümmtes Wesen mit Vogelfedern, die wie Flügel an den Schultern angenäht waren, fiel klatschend auf den glänzenden Marmorboden. Federn auch auf den Armen und auf der Brust und der Kopf war von einer Klarsichtfolie umhüllt, aus deren oberem Rand faserige Haarsträhnen wie Gespinst im dünnen Luftzug der Klimaanlage zuckten.

Keine Bombe!

Ginthör atmete erleichtert auf, schob das Schutzvisier in die Höhe und spürte, wie sein Adrenalinspiegel langsam sank.

„Keine Bombe!“, rief er zur Entwarnung laut nach hinten und drehte sich wieder zum Koffer und zu dem Ding, das vor ihm auf dem Marmorboden lag. Und erst jetzt realisierte er, was sich in dem Koffer befunden hatte: Es war nur ein totes Mädchen!

28

TÖTEN IST EINFACH SCHÖN

„Also, Doc, was kannst du mir auf die Schnelle erzählen?", rief Tony Braun, als er Paul Adrian in der Bahnhofshalle entdeckte. Der Gerichtsmediziner schälte sich gerade langsam aus seinem weißen Papieranzug.

„Weibliche Leiche, maximal zwölf Stunden tot, die Leichenstarre war noch nicht sehr ausgeprägt, sonst hätte man sie ja nicht in den Koffer bekommen", sagte er, als Braun nähertrat. „Aber wie gesagt, das sind alles nur sehr ungenaue Angaben."

Paul Adrian war als Gerichtsmediziner eine internationale Größe und Braun arbeitete am liebsten mit ihm zusammen.

Jetzt wartete Adrian nur noch darauf, die Leiche mitzunehmen und genauer zu untersuchen. Doch noch musste er sich gedulden, denn Braun hatte wie immer darauf bestanden, dass der Tatort im Originalzustand zu bleiben hatte, denn nur so konnte er sich ein genaues Bild vom Tathergang machen.

„Die Leiche ist meiner Einschätzung nach zwischen 25 und 30 Jahre alt. Sie hat mehrere Einstiche und Hämatome in der linken Armbeuge, verursacht wahrscheinlich durch fixe Kanülen, die ihr gelegt wurden." Adrian schüttelte den Kopf, während er die Leiche betrachtete.

„So wie es aussieht, erfolgte ihr Tod durch Ersticken." Er machte eine Pause.

„Ach ja, als man ihr diese Flügel an die Schultern genäht hat, da war sie aller Wahrscheinlichkeit noch am Leben." Er tippte auf das geronnene Blut, dann erhob er sich und ging zur Rolltreppe. „Näheres gibt's morgen nach der Obduktion!", rief er noch und war auch schon verschwunden.

„Danke, Paul!" Braun kniete sich neben die Leiche, die noch genauso in der Embryonalstellung auf dem Boden lag, wie sie aus dem Koffer gefallen war. Mit spitzen Fingern in Latexhandschuhen tippte er auf die Plastikfolie, die über den Kopf der Toten gezogen war.

„Habt ihr den Kopf schon fotografiert?", rief er einem Mann der Spurensicherung zu. Als der Mann nickte, zog Braun vorsichtig die Plastikfolie vom Kopf des Mädchens. Durch die eng anliegende Folie hatten sich die Züge verzerrt und ein Streifenmuster hatte sich tief in die Haut eingegraben, sodass das Gesicht mehr einer Fratze glich. Trotzdem blinkte kurz ein Bild in Brauns Gedächtnis auf, als er das entstellte Gesicht sah, doch er konnte es kein zweites Mal abrufen.

Überall standen noch die Kärtchen der Spurensicherung, die Männer und Frauen in ihren weißen Overalls fotografierten und tüteten konzentriert alles ein, was auch nur im Entferntesten für die Ermittlungen von Bedeutung sein konnte. Braun trieb sie zur Eile an, damit die zahlreich vorhandenen Spuren so schnell wie möglich im Labor ausgewertet werden konnten.

Dann waren die Assistenten von Paul Adrian am Zug, die sich diskret im Hintergrund gehalten hatten und darauf warteten, dass

Braun die Leiche zum Abtransport freigab. Er nickte einmal kurz mit dem Kopf und beobachtete, wie das dünne Mädchen vorsichtig auf die Plastikdecke gebettet wurde, deren seitliche Ränder wie bei einem Schlafsack zusammengezippt werden konnten. Die Haarsträhnen, die bei jeder Bewegung der Träger mitwippten, die vorne abstehenden Vogelfedern, die der Mörder wie Dartpfeile auf Nägel gebunden und dem Mädchen in die Brust gerammt hatte, waren teilweise abgeknickt und zerfleddert, die an den Schultern grob angenähten Flügel – all das war jetzt knallharte Realität und nicht mehr nur ein gemailtes Bild, zu dem man noch ein wenig Distanz herstellen konnte. Das hier war die brutale Verwirklichung einer zutiefst gestörten Phantasie, dem kranken Hirn jener Person entsprungen, die ein beschissener Zeitungsartikel geweckt hatte und die auf diese abartige Weise Brauns Freundschaft gewinnen wollte.

*

Jetzt, da sein Mädchen gerettet und erlöst war, fand er den Ort melancholisch und ruhig. Die Fliesen glänzten wieder wie zuvor und die Passanten eilten nichts ahnend über den Platz, an dem noch zuvor der Koffer gestanden hatte mit seinem Mädchen, das jetzt endlich gerettet war. Sollten sie doch die eine oder andere Idee haben, sollten sie doch glauben, sie hätten eine Spur. Die Wahrheit war, es bedeutete ihm nichts mehr. Er hatte das Mädchen gerettet, hatte sie aus der Dunkelheit ihrer Verderbtheit in das Licht der Erhabenheit geführt. Seine Aufgabe war für dieses Mal erfüllt, aber es gab noch so viele Mädchen, die auf Erlösung warteten, es gab noch so viel zu tun.

Doch jetzt hatte er einen Freund, für den er das alles tun würde, und dieser Gedanke machte das Töten einfach schön.

29

DER SCHWARZE FADEN

Die schwarze Halle stand direkt an einem der Hafenbecken und man konnte drinnen das Rauschen der Wellen hören, die vom eiskalten Wind gegen die Kaimauern geklatscht wurden. Früher war die Halle eine angesagte Location für Kulturevents gewesen, aber nach einem von der EU gesponserten Kulturjahr war ihr Erhalt für die Stadt zu teuer geworden und deshalb stand sie schon seit einiger Zeit leer. Von draußen drang der Verkehrslärm der Industriezeile durch die Holzwände der Halle, die Radiatorenröhren, die aussahen wie glänzende Flugzeugtriebwerke, bliesen ständig heiße Luft in den riesigen Raum, der trotzdem nicht richtig warm wurde, sondern bei allen Anwesenden ein Grundfrösteln erzeugte. Das konnte aber auch an dem Fall liegen, denn irgendwo gab es da draußen einen Mörder, dem es Spaß machte, junge Mädchen zu töten und in Engel zu verwandeln. Jetzt war sie die neue Adresse der Mordkommission Linz, da die Beamten vom Beschaffungsamt der Meinung waren, dass eine schwarze Halle gut zur Mordkommission passte.

Tony Braun war das nur recht gewesen, denn so konnte er bequem zu Fuß zum Anatolu Grill spazieren, der keine zehn

Minuten entfernt hinter dem Containerhafen lag. Als er zum ersten Mal die schwarze Halle betreten hatte, war auch er von den Dimensionen ziemlich beeindruckt gewesen. Neben dem Foyer gab es nur einen riesigen leeren Raum, der im vorderen Teil mit Schreibtischen und Servern vollgestellt war und dessen Bühne im hinteren Teil als Besprechungsraum diente. Um auf der Bühne nicht gestört zu werden, waren mobile Pinnwände vor die Rampe gestellt worden. Aus den hohen schwarzen Wänden im Inneren ragten metallene Rotoren, die heiße Luft in die Halle schaufelten und so für eine mäßige Grundwärme sorgten.

Braun hatte gerade mit dem EDV-Techniker gesprochen, der noch immer den Mailfluss analysierte und überhaupt keine brauchbaren Ergebnisse liefern konnte. Wenigstens tippten Polizeischüler die Protokolle der Augenzeugen in ein elektronisches Vergleichsprogramm, das automatisch Übereinstimmungen festhielt und in eine dafür vorgesehene Liste übertrug.

Braun stand vor den mobilen Pinnwänden, auf denen die Fotos hingen, welche die Spurensicherung am Bahnhof gemacht hatte. Direkt daneben hatte Braun die beiden Bilder gepinnt, die er mit den Mails erhalten hatte. Als er die Fotos jetzt so nebeneinander sah, gab es natürlich keinen Zweifel. Er tippte auf das ausgedruckte Bild des an einer Kanüle hängenden Mädchens, dann auf die zusammengekrümmte Leiche, die aus dem Koffer gerutscht war, verglich es mit dem Foto aus der ersten Mail, kein Zweifel, es musste sich um denselben Täter handeln. Das Schreckliche war natürlich, dass der Verfasser der Mails sein Versprechen wahr gemacht und Braun die Leiche auf dem Tablett serviert hatte. Insgeheim hatten ja doch noch alle gedacht, dass es sich um einen Verrückten handeln könnte, dem es nur darum ging, Braun zu beeindrucken, aber jetzt waren sie eines Besseren belehrt worden.

„Haben wir die Fingerabdrücke des Opfers in unserer Datenbank?“, fragte Braun, obwohl er sich nicht viel Hoffnung machte.

„Braun, das wäre doch viel zu einfach.“ Dominik Gruber schaute von seinem Computer auf. „Auch in der Europol-Datenbank ist sie nicht registriert. Bis jetzt wissen wir nicht, wer sie ist, aber vielleicht sollten wir ein Foto in die Zeitung geben?“

„Halten wir uns bloß die Presse noch ein wenig vom Leib!“ Genervt dachte Braun an die nächsten Tage, die mit Interviews und Dementis angefüllt sein würden. Für die Presse war dieser spektakuläre Leichenfund natürlich die Sensation und alle würden sich darauf stürzen: ein ermordetes Mädchen mit Flügeln wie ein Engel und das vor Weihnachten. Das würde fette Schlagzeilen geben.

Jetzt ist es wohl endgültig vorbei mit dem vom Bürgermeister und von Big Boss Wagner so sehnsüchtig herbeigesehntem Weihnachtsfrieden, dachte Braun und drehte sich wieder zu der Pinnwand.

Also alle Details aufsaugen, vergleichen, speichern.

Klick. Foto von vorne. Kreisförmig um die Brüste des Mädchens in das Fleisch gerammte Federn, die durch die zusammengekrümmte Haltung im Koffer zum Teil geknickt waren. Dazwischen breite Bahnen rostrotes getrocknetes Blut.

„Von welchem Vogel stammen die Federn? Gibt es überhaupt schon einen Bericht der Spurensicherung? Warum dauert das alles so lange!“, rief Braun schlecht gelaunt nach hinten zu Gruber, der mit schwarzen Ringen unter den Augen an seinem Computer saß, schwarzen Kaffee schlürfte und gerade dabei war, die vorläufigen Berichte von Spurensicherung und Gerichtsmedizin für eine schnelle Analyse zusammenzufassen.

„Normale Tauben, wie es sie hier in Linz zu tausenden gibt."

„Das bringt uns also nicht weiter." Braun starrte auf die Fotos. Der Funke musste überspringen, hinter ihm trudelte immer mehr Material ein, Gerichtsmedizin und Spurensicherung arbeiteten auf Hochtouren, doch Braun musste die Informationen in eine logische Kette einordnen, er musste den ersten Dominostein antippen, den entscheidenden Anstoß liefern, der alle anderen Steine aus dem Gleichgewicht brachte, bis hin zum letzten Stein, der direkt vor dem Mörder lag.

Klick. Foto vom Oberkörper der Toten. Dutzende kleine Federn waren ohne besonderes System auf die Haut geklebt worden. Mit einem Superkleber, dass hatte die Spurensicherung sofort festgestellt.

„Dazu gibt es einen Bericht der Gerichtsmedizin." Gruber wedelte mit dem Ausdruck. „Der Superkleber wurde großflächig auf die Haut des Oberkörpers aufgetragen, dafür wurden ein Pinsel und eine Spachtel verwendet. Pinselborsten, die auf der Haut gefunden waren, sind schon im Labor."

Klick. Foto von den Armen der Toten. Taubenflügel waren dem Mädchen links und rechts auf die Schultern genäht worden.

Gruber überflog den Bericht, während Braun seinen Blick nicht von den Detailaufnahmen abwenden konnte.

„Es wurde ein schwarzer Faden verwendet." Gruber stoppte einen kurzen Moment. „Braun, hörst du mir überhaupt zu?"

„Natürlich, ich will nur nicht dieses intuitive Band zerreißen, das mich mit den Fotos verbindet, kapiert?"

„Verstehe, jetzt aber zu den Tatsachen: Der Faden ist keine handelsübliche Sorte. Der Faden löst sich selbst nach einiger Zeit auf und verschwindet einfach."

„So etwas, was Ärzte bei Operationen benutzen?" Jetzt drehte sich Braun interessiert zu Gruber, der mit ausdrucksloser Miene weiterredete.

„Genauso ist es. Den Faden gibt es nur im Großhandel zu kaufen und da auch nur für Spitäler und Kliniken."

„Welche Sorte ist der Faden und welcher Großhändler hat ihn in letzter Zeit verkauft? Finde das sofort heraus!", sagte Braun zu einem Kollegen, der für die Recherchearbeit eingeteilt war.

„Weiter im Text!", sagte er dann zu Gruber, der sofort wieder loslegte.

„Die verwendeten Taubenflügel wurden nicht fein säuberlich vom Körper der Taube abgetrennt, sondern einfach herausgerissen und stümperhaft mit groben Stichen in die Haut genäht. Zu diesem Zeitpunkt muss das Opfer noch am Leben gewesen sein, denn das Opfer hat stark geblutet, sagt die Gerichtsmedizin, und man sieht es ja auch auf den Bildern."

Gruber überflog noch einmal seine Zusammenfassung der vorläufigen Ergebnisse von Spurensicherung und Gerichtsmedizin, strich sich dann hektisch durch die ungewaschenen blonden Haare, die an den Wurzeln bereits dunkel nachwuchsen.

„Auch auf beide Oberarme wurden Taubenflügel nach demselben Muster genäht. Genauso wie der Oberkörper waren auch Schultern und Oberarme vollkommen willkürlich mit Taubenfedern beklebt."

Stumm betrachteten beide einige Fotos, die aus größerer Entfernung geschossen worden waren. Die Inszenierung verfehlte tatsächlich nicht ihre Wirkung, denn auf den ersten Blick sah die Tote tatsächlich aus wie ein Engel.

„Unser Mörder hat in großer Eile gearbeitet, es ist alles sehr ungenau." Braun klopfte mit dem Finger auf eine Vergrößerung der aufgeklebten Federn. „Sind das auch Taubenfedern?"

Gruber zuckte mit den Schultern und fuhr mit einem abgebissenen Fingernagel die Zeilen auf dem Computerausdruck entlang.

„Hier steht nichts. Ich kümmere mich darum."

Paul Adrian hatte es zu Braun bereits am Tatort gesagt: Das Mädchen war ganz langsam erstickt worden, deshalb der grotesk geöffnete Mund, wie für einen lautlosen Schrei. Das Gesicht war mit einer Klarsichtfolie umwickelt, die so fest zusammengezogen war, dass sich die Züge der Toten bizarr verzerrten.

Ein anderes Foto des Gesichts ohne Folie. Die zur Fratze verzerrten Züge hatten wenig mit einem menschlichen Gesicht zu tun. Die Nase war plattgedrückt und durch die Folie gequetscht. Die weit aufgerissenen blutunterlaufenen Augen von jetzt undefinierbarer Farbe starrten Braun geradezu anklagend an, so als wäre er schuld, dass er ihren grausamen Tod nicht verhindert hatte.

„Es könnten blaue Augen gewesen sein, sagt die Gerichtsmedizin. Genaueres werden wir aber erst nach der Obduktion erfahren", riss ihn Gruber, der noch immer aus der Kurzanalyse zitierte, aus seinen Gedanken.

„Die Zähne der Toten sind vorne oben und unten überkront. Jeweils acht Zähne, das ist ziemlich teuer." Gruber bleckte sein makelloses Gebiss.

„Auch hier haben wir ein interessantes Detail: Laut Paul Adrian sind die Kronen aus der Slowakei."

„Aus der Slowakei?" Braun überlegte, in welchem Zusammenhang die Slowakei kürzlich erwähnt wurde, kam aber nicht darauf.

„Ja, Adrian ist sich da ziemlich sicher, denn auf der Innenseite der Kronen ist eine Legierung, die nur in der Slowakei verwendet wird."

„Dann schickt sofort ein Bild und die Fingerabdrücke der Toten zur Mordkommission nach Bratislava. Vielleicht ist sie Slowakin und in irgendeiner Datenbank gelandet“, entschied Braun und dachte kurz nach. „Trotzdem schicken wir auch einen Gebissabdruck an alle Zahnärzte in Linz.“

Noch immer versuchte Braun seine Gedanken vollkommen auf die Bilder zu konzentrieren und den geschäftigen Lärm seines Teams einfach auszublenden. Ein Foto erregte jetzt plötzlich seine Aufmerksamkeit. Es zeigte die linke Hand des Mädchens. Dort hatte es eine kaum sichtbare, halbmondförmige Narbe zwischen Daumen und Zeigefinger, die von einem Biss stammen konnte. Doch es war weniger die Hand, die Braun interessierte, sondern die Uhr, die am Handgelenk der Toten zu sehen war. Eine Uhr, groß und kompakt, eine Uhr, deren Zeiger an den Spitzen im Blitzlicht der Kamera funkelten, eine Uhr, die teuer wirkte, eine Uhr, die Braun schon einmal gesehen hatte.

„Ich habe die Uhr schon einmal irgendwo gesehen“, murmelte er mehr zu sich selbst, schloss die Augen und ließ die vergangenen Tage an sich vorbeiziehen.

„Wo ist die Uhr jetzt?“, schrie Braun in die Halle, um den allgemeinen Lärm von Rotoren und Telefonaten zu übertönen.

„Wird in der Spurensicherung analysiert!“ Gruber stand noch immer neben ihm und heftete einige Ausdrucke auf die Pinnwand. „Die Spurensicherung hat die Uhr natürlich für uns fotografiert.“

„Für B. W. 18.08. i. L.“, rätselte Braun und fuhr mit den Fingerspitzen über das Foto von der Rückseite der Uhr, auf der die Ziffern und Buchstaben in schnörkeliger Schrift eingraviert waren.

„Sieht wie ein Datum aus.“ Gruber stellte sich neben Braun und steckte die Hände in die Taschen seiner Jeans. „Geburtstag oder Hochzeitstag, würde ich sagen. Eine teure Automatikuhr, nur das Uhrband wurde billig erneuert. Es fehlt der serienmäßige Sicherheitsverschluss", erkannte Gruber sofort mit Kennerblick.

„Warum lässt er ihr die Uhr? Die junge Frau ist nackt, als Engel inszeniert und dann schmückt er sie mit dieser teuren Armbanduhr? Das macht doch auf den ersten Blick keinen Sinn!"

„Vielleicht war die Uhr eine Art Talisman für sie? Und das hat sie ihrem Mörder unter der Folter gestanden." Gruber streckte sich und gähnte herzhaft. Er sah aus, als würde er sofort wegpennen, wenn man ihn auf ein Sofa setzte. Diese Lethargie nervte Braun gewaltig, früher war Gruber anders gewesen, hatte einen Enthusiasmus an den Tag gelegt, der beeindruckend war, aber in letzter Zeit schlich er herum wie ein Zombie.

„Nimm dich gefälligst zusammen", zischte Braun dann auch wütend, packte seinen Partner fest am Arm und drehte ihn zu den Pinnwänden. „Dieser Mord betrifft uns alle, draußen in der beschissenen Nebelsuppe lauert ein Verrückter, der mir seine Freundschaft aufdrängen will. Und wenn wir ihn nicht schnellstens fassen, haben wir alle hier ein gewaltiges Problem."

Braun trat jetzt zwischen Gruber und die Pinnwand, um seinem Partner direkt in die Augen sehen zu können.

„Dann macht er nämlich weiter."

30

DIE SCHIFFSLADUNG

Baba Yaga hat gesagt, wenn man die Gabe hat, hinter den Spiegel zu blicken, dann taucht das Gesicht des Prinzen auf, den man einmal heiraten wird!

Gebannt starrte Marusha mit tropfnassem Gesicht in den Spiegel, konzentrierte sich auf ihre Pupillen, die jetzt noch immer vom Heroin unnatürlich geweitet waren.

„In der Asbestsiedlung auf der anderen Seite der Schnellstraße sind alle Bewohner an Krebs gestorben. Jetzt sind die Häuser leer und verfallen! Nur die Baba Yaga wohnt in ihrer Stelzenhütte noch dort", flüsterte Marusha in den Spiegel und hielt ihren Oberkörper mit beiden Armen fest umklammert. Sie erinnerte sich an Lola, mit der sie rauchend in einer schmuddeligen Garderobe gesessen und auf den Fotografen gewartet hatte. Beide trugen schwarze Gummi-Bikinis, genauso, wie es sich der Kunde aus der Hohen Tatra für seine Werbeaufnahmen für Elektrosägen gewünscht hatte. Lola hatte sie gemocht, aber Lola war von dem Job in Österreich nicht zurückgekommen und deshalb war Sherban auf alle seine Mädchen böse, sehr böse sogar.

Doch Marusha würde nie wieder nach Ternopol zurückkehren, in die schmutzige Industriestadt an der Schnellstraße M 14 mit ihren gesichtslosen Plattenbauten und der Hoffnungslosigkeit, die durch die halb verfallenen Hochhäuser wehte, eine Ausweglosigkeit, die mit jedem Atemzug spürbar war und die das Herz zusammenschnürte. Nie mehr würde sie über den aufgeplatzten Asphalt gehen, vorbei am umgestürzten Kriegerdenkmal, das nach der Unabhängigkeit von einer enthusiastischen Bevölkerung zu Boden geworfen worden war, aber niemand hatte sich danach die Mühe gemacht, die Trümmer wegzuräumen, so wie sich auch niemand die Mühe gemacht hatte, das Leben der Bewohner zu verbessern und daher war es immer weiter bergab gegangen.

Doch eines Tages hatte Marusha in der Asbestsiedlung, hinter dem verfallenen Sportplatz, dort, wo rostiges Gerümpel und dichtes Unkraut ein Endzeitszenario nachstellten, die Hütte auf den Stelzen entdeckt, die Hütte der Baba Yaga. Natürlich war sie in Panik geraten darüber, dass es diese Hütte wirklich gab, wo doch Baba Yaga nur eine Märchenfigur war. Doch dann war ihr der Gedanke gekommen, dass diese Hütte nur für sie sichtbar war, so wie in den Erzählungen ihrer Großmutter und mit einem Male hatte sie gewusst, dass sie ein Glückskind war – bis heute.

Durch das gekippte Fenster drang der Straßenlärm aus der Altstadt von Bratislava zu ihr nach oben. Ein Rollladen wurde ratschend in die Höhe geschoben. Eine schwere Eisentür quietschend geöffnet. Die Haarschleife eines kleinen Mädchens flatterte im Wind und landete herrenlos und verloren in einer schmutzigen Pfütze unterhalb ihres Fensters.

Yeddih! Ein schlechtes Zeichen, hätte die Baba Yaga gesagt und die Hände über dem Kopf zusammengeschlagen.

Yeddih! Ein schlechtes Zeichen.

Ein V8-Motor wurde abgestellt. Türen knallten, Schritte hallten auf der Treppe, trampelten zielgerichtet durch den Korridor. Marusha konnte den Blick nicht von ihrem Spiegelbild lösen, Augen zu, dann wieder auf, Augen zu, so ging das sekundenlang. Die Augen groß und größer, lilagrau, dann schwarz. Schwarz wie die Nacht, schwarz wie die ewige Finsternis, die draußen auf den Schutthalden herrschte, die sich vor der Schnellstraße M 14 nach Kiew oder in den Westen, den Goldenen Westen, kilometerweit auftürmten und nicht den Funken einer Hoffnung zuließen.

Bin ich stark, groß, schön – ein Model, so wie es Darija mir versprochen hat, während sie mir das Heroin unter die Zunge spritzte?

Als hinter ihr die Tür krachend aufgerissen wurde, hielt sie die Augen ganz fest geschlossen, presste die Augenlider zusammen, blendete Lärm, Schritte, Tumult und wütendes Schnauben einfach weg.

Zack! Der Schlag traf sie unvermittelt im Gesicht, so stark, dass ihr die Tränen in die Augen schossen und sie vom Waschbecken wegstolperte, beinahe gestürzt wäre, aber eine Faust hielt ihre Haare umklammert, riss sie rüde an ihrem dicken Zopf zurück und verhinderte, dass Marusha auf den fadenscheinigen Teppich in dem miesen, abgewohnten Zimmer stürzte, verhinderte, dass sie das schmuddelige Bett, die abblätternde Tapete an den Wänden, das schief hängende Bild einer ausgeblichenen Muttergottes, dass sie dieses ganze Bratislava-Szenario aus einer anderen Perspektive, einem Verliererblickwinkel sah.

„Bad Girl! Was war das für eine Scheiße in der Galerie?"

Zack! Wieder ein Schlag, quer über ihren Mund, noch ein Schlag, der sie am Sprechen hinderte, die Worte wieder zurück in ihren Kopf prügelte, dann ging es Schlag auf Schlag, systematisch, links, rechts, auf die Schultern, die Nieren, jetzt hatte die Faust ihren Zopf losgelassen und stöhnend sank sie auf dem Boden zusammen, würgte grüne Kotze hervor und der Speichel tropfte von ihrem Kinn.

„Mach das nicht noch einmal!“ Die Stimme weg, nah, ein Schlag hatte ihre Ohren getroffen. *Heilige Muttergottes, bin ich am Ende taub?* Alles war nur noch undeutlich und verschwommen zu hören.

Zack! Die Stiefelspitze traf sie in den Bauch, jetzt blieb ihr die Luft endgültig weg und die Gedanken an ihren verblassten so wie die Gedanken an eine Zukunft als Model. Aber sie hatte keine Zeit darüber nachzudenken oder zu weinen. Draußen hob das Kind die Haarschleife auf, versuchte sie von dem schmutzigen Wasser zu reinigen, hielt sie hocherhoben in ihrer kleinen Faust, so wie Marusha jetzt hochgehoben und auf das Bett geschleudert wurde, Taschentücher in die Hand gedrückt bekam, um sich kräftig zu schnäuzen, die Tränen abzuwischen und um überhaupt zu kapieren, was gerade abging.

„Schau auf meine Tattoos! Die stammen direkt aus der Hölle!“, brüllte er. Das hatte sie schon einmal erlebt. Schon einmal hatte sich Sherban wütend das Hemd aufgerissen, sich vor ihr aufgepflanzt, auf seine Tätowierungen gedeutet und ihr mit irrem Blick erzählt, dass sie aus der Hölle stammen, aus einem rumänischen Gefängnis in den Karpaten.

„Lola hat mich verlassen! Das ist eine große Enttäuschung für mich! Ich habe alles für sie getan! Und jetzt bist auch du nicht dankbar und hast keinen Respekt! No respect!“, brüllte er und drückte ihren Kopf auf seine nackte Brust, auf die wulstig vorstehenden Tätowierungen, drückte ihre von den Schlägen blutigen Lippen auf die vernarbte Haut, die sich wie ein zerklüftetes

Gebirge quer über seinen Brustkorb spannte, wo glühende Eisen das Gewebe zerstört und flammende Kreuze und Zwiebeltürme in seinen Körper gebrannt hatten.

„Ist das ein Problem, wenn dich jemand ficken will?"

„Nein, das ist kein Problem!", gab sich Sherban gleich selbst die Antwort.

„Sag es: Das ist kein Problem!", dabei packte er Marusha mit einer Hand am Kinn, drückte ihr Gesicht zusammen, sodass sich ihr hübscher, voller Mund zu einem kleinen hässlichen Schweinerüssel verformte und sie, aus Angst vor weiteren Schlägen, mechanisch wie eine Puppe mit dem Kopf nickte.

„Gehorche!", zischte er und hielt den Finger wie eine Pistole auf ihre Stirn gerichtet. „Du verreist mit den anderen Mädchen nach Österreich. Ich bin in einer Stunde wieder da, denn du fährst noch heute Abend."

Weit entfernt und wie in einem sicheren Kokon im Weltall schwebend, hörte Marusha seine trampelnden Schritte auf der Treppe, hörte wie der V8 gestartet wurde. Sie musste an die Baba Yaga und ihr Stelzenhaus denken, an die unheimliche Baba Yaga, die ihr eine großartige Zukunft vorhergesagt hatte, musste sich eingestehen, dass wahrscheinlich alles nur Lüge war, dass hinter dem Spiegel kein Märchenschloss mit Prinz, sondern die Hölle mit Sherban lauerte.

Drunten am Industriehafen von Bratislava war es zugig und fürchterlich kalt. Der Nebel kroch wie ein ekelhafter, feuchter, glitschiger Fisch durch die Kleider der Mädchen, die auf das Schiff warteten, das sie nach Österreich bringen würde.

„Los, komm, meine Kleine", flüsterte Darija und zerrte Marusha in den Schatten eines rostigen Containers. „Hier teilen wir uns den Schuss! Dann wirst du lockerer und weniger ängstlich. Ich habe gehört, die Kunden in Österreich stehen auf ängstliche Mädchen, mit denen machen sie dann schlimme Sachen, verstehst du?"

„Ich verstehe überhaupt nichts", hauchte Marusha beinahe tonlos und ihr Herz klopfte wie verrückt. „Einige Mädchen sind nicht mehr zurückgekommen."

„Das ist doch bloß ein Gerücht. Das passiert nur den Schwachen." Darija presste ihren Mund fest auf Marushas Ohr. „Nur die Schwachen bleiben am Boden. Wir aber sind stark." Langsam ließ Darija ihre Zunge in Marushas Ohr kreisen. „Mit uns können die Österreicher machen, was sie wollen, denn wir sind stark!"

„Dürfen wir schöne Kleider tragen?", redete sich Marusha den Horror schön und ihre Hände begannen zu zittern, sie klapperte mit den Zähnen und das Zittern breitete sich auf den ganzen Körper aus und ließ sich nicht stoppen. Sie zitterte wie der Spasti vom Schrottplatz in Ternopol und konnte erst aufhören, als Darija ihr eine Ohrfeige verpasste und einen schnellen Schuss setzte.

„Das soll unser Schiff sein? Bist du verrückt!" Darija schüttelte ihre weißen Haare, die sich elektrisierend sträubten und knisterten. Der Klang ihrer vielen Armreifen, die sie ständig hektisch schüttelte, drang glockenhell durch den monotonen Motorenlärm des alten Containerschiffs.

„Wo sollen wir da schlafen?" Hektisch hüpfte Darija vor dem gleichgültig vor ihr stehenden Kapitän auf und ab. „Das ist doch ein Frachtschiff und kein Speedboot, wie es uns Sherban versprochen hat!"

„Ich habe bloß den Auftrag, euch nach Linz zu bringen." Der Kapitän schnippte gelangweilt seine Zigarette in das ölig glänzende Wasser.

„Nein, wir fahren auf keinen Fall auf diesem dreckigen Frachtkahn! Das kannst du gleich vergessen!“ Mit ihren knochigen Fingern strich sich Darija die weißen Haare an den Schläfen nach hinten, spürte noch immer das Heroin, das sie groß, stark und unbesiegbar machte. „Los, Mädchen, wir gehen!“, rief sie den anderen Mädchen zu, die ängstlich aneinandergedrängt an der Mole standen.

Ich bin die geborene Anführerin!, dachte Darija euphorisch und spürte das Heroinbriefchen in der Tasche ihrer engen Jeans wie Feuer brennen und ihre bleiche Haut war vor Aufregung mit roten Flecken überzogen. Gerade als sie die Mädchen noch einmal auffordern wollte, mit ihr zu verschwinden, verpasste ihr der Kapitän einen Faustschlag in den Magen, dass sie vor Schmerz und Überraschung zusammenbrach. Er pfiff zweimal gellend und aus dem Schatten der Container lösten sich zwei Männer, die Gewehre in den Händen hielten.

„Alle auf das Schiff!“, brüllte der Kapitän und die eingeschüchterten Mädchen schlichen mit gesenkten Köpfen an Bord. Ehe sie in den vorderen Teil des Schiffes in eine winzige Kabine geführt wurden, sah Marusha noch, wie die beiden Männer Darija Fußtritte verpassten, sie dann hochhoben und zum Rand der Mole schleppten. Im Licht einer schummrigen Laterne sahen Darijas Haare wie weiße Seidenfäden aus, als sie über den schmutzigen Boden geschleift wurde. Dann hob sie einer der Männer hoch, um sie in das Hafenbecken zu werfen.

„Nein, nicht!“, schrie Marusha und rannte die Reling entlang, wo sie jedoch vom Kapitän abgefangen wurde, der ihr die Arme auf den Rücken drehte, dass sie aufschrie.

„Wenn ich deine Freundin doch mitnehme, was bekomme ich dann von dir?“, flüsterte er Marusha ins Ohr. Langsam ließ er Marushas Arme los und griff ihr zwischen die Beine. Sie wehrte sich nicht, sondern starrte nur hinauf in den nachtschwarzen Himmel und ausgerechnet in diesem Augenblick fiel ihr wieder die Baba Yaga mit ihrer Krücke ein, der sie nicht geglaubt und die sie verlacht hatte, als sie ihr zuflüsterte, dass die Schnellstraße M 14 nicht in den Goldenen Westen, sondern in die finsterste Finsternis führen würde.

31

DIE VERGANGENHEIT MELDET SICH

Später, als alles vorüber war und er in diesem sprachlosen Zustand zurückblieb, den der Psychiater Goldmann so treffend als katatonisch bezeichnen würde, als er irgendwie nur am Saum seines Bewusstseins mitbekommen hatte, dass seine steile Karriere ihrem unrühmlichen Ende zusteuerte, ja später erinnerte er sich in klaren Momenten an jenen Tag und die schlimmen Vorzeichen, die er ignoriert und verdrängt hatte.

An jenem Tag, der seinen Lebensplan so gründlich auf den Kopf stellen sollte, saß Robert Wagner, der Polizeipräsident von Linz, hinter seinem penibel aufgeräumten Schreibtisch und klopfte mit den Fingern den Takt zu einer imaginären Melodie, die ihm durch den Kopf ging. Die übertriebene Euphorie und Dynamik, die ihn sonst auszeichneten, waren wie eine schuppige Reptilienhaut von ihm abgeglitten und hatten ein von Zweifeln geplagtes, durchlässiges und formloses Etwas zurückgelassen, das nur noch entfernt an den souveränen Polizeipräsidenten erinnerte.

Natürlich kannte er den Grund für sein derzeitiges Stimmungstief und so oft er auch den Deckel der kleinen silbernen

Dose aufschnappen ließ, sie blieb leer, so leer wie sein Kopf. Mehrmals schon hatte er verklausulierte Nachrichten auf der Mailbox seines Psychiaters hinterlassen, zunächst wütend im Befehlston, dann immer kleinlauter, schließlich winselnd wie ein Junkie, der seinen nächsten Schuss braucht, um zu überleben. Wagner, der korrekte und vorbildliche Polizeipräsident, wusste natürlich auch, dass ihn von einem Junkie nur die Uniform trennte und dass er über seinen Psychiater leichter an die illegalen Medikamente und Aufputschmittel herankam als ein normaler Süchtiger. Doch das half ihm im Augenblick überhaupt nicht und resigniert ließ er das Handy sinken, mit dem er soeben wieder nur auf die Mailbox gekommen war. Also musste er diesen Zustand und vor allem aber diese Gedanken aushalten, die er ständig im Kopf mit sich herumschleppte und die von den Amphetaminen und Tranquilizern, die er wahllos in sich hineinstopfte, sonst so erfolgreich in den hintersten Winkel seines Denkens verbannt wurden. Schon am Morgen, als er sich beim Rasieren geschnitten hatte und sich ein heller Blutstropfen auf dem blütenweißen Kragen seines Hemdes wie eine Rose entfaltet hatte, schon da hätte er wissen müssen: Der Tag wird beschissen. Doch er hatte diese böse Vorahnung ignoriert.

Noch immer spürte er den Telefonhörer wie einen Phantomschmerz an seinem anderen Ohr, diesen grauen, einfallslosen Telefonhörer, durch den er gerade noch die selbstbewusste Stimme des Linzer Bürgermeisters gehört hatte. Links das enervierende Tuten des Handys, rechts die hinterhältig leutselig klingende Stimme des Bürgermeisters. Diese freundlich fiese, aber trotzdem keinen Widerspruch duldende Stimme, die immer und immer wieder darauf hingewiesen hatte, dass Weihnachten vor der Tür stünde und der Leichenfund am Bahnhof so überhaupt nicht in diese vorweihnachtliche, besinnliche Zeit passen würde.

„Wie die Aasgeier haben sich die Medien auf den Fall gestürzt. Ein spektakulärer Leichenfund. Eine junge Frau als Opfer. Mitten in der Bahnhofshalle. Zur Rushhour. Toter Engel zu Weihnachten."

Eine Marotte des Bürgermeisters war es, in kurzen, abgehackten Sätzen zu sprechen, dazwischen immer lange Pausen zu machen, so als müsste er erst schwerfällig im Kopf die Sätze zusammenbauen, was natürlich nicht der Fall war, sondern eine Erfindung der Spin-Doktoren, die damit der Bevölkerung signalisieren wollten: „Schaut her, er ist auch nicht gescheiter als ihr!"

„In einer Woche ist dieser Fall gelöst, haben wir uns verstanden! Sonst kannst du deinen Job zur Verfügung stellen! Im nächsten Frühjahr sind Wahlen!", hatte er dann gefaucht und das eingelernt Onkelhafte war von ihm abgefallen und der kalte Machtmensch zum Vorschein gekommen. Die klare Drohung hing noch immer wie eine schwarze Wolke über Wagner und am liebsten wäre er nach unten in die Drogenfahndung gestürmt, hätte sich mit beschlagnahmten Medikamenten und Drogen eingedeckt, aber das war natürlich unmöglich, das wusste er selbst, das wäre der berufliche Selbstmord gewesen. Jetzt war es einfach zu spät, jetzt waren die Gedanken da und setzten sich schwarzen Raben gleich auf seine Schultern und zogen ihn nach unten.

„Es gibt keinen perversen Killer in unserer schönen Stadt!", hatte der Bürgermeister in den Hörer gebrüllt und am anderen Ende der Leitung jähzornig mit der Faust auf den Tisch gedroschen, sodass die Schallwellen sich schmerzhaft bis in Wagners Gehörgang fortpflanzten.

„Du sorgst für eine positive Berichterstattung, egal wie! Ich verlasse mich auf dich!" Ohne sich zu verabschieden, hatte der Bürgermeister den Hörer auf die Gabel geknallt und der Nachhall der kurzatmigen, unangenehm hohen Stimme schrillte noch immer in den Ohren von Wagner.

Die schlechten Vorzeichen häuften sich.

Seufzend drehte sich Wagner auf seinem Stuhl vom Schreibtisch weg hin zum Fenster und fuhr sich durch die feinen rötlichen Haare, während er in das trostlose Grau hinaussah und mit dem Gedanken spielte, sich aus dem Fenster in das Wattegrau zu stürzen, weich zu fallen und schmerzfrei wieder aufzuwachen.

Noch konnte er diesen Wunsch unterdrücken und auch den anderen: zu seinem stilvollen Aktenschrank zu gehen, der sich gegenüber vom Schreibtisch neben der Tür befand, und diesen zu öffnen. Noch gelang es ihm, dieses Verlangen zu unterdrücken und das schlechte Gewissen zu ignorieren, hatte er doch Cordula, seiner Frau, geschworen, nie wieder daran zu denken und ein Leben zu führen, als hätte nie etwas anderes existiert.

„Herr Polizeipräsident, die Einsatzbesprechung in der schwarzen Halle beginnt gleich!“ Klein, sein Fahrer, stand wie immer plötzlich lautlos mitten in seinem Büro, ein beschränkter Mensch, der aber trotzdem ehrgeizig war und immer alles richtig machen wollte und dem Demütigungen nichts auszumachen schienen, wofür ihn Wagner aber gründlich verachtete.

„Können Sie nicht anklopfen!“, herrschte er ihn deshalb auch an und lehnte sich an die mitten in seinem Büro für den Umzug gestapelten Kisten. Wagner war einer der Letzten, die das Polizeipräsidium verlassen würden.

„Warten Sie gefälligst draußen! Ich komme sofort!“ Mit einer fahrigen Handbewegung scheuchte er Klein aus seinem Büro, straffte die Schultern, rückte den Krawattenknoten zurecht und schlüpfte wieder in die Rolle des erfolgreichen Polizeipräsidenten, dessen öffentlich zur Schau gestelltes Leben von allen bewundert und beneidet wurde.

Doch so einfach ließ sich die Erinnerung nicht wegsperren, schon gar nicht, wenn er ohne seine Tabletten dastand. Es war total lachhaft, sich einzubilden, ohne diese Tabletten zu existieren, es war lachhaft, zu glauben, er sei eine gefestigte Existenz. Und genauso, wie er den Launen des Bürgermeisters oder den Wünschen der Krell Holding nachgab, genauso gab er auch den Widerstand gegen die Erinnerung auf.

Mit schlotternden Knien stand er vor dem leeren Aktenschrank und starrte auf das Möbel, als wären darin die Schätze eines geheimen Kultes verborgen. Zwar zögerte er noch ein wenig, aber insgeheim wusste er natürlich, dass er den Kampf längst verloren hatte, und resigniert öffnete er den Schrank, griff unter das Metallbord und löste die dort angeklebte schmale Mappe, die er vor den gierigen Fingern seiner Frau gerettet hatte, als sie den Plan entworfen und beinhart umgesetzt hatte, jede Erinnerung an ihr früheres Leben radikal auszulöschen. Mit pochendem Herzen schlug er die Mappe auf, die nichts weiter enthielt als drei Fotos, auf denen ein strahlendes zehnjähriges Mädchen und die Gäste einer Geburtstagsfeier zu sehen waren, und Tränen stiegen ihm in die Augen.

*

In der schwarzen Halle herrschte eine ziemliche Hektik, denn mittlerweile war der Bericht der Spurensicherung eingetroffen und alle Polizisten, die mit dem „Taubenmädchenmord" zu tun hatten, waren wie vor den Kopf gestoßen. Der von Paul Adrian durchgeführte DNA-Schnelltest hatte mindestens vier unterschiedliche DNA-Stränge im Inneren des Koffers ergeben, was im Klartext bedeutete, dass die Polizisten es wahrscheinlich mit vier Leichen zu tun hatten.

„Scheiße!“, fluchte Braun, als er die Auswertung gelesen hatte. „Und wir sind noch keinen Schritt weiter! Was ist mit den Ergebnissen der Spurensicherung? Haben wir Fingerabdrücke auf dem Koffer?“

„Jede Menge!“ Gruber zuckte mit den Schultern. „Aber es dauert seine Zeit, alle zu scannen und über das Abgleichungsprogramm laufen zu lassen.“

„Interessiert mich nicht!“, schnaubte Braun. „Gleich kommt Big Boss Wagner und will Ergebnisse! Gruber, mach denen von der Spurensicherung Druck, ich brauche Resultate.“

Mittlerweile war jemand aus Brauns Team bei der Durchsicht der Überwachungsvideos auf einen merkwürdigen Typ in einem langen Mantel gestoßen, der sich in der Nähe des Koffers herumgetrieben hatte. Allerdings sah man ihn nie direkt mit dem Koffer, es schien so, als wäre er ganz bewusst den Kameras ausgewichen. Nur eine Sequenz zeigte, wie sich im Untergeschoss die Lifttüren öffneten und der Unbekannte im Hintergrund den Koffer herauszuschieben schien. Es war zwar nicht 100%ig erkennbar, aber für einen Verdacht reichte es allemal. Gruber hatte deshalb Screenshots von dieser Sequenz mit dem Verdächtigen gemacht und hängte diese jetzt auf eine eigene Pinnwand.

„Das gibt fette Schlagzeilen, wenn die Journalisten spitzkriegen, dass es möglicherweise vier Leichen gibt“, sinnierte Gruber, während er die Screenshots chronologisch an der Pinnwand ordnete und eine grobkörnige Vergrößerung vom halb abgewandten Gesicht des Verdächtigen auf eine eigene Wand heftete.

„Das ist doch überhaupt noch nicht sicher!" Braun schüttelte den Kopf und tippte auf einen der Screenshots. „Von diesem Typ brauchen wir die Fingerabdrücke." Er beugte sich näher zu dem Foto. „Er trägt keine Handschuhe. Mach der Spurensicherung ordentlich Dampf, Gruber!"

„Trotzdem, die Journalisten werden sich freuen, wenn sie eine Story mit vier Leichen plus einer bereits entdeckten Toten bekommen", redete Gruber einfach weiter, so als hätte er Braun nicht zugehört. „Ich bin sicher, dass es mindestens vier tote Mädchen sind. Eines der Mädchen hast du bereits als Foto bekommen, Braun." Er trat näher an Braun heran. „Er wird erst aufhören, wenn du seine Freundschaft akzeptierst", flüsterte er und Braun zuckte instinktiv zurück, als er Grubers leichte Schweißausdünstung roch.

Gruber hatte ja so Recht: Im Nebel lauerte ein Psychopath, der die Freundschaft von Braun suchte und ihn mit Mord beeindrucken wollte.

*

Aus dem gleichförmig grauen Nebel heraus begann es jetzt leicht zu nieseln und Wagner war froh, im Fond des Mercedes zu sitzen, obwohl es zur schwarzen Halle der Mordkommission keine 1.000 Meter waren. Aber er war eben der Polizeipräsident und der konnte sich diese kleinen Extravaganzen erlauben. Er konnte sich sogar einen kleinen Umweg über eine Apotheke in der Nähe des Bahnhofs erlauben, von der er wusste, dass die Eigentümerin es mit verschreibungspflichtigen Medikamenten nicht so genau nahm. Genauso wie er gedacht hatte, zierte sich die Apothekerin zunächst ein wenig. Doch als Wagner sie genervt von so viel Umständlichkeit an ihrer Kette über die Theke zog und mit Nachdruck auf seinem

Amphetaminmix bestand und eine Razzia mit Meldung bei der Apothekerkammer in Aussicht stellte, gab sie klein bei. Fünf Minuten später hatte er bereits sieben unterschiedliche Pillen geschluckt, deren Wirkung sich stufenförmig bis zum Hirn entfalten und die dunklen Gedanken irgendwo in das Universum verblasen würden.

In dem deprimierend gleichmäßigen Nieselgrau schleppte sich der Mercedes im Schritttempo zurück in das Hafenviertel, Kleins Handy piepste ununterbrochen, durch ihren kleinen Ausflug wurde ihr Terminplan gründlich durcheinandergebracht, aber schließlich war Wagner der Polizeipräsident und der bestimmte, welches Timing das richtige war. Im Schneckentempo fuhren sie über eine Brücke und knapp 100 Meter entfernt schälte sich die schwarze Halle aus dem Nebel. Man hätte aus dieser Richtung direkt durch die Wand ins Innere der mit schwarzer Teerpappe verkleideten Halle fahren können, so plötzlich stand sie jetzt vor ihnen. Aber Klein war wie immer korrekt und nach einigen umständlichen Wendemanövern fuhren sie auf die schmutzigen Glastüren des Foyers zu, die noch immer mit zwei Jahre alten, zerfetzten Postern zugeklebt waren, und Klein bremste den Mercedes ab.

„Wir fahren direkt in die Halle, Klein!“, entschied Wagner, lehnte sich im Fond zurück und überlegte, ob er sich einen Whiskey aus der Bar im Fond genehmigen sollte, entschied sich aber dagegen, er musste seine Vorbildfunktion erfüllen.

Da waren sie ja, seine unerbittlichen Kämpfer, die ihn auf seinem Kreuzzug gegen das Böse dieser Stadt unterstützten, die ihm den Rücken freihielten und die Stadt von dem menschlichen Schmutz befreiten, der täglich aus dem Untergrund nach oben quoll und nur darauf wartete, die Krieger des Lichts mit Dreck zu bewerfen. Immer heftiger explodierten die Gedanken in seinem Kopf und wie in einem Rausch fantasierte sich Wagner sein Idealbild einer Polizeitruppe zusammen, sah sich bereits in Wien als Innenminister sitzen, ausgestattet mit immenser Macht.

Überrascht starrten die Beamten der Mordkommission jetzt den schwarzen, regenglänzenden Mercedes an, der in die Halle schnurrte. Wagner konnte die Wucht förmlich greifen, die dieser Auftritt verströmte, und als einer von diesen übereifrigen Polizeischülern auf den Wagen zustürmte und die hintere Tür aufriss, da fühlte sich Wagner am Zenit seiner Macht.

Schnell hatte er sich einen Überblick verschafft, vorne die Klapptische und vor der Bühne die unterschiedlich großen, bunt zusammengewürfelten Pinnwände und dort hinten stand auch der Chef der Mordkommission, Braun, und Wagner wusste nicht, ob er seinen jähzornigen Chefinspektor für seinen bedingungslosen, aber im Grunde aussichtslosen Kampf gegen das Verbrechen bemitleiden oder bewundern sollte.

„Hallo Chef! Es gibt Neuigkeiten", begrüßte ihn Braun, eilte auf ihn zu, sichtlich übermüdet, mit Schatten unter den Augen, einem nicht mehr ganz sauberen T-Shirt unter dem obligatorischen schwarzen Anzug. Wagner hörte Brauns Ausführungen nur mit halbem Ohr zu, hörte zu seinem Schrecken etwas über weitere Opfer, wusste, dass seine Karriere auf dem Spiel stand, wenn noch weitere Tote gefunden würden und es nicht gelang, den Mörder zu fassen.

Hilfesuchend drehte er sich im Kreis, seine Euphorie war schlagartig verflogen und die Depression grinste erneut höhnisch aus dem schwarzen Loch zu ihm empor. Klein, sein Fahrer, hielt sich wie immer im Hintergrund und lehnte mit verschränkten Armen am Kühler des Mercedes, hatte aber ein sauberes Handtuch auf den noch feuchten Lack gelegt, um seine Hose nicht nass zu machen, und blickte gleichgültig durch seine randlose Brille auf die Pinnwände.

Brauns Ausführungen machten Wagner wütend, schließlich musste er den Kopf hinhalten, wenn etwas schiefging, aber so weit würde es nicht kommen, denn auf Braun war Verlass, der Täter war sicherlich ein Verrückter und Braun würde ihn zur Strecke bringen. Wagner schwirrte der Kopf, der eigenhändig gemixte Tablettencocktail war wohl doch ein wenig danebengeraten, aber das machte nichts, er brauchte nur den Bericht für den Bürgermeister und dann hatte die Mordkommission eine Woche Zeit, den Mörder zu fassen, auf keinen Fall länger, er war dem Bürgermeister im Wort.

„Wann haben wir den Täter?", platzte er dann auch mitten in Brauns Bericht, schlagartig verstummten alle Gespräche und die Polizisten starrten ihn verwundert an.

„Der Bürgermeister will, dass der Fall in einer Woche geklärt ist! Haben mich alle verstanden? Braun, ich erwarte den schriftlichen Bericht über den derzeitigen Stand und die weitere Vorgangsweise in einer Stunde! Und bitte verschonen Sie mich mit irgendwelchen Theorien, ich will Ergebnisse!"

Er schnippte mit den Fingern nach Klein, der mit der flachen Hand behutsam Regentropfen vom Kühler des Mercedes wischte.

„Klein, wir fahren!" Dann drehte er sich noch einmal zu Braun, der wieder zu den Pinnwänden gegangen war. „Chefinspektor, am besten wäre natürlich, wenn Sie mir bis Ende der Woche bereits einen Verdächtigen präsentieren könnten! Schnell und effizient, so wie im Fall Pestalozzi!"

„Wir arbeiten mit Hochdruck an der Lösung des Falls, Chef!", ließ sich Braun nicht aus der Ruhe bringen. Er deutete auf ein Bild an der Pinnwand, das Wagner aber auf die Entfernung nur verschwommen erkennen konnte. „Vielleicht bringt uns dieses Indiz weiter!“

„Dann lassen Sie mal sehen.“ Skeptisch verschränkte Wagner die Arme vor der Brust, während Braun die Fotos von der Pinnwand löste und damit zu Wagner ging. Es war eine Vergrößerung der Uhr am Handgelenk der Toten. Die leuchtenden Zeigerspitzen waren mit rotem Faserschreiber markiert und Wagner erstarrte.

Dann sah er die Abbildung der linken Hand des toten Mädchens mit der Uhr und der halbmondförmigen Narbe zwischen Daumen und Zeigefinger, sah dieses verdammte Foto, das ihm Braun unter die Nase hielt, sah die vom Blitzlicht des Fotografen blitzenden Zeiger mit kleinen leuchtenden Pünktchen an den Spitzen, wusste, dass diese Spitzen winzige Diamanten waren, kannte auch, ohne sie zu sehen, die Inschrift „Für B. W. 18.08. i. L.“ auf der Rückseite der Uhr, wusste natürlich auch, wer ihr die Uhr zu ihrem zehnten Geburtstag geschenkt hatte, wollte es aber nicht wahrhaben, niemals. Doch dann brach es aus ihm heraus und er konnte nur noch schreien und heulen und die Finsternis war allgegenwärtig:

„Das ist die Uhr meiner Tochter!“

32

DER WEG IST SCHWER ZU ERKENNEN

„Wenn Sie Glück haben, geht das noch einige Zeit gut, aber es kann auch sein, dass Sie Silvester nicht mehr erleben." Der Neurologe stand mit verschränkten Armen vor den an den Neonkasten gesteckten Bildern der Computertomographie. „Hier sehen Sie selbst, der Tumor hat sich weiter ausgedehnt." Der Arzt tippte mit dem Kugelschreiber auf eine verschwommene milchige Fläche, die sich über eine Hirnhälfte ausgebreitet hatte. „Bleibt er stehen, sieht es ganz gut aus, aber der bisherige Verlauf spricht dagegen."

Kim Klinger schossen die Tränen in die Augen und schnell wandte sie den Blick ab von den Röntgenbildern, die ihr die tödliche Diagnose veranschaulicht hatten. Stattdessen starrte sie an dem Arzt vorbei aus dem Fenster in das schmutzige Grau, hätte den dichten Nebel am liebsten aufgesaugt, inhaliert und nie wieder losgelassen, so sehr liebte sie plötzlich dieses beschissene Leben.

„Das sind ja im schlimmsten Fall nicht mal mehr zwei Monate! Letztes Mal hat der Verlauf doch ganz positiv ausgesehen!" Kim räusperte sich und unterdrückte den spontanen Drang, einfach loszuheulen. „Tun Sie doch etwas! Sie sind doch der beste Arzt in ganz Linz! Ich will, dass der Tumor verschwindet!"

„Ich bin kein Wunderheiler." Der Arzt räusperte sich verlegen, ehe er fortfuhr: „Leider hat die Ausdehnung des Tumors einen ungünstigen Verlauf genommen. Wie ich schon sagte, er nähert sich dem Koordinationszentrum und das heißt, dass Sie sich im ungünstigsten Fall bald nicht mehr bewegen können und später einfach aufhören zu atmen."

„Was ist mit einer Operation?", fragte Kim mit zittriger Stimme und vermied es, auf die Röntgenbilder zu blicken, die der Arzt jetzt eingehend betrachtete.

„Das ist bei diesem Tumor äußerst riskant." Der Neurologe schüttelte den Kopf und erklärte Kim langatmig und unverständlich, warum eine Operation mit großen Gefahren verbunden wäre. Doch Kim hörte nicht mehr zu, sondern stellte sich in absurd grellen Farben einen heißen Sommertag am Meer vor. Warum war sie nur in dieser beschissenen Nebelstadt geblieben?

„Nehmen Sie Ihre Medikamente auch regelmäßig?", riss sie der Neurologe aus ihren Gedanken.

„Ja, natürlich nehme ich die Medikamente. Aber ich will nicht, dass man Fragen stellt und mich bemitleidet, wenn man das Mittel sieht." Sie fasste in die Untiefen ihrer großen Tasche und fischte einen kleinen grünen Jägermeister hervor. „Abends fülle ich das Mittel immer hier rein." Sie schüttelte das Fläschchen vor seinen Augen hin und her, schraubte es auf, schnappte es wie ein Hund mit den Zähnen, legte den Kopf in den Nacken, streckte die Arme waagrecht zur Seite und trank es in einem Zug leer.

„Die echten Jägermeistertrinker brauchen keine Arme. Ab und ex." Sie grinste breit, obwohl ihr überhaupt nicht zum Lachen zumute war und ihre grün gesprenkelten Augen wurden wieder nass, als sie in das ernste Gesicht des Arztes sah.

„Sie sind eine eigenartige Frau. Sie möchten lieber für eine Alkoholikerin gehalten werden, bevor Sie jemand wegen Ihrer Krankheit bemitleidet." Der Neurologe schüttelte irritiert den Kopf.

„Das ist eben meine Art, mit diesem Tumor fertig zu werden." Trotzig ließ Kim die leere Jägermeister-Flasche wieder in ihrer Tasche verschwinden. „Übrigens, ich habe den Tumor Samsa getauft, nach einer Erzählung von Kafka."

„Das ist doch die Käfergeschichte?"

Kim nickte und der Neurologe atmete tief durch. Kim wusste, was jetzt kommen würde.

„Wollen Sie noch immer keine Chemotherapie? Das würde das Wachstum wahrscheinlich bremsen. Versuchen Sie doch eine Einheit", sagte der Neurologe zögernd, denn auch er kannte schon die Antwort.

„Nein! Das brauchen wir nicht schon wieder durchzukauen! Meine Haare sind das Einzige, was bei mir noch intakt ist. Ich will nicht als Alien oder mit Perücke durch die Welt geistern." Sie schüttelte ihre dichte, dunkelblonde Mähne, schnappte ihre Tasche und verließ das Sprechzimmer.

Als die Tür der Ordination hinter ihr ins Schloss fiel, konnte Kim die Tränen nicht länger zurückhalten.

Dieser verdammte Tumor!

Schluchzend ließ sie sich auf die Treppenstufen sinken, wurde immer wieder von einem Heulkrampf geschüttelt. Wie zum Hohn hörte sie aus einem der oberen Stockwerke einen Song aus dem Radio. „Ich liebe dieses Leben", trällerte die Sängerin, dann klingelte Kims Handy, aber sie ignorierte den Anruf.

Vielleicht sollte sie sich doch in die Arbeit stürzen, noch etwas Bleibendes hinterlassen, damit man sich an sie erinnerte, damit sie nicht einfach von diesem Planeten verschwand, ohne eine Spur und sei sie auch noch so gering. Jetzt wurde ihr mit einem Mal klar, dass sie niemanden hatte, der um sie trauern würde. Ihre Eltern waren längst gestorben und mit den wenigen Verwandten, die über ganz Europa verstreut waren, hatte sie so gut wie nie Kontakt. Ja, es sah ganz so aus, als würde Kim nach ihrem Tod vergessen werden.

Eine ganze Weile blieb Kim noch auf der Treppe sitzen, stützte das Kinn auf ihre Knie, versuchte den langsam wieder einsetzenden Kopfschmerz und das weiße Rauschen zu ignorieren, doch als das Störbild in ihrem Gesichtsfeld auftauchte, gab sie entnervt auf. Es war alles so sinnlos!

Sollen sie mich doch vergessen!

„Ich liebe dieses Leben", summte sie den Song, der sich zynischerweise in ihrem Kopf festgesetzt hatte, als sie schwankend aufstand, nach draußen in das konturlose Grau der Stadt wankte und einem plötzlichen Impuls folgend mit geschlossenen Augen auf der Straße vom Gehsteig auf die Fahrbahn trat, wo gerade die Scheinwerfer eines Lastwagens den dichten Nebel zerschnitten.

*

In der schwarzen Halle am Hafen war nichts mehr wie zuvor. Die Pinnwände waren umgekippt, Fotos und Computerausdrucke flatterten in der von den Rotoren aufgewirbelten Luft durch den Raum, zwei Computerbildschirme lagen auf dem Boden und als Tony Braun an ihnen vorbeiging, knirschten die Scherben unter den Sohlen seiner Springerstiefel. Er wartete darauf, dass ein Sanitäter den aufgeschlagenen Knöchel seiner rechten Hand verarztete. Es war Brauns rechter Haken gewesen, der den durchgedrehten Polizeipräsidenten Wagner für kurze Zeit außer Gefecht gesetzt hatte. Jetzt war Wagner, mit Spritzen ruhiggestellt, auf dem Weg in die Notaufnahme der Nervenklinik.

Kurz zuvor hatte er Braun fest an den Schultern gepackt und ihm mitten ins Gesicht geschrien, als wollte er ihn allein durch seine Worte plattmachen. „Tun Sie doch was! Das ist Brigitta, meine Tochter!" Immer wieder war Wagners Gebrüll in Schluchzen übergegangen, doch er hatte Brauns Schultern nicht losgelassen, sondern sich an Braun geklammert, als wäre der seine einzige Stütze in diesem Horror.

„Finden Sie das Schwein und knallen Sie es ab", hatte Wagner geröchelt, dann war er langsam vor Braun nach unten auf den Boden gerutscht, von Weinkrämpfen geschüttelt. Aber dann hatte plötzlich die Wut wieder die Oberhand erlangt und wie ein verwundeter Stier war er hochgesprungen, hatte Braun zur Seite gestoßen, war auf die Pinnwände zugestürzt, hatte alle Fotos heruntergerissen, die Bilder seiner toten Tochter abgeküsst, dann zerfetzt, sich die Papierschnipsel in den Mund gesteckt, sie wieder ausgekotzt und dabei geschrien oder besser geheult: „Lassen Sie diese Ermittlungsscheiße, Braun! Bringen Sie mir den Kerl, damit ich ihn töten kann!"

In der Hand hielt er eines der unscharfen Fotos der Überwachungskamera, auf denen der merkwürdige Mann mit dem langen Mantel zu sehen war. „Ist das der Mörder meiner Tochter?", hatte Wagner getobt und keine Antwort abgewartet. „Alle Polizisten suchen diesen Mann! Derjenige, der ihn findet, erhält 10.000 Euro!", hatte er in ohnmächtiger Wut in Brauns Team gekreischt und die Männer hatten betreten zu Boden geblickt, keiner außer Braun war zu einer Initiative fähig gewesen. „Ich habe meine Brigitta zehn Jahre nicht gesehen. Ich habe meine Tochter nicht beschützt."

„Chef! Beruhigen Sie sich doch. Der Krankenwagen kommt gleich. Wir kriegen das Schwein, verlassen Sie sich darauf!" Braun hatte versucht, den tobenden Wagner nach draußen ins Foyer zu zerren, doch dieser hatte wild um sich geschlagen, Bildschirme von den Schreibtischen gefegt und unartikulierte Laute hinausgeschrien, bis ihn Braun mit einem Faustschlag beruhigt hatte. Mit blutendem Kinn war Wagner umgekippt, hatte sich dann auf dem schmuddeligen Betonboden der schwarzen Halle gewälzt, die blutunterlaufenen Augen waren ihm fast aus den Höhlen gequollen und weißer Schaum war aus seinem Mund getreten und hatte sich mit dem Blut auf seinem Kinn vermischt.

Nachdem das Rettungsfahrzeug die schwarze Halle verlassen hatte, begannen die Polizisten schweigend und mit betretenen Mienen das Chaos, das Wagner hinterlassen hatte, zu beseitigen. Braun telefonierte mit dem Oberstaatsanwalt Ritter, der in dieser Situation die Kompetenzen neu verteilen musste.

„Verdammt, ich wusste nicht einmal, dass Wagner eine Tochter hat." Gruber schüttelte ungläubig den Kopf und starrte mit fiebrig glänzenden Augen ins Leere.

„Niemand hat davon gewusst", murmelte Braun, der jetzt auf die Bühne sprang, um dort die nächsten Schritte zu planen.

Gruber trat zu ihm und hielt Braun eine Tasse mit heißem Tee entgegen.

„Danke. Ein Bier wäre mir jetzt zwar lieber." Geräuschvoll schlürfte er aus der riesigen Tasse.

„Gruber, sieh zu, dass wir alles über Brigitta Wagner herausfinden, was es gibt. Was hat sie die letzten Jahre gemacht, wie alt sie eigentlich? Warum hat Wagner sie zehn Jahre lang nicht gesehen? Ich will alles wissen."

„Geht klar, Braun!" Gruber sprang von der Bühne, drehte sich dann noch einmal um. „Was machst du?"

„Ich mache mich auf den Weg zu Wagners Frau. Einer muss ihr ja die traurige Nachricht überbringen." Braun sprang jetzt ebenfalls von der Bühne, riss seinen Mantel von einem Stuhl und steuerte auf das Foyer zu, blieb aber plötzlich stehen.

„Scheiße, ich habe keine Ahnung, wo Wagner wohnt."

„Ich weiß es, Chefinspektor! Ich weiß, wo Dr. Wagner wohnt", hörte Braun plötzlich eine Stimme hinter seinem Rücken. Peter Klein, der Fahrer von Wagner, stand noch immer neben dem schwarzen Mercedes. In der Hektik hatten alle völlig auf ihn vergessen. Natürlich kannte er Wagners Adresse, er hatte ihn ja oft genug nach Hause gefahren. Klein wies mit der Hand auf den Wagen. „Ich kann Sie auch fahren, Chefinspektor."

„Ja, warum nicht! Dann kann ich in der Zwischenzeit telefonieren", sagte Braun.

Im Gegensatz zu der schwarzen Halle war es in dem luxuriösen Wagen angenehm warm und langsam fiel die Anspannung von Braun ab. Er telefonierte mit dem EDV-Techniker, aber der wusste noch nichts Neues zu berichten, noch immer wurde der Mailfluss überprüft. Brauns nächster Anruf galt der Spurensicherung, ob man mit den Fingerabdrücken auf dem Koffer schon weitergekommen sei. Doch auch dort war noch kein Ergebnis eingelangt und Brauns Nervosität nahm wieder zu.

Eine zähflüssige schwarze Schlacke! Genauso kam ihm diese Ermittlung vor. Alles eine einzige dickflüssige, schmierige Soße ohne Anfang und Ende. Kein Durchbruch in Sicht, nur böse Überraschungen, so wie die mit Wagners Tochter, und Stillstand.

Vielleicht bin ich zum Stillstand verdammt!, dachte Braun und starrte in hinaus in das Grau, beobachtete die Nebelschwaden, die sich zwischen den Kränen und Containern durchwälzten, hinaus auf die Donau trieben, wo die Frachtschiffe wie lange schwarze Schlangen langsam zu den Löschstationen fuhren. Irgendwo da draußen war jemand, der so lange nicht mit dem Töten aufhören würde, bis man ihn erwischt hatte. Da war sich Braun absolut sicher.

Eine grenzenlose Mutlosigkeit erfasste ihn und da sie noch immer am Containerhafen im Stau steckten, kam ihm die rettende Idee, sich mit einem schnellen Bier wieder positiv zu polen. Deshalb beugte er sich zu Klein, der konzentriert auf den Verkehr achtete, um sich dann schnell in die übliche Kolonne in der Industriezeile einzugliedern.

„Wir machen noch einen kleinen Abstecher zum Hafen." Die altmodische Leuchtreklame des Anatolu Grill blinkte schwach aus dem Nebel, als der Wagen hielt.

„Kommen Sie mit auf ein Bier?" Klein überlegte kurz, nickte dann zustimmend und ein Lächeln huschte über sein ansonsten ausdrucksloses Gesicht.

„Wenn es Ihnen nicht zu viele Umstände macht, Chefinspektor, hätte ich lieber ein Wasser."

„Auch gut!", sagte Braun und nahm anstelle der zwei Bierdosen, die Kemal schon auf den Tresen gestellt hatte, eine Flasche Wasser. Fröstelnd lehnten beide an dem wackeligen Stehtisch und beobachteten die endlos langen Frachtzüge, die mit Containern beladen von den Schiffen zu den Industrieanlagen über die Straße ratterten und den Autoverkehr jetzt zum Erliegen brachten.

Plötzlich zog Klein einen Fettstift aus seiner Jacke, cremte sich damit die Lippen ein, schob die Kappe wieder über den Stift, verfehlte beim Wegstecken die Tasche und der Stift fiel zu Boden,

Klein bückte sich schnell und hob ihn auf. Das hatte nicht länger als zehn Sekunden gedauert, reichte aber für Braun, denn jetzt sah er die Szene vor seinem inneren Auge:

Der Lippenstift der jungen Frau fällt zu Boden und ich hebe ihn auf, zwei Worte stehen auf der goldenen Fläche – „For Lola". Sie nimmt ihn und die Zeiger einer ungewöhnlichen Uhr blitzen im Neonlicht.

„Kemal! Vor ein paar Tagen war eine junge Frau hier, als ich mein Bier getrunken habe. Eine junge Frau mit schwarzen Haaren, in einem abgewetzten Leopardenmantel und mit einer dicken Sonnenbrille. Erinnerst du dich noch an sie?", rief er ganz aufgeregt dem dicken Wirt zu, der mit einem schmierigen Lappen in seiner Baracke die Gläser polierte. Kemal runzelte die Stirn und dachte angestrengt nach.

„Klar doch, tolle Braut, es kommen ja nicht viele Frauen hier in den Hafen. Ich kann mich gut erinnern, für meinen Geschmack aber etwas zu dünn!"

„Und? Ist dir etwas aufgefallen, hat sie telefoniert? Wo ist sie abgeblieben?"

Betrübt schüttelte Kemal den Kopf, eine senkrechte Ader auf seiner Stirn trat wulstig hervor, er kniff die Augen zusammen, doch plötzlich hellte sich seine Miene auf:

„Warte Braun, sie hat etwas vergessen. Wo habe ich es denn nur hingelegt? Ach ja, da ist es!"

Triumphierend hielt Kemal ein schwarzes Plastikfeuerzeug in der Hand. Braun fischte eine Plastiktüte aus seiner Manteltasche und schob das Feuerzeug hinein. Es war vom häufigen Gebrauch abgeschabt und die Buchstaben waren schon zum größten Teil zerkratzt. Trotzdem war der Schriftzug „Madonna Models" noch ganz deutlich zu erkennen. Triumphierend schwenkte Braun die Plastiktüte mit dem Feuerzeug.

„Endlich haben wir etwas Greifbares!“, rief er ganz aufgeregt.

„Hat sich eine neue Spur ergeben, Chefinspektor?“, fragte Klein interessiert und versuchte einen Blick auf das abgewetzte schwarze Plastikfeuerzeug zu werfen, das Braun noch immer in der Hand hielt.

„Mal sehen, was daraus wird“, gab sich Braun unbestimmt, denn er wollte nicht mit Wagners Fahrer seine Theorien erörtern.

Hatte er überhaupt eine Theorie? Denn wie passte das alles zusammen? Der Psychopath, der Braun die Mails geschickt hatte, war zweifellos der Mörder der jungen Frau vom Bahnhof. Diese wiederum hatte auf irgendeine Weise mit Madonna Models in Bratislava zu tun. Für die auch Laura Pestalozzi gearbeitet hatte, die ebenfalls ermordet worden war. Und eine Moldawierin, die in Linz verschwunden war. Dann gab es auch noch die Informantin von Kim Klinger. Alles nur Zufall?

Als sie sich wieder in den Verkehr einfädelten, wusste Braun, dass es jetzt an der Zeit war, ein wichtiges Telefonat zu führen.

*

Weißrauschen, Bildstörung, Nebelstraße, Autolärm, zwischen diesen vier Worten schossen Kims Gedanken wie rastlose Flipperkugeln hin und her und sie konnte nicht mit dem Denken aufhören, bis endlich in ihrem Kopf in grellen Farben die Warnung „Verstörung“ aufleuchtete und sie in ihr Diktaphon redete:

Der entscheidende Schritt vom Bürgersteig hinunter auf die Straße und vor die Lichter des Lastwagens, die aus dem Nebel auftauchen. Mit zusammengepressten Augen auf den unvermeidlichen Stoß warten und dann auf das Ende von weißem Rauschen und Bildstörung und die große, viel gepriesene Ruhe. Stattdessen aber ein spöttisches Zischen des Vergasers, als der Lastwagen anhält und der Fahrer den Motor abstellt. Dann die Augen aufreißen und feststellen, dass der Fahrer ein sperriges Paket für einen Shop liefert und einfach auf der Straße parkt und überhaupt nicht mitbekommen hat, das man seinen Lastwagen für den Tod gewählt hat, stattdessen denkt er, es sei eine billige Anmache, wenn man regungslos mitten auf der Straße steht und ihn fassungslos anstarrt, während er grinst und einem verschwörerisch zuzwinkert. Kopfschüttelnd feststellen, dass man das Schicksal nicht überlisten kann und daher muss man genauso weitermachen wie bisher, wenn man es nicht einmal schafft, sich richtig umzubringen.

Ihr Handy klingelte schon wieder – fordernd und penetrant. Mit einem resignierten Seufzer schaltete sie die Diktierfunktion ab und nahm das Gespräch entgegen.

„Was ist?“, schnauzte sie in ihr Handy.

„Ich bin’s, Tony Braun. Sie klingen so verschnupft“, hörte sie Brauns irgendwie weit entfernte Stimme.

„Ja, ja. Ich habe eine Verkühlung.“

„Kein Wunder bei diesem Wetter! Wir müssen uns treffen!“ Braun hielt sich nicht lange mit Smalltalk auf, sondern kam gleich zur Sache. Das gefiel Kim auch normalerweise an Männern.

„Ach ja, und warum?“

„Sie haben doch am Telefon erzählt, dass Ihre Informantin und Laura Pestalozzi früher gemeinsam bei dieser slowakischen Agentur ‚Madonna Models‘ gearbeitet haben.“

„Habe ich das erzählt?“ Alles, was mit Kims Job zusammenhing, war noch immer so weit weg, war so unwichtig. Braun fiel Kims Desinteresse überhaupt nicht auf, er redete einfach weiter.

„Sie haben sicher auch von dem spektakulären Mordfall am Bahnhof gehört? Das Mädchen in dem Koffer.“

„Machen Sie Witze, Braun? Ich bin Journalistin und bei uns in der Redaktion ist deswegen die Hölle los." Ein eiskalter Wind kam auf und Kim suchte sich eine geschützte Ecke bei einer Bushaltestelle.

„Ich habe heute in diesem Zusammenhang ein interessantes Indiz entdeckt", hörte sie Braun weiterreden. „Es gibt zwar noch keinen Beweis, aber das tote Mädchen vom Bahnhof könnte ebenfalls für Madonna Models gearbeitet haben. Es sieht jedenfalls ganz danach aus."

„Klingt nicht gerade nach Zufall", versuchte sich Kim motiviert zu geben, aber die Röntgenbilder ihres Kopfes schoben sich immer zwischen das journalistische Engagement.

„Ich habe übrigens auch wegen der verschwundenen Mädchen nachgeforscht. Es gibt ein abgängiges Mädchen, das aus Linz nicht mehr nach Bratislava zurückgekehrt ist. Jetzt raten Sie mal, für wen dieses Mädchen gearbeitet hat!" Braun ließ sich in seinem Enthusiasmus nicht bremsen.

„Braun, worauf wollen Sie eigentlich hinaus? Ich habe jetzt nicht die geringste Lust auf Ratespiele!" Kims Daumen schwebte über der roten Taste und sie war knapp davor, die Verbindung zu trennen, so sehr ging ihr im Augenblick Tony Braun auf die Nerven.

„Sie hat ebenfalls für Madonna Models gearbeitet und wurde für einen Event der Krell Holding hier in Linz gebucht. Was sagen Sie jetzt?" Braun war in seinem Element, das konnte Kim ganz deutlich hören. „Ich brauche unbedingt alle Informationen, die Sie von Ihrer Informantin erhalten haben. Wann können wir uns treffen?"

Kim ging nicht auf die Frage ein, denn das alles war für sie nicht mehr sonderlich relevant.

„Alles, was Sie mir erzählen, Braun, klingt interessant. Aber ich bin jetzt nicht in der besten Verfassung. Vielleicht nehme ich mir

Urlaub“, erwiderte Kim resigniert und sah bereits das türkisblaue Meer vor sich.

„Klingt interessant! Ist das alles, was Sie dazu zu sagen haben? Klingt interessant!“ Brauns Fassungslosigkeit war für Kim fast greifbar. „Sie wollen doch eine Story. Sie haben mir von den sieben verschwundenen Mädchen erzählt. Was soll das jetzt?“

Braun hatte natürlich Recht. Früher hätte sich Kim voller Elan in diese Story verbissen, doch jetzt hatte sie einfach keine Kraft mehr und auch keine Lust. Im schlimmsten Fall noch knapp zwei Monate zu leben! Das war ihre einzige Realität und nicht diese ganze deprimierende Scheiße, mit der Braun sie jetzt überschüttete.

„Braun, stopp! Das interessiert mich nicht! Mir geht es nicht gut! Verdammt, lassen Sie mich mit dieser Story doch einfach in Ruhe!“, fuhr sie daher jetzt auch mitten in sein hektisches Gerede und er schwieg verblüfft.

„Braun, hallo! Sind Sie noch dran?“, fragte Kim, als sie nichts mehr hörte.

„Ich dachte, Sie wollen mehr über das Schicksal dieser sieben verschwundenen Mädchen herausfinden? Herausfinden, was mit ihnen passiert ist. Sie vor dem Vergessen bewahren?“, hörte ihn Kim schließlich mehr zu sich selbst murmeln.

Vor dem Vergessen bewahren. Das war der Punkt. Nein, wenn die Geschichte stimmte, dann durften diese Mädchen nicht vergessen werden. Man musste sie vor dem Vergessen bewahren. Kim musste das tun. Zusammengesunken kauerte Kim auf der Bank in der Busstation.

Und wer bewahrt mich vor dem Vergessen, wenn ich tot bin?, dachte sie und ließ ihren Tränen wieder freien Lauf.

„Okay, Braun“, schniefte sie nach einiger Zeit ins Telefon. „Okay, Sie haben ja Recht. Treffen wir uns, aber nicht heute. Vielleicht erreiche ich meine Informantin. Dann melde ich mich!“

Kim stand auf und machte sich auf die Suche nach einem Taxi, was bei diesem Wetter ziemlich schwierig war.

33

FÜR REUE IST ES JETZT ZU SPÄT

Um sich zu bestrafen, hatte Cordula Wagner, die Frau des Polizeipräsidenten, vor zehn Jahren aufgehört zu rauchen. Jetzt stand sie am bodentiefen Fenster ihres Wohnzimmers und blickte hinunter auf den Wasserfall, der sich unter ihrem auf dem steilen Hang weit vorspringenden Haus in ein Wasserbecken ergoss und von dort weiter auf die nächste Terrasse und in das nächste Becken, es war ein ständiges Fließen bis an das Ende ihres weitläufigen Grundstückes. Von ihrem Standort aus hatte man den Eindruck, als würde der Wasserfall wie ein silbernes Band mitten in die Stadt Linz hinunterstürzen.

In der Hand hielt Cordula Wagner eine Zigarette, die in den vergangenen zehn Jahren so ausgetrocknet war, dass der Tabak knisterte und das Papier schon ganz brüchig war. Als das goldene Feuerzeug endlich funktionierte, stieg eine Stichflamme aus der Zigarette und Cordula musste husten. Hinter sich hörte sie ein Geräusch, jemand hatte die Wohnhalle betreten, doch sie drehte sich nicht um.

„Du rauchst wieder?", hörte sie die Stimme ihrer Zwillingsschwester. „Oh, oh, da muss ja etwas Schlimmes passiert sein."

Cordula beobachtete einen großen schwarzen Wagen, der sich unten am Fuß des Pöstlingbergs langsam aus dem dichten Nebel schälte.

„Brigitta ist tot", sagte sie schließlich gegen die Glasscheibe, drückte den Rücken durch und wunderte sich, dass sie keinen Stich im Herzen bekam, auch keine feuchten Augen. Es war entsetzlich, aber sie konnte nicht anders. Sie musste die Fassade aufrechterhalten und dazu gehörte auch die Kälte. Alles, was sie noch spürte, war das Nikotin, das in ihr Gehirn schoss und die zehn Jahre der rauchfreien Askese sofort auslöschte.

„Sie ist die junge Frau, die man ermordet in dem Koffer gefunden hat", sagte sie rau, nach dem ersten Lungenzug seit zehn Jahren.

„Du meine Güte, wie theatralisch! Aber so war unsere Brigitta doch schon immer. So düster und morbid." Ihre Zwillingsschwester war genauso wie sie, beide waren sie seelische Krüppel, jede auf ihre Art. Sie musste wieder an ihren Vater denken, der als Showmaster zu Hause ein strenges Regiment geführt und jede Abweichung von einem fixen Tagesplan mit drakonischen Strafen geahndet hatte. Obwohl er schon viele Jahre tot war, lebten Cordula und ihre Zwillingsschwester immer noch im Schatten dieses Despoten. Sie wagten es bis heute nicht, das einzige Geschenk ihres Vaters einfach wegzuwerfen.

Cordula hörte die nackten Füße ihrer Schwester über den Marmorboden huschen und nahm noch einen tiefen Zug.

„Ja, das stimmt. Sie hat uns immer mit ihrer Geschichte gelangweilt." Gierig zog Cordula an ihrer Zigarette und war froh, dass sie das Licht in der Wohnhalle nicht eingeschaltet hatte und sie sich so nicht in der riesigen Glasscheibe sah. „Sie hat die Geschichte sogar aufgeschrieben. Ich kann sie heute noch auswendig."

„Ich auch: Damals, als der Sommer noch hell war und die Gewittertürme erst am Horizont auftauchten ...", hörte sie ihre Schwester im Kleinmädchentonfall plappern.

„Hör auf damit!", zischte Cordula. „Roberts fähigster Mann, Inspektor Tony Braun, ist schon auf dem Weg hierher", sagte sie dann und deutete auf die Straße, die jetzt wieder im Nebel lag. „Er wird fragen, warum es damals keine polizeiliche Ermittlung gab. Er wird auch fragen, warum Brigitta damals verschwunden ist. Er wird nicht aufhören zu fragen, bis er alles weiß." Wütend dämpfte sie die Zigarette in einem Blumentrog aus und hatte sofort wieder das Verlangen nach der nächsten. „Er wird verdammt viele Fragen stellen! Immer muss ich mich in dieser Familie um jeden Dreck kümmern!"

„Oh, oh! Ich bin schockiert! Diese Ausdrucksweise kenne ich ja gar nicht von dir! Böses Mädchen!" Die Stimme ihrer Schwester wurde tief und tadelnd.

Zornig streckte Cordula das Kinn nach vorne und hätte ihrer Schwester am liebsten eine Ohrfeige verpasst.

„Übrigens, Robert hatte einen Zusammenbruch! Das ist wieder typisch für ihn, diesen Schwächling. Ritter, der Oberstaatsanwalt, hat mich informiert. Anscheinend ist Robert durchgedreht, als er die dumme Uhr erkannt hat, die er Brigitta an dem Tag geschenkt hat, als es angeblich passiert ist. Das musst du dir vorstellen, vor all seinen Untergebenen erleidet er einen Zusammenbruch. Wie peinlich!"

Cordula schwieg und dachte an das silberne Etui, das auf dem Tischchen neben der Schiebetür lag und in dem noch zwei vertrocknete Zigaretten waren. Doch das hätte bedeutet, dass sie sich zu ihrer Schwester hätte umdrehen müssen und dieser Konfrontation mit quasi ihrem eigenen Gesicht wollte sie aus dem Weg gehen. Denn sie waren eineiige Zwillinge. Also unterdrückte sie das Verlangen, so wie sie immer alles unterdrückt hatte, so lange sie sich zurückerinnern konnte. Stattdessen redete sie kühl und sachlich weiter.

„Ritter versucht natürlich die Presse herauszuhalten. Aber irgendetwas sickert immer durch und dann wird unser Name in den Dreck gezogen. Und alles nur, weil Robert bei der kleinsten Schwierigkeit wie ein Feigling zusammenklappt. Er liegt jetzt übrigens in der Klinik. Besuchst du ihn?"

„Wieso ich? Er ist doch dein Mann!" Hinter ihrem Rücken hörte Cordula, wie ihre Schwester wie eine Balletttänzerin auf einem Bein durch die Halle hüpfte.

„Aber du hast mit ihm geschlafen!", rief Cordula und bereute diese spontane Gefühlsregung sofort wieder.

„Und wenn schon", kicherte ihre Schwester und summte die Melodie von „Je t'aime". „Du bist trotzdem seine Ehefrau. Du musst dich in der Klinik blicken lassen. Das erwartet man von dir."

„Ja, leider! Aber jetzt ist es zu spät, daran etwas zu ändern! Jetzt ist es für alles einfach zu spät!"

Noch immer stand Cordula kerzengerade vor dem Fenster und starrte nach draußen, während hinter ihr die nackten Füße ihrer Schwester zu hören waren, die in einem eigenwilligen Rhythmus über den Marmorboden trippelte und mit einem Mal erfüllte ein süßlicher Geruch die Luft.

„Gibt dir dein Arzt immer noch immer dieses Zeug?"

„Oh ja und es beruhigt mich ungemein. Du solltest es auch probieren, jetzt wo du wieder mit dem Rauchen angefangen hast."

„Ich habe nicht mit dem Rauchen angefangen!“ Cordula presste die Lippen zusammen und knirschte mit den Zähnen. „Es ist besser, du begibst dich jetzt wieder nach hinten. Chefinspektor Braun von der Mordkommission ist gerade eingetroffen. Und lass nicht wieder deinen Slip herumliegen.“

„Ich habe heute überhaupt keinen an“, lachte ihre Schwester und lief schnell aus der Halle.

Die Türglocke schrillte durchdringend und Cordula Wagner war traurig, dass sie keine Gelegenheit mehr hatte, eine zweite Zigarette zu rauchen.

*

Die Frau war sehr dünn und stand mit dem Rücken zu Tony Braun, als er von einer jungen Asiatin in die Wohnhalle geführt wurde. Der überdimensionierte Raum spiegelte das Äußere des Hauses auch innen perfekt wider: Alles war zu groß, zu aufdringlich, zu spektakulär. Ob es der Wasserfall war, den er bereits bei der Auffahrt kopfschüttelnd bemerkt hatte und der auch in der Wohnhalle unter einem gläsernen Teil des Bodens zu sehen war, oder das von Y-Stahlträgern gehaltene, weit vorspringende Haus, dass sich von dem steilen Hang auf die Stadt zu stürzen schien – alles schien nur dazu gemacht, Eindruck zu hinterlassen und die Besucher sofort einzuschüchtern.

Diese Strategie der Einschüchterung wurde im Inneren des Hauses noch weiter verstärkt. Der Eingangsbereich war in den Hang hineingebaut und nach oben bis zu dem eigentlichen Haus offen. In dieser vielleicht zehn Meter hohen Eingangshalle wurden die Besucher fast automatisch zu winzigen, unbedeutenden Wesen degradiert.

Braun wunderte sich über den Luxus, der hier so penetrant zur Schau gestellt wurde, denn auch wenn Wagner als Polizeipräsident ganz gut verdiente, war das Haus sicher jenseits aller seiner finanziellen Möglichkeiten. Doch zunächst musste er die schwierige Aufgabe meistern, von Cordula Wagner alles über ihre seit zehn Jahren verschwundene Tochter zu erfahren.

Scheißjob, eine Mutter befragen, die gerade ihr Kind verloren hat!

„Chefinspektor Braun ist hier, gnädige Frau", flüsterte die junge Asiatin, die ihn nach oben geführt hatte, mit lupenreiner Aussprache zu der Frau, die regungslos an dem riesigen Fenster stand und in den schwärzlichen Nebel blickte. Obwohl ihnen die Frau den Rücken zukehrte, machte die Asiatin einen unterwürfigen Knicks und verschwand lautlos. Wie ein Bittsteller stand Braun da und die Frau machte noch immer keine Anstalten, sich umzudrehen. Schließlich hatte Braun genug von diesem affigen Getue und er räusperte sich lautstark.

„Hallo, Frau Wagner?", rief er und als die Frau noch immer keine Regung zeigte, redete er einfach weiter. „Es tut mir leid, wegen ihrer Tochter!"

„Ihnen braucht das doch nicht leid zu tun, Sie haben sie ja nicht gekannt", sagte Cordula Wagner und drehte sich jetzt langsam um. Obwohl Cordula Wagner im Halbschatten stand, erinnerte sich Braun sofort wieder an dieses Gesicht mit den übertriebenen Lippen.

„Wir haben uns doch schon einmal in der Klinik des Psychiaters Goldmann gesehen", rief er überrascht und nahm sich vor, Goldmann darüber zu befragen, wenn der es mit seiner ärztlichen Schweigepflicht verantworten konnte. Aber einen Versuch wäre es immerhin wert.

„Ich kenne Sie nicht, Chefinspektor Braun." Cordula Wagner drehte sich jetzt ganz um und maß Braun von oben bis unten:

„Ein Mann mit Ihrem speziellen Auftreten wäre mir sicher im Gedächtnis geblieben!“

Verblüfft runzelte Braun die Stirn, war nahe daran, Cordula Wagner die Meinung zu sagen, aber dann erinnerte er sich wieder an den Grund seines Besuches und lenkte ein.

„Wie auch immer, Sie haben mich an eine Patientin des Psychiaters Goldmann erinnert. Aber deswegen bin ich nicht hier.“ Er sah sich um, auf der Suche nach einer Sitzgelegenheit und einer Lichtquelle, denn der Raum war düster und Braun konnte das Mienenspiel von Cordula Wagner fast nicht erkennen.

„Setzen wir uns doch“, sagte Cordula Wagner nach einer langen Pause und deutete auf eine voluminöse Sitzgarnitur, die in der riesigen Wohnhalle trotzdem verloren wirkte. Braun fiel auf, dass Cordula Wagners Stimme ganz anders klang als die der Frau in der Klinik. Vielleicht hatte er sich wirklich getäuscht. „Was möchten Sie wissen, Chefinspektor?“

„Nun, Ihr Mann hat vor seinem Zusammenbruch gesagt, dass Ihre Tochter vor zehn Jahren verschwunden ist.“ Braun machte eine kurze Pause und versuchte, im Gesicht von Cordula Wagner eine Regung zu erkennen, aber ihre Miene blieb ausdruckslos und starr.

„Das ist richtig. Brigitta hat vor zehn Jahren dieses Haus verlassen.“

„Verschwunden ist wohl präziser. Ihr Mann sprach ganz eindeutig davon, dass Ihre Tochter vor zehn Jahren verschwunden ist.“

„Wo ist da der Unterschied, Chefinspektor?“ Cordula Wagner presste ihre aufgespritzten Lippen so zusammen, dass sie an aufgeblähte Regenwürmer erinnerten. „Wie immer hat mein Mann übertrieben.“

„Lassen wir diese Spitzfindigkeiten“, lenkte Braun ein. „Ich konnte jedenfalls nichts in den Akten finden.“ Er kratzte sich den Dreitagebart. „Keine Vermisstenanzeige und auch kein polizeilicher Sucheinsatz. Wie erklären Sie sich das?“

„Da gibt es nicht viel zu erklären. Wir haben Brigitta nicht suchen lassen.“

„Sie haben was?“, fragte Braun. „Ihre sechzehnjährige Tochter verschwindet und Sie suchen sie nicht?“

„Was ist daran so merkwürdig?“, fauchte Cordula Wagner und ihre dicken Lippen verzerrten sich zu einem kalten Lächeln. „Wir wollten kein Aufsehen und auch nicht, dass unser Name in die Presse kommt!“

„Das ist doch eine komplette Scheiße!“, explodierte Braun und Cordula Wagner zuckte angewidert zurück, als hätte er eine ansteckende Krankheit. „Es hat Sie also nicht interessiert, wo Ihre Tochter geblieben ist?“

„Sie haben ja keine Ahnung, Sie Prolet!“, zischte Cordula Wagner und beugte sich hasserfüllt nach vorne. „Natürlich haben wir nach Brigitta gesucht, aber diskret mit einem Privatdetektiv.“ Dann nahm sie wieder Haltung an, setzte sich kerzengerade und zog ihren Rock über die Knie. „Aber er hat nichts herausgefunden!“

„Wie war der Name des Detektivs? War er aus Linz?“

„Hören Sie zu, Chefinspektor. Brigitta hat uns vor zehn Jahren verlassen. Glauben Sie, ich erinnere mich noch an jedes Detail? Glauben Sie wirklich, ich habe nichts Besseres zu tun, als mir den Namen eines schmierigen Privatdetektivs zu merken?“ Suchend sah sie sich um, dann verharrte ihr Blick auf einem silbernen Etui, das auf einem metallenen Tischchen lag.

„Es wird doch Unterlagen dieses Privatdetektivs geben, Rechnungen oder Berichte?“, fragte Braun, der ohnehin die Antwort kannte, sich aber von Cordula Wagner nicht weiter provozieren lassen wollte.

„Nicht das ich wüsste!“ Cordula Wagner stand auf, ging zu dem Metalltischchen und griff nach dem Etui. „Alles sollte doch diskret ablaufen, deshalb gab es auch keine Unterlagen.“

„Warum ist Ihre Tochter überhaupt verschwunden?“, wechselte Braun das Thema. „Was war der Grund?“

Cordula Wagner zuckte mit den Schultern.

„Ich habe keine Ahnung. Brigitta hat sich da etwas eingebildet, was so nicht stimmte!“

„Geht’s vielleicht ein bisschen genauer?“ Langsam, aber sicher verlor Braun die Geduld.

„Es geht nicht genauer, denn wir haben nie darüber geredet. Weder mein Mann noch ich wussten, was sie gemeint hat.“ Cordula Wagner machte eine Pause und öffnete das silberne Etui. Braun bemerkte, dass ihre Finger zitterten, als sie eine Zigarette herausnahm.

„Wann war dieses, wie Sie sagen, eingebildete Ereignis?“ Braun knackte mit den Fingerknöcheln.

Cordula Wagner zögerte, dann begann sie zu reden: „Da war Brigitta zehn Jahre alt und es war ihr Geburtstag. Wir haben mit vielen Freunden gefeiert. Plötzlich ist Brigitta heulend erschienen und hat wie am Spieß geschrien. Sie war schon immer etwas hysterisch und hat sich in Sachen hineingesteigert. Sie hat einen kompletten Unsinn erzählt. Brigitta hat sich damals sehr schlecht benommen!“ Um die Bedeutung ihrer Worte zu unterstreichen, klopfte sie mit der Zigarettenspitze mehrmals heftig auf den Tisch.

„Was war das denn für ein Unsinn, den sie erzählt hat?“, insistierte Braun, den fröstelte, als ihn Cordula Wagner völlig emotionslos ansah.

„Ein sehr bedeutender Gast hat sie angeblich auf den Schoß gehoben und sie unsittlich berührt! Das war natürlich alles frei erfunden, denn der Mann war angesehen und absolut integer. Außerdem ist mein Mann gerade vor einer Beförderung gestanden, da hätten wir einen Skandal nicht brauchen können. Wir haben die ganze Angelegenheit dann eben als das gewertet, was es wirklich war: Kleinmädchengeschwätz!“

„Ach, und sechs Jahre nach diesem Kleinmädchengeschwätz, wie Sie es ausdrücken, verschwindet Ihre Tochter und das ist für Sie das Normalste auf der Welt.“

„Was ist schon normal, Chefinspektor.“

Kopfschüttelnd starrte Braun an Cordula Wagner vorbei aus dem Fenster in den Nebel, der das Haus wie eine schwarze Haut umschloss und langsam erstickte. Er zerrte an seinem T-Shirt, das plötzlich unerträglich eng um seinen Hals schloss.

„In all den Jahren haben Sie sich nie gefragt, ob Ihre Tochter noch lebt oder vielleicht schon tot ist?“ Verständnislos fuhr sich Braun durch die Haare.

„Es ging immer darum, unsere Privatsphäre zu schützen!“, fauchte Cordula Wagner und drehte die Zigarette nervös zwischen den Fingern. „Sie kennen so etwas nicht! Sie stochern ja gerne im Leben anderer Leute herum! Das ist Ihr Beruf!“ Hektisch steckte sich Cordula Wagner die Zigarette in den Mund, zündete sie jedoch nicht an. „Sie wissen nicht, was Privatsphäre bedeutet. Denn Sie haben ja keinen Namen. Sie sind ein Niemand, ein Prolet, den diese grässliche gesellschaftliche Gleichmacherei nach oben gespült hat.“ Mit fahrigen Bewegungen griff Cordula Wagner nach dem goldenen

Feuerzeug, das auf dem Tisch stand, und zündete sich die Zigarette an. „Sie wissen nicht, was es heißt, wenn ein Name in den Schmutz gezerrt wird!“ Gierig saugte sie an der Zigarette, musste mehrmals husten, ließ sich jedoch nicht davon abhalten weiterzusprechen, wobei ihre Stimme jetzt einen schrillen Klang annahm. „Alle Zeitungen werden darüber berichten! Überall wird stehen, dass meine Tochter eine Hure war!“

„Wie kommen Sie darauf?“, unterbrach sie Braun. „Wieso glauben Sie, Ihre Tochter sei eine Prostituierte gewesen?“ Interessiert beugte sich Braun vor, fixierte Cordula Wagner, rückte näher an sie heran und sie versteifte sich zusehends. „Ich höre! Oder soll ich Sie mit auf das Präsidium nehmen, als wichtige Zeugin?“ Braun rückte noch ein Stückchen näher. „Das wird ein Fressen für die Journalisten“, zischte er und fächelte den Zigarettenrauch weg, den ihm Cordula Wagner immer hektischer ins Gesicht blies.

Als sie ihre kerzengerade Haltung aufgab und auf dem Sofa zusammensank, wusste Braun, dass er diese Runde gewonnen hatte.

„Sie hat mich angerufen. Vor ungefähr einem Jahr. Sie wollte, dass mein Mann wegen einer verschwundenen Freundin von ihr nachforscht. Ich habe das natürlich abgelehnt. Habe ihr gesagt, dass unser Name damit nicht in Verbindung gebracht werden darf. Unser Name muss doch rein bleiben.“

Sie rauchte ihre Zigarette bis zum Filter und zerdrückte die Glut mit den Fingerspitzen, ohne auch nur eine Miene zu verziehen. „Sie hat bloß gelacht. ‚Euer Name ist schon im Dreck!‘, hat sie gesagt. ‚Denn ich bin eine Nutte!‘“

Cordula Wagner richtete sich wieder auf, räusperte sich, fingerte eine weitere Zigarette aus dem Etui und zündete sie mit zitternden Fingern an. Ihre Stimme erklang wie von weit weg, wie aus einer anderen Welt, und vibrierte leicht.

„Das waren die letzten Worte, die ich von meiner Tochter gehört habe: ‚Ich bin eine Nutte.'"

Lange starrte Cordula Wagner auf die Zigarette in ihrer Hand, dann drückte sie die glühende Spitze fest in ihre Handfläche. Braun hinderte sie nicht daran. Als er das verbrannte Fleisch ihrer Hand roch, überkam ihn für einen kurzen Moment so etwas wie Mitleid für Cordula Wagner. Ihr Mann war nicht ansprechbar und würde nach Ansicht der Ärzte auch in einem komaähnlichen Zustand bleiben und ihre Tochter war grausam ermordet worden. Doch dann dachte er wieder an ihr eiskaltes Verhalten und den fast krankhaften Mangel an Mitgefühl. Angeekelt stand er auf und verließ grußlos die Wohnhalle. Alles, was er wusste, war, dass Cordula Wagner in einem Haus der Lügen und bereits in der Hölle lebte.

34

VOR DEM VERGESSEN BEWAHREN

Diesmal war die Zeit zwischen Mitternacht und Morgen für Kim Klinger am schlimmsten. Unruhig wälzte sie sich in ihrem Bett hin und her, dachte an die Diagnose des Neurologen, an ihre Porträts, die hinter der Tür an der Wand hingen, die niemanden interessierten und die nach ihrem Tod hier in der Wohnung vergessen würden.

„Ich muss die verschwundenen Mädchen vor dem Vergessen bewahren", flüsterte sie leise, als sie im ersten Morgengrauen mit einer Tasse Kaffee am Fenster stand und die Tauben beobachtete, die in dem leer stehenden Gebäude gegenüber ein- und ausflogen. *Vor dem Vergessen bewahren!,* warum bekam sie diesen Satz nicht mehr aus dem Kopf? Ständig musste sie an Brauns Worte denken und vielleicht hatte ihr Leben ja doch einen Sinn, wenn es ihr gelang, das Geheimnis dieser verschwundenen Mädchen zu lüften. Es war wie draußen. Auch dort verschwanden Menschen, Autos und Straßen in dem dichten Nebel, der die Stadt einhüllte und zu Boden drückte. Noch immer stand sie am Fenster, trank Kaffee, rauchte und starrte ins Leere.

Bevor Kim ihre Wohnung verließ, ging sie nochmals ins Schlafzimmer, öffnete die hohen Flügeltüren, hinter denen nichts war als eine Mauer und ihre Selbstporträts, die an der unverputzten Ziegelwand hingen. Kim stellte sich mit dem Rücken zu diesen Bildern und schoss mit ihrem Handy ein Foto ihres Gesichts. Unbarmherzig nahe, ein Hyper-Close-up, damit auch jede Falte, jeder Schatten einer schlaflosen Nacht dokumentiert wurden. So nahe, wie sie nie wieder einen Menschen an sich heranlassen würde.

*

Vor dem Gebäude in der Linzer Innenstadt, in dem die Morgenpost ihre Redaktion hatte, klaute Kim eine Zeitung aus dem Ständer: „Tochter des Linzer Polizeipräsidenten ermordet!“ Die fette Schlagzeile nahm beinahe die Hälfte der Zeitung ein und als Kim die gefaltete Titelseite umdrehte, sah sie das Porträt eines jungen Mädchens mit blonden Haaren und einem Muttermal auf der linken Oberlippe. Das Mädchen starrte mit intensiven blauen Augen direkt in die Kamera und Kim musste sofort an ihre Informantin denken, die sie mit Augen wie diesen angestarrt hatte. Auch Lola hatte ein Muttermal auf der Oberlippe gehabt, zwar überschminkt, aber es war zweifellos ein Muttermal gewesen.

Mit der Zeitung in der Hand raste Kim die Stufen hinauf, durch den riesigen Redaktionsraum bis zu dem Glaskasten, in dem der Chefredakteur Bauer saß und, mit den Beinen auf dem Schreibtisch, gerade telefonierte. Ohne anzuklopfen stürzte Kim in sein Büro, knallte die Zeitung auf seinen Schreibtisch.

„Das ist meine Informantin! Ich bin mir ziemlich sicher.“

„Ich rufe zurück!“ Bauer wuchtete die Beine von seinem Schreibtisch und richtete sich auf. Lange betrachtete er das Foto von Brigitta Wagner, der Tochter des Polizeipräsidenten.

„Bist du dir sicher, Mädchen?“ Mit seiner verbundenen linken Hand fuhr er sich über den Mund und seine Augen flackerten. „Das ist der Hammer! Der absolute Hammer! Weißt du, was das bedeutet, Mädchen? Da hast du Dinge losgetreten, die etliche Nummern zu groß für dich sind!“

Er sprang auf und ging überlegend von einer Glaswand zur anderen. „Nun, dann wird also nichts aus deiner Geschichte, Kim!“

„Wieso? Ich verstehe dich nicht!“ Kim kniff die Augen ungläubig zusammen.

„Mädchen, denk doch einmal nach! Das könnt ihr Frauen doch so gut!“ Kim sah das spöttische Grinsen in Bauers Gesicht und wusste, dass er jetzt wieder seine alte Selbstsicherheit gefunden hatte, diese Überheblichkeit, die sie zuvor beinahe vermisst hatte. „Ohne Informantin gibt’s keine Informationen! Also auch keine Story. So einfach ist das! Und jetzt lass mich alleine, ich muss dringend telefonieren.“

Mit seiner verbundenen Hand scheuchte Bauer sie aus seinem Büro. Von ihrem Arbeitsplatz aus sah Kim, dass Bauer wieder die Beine auf seinen Schreibtisch gelegt hatte, in seinem Stuhl vor und zurückwippte und breit grinste, während er telefonierte.

„Kim Klinger?“

Ein durchtrainierter junger Mann in einem engen schwarzen Overall mit Zopf und Kinnbart stand plötzlich vor Kim. Auf dem Rücken trug er einen Rucksack, den er mit einer fließenden Handbewegung nach vorne schob und öffnete. Blitzschnell zog er einen Umschlag heraus, den er Kim entgegenhielt.

„Ist für Sie. Sie müssen noch hier unterschreiben." Er zog eine Liste aus seiner Brusttasche und reichte Kim einen Stift.

„Kein Absender?", fragte Kim, nachdem sie das Kuvert von allen Seiten betrachtet hatte. „Woher stammt das Kuvert?"

Der Fahrradbote zuckte mit den Schultern.

„Lag in der Zentrale und war für meine Tour eingeteilt. Wir haben keine Ahnung, wer das abgegeben hat." Er tippte sich an die Schläfe. „Sorry, aber ich muss weiter. Falls Sie mich wieder mal brauchen." Er legte eine Visitenkarte auf Kims Schreibtisch und war auch schon wieder verschwunden.

Wie ein Fremdkörper lag das Kuvert auf Kims Schreibtisch und argwöhnisch starrte sie darauf, wusste nicht, weshalb ihr Herz plötzlich anfing wie verrückt zu klopfen, spürte nur, dass dieses Kuvert Tragik und Tod ausstrahlte, böse pulsierte und auf der Lauer lag, um sofort zuzuschlagen, wenn Kim es berührte. Mit einem lauten Seufzer durchbrach Kim diese andere Wirklichkeit und reduzierte das Kuvert wieder auf einen dieser neutralen gelben Umschläge, wie man sie für Luftpost-Sendungen verwendete, und schnell machte sie sich daran, ihn aufzureißen und den Inhalt auf ihren Schreibtisch zu kippen: eine DVD in einer abgeschlagenen Hülle, ein USB-Stick, ein abgegriffenes schwarzes Notizbuch und eine Fotografie.

Kim nahm den USB-Stick und öffnete ihn auf ihrem Computer. Es war ein Film in schlechter Auflösung, wahrscheinlich mit dem Handy aufgenommen. Zunächst nur eine Bildstörung, fast so wie in ihrem Schädel, dann alles dunkel, bis das Dunkel plötzlich Konturen annahm und zu einer Gestalt wurde, die sich auf ein zerwühltes Bett setzte, zu einer dünnen Frauengestalt in einem engen, dunklen Tank-Top wurde, das ihre Arme noch weißer und dünner erscheinen ließ, zu einem Kopf mit zerzausten, schwarz gefärbten Haaren wurde, zu einem Gesicht mit einem Muttermal und großen blauen Augen wurde, zu ihrer Informantin Lola.

„Hallo Journalistin!"

Der Ton kam von weit entfernt und blechern aus den Boxen und Kim drehte die Lautstärke höher. „Hat ja alles perfekt geklappt mit unserem Geschäft. Wenn du das siehst, bin ich schon weit weg. Habe das mit dem Handy schon vorab aufgenommen, denn ich war ja sicher, dass meine Story ihr Geld wert ist." Lautes Husten, dann das Klacken eines Feuerzeugs. „Auf der DVD sind alle Beweise, damit du diese Schweine dort oben auffliegen lassen kannst." Sie schwenkte eine DVD in der Hand. „Das wird deine große Stunde, Journalistin. Mach sie fertig. Mich wollten sie fertig machen, aber ich bin clever. Auch meine Alte wird jetzt alles büßen von damals! Keiner hat mir geglaubt, als mir der Dreckskerl mit seinen Pranken zwischen die Beine gegriffen hat. Keiner hat was gesehen, keiner hat es geglaubt, keiner!" Ein Hustenanfall schüttelte sie. „Scheißkälte hier! Aber was soll's. Ich hau ab in die Wärme, mit dem Geld." Jetzt beugte sie sich vor und ihr Gesicht mit den blauen Augen füllte den ganzen Bildschirm aus. „Ich vertraue dir, mach, dass man die Mädchen nicht vergisst. Lass dich nicht einschüchtern, schreib alles auf. Tu's für die verschwundenen Mädchen", flüsterte sie. „Tu's auch für dich!" Ihre blauen Augen wurden nass, doch schnell rückte sie wieder zurück auf das durchhängende Bett, zog an ihrer Zigarette, wurde wieder zu der harten jungen Frau, so wie Kim sie kennen gelernt hatte. „Das war's, Journalistin! Ich hab dir alle Beweise gegeben. Mach was draus!"

Wow! Kim musste fest durchatmen, um den Kloß, den sie in der Kehle hatte, wieder nach unten zu befördern.

„Kannst dich auf mich verlassen! Ich mache etwas daraus! Die verschwundenen Mädchen werden vor dem Vergessen bewahrt", flüsterte sie zu dem eingefrorenen Bild auf ihrem Monitor, dem letzten Bild, das sie von Lola in ihrem Gedächtnis speichern würde: eine dürre, bleiche Frau mit so blauen Augen, dass Kim unwillkürlich an das Eismeer denken musste, mit blauen Augen, die von Liebe und Sieg träumten, doch Liebende und Sieger sahen anders aus. Tief in ihrem Inneren wusste sie es wahrscheinlich schon, doch ihre Augen wollten es nicht wahrhaben: Dass sie schon längst auf der Verliererstraße war und bereits alles verloren hatte.

Wieder musste Kim schlucken, doch dann gewann ihre journalistische Professionalität wieder die Oberhand und sie Griff nach dem schwarzen Notizbuch. Während sie das Buch durchblätterte, machte sie gleichzeitig routinemäßig eine Kopie der DVD. Das Buch war ein Kalender mit wenigen Einträgen, die meisten drehten sich um die Namen „Sherban“ und „Madonna“. Als Kim zum aktuellen Datum vorblätterte, stutzte sie. „Mission“ war quer über die Seite in einer krakeligen Handschrift geschrieben, immer wieder das Wort „Mission“, so fest, dass sich der Stift bis auf die nächste Seite durchgedrückt hatte, als Kim umblätterte. Dort stand groß und unübersehbar: „PLAN: Mutter muss büßen – Mission Tod – Hass – Tod“. Das Wort „Tod“ war sooft und anscheinend mit zunehmender Wut geschrieben, bis es unleserlich wurde und die Seite damit voll war.

Was hatte das zu bedeuten? Kim ging systematisch vor, gab in ihren Computer den Suchbegriff „Sherban“ ein und wurde fündig: Sherban B. Sherban, internationaler Modelagent, Besitzer der Modelagentur „Madonna Models“ in Bratislava. Ein Foto: ein lächelnder, kantiger Mann mit eiskalten Augen.

Unschlüssig starrte Kim auf den Bildschirm, griff dann zerstreut nach dem Foto, dem letzten Beleg von Lolas Existenz.

Es war das Bild eines Kindergeburtstages, auf der ein kleines blondes Mädchen und mehrere Erwachsene zu sehen waren, die auf einer Terrasse rund um einen Tisch mit einer Torte standen.

Das vielleicht zehn Jahre alte Mädchen hatte ein Muttermal auf der Oberlippe und war eindeutig Lola beziehungsweise Brigitta Wagner. Dann musste der große schlanke Mann mit den rötlichen Haaren der Polizeipräsident sein. Die zwei Frauen, die wie Zwillinge aussahen, kannte Kim nicht. Auch nicht den mittelgroßen Mann, der ein wenig abseits stand und den Kopf wegdrehte. Wer das war, ließ sich nicht feststellen, denn das Gesicht des Mannes war auf dem Foto so zerkratzt worden, dass nur noch eine graue Fläche übrig geblieben war. Langsam drehte Kim die Fotografie um: „Alle müssen büßen!", stand in der krakeligen Frauenhandschrift auf der Rückseite, die bereits verblasste, so wie Lolas Leben verblassen und verschwinden würde, wenn Kim nichts dagegen unternahm.

Als die DVD fertig kopiert war, stopfte Kim alles zurück in das Kuvert und ging zu Bauer, der schon wieder, mit den Beinen auf dem Schreibtisch, telefonierte und eine Tasse Kaffee auf seinem Bauch balancierte.

„Das ist gerade gekommen!" Überfallsartig wie schon zuvor knallte Kim das Kuvert vor Bauer so fest auf den Schreibtisch, dass dieser zusammenzuckte und fast den Kaffee über seinen Bauch verschüttet hätte.

„Hey Mädchen, nicht so wild!", rief er und hielt grinsend das Handy ans Ohr, während sein Gesprächspartner gerade spontan einen Witz über wilde Mädchen riss. Doch als er Kims ernste Miene sah, beendete er schnell das Gespräch und gab sich betont sachlich.

„Also was gibt's diesmal?"

„Das Kuvert stammt von meiner Informantin, der Tochter des Polizeipräsidenten."

„Ach du Scheiße!" Wie von der Tarantel gestochen sprang Bauer in die Höhe. „Hast du schon reingesehen?"

„Klar, eine DVD, ein USB-Stick mit einem Interview, ein Kalender und ein Foto. Das ist alles." Kim leerte die Gegenstände auf Bauers Schreibtisch. Während sie den kurzen Film von Lola ansahen, klopfte Bauer zunehmend nervös mit der DVD auf seine verbundene linke Hand.

„Wollen wir uns jetzt die DVD ansehen?", fragte Kim und streckte die Hand aus. Doch Bauer schüttelte bloß den Kopf und drückte die Hülle der DVD so fest zusammen, dass es knackte.

„Kim, ich habe es schon zuvor gesagt: Das alles ist eine Nummer zu groß für dich! Ich nehme die Dinge jetzt selbst in die Hand und werde unseren Eigentümern davon berichten. Die werden dann entscheiden, was wir unternehmen!"

„Heißt das, ich kann nicht über die verschwundenen Mädchen schreiben?" Kim stützte die Arme auf den Schreibtisch und fixierte Bauer. Als dieser nur zustimmend nickte, fühlte Kim, dass sie vor ohnmächtiger Wut gleich explodieren würde.

„Verstehe ich das richtig: Die Story ist also gestorben? Aber jetzt haben wir doch die Beweise!" Sie deutete auf die DVD, die Bauer fest in der Hand hielt. „Darauf ist alles gespeichert! Du hast sie doch selbst gehört: Sie vertraut mir! Sie rechnet mit mir! Verdammt noch einmal, das bin ich ihr doch schuldig!" Kim redete sich immer mehr in Rage und schlug mit der Faust auf Bauers Schreibtisch. „Ich muss darüber berichten! Sie hat sich auf mich verlassen! Lola oder Brigitta, egal wie du sie nennst, ich muss sie doch vor dem Vergessen bewahren!"

„Mädchen, komm mir jetzt bloß nicht auf die rührselige Tour", unterbrach sie Bauer, der sich inzwischen wieder von seinem anfänglichen Schrecken erholt hatte. „Ich bin hier der Chefredakteur, kapier das endlich! Du schreibst nicht darüber, bis ich es sage! Jetzt verschwinde und mach endlich den Artikel über dieses beschissene Charity-Projekt fertig!" Mit einem wütenden

Knurren ließ sich Bauer in seinen Stuhl fallen und schob die DVD in seine Schreibtischlade, die er sorgfältig abschloss.

Kim atmete tief durch, ballte die Hände zu Fäusten und hätte am liebsten das ganze Büro kurz und klein geschlagen, aber stattdessen sagte sie nur: „Okay! Es ist deine Entscheidung!"

„Richtig erkannt, Mädchen! Ich entscheide und du hast dich danach zu richten!"

Du Arsch!, dachte Kim, *du verdammter Arsch!* Als sie wieder an ihrem Schreibtisch saß, steckte sie unauffällig die kopierte DVD in ihre Tasche, in der die Jägermeister-Flaschen klirrten. Seltsam, dachte Kim, seit ich in der Redaktion bin, hatte ich nicht eine Bildstörung und auch das weiße Rauschen ist ausgeblieben. Auf dem Bildschirm war noch immer die Homepage von Madonna Models, die Kim zuvor aufgerufen hatte. Kim klickte sich bis zur Kontaktseite, fand auch eine Telefonnummer und redete, als die Verbindung hergestellt war, in perfektem Englisch. Als sie alles erledigt hatte, packte sie ihre Tasche, hielt eine Packung Zigaretten so auffällig in der Hand, dass jeder denken musste, sie ginge auf eine Rauchpause.

Doch Kim war nicht nach Rauchen zumute. In der eisigen Nebelsuppe, die sogar jetzt kurz vor Mittag alles düster und weltuntergangsmäßig erscheinen ließ, holte sie ihr Handy hervor und wählte die Nummer von Tony Braun.

„Ich bin's, Kim Klinger! Wir müssen uns unbedingt treffen! Meine Informantin ist die Tote vom Bahnhof. Und wissen Sie was: Ich habe heute von Lola beziehungsweise von Brigitta Wagner eine DVD bekommen mit Beweisen über die verschwundenen Mädchen. Mein Chefredakteur hat die DVD genommen und will alles vertuschen", flüsterte Kim. Mit klappernden Zähnen ging sie auf der Promenade auf und ab, hörte zu und nickte ab und zu zustimmend. „Natürlich gibt es eine Kopie. Ich schicke Ihnen vorab die Files und nehme die

DVD mit.“ Nervös drehte sie eine Strähne ihrer dicken blonden Haare. „Aber das muss sofort sein, denn ich fahre gleich nach Bratislava zu Madonna Models.“ Wieder hörte sie zu und ein ungläubiger Zug erschien auf ihrem Gesicht. „Sie können mir nichts verbieten! Ich fahre und Sie halten mich nicht davon ab. Mir bleibt nicht mehr viel Zeit!“

*

„Ich weiß, dass ich Sie nicht davon abhalten kann, sich in Gefahr zu begeben! Aber dann will ich wenigstens mitkommen!“ Tony Braun klopfte genervt auf den Besprechungstisch, der auf der Bühne der schwarzen Halle stand. „Keine Widerrede! Wann können Sie hier sein?“

Er hatte Wagner versprochen, jeder Spur nachzugehen und den Tod seiner Tochter aufzuklären. Wenn Braun an Jimmy dachte, konnte er Wagners Wut und Trauer nachempfinden, ihm würde es genauso gehen. Wenn das eigene Kind stirbt, ist es, als würde man selbst sterben. Er nahm sich vor, noch einen Abstecher nach Hause zu machen und Jimmy eine Tiefkühlpizza zu besorgen. Jimmy würde das verstehen und wenn er von dem zweitägigen Schulausflug zurückkehrte, war Braun vielleicht auch schon wieder zu Hause. Das hoffte er wenigstens. Schnell sprang er von der Bühne und checkte die Mails auf seinem Computer.

„Das ging aber fix“, murmelte er, als die Nachricht von Kim Klinger eintrudelte. Hastig versuchte er den Anhang mit den Filmen zu öffnen, aber sein Computer fand kein passendes Programm. Fluchend rief er die EDV-Abteilung an.

„Ich schicke euch eine Mail mit angefügten Filmen, die ich nicht öffnen kann!“

„Wieder Liebesgrüße Ihres Verrückten?“ Der EDV-Techniker war anscheinend immer noch zu Scherzen aufgelegt.

„Krieg dich wieder ein, Arschloch! Hier geht es um Beweismittel, die mit dem Mord an der Tochter unseres Chefs zusammenhängen könnten!“

„Oh, tut mir leid. Senden Sie die Files. Wir tun unser Bestes, um sie zufrieden zu stellen.“

„Danke! Wie sieht’s aus mit der Datenstromanalyse für die Mailortung?“

„Das wird immer besser, Chefinspektor! Heiß und immer heißer!“ Der Techniker war jetzt in seinem Element. „Wir haben die Suche jetzt auf sagen wir maximal zweitausend Mails eingegrenzt. Ich denke, in den nächsten zwei Tagen haben wir die IP-Adresse lokalisiert und dann, peng! Dann wissen wir, woher die Mails kommen.“

Braun sah in der Halle umher. Plötzlich kam Gruber auf ihn zu gerannt.

„Endlich! Wir haben eine heiße Spur!“, rief Gruber und hielt ihm einen Ausdruck entgegen. „Die Spurensicherung hat einen der Fingerabdrücke von dem Koffer in ihrer Datenbank.“

„Ach ja? Wer ist es? Können wir ihn mit dem Mord in Verbindung bringen?“

„Der Mann heißt Philipp Sommer.“ Gruber tippte auf ein Foto. Rundliches Gesicht, Nadelstreifjackett und Krawatte, Typ Banker. Braun betrachtete das zehn Jahre alte Foto, während Gruber weiterredete:

„Philipp Sommer war Chef von Sommer Invest. Vor ungefähr zehn Jahren ist er aufgrund einer anonymen Anzeige verhaftet worden, schwerer Betrug, Insidertrading und noch einiges mehr.“

Gruber machte eine Pause und trank vorsichtig einen Schluck heißen Tee.

„Er saß etliche Jahre im Knast, Sommer Invest ging natürlich bankrott und Sommer in Privatkonkurs. Seit zwei Jahren ist er wieder draußen und als Leiharbeiter registriert. Und seine Fingerabdrücke befinden sich auf dem Koffer."

„Dann ist Sommer höchstwahrscheinlich auch der Typ, den wir auf dem Überwachungsvideo haben?", fragte Braun, der mittlerweile vor der Pinnwand stand und die Fotos verglich.

„Ja, Sommer ist definitiv unser Mann! Und er hat ein Motiv!" Jetzt wurde Braun richtig hellhörig.

„Ein Motiv?"

„Ja, Big Boss Wagner war damals Leiter der Betrugsabteilung und hat Sommer überführt!"

Braun pfiff überrascht durch die Lippen.

„Da ist natürlich etwas dran! Sonst noch was, Gruber?", fragte er, da Gruber noch immer neben ihm stand.

„Ja, Sommer arbeitete als eine Art Nachtwächter. Unter anderem für einen Kleintierverein, der Tauben züchtet. Na, klingelt es bei dir, Braun?"

Motiv und Person passten vorzüglich zusammen, die einzelnen Puzzleteile fügten sich nahtlos ineinander, doch da waren immer noch Brauns Zweifel und seine innere Stimme ließ wieder einmal ihr Mantra vom Stapel: *Es ist zu einfach!* Immer wieder: *Es ist zu einfach!* Scheiße! Warum konnten die Dinge nicht einfach sein? Musste dieser Fall kompliziert werden? Philipp Sommer war der perfekte Täter: Kennt sich mit Tauben aus und hat eine Rechnung mit Wagner offen. Aber warum schickt er mir dann diese Mails? Warum will er mein Freund sein, wenn er Wagner vernichten will?

Es ist zu einfach! Natürlich war es das, das wusste auch Braun, doch er hütete sich davor, es Gruber oder den anderen Kollegen zu sagen.

„Dann schreibe diesen Sommer zur Fahndung aus. Linz ist doch nicht so groß, dass wir ihn nicht schnell finden!"

Braun sah auf seine Armbanduhr. „Ich muss weg, habe jetzt etwas sehr Privates zu erledigen. Ich komme heute nicht mehr zurück. Wir sehen uns dann morgen."

„Du willst weg? Jetzt, wo die Fahndung nach dem Täter auf Hochtouren läuft? Was ist los mit dir, Braun?" Gruber starrte ihn verblüfft an.

„Ich fahre nach Bratislava. Dort hat sich eine heiße Spur aufgetan, die mit dem Bahnhofsmord in Verbindung stehen könnte. Übrigens, ich bin als Privatperson unterwegs, denn ein offizielles Ansuchen dauert ewig, also haltet besser alle die Klappe!"

Schmidt, einer der Polizeischüler aus Brauns Team, stand während dieser Diskussion schon die ganze Zeit mit dem Fahrer Klein neben ihnen und räusperte sich jetzt diskret. „Inspektor Gruber, ein Zeuge hat einen Mann, auf den die Beschreibung passt, vor zwei Tagen am Hafen gesehen. Er war in Begleitung eines Halbwüchsigen."

„Na, das ging ja schnell! Vielleicht kriegt ihr ihn noch heute. Aber das Verhör leite ich, verstanden!" Er klopfte Gruber auf die Schulter und machte sich auf den Weg. Im Vorbeigehen musterte er den Polizeischüler Schmidt, der ihm bisher noch nicht aufgefallen war.

Als Braun ins Freie trat, sah er bereits Kim Klinger mit einem mehrmals um den Hals gewickelten Schal an ihrem Wagen lehnen. Braun hob grüßend die Hand und sie winkte mit der kopierten

DVD. Auch Klein kam gerade aus der Halle und riss die Tür des schwarzen Mercedes für Braun auf.

„Ich brauche Sie heute nicht, Klein! Nehmen Sie sich den Tag frei!“

Braun winkte Schmidt, den Polizeischüler, zu sich. „Bringen Sie die DVD in die EDV-Abteilung! Die sollen versuchen, die Dateien zu öffnen.“

Durch den eisigen Nieselregen lief er dann auf Kims weißen BMW zu und ließ sich in den weichen Sitz fallen. Kim musterte ihn von der Seite und startete, ohne ein Wort zu sagen. Jeder hing seinen eigenen Gedanken nach.

35

DAS ROTE TUCH

B*aba Yaga hat gesagt, im Westen leuchten die Häuser wie Gold in der Sonne!*, dachte Marusha, als sie vor Kälte zitternd aus dem winzigen Fenster der Kabine in das trostlose Grau hinausblickte. Wieder eine Lüge! Genauso wie die Mädchen auf Fashion TV. Es gab keine Models. Alles gelogen.

Der rostige Frachtkahn dümpelte längsseits an einer verwitterten und längst vergessenen Anlegestelle ein Stück außerhalb des Linzer Hafens. Von der niedrigen Kabine im Bug des Kahns hätte man einen ungehinderten Blick über die Donau bis zur Nibelungenbrücke, welche die beiden Linzer Stadtteile miteinander verband, wenn nicht Nebel und eisiger Nieselregen die Sicht behindert hätten.

Die Mädchen, die in der vorderen Kabine hausten, hätten aber auch bei Sonnenschein kein Interesse an der Aussicht gehabt. Ihre Gedanken waren nur auf das eigene Überleben fixiert und darauf, sich von den Ängsten nicht niederschmettern zu lassen, denn sie alle hatten keine Ahnung, was sie hier erwarten würde – und das war gut so.

Darija spuckte zum wiederholten Mal Blut. Die Schläge des Kapitäns und der Männer hatten Blutungen in ihrem Körper verursacht und je länger die Fahrt dauerte, desto schlechter ging es ihr. Marusha hatte fürsorglich den Kopf von Darija in ihren Schoß gebettet und strich ihr jetzt die weißen Haare aus dem Gesicht, während sie ein ukrainisches Lied aus ihrer Kindheit summte. Von Darijas elektrisierender Energie war nicht mehr viel übrig geblieben, selbst der Schuss Heroin, den ihr Marusha in eine Vene setzte, brachte nicht die gewünschte Wirkung, Darija verdrehte bloß die Augen und hing schlapp wie eine Puppe in Marushas Armen.

Mehrmals hatte der Kapitän Marusha zu sich nach hinten gerufen und sie dort bereits mit offener Hose erwartet. Darija hatte keuchend und Blut spuckend auf dem Boden gelegen und sich schlafend gestellt. Doch der Kapitän wusste genau, wie es um sie stand.

„Wenn sie stirbt, werfe ich sie einfach über Bord!“, hatte er gesagt und Marushas Kopf an seinem nach Schweiß und Urin stinkenden Bauch entlang nach unten geschoben.

„Sie stirbt nicht! Sie ist nur krank!“ Hektisch hatte Marusha den Kopf geschüttelt und zu dem Kapitän hochgeblickt. „Sie stirbt nicht! Bitte, sie ist nur seekrank!“

„Seekrank? Dass ich nicht lache! Los, mach weiter, du kleine Scheißschlampe!“ Marusha hatte die Augen geschlossen und sich auf den Schrottplatz von Ternopol geträumt, doch so wie jedes Mal landete sie wieder vor der Stelzenhütte der Baba Yaga.

Beim Aussteigen über die wackelige Planke brach Darija zusammen und die anderen Mädchen weigerten sich aus Angst vor dem Kapitän, Marusha beim Tragen zu helfen. Als Marusha mit Darija auf dem Anleger kauerte und im eiskalten Wind zitterte, blickte sie an dem steilen Felsen nach oben und musste an Darijas Warnung denken, dass die Mitglieder dieses speziellen Clubs ein besonderes Interesse an ängstlichen Mädchen hätten.

Eine hochgewachsene blonde Frau in einem engen blauen Kostüm tauchte plötzlich auf dem Anleger auf. In der Hand hielt sie ein iPad, mit dem sie jedes der Mädchen fotografierte und sich dann Notizen machte.

„Steh auf!“, sagte sie zu Marusha, die noch immer auf dem Boden kauerte und den Kopf von Darija wiegte. „Ich habe aufstehen gesagt!“, herrschte sie Marusha an, als diese nicht sofort hochsprang.

„Stell dich da hin!“ Sie machte ein Foto von Marusha vor einer gefrorenen Steinwand, die im Blitzlicht wie eine Diamantenwand glitzerte. Leise nannte Marusha ihren Namen, ihr Alter und ihren Geburtsort.

„Was ist mit der da?“ Die blonde Frau deutete auf Darija, deren Mund blutverschmiert war und die immer wieder verzweifelt versuchte aufzustehen, es aber nicht schaffte.

„Sie ist nur seekrank! Es geht ihr gut!“ Schnell schob sich Marusha zwischen Darija und die blonde Frau. „Sie wird wieder gesund!“

„Verschwinde!“, fauchte die Frau. „Sie kann für sich selbst reden.“ Doch Darija konnte nicht mehr sprechen, alles, was sie konnte, war kraftlos die Arme zu heben und mit den unzähligen Armreifen zu klimpern. Ihre früher so elektrisch aufgeladenen weißen Haare hingen dünn und kraftlos an ihrem knochigen Schädel, der eingefallen und bleich beinahe an einen Totenschädel erinnerte.

„Sollen wir sie ins Wasser werfen?“, fragte der Kapitän, der jetzt dazugekommen war. „Ich kann nichts dafür. Sie wurde schon krank geliefert“, sagte er und gab Darija einen Fußtritt, auf den diese aber nicht reagierte. „Wie gesagt, wir können sie in den Fluss werfen“, wiederholte der Kapitän.

„Sind Sie verrückt! Wir sind hier in Österreich. Das ist ein zivilisiertes Land!", sagte die hochgewachsene Blondine und holte ihr Handy hervor.

„Hier ist Nora. Lieferung ist eingetroffen, ein Stück der Ware ist beschädigt!" Mit zusammengekniffenem Mund hörte sie zu und nickte. „Nein, die Ware kann nicht repariert werden. Es handelt sich um Ausschussware." Sie steckte das Handy wieder ein.

„Ist sie deine Freundin?", fragte sie Marusha, die zögerlich nickte. „Verabschiede dich von ihr! Sie kommt in ein Krankenhaus!"

„Wieso Krankenhaus? Sie ist doch nur seekrank. Wieso kommt sie weg?" Marusha klammerte sich an den Arm der blonden Frau. „Ich kann sie heilen. Ich kenne die Wundermittel der Baba Yaga. Ich kann ihr helfen!" Die Blondine zuckte zurück, als sich Marusha noch näher an sie herandrängte und immer wieder „Bitte, bitte, bitte, ich kann sie heilen" flüsterte. Sie schien kurz nachzudenken.

„Gut", sagte sie nach einer kurzen Pause und hielt sich das iPad schützend vor die Brust. „Du kommst als Letzte nach oben! Dann kannst du noch bei ihr bleiben, bis der Krankenpfleger kommt."

Die Mädchen stolperten an Marusha und Darija vorbei und schauten angestrengt in eine andere Richtung, keine von ihnen wollte mit dem Tod konfrontiert werden.

Plötzlich bäumte sich Darija auf, griff sich mit beiden Händen an den Bauch, die weißen Haare knisterten, sträubten sich in alle Richtungen, fielen dann dünn und schlapp auf ihre knochigen Schultern, panisch ruderte sie mit den Armen durch die Luft, keuchte, so als würde sie keine Luft mehr bekommen.

„Heilige Mutter Gottes", schluchzte Marusha und klopfte Darija hektisch auf die Wangen. Darija keuchte und versuchte zu sprechen, winzige Schaumbläschen blubberten aus ihrem Mund, Arme und Beine begannen unkontrolliert zu zucken, die weißen

Haare wippten vor und zurück, als Marusha sie wieder in ihrem Schoß wiegte. Endlich schlug Darija die Augen auf und versuchte Marusha zu fixieren und mit klappernden Zähnen versuchte sie zu sprechen.

„Verschwinde, Marusha! Verschwinde …“, dann nur noch ein Röcheln.

Heilige Mutter Gottes, sie stirbt! Yeddih, schlechtes Zeichen! Sie stirbt! „Nicht sterben, du darfst nicht sterben, nicht sterben!“ Der Krankenpfleger kommt gleich! Yeddih! Stirb nicht, Darija!“, stammelte sie in der Sprache ihrer Väter und hielt weiter den zuckenden Kopf von Darija mit den Händen.

Noch einmal schlug Darija die Augen auf und der blubbernde Schaum färbte sich rot, als sie den Mund öffnete.

„Versprich mir, dass du stark bleibst. Sei unbesiegbar! Versprich es mir!“ Wieder Blut, tödlicher Schaum und spastische Zuckungen, Darija verkrampfte die Finger, krallte sich so fest an den Steinboden, bis das Blut unter den Nägeln hervorschoss. „Versprich mir, dass du kämpfst. Dass du die Hölle hinter dir lässt!“ Die riesigen Augen traten ihr fast aus den Höhlen, als sie versuchte, Luft in ihre Lungen zu pumpen.

„Versprich es mir?“ Mit ihren blutigen Fingernägeln umkrallte Darija den Arm von Marusha, die hektisch nickte.

„Ich verspreche, ich werde kämpfen, ja, ja!“

„Das rote Tuch in meiner Tasche!“, keuchte Darija und versuchte den zuckenden Kopf zu stabilisieren. „Binde es an einen Rosenstrauch! Versprich auch das!“

„Natürlich, alles, was du willst! Ich verspreche, ich verspreche es!“, schluchzte Marusha und versuchte Darijas Körper zu halten, der nur noch ein einziges Zittern und Zucken war, aber noch war Leben in ihr, noch wisperte sie in Marushas Ohr: „So ist die

Tradition meiner Vorfahren. Das rote Tuch habe ich seit meiner Geburt. Wenn bei uns jemand stirbt, bindet man das Tuch an einen Rosenstrauch. Der Wind trägt alle Etappen des Lebens an die Pforte des Jenseits. Nur dann kann meine Seele aus der Finsternis zurück ins Licht."

Eine Taube flatterte panisch in dem Gewölbe neben dem Anleger umher auf der Suche nach einem Ausgang, dann senkte sich plötzlich Stille über den Anleger. Nora kam zurück und zerrte Marusha zu einer schmalen Treppe, die nach oben führte. Als Marusha sich noch einmal umsah, sah sie eine Gestalt im Schatten des Gewölbes stehen und sie hörte eine Stimme zu Darija sprechen: „Sei unbesorgt. Ich rette dich, mein Engel. Ich habe noch alle Mädchen gerettet."

36

EIN FREUND MACHT EINEN BESUCH

Wenn er jemanden zu Hause antreffen würde, dann müsste er sich eine logische Erklärung einfallen lassen oder eine offensichtliche Lüge, die so absurd war, dass sie für wahr gehalten würde.

Er hatte seinen Wagen in einer Seitenstraße geparkt und machte sich jetzt im dichten Nebel auf den Weg. Es war zwar erst früher Nachmittag, doch schon jetzt war alles in ein düsteres Zwielicht gehüllt und der feine Nieselregen ging langsam in Schnee über. Genauso wie er gedacht hatte, war die Eingangstür unversperrt, das Schloss längst von Vandalen herausgerissen und die von Sprüngen durchzogene Scheibe war mit Graffiti übersät. Im Stiegenhaus roch es nach Putzmitteln und alten Türmatten, es gab zwar einen Lift, doch am verbeulten Türgriff hing ein Schild „Außer Betrieb".

Das Haus hatte drei Stockwerke mit je drei Wohnungen, sein Ziel war die dritte Etage. Als er oben angekommen war, atmete er ein wenig schneller. Er war niemandem begegnet, aber das war auch nicht weiter verwunderlich, denn um diese Zeit waren die meisten Bewohner noch in der Arbeit. Im

Treppenhaus vermischte sich der Autolärm der Stadtautobahn mit der Technomusik aus dem Fitnesscenter nebenan und die harten Bässe trieben sein Herz jetzt vor sich her und drängten es, noch schneller zu schlagen. Doch dieses wilde Pochen konnte natürlich auch an seiner Anspannung liegen, denn als er sein kleines handliches Etui öffnete und sein Werkzeug hervorholte, trat ihm der Schweiß auf die Stirn. Hinter seinen Schläfen pulsierte das Blut, als er endlich die Tür öffnen konnte und in die Wohnung trat. Minutenlang blieb er regungslos im Flur stehen, ließ die Eindrücke auf sich wirken. Er sah eine Kommode, auf der sich Post und Reklamesendungen stapelten, und einen Kleiderständer aus Metall, auf dem Jacken und Mäntel wild übereinander hingen. Registrierte Springerstiefel und Sneakers, die auf ausgebreitetem Zeitungspapier auf den Dielen standen. Einen an den Ecken eingerissenen Poster von einer Band mit dem merkwürdigen Namen „The Smiths", die er nicht kannte.

Mit seiner Hand berührte er einen schwarzen Mantel, der nachlässig über den Kleiderständer geworfen war, strich über den Stoff, hatte aber mit seinen schwarzen Lederhandschuhen kein Gefühl für die Struktur. Links war das Badezimmer, das er nur kurz besichtigte, die nächste Tür führte in die Küche, in der sich schmutzige Teller und Tassen im Spülbecken stapelten, und auch der Mülleimer quoll bereits über. Auf dem Kühlschrank klebte eine Nachricht, die aber nicht für ihn bestimmt war.

Mit einer Fingerspitze stieß er eine angelehnte Tür auf, blickte in einen großen Raum, der nur mit Schallplatten angefüllt war. Vom Boden bis zur Decke waren alle Wände mit Regalen zugestellt, in denen wahrscheinlich tausende von Schallplatten archiviert waren, überall nur weiße Regale und Schallplatten – diese unglaubliche Sammlerwut machte ihn so nervös, dass er leicht zu zittern begann.

Als er das vorhanglose Fenster entdeckte, beruhigte er sich ein wenig. Jetzt war auch der Autolärm deutlich zu hören, denn auf dem Zubringer zur Stadtautobahn hatte sich ein Stau gebildet. Langsam zog er seine Handschuhe aus und steckte sie in seine Jackentasche. Vorsichtig zog er dann verschiedene Platten aus den Regalen, strich mit den Fingerspitzen über die Hüllen, las die Titel, betrachtete die Bandfotos, kannte aber nicht einen einzigen Namen.

Nach einem Blick auf seine Armbanduhr setzte er sich langsam auf die Couch, betrachtete die beiden geöffneten Bierdosen, die auf dem Tisch standen. Er bemerkte die bereits eingetrockneten Glasränder auf der Tischplatte, entdeckte eine hellere Stelle, wo das Bier verschüttet worden war. Schließlich langte er nach einer der Bierdosen und schlürfte genüsslich den abgestandenen lauwarmen Rest. Mit einem leisen Schmatzen wischte er sich über die Lippen und versuchte den Geschmack auf seinem Gaumen zu konservieren. Es war das Bier seines Freundes, das durch seine Kehle geflossen und jetzt in seinem Körper war und dadurch rückte er seinem Freund noch ein Stück näher. Gestärkt vom Bier seines Freundes stand er auf, stellte sich in die Mitte des Wohnzimmers, um die Atmosphäre einzusaugen, doch dann hörte er durch den Straßenlärm das widerliche Gurren der Tauben auf dem Fensterbrett und der Horror begann. Panisch drückte er seine Zeigefinger an die Schläfen, um die Bilder zu vertreiben, die sich aufdrängten, um ihn herumflatterten wie aufgescheuchte Vögel, wie Tauben, von denen er doch therapiert worden war.

Den Atem kontrollieren, langsam den Pulsschlag wieder senken und die Bilder zurückdrängen und einsperren in den hintersten Winkel des Kopfes. An die Scheibe klopfen und die Tauben vertreiben. Draußen wurde es immer düsterer oder bildete er sich das nur ein? Regungslos schaute er nach draußen auf den

Zubringer, auf dem jetzt wieder unentwegt die Autos fuhren, deren Motorengeräusche ein monotones Rauschen erzeugten, das beinahe wie eine Meeresbrandung klang. Je länger er auf den Zubringer starrte, desto klarer trat ihm ein Bild vor Augen: Er sah den Zubringer, dahinter den Pannenstreifen, wo gerade ein Wagen mit einem Defekt angehalten hatte und dessen Warnblinkanlage das gleichförmige Leuchten der Scheinwerfer jetzt mit einem orangen Zucken durchbrach.

Ja, mit einem Mal hatte er wieder dieses Bild vor Augen, aber nicht ein Bild aus den dunklen Kammern seines Bewusstseins, sondern ein Bild, das frisch war und in die Zukunft wies, ein Bild, das bald zu einem weiteren Geschenk für seinen Freund werden würde. Doch zunächst musste er seinen Freund darauf einstimmen, ihn sensibilisieren für sein kommendes großes Werk. Konzentriert griff er in seine Jackentasche, holte die ganz persönliche Einladung für seinen Freund heraus, legte sie auf das Fensterbrett: Die Einladung war schlicht, aber dennoch effektvoll.

Von diesem Ensemble machte er zwei Fotos mit seinem Handy, dann ließ er sich wieder von seiner Phantasie führen. Denn noch war er nicht am Ziel seiner Wünsche, noch hatte er die Person, die sein Freund geworden war, nicht in ihrer Gesamtheit erforscht, noch konnte er tiefer eindringen, in das Schlafzimmer huschen, eintauchen in eine Sphäre der Privatheit, in dieser intimen Stille versinken, wie es nur ganz engen Freunden gestattet ist.

Immer tiefer wühlte er sich in das Leben seines Freundes, strich mit der Hand über die Anzüge im Kasten, öffnete Schubladen, zog Boxershorts heraus, ließ sie durch seine Finger gleiten, zuerst langsam, dann schnell und immer schneller. Widerstrebend legte er sie wieder zurück und schloss die Schubladen.

Tock, tock, tock, klopfte das Blut hinter seinen Schläfen, während er sich umdrehte und auf das Bett starrte, das Bett seines Freundes, ungemacht, zerwühlt, ein intimer Moment. Er stieß sich von dem Kasten ab, zog seine Jacke aus und ließ sie zu Boden fallen. Ohne den Blick von dem Bett abzuwenden, streifte er sich die klobigen Stiefel von den Füßen. Dann ging er auf das Bett zu, strich mit seinen Handflächen über die Bettdecke und berührte mit den Fingern den Kopfpolster. Vorsichtig glitt er auf die Matratze, legte den Kopf auf den Polster, auf dem sein Freund noch am Morgen gelegen hatte. Unendlich gefühlvoll strich er mit seiner Zungenspitze über den Polster, drückte die Bettdecke fest zwischen die Beine, atmete schwer und keuchte. Tock, tock, tock, seine Schläfen pochten. Als sein Speichel auf den Stoff tropfte, hörte er einen Schlüssel im Schloss der Wohnungstür und alle Momente der Verbundenheit verpufften wie ein bengalisches Feuer. Übrig blieb nur dieses schale Gefühl von Schuld und folgender Bestrafung. Er rollte sich blitzschnell in den schmalen Spalt zwischen Bett und Fenster, überprüfte, ob seine Klarsichtfolie zum Ersticken in Griffnähe war und konzentrierte alle seine Sinne auf die schlurfenden Schritte draußen im Flur.

*

Jimmy Braun roch es sofort. Er knallte seinen Rucksack in eine Ecke des Flurs und hielt witternd die Nase in die Luft. Eindeutig, es war ein unbekannter Geruch nach Schweiß, vermischt mit dem Gestank nach alten feuchten Tüchern oder Moder. Der Geruch war nicht sonderlich ausgeprägt, aber er war da und erzeugte bei Jimmy sofort ein unangenehmes Gefühl von Beklemmung. Zum ersten Mal seit langer Zeit wünschte er sich, sein Vater wäre zu Hause. Mit seinen dreckigen Sneakers schlurfte er übertrieben vorsichtig in die Küche, entdeckte sofort das Post-it auf der Kühlschranktür: „Pizza ist im Eisfach. Komme spät am Abend. XXX Tony."

Jimmy knallte die Pizza in die Mikrowelle und ging ins Wohnzimmer, wo der Geruch noch stärker war als im Flur. Mit hängenden Schultern strich er an den Plattenregalen entlang, entdeckte einige LPs, die schräg in den Regalen standen. Das war ungewöhnlich, absolut nicht normal. Sein Vater war zwar unordentlich bis zum Abwinken, aber seine Plattensammlung hielt er in Schuss, da wäre jeder spießige Buchhalter vor Neid erblasst.

Plötzlich schrillte die Mikrowelle und Jimmy zuckte zusammen, doch als er die Pizza vor sich sah, war ihm irgendwie der Appetit vergangen. Was jetzt? Das Gefühl, dass etwas nicht stimmte, war immer noch da, verstärkte sich wieder, als Jimmy auf sein Zimmer zusteuerte, und er blieb unschlüssig stehen. Gegenüber war das Schlafzimmer seines Vaters. Vielleicht sollte er sich dort verkriechen wie ein kleiner Junge, der sich vor der Dunkelheit fürchtet? Wäre das eine gute Idee? Sich im Bett seines Vaters verstecken und warten, bis dieser wieder daheim war. Wäre ja fast wie damals, als er noch ein kleiner Junge gewesen war und sein Vater ihn beschützt hatte.

Ja, warum nicht! Brauchte ja niemand zu wissen, das war einfach eine gute Idee, dachte Jimmy und machte sich auf den Weg. Gerade als er die Tür zum Schlafzimmer öffnen wollte, schrillte das altmodische Telefon im Flur, das sein Vater aus nostalgischen Gründen einfach nicht abmelden wollte.

„Hier Jimmy Braun."

„Hallo, mein Sohn, wie geht es dir? Ich bin in Bratislava, komme aber schnellstens zurück. Wie war der Schulausflug?"

„Geht so", murmelte Jimmy einsilbig, fasste aber dann Mut. „Tony, hör mal zu. Hier stimmt etwas ..." Er brach ab, *Gott was bin ich doch für ein Feigling!,* stöhnte er.

„Jimmy, Jimmy, was stimmt nicht, was meinst du?", hörte er die besorgte Stimme seines Vaters.

„Ach nichts, es ist nichts, Tony. Es ist nur so ein Gestank im Treppenhaus, wahrscheinlich hat einer mit alten Fetzen die Treppe gereinigt, riecht echt krass! Ja, ist mir echt zu krass!"

„Jimmy, ist sonst alles in Ordnung? Du hast ein wenig gestresst geklungen! Brauchst du Hilfe? Soll ich deine Mutter anrufen?"

„Oh, Gott, nein! Bloß nicht, Tony, mir geht es gut, ehrlich! Es ist nichts, überhaupt nichts!" Jetzt hatte Jimmy wieder zu seiner alten Stärke gefunden, war wieder richtig mutig und kein Feigling mehr.

„Also Tony, dann bis später! Ich futtere jetzt die Pizza und sehe dann noch einmal kurz zu einem Freund, wegen eines Tests diese Woche!" Er hörte Ätherrauschen und die Stimme seines Vaters, weit weg.

„Natürlich, mein Junge! Pass auf dich auf! Du hast ja meine Nummer. Ruf sofort an, wenn etwas ist! Alles klar, Partner?"

„Alles klar, Partner!", antwortete Jimmy und legte auf. Diese Floskeln hatte sein Vater aus dem Fernsehen, dort sagten die Väter auch immer „Alles klar, Partner!" zu ihren Söhnen und boxten sich dann gegenseitig auf die Fingerknöchel.

Ob er es zugeben wollte oder nicht, das Gespräch mit seinem Vater hatte ihn tatsächlich beruhigt, der komische Geruch und die Anspannung waren verschwunden. Als sich Jimmy an den Küchentisch setzte, merkte er, dass er einen riesigen Hunger hatte und er verdrückte die lauwarme Pizza auf einen Sitz.

Danach ging er zurück ins Wohnzimmer. Er ging nach dem Plan vor, den er sich auf der Heimfahrt zurechtgelegt hatte. Seinem Vater hatte er gesagt, dass er einen Freund besuchen würde, er hatte also einige Stunden zur freien Verfügung und diese Stunden wollte er nützen. Schließlich hatte er ein Versprechen abgegeben. Jimmy hockte sich auf den Boden und zog vorsichtig einige Schallplatten aus dem Regal, legte sie in derselben Reihenfolge auf den Boden, um nichts durcheinanderzubringen. Dann öffnete er den Safe dahinter, holte die Pistole, eine Beretta 92, heraus, griff nach der Schachtel mit den Patronen und ließ das Magazin aus dem Griff gleiten. In der Schachtel waren zwar nur fünf Patronen, aber immerhin. Er stellte sie in einer Linie auf dem Boden auf. Manchmal zahlte es sich eben aus, wenn man einen Polizisten zum Vater hat. Zum Beispiel was Waffen angeht, Jimmy konnte daher die Beretta 92 problemlos laden. Jetzt war die Waffe scharf.

Gerade als er die Waffe wieder sichern wollte, hörte er draußen auf dem Flur ein Geräusch, das überhaupt nicht in die Wohnung passte und wie leise Schritte klang. Jimmy zögerte einen Augenblick, seine Handflächen waren mit einem Mal schweißnass, dann gab er sich einen Ruck und rannte mit der entsicherten Pistole aus dem Zimmer. Doch im Flur war nichts, nur ein kalter Luftzug, der von der offenen Eingangstür zu ihm herüberwehte.

37

SIEBENUNDVIERZIG TAUBEN UND FÜNF PATRONEN

Die Beretta 92 war eine halb automatische Selbstladepistole, mit einer Sicherung in Form eines Hebels am Griffstück. In dem doppelreihigen Magazin hatten fünfzehn Schuss Platz, doch auch die fünf Patronen mussten reichen.

Jimmys Zeigefinger spielte mit dem Abzugshahn und sein Daumen strich über den Sicherungshebel. Jetzt fühlte er sich irgendwie unverwundbar und hatte vor nichts und niemandem Angst. Unauffällig sah er sich in dem Gelenkbus um, der im Schneckentempo Richtung Hafen unterwegs war. Draußen war es inzwischen fast so dunkel wie um Mitternacht und die Scheinwerfer des Gelenkbusses fraßen sich durch den immer dichter fallenden Schneeregen, der die schwarze Welt in winzige Streifen zerfräste.

Als der Bus endlich die Station erreicht hatte und Jimmy ausgestiegen war, raubten ihm Kälte, schneidender Wind und der nadelstichscharfe Schneeregen den Atem. Er schob die Kapuze seines Hoodys unter die Strickhaube, hängte sich den Rucksack über die Schulter und stapfte los. Die Beretta in seiner Tasche fühlte sich kalt an und je länger er unterwegs war, desto kälter wurde das

Metall und manchmal glaubte er, seine Finger würden daran kleben bleiben. Endlich hatte er das Logistik-Center erreicht und schlurfte rund um das lang gestreckte Gebäude herum, bis er den vermüllten Parkplatz an der rückwärtigen Seite erreichte, mit der Feuerleiter, die halb nach oben geklappt im eisigen Wind klapperte.

Mit einem Stock schob er die Leiter nach unten und kletterte hinauf, auf halber Höhe hörte er trotz des pfeifenden Windes das halb laute Geschimpfe von Phil, das in unverständlichen Brocken zu ihm herunterwehte.

„Hallo Phil", sagte er schüchtern, denn Phil hatte ihm den Rücken zugekehrt und brabbelte wirres Zeug zu einer Taube, die auf seiner ausgestreckten Handfläche saß. Die Taube neigte den Kopf und bewegte manchmal ganz leicht die Flügel, so als würde sie verstehen, was Phil so daherredete. Deshalb mochte er den alten Mann auch so gerne. Phil war ein Taubenflüsterer, jemand, der wusste, wie diese Vögel ticken, und der sie mit dem richtigen Verständnis zu Höchstleistungen motivieren und dressieren konnte.

„Hallo Phil!", rief Jimmy nun, damit Phil ihn trotz des heulenden Windes hören konnte.

„Hallo, mein Junge! Schön dich zu sehen! Jetzt haben wir erst Anfang November und schon so ein Sauwetter." Phil schüttelte seinen riesigen roten Schädel wie eine Comicfigur. „Wie wird das erst zu Wei – Wei – Weihnachten!", sang er übertrieben lebhaft und machte dabei den Ententanz, doch seine roten Triefaugen erzählten eine andere Geschichte. Diese verquollenen Augen berichteten vom Ende der Tage, die er noch mit Jimmy teilen wollte.

Doch das bemerkte Jimmy nicht. Trotz der Kälte durchflutete es ihn warm, als er auf dem Flachdach stand, die vielen Käfige mit den Tauben betrachtete, die notdürftig mit alten Teppichen und Lumpen gegen Kälte, Schneeregen und Wind geschützt waren. Er beobachtete Phil in seinem vor Taubendreck starrenden braunen Kamelhaarmantel, die wenigen langen Haare flatterten wie weiße Spinnennetze im Wind. Ja, in diesem Augenblick war Jimmy unglaublich stolz, dass er Phils Wunsch erfüllt hatte und mit seiner Hand strich er beinahe zärtlich über die Pistole in seiner Tasche. Dieser Stolz ließ seine Wangen vor Freude glühen, als er auf Phil zuging und ihn trotz seines Gestanks umarmte.

„Ich habe etwas für dich", flüsterte er ihm ins Ohr. „Wie versprochen, habe ich eine Pistole für dich besorgt." Als er Phils überraschten Gesichtsausdruck bemerkte, fügte er noch rasch hinzu. „Natürlich ist sie geladen."

„Was bist du doch für ein guter Junge", lallte Phil und bleckte seine fauligen Zähne. „Möchtest du eine Stunde in Taubenkunde haben? Vielleicht mit dem einen oder anderen Kunststück, das unsere Künstler für dich darbieten, wenn es dem Herrn genehm ist?" Dabei machte er einen linkischen Kratzfuß und verneigte sich vor Jimmy, der kichern musste.

„Wo hast du die Pistole?", fragte Phil und änderte blitzschnell seine Stimmlage. Er stand jetzt ganz nahe vor Jimmy und sah ihn mit blutunterlaufenen Augen an. „Gib sie mir! Sofort, verstehst du!"

„Ja, ja. Hier ist sie", stotterte Jimmy verwirrt. Diese Seite von Phil hatte er bisher noch nicht kennen gelernt. Er zog die Pistole aus seiner Tasche, packte sie am Lauf und hielt sie mit dem Kolben Phil entgegen, genauso wie er es bei seinem Vater gesehen hatte, als der ihn früher manchmal auf den Schießplatz mitgenommen hatte.

Schnell packte Phil die Waffe, zog den Sicherungshebel zurück und machte die Beretta mit einem lauten Ratschen schussbereit. Mit der Pistole in der Hand ging er zu einem der windschiefen Käfige, die im pfeifenden Wind zitterten und ächzten. Er schob den vermoderten Teppich zur Seite und spähte in das Dunkel. Neugierig kamen zwei weiße Tauben zum Gitter, denn wie immer erwarteten sie ihr Futter von Phil und nicht den Lauf einer Pistole, den sie zunächst neugierig mit ihren Schnäbeln abtasteten, aber dann verloren sie das Interesse.

„Wie viele Patronen hast du gesagt, sind in dem Magazin?“, fragte Phil. Jimmy beobachtete ihn und konnte sich keinen Reim auf sein Verhalten machen.

„Ich habe gar nicht über die Patronen gesprochen“, antwortete Jimmy spontan und dachte für einen kurzen Moment, dass es ein Fehler gewesen sein könnte, Phil die Pistole seines Vaters zu überlassen. Als Phil nicht reagierte, redete er weiter: „In dem Magazin sind fünf Patronen. Mehr habe ich im Safe meines Vaters nicht gefunden.“

„Fünf Patronen!“ Phil drehte sich um und musterte Jimmy von oben bis unten. „Fünf Patronen!“, wiederholte er und schüttelte seinen roten Schädel. Dann begann er laut zu lachen, konnte nicht aufhören zu lachen, während Jimmy ihn mit wachsender Verwunderung anstarrte und langsam zurückwich.

Eine eisige Windbö wehte eine zerfledderte Zeitung vor Jimmys Beine. Die Titelseite wickelte sich um seine Sneakers, aber er hatte noch genug Zeit, um das Foto auf der Titelseite zu registrieren. Das grobkörnige Schwarzweißbild einer Überwachungskamera zeigte einen alten Mann mit einem großen Kopf in einem hellen Mantel. Hinter dem Mann war noch ein Teil eines unförmigen Schrankkoffers zu sehen. „Wer kennt diesen Mann?“, stand als Headline über dem Bild.

Wutsch! Mit einem Knattern löste sich der Zeitungsfetzen von Jimmys Sneakers und flatterte über das Flachdach, vorwärtsgetrieben vom heulenden Wind und fast aufgelöst vom peitschenden Schneeregen. Erst jetzt realisierte Jimmy, dass Phil noch immer mit ihm redete.

„Fünf Patronen, mein Junge", krächzte er. „Wie viele Tauben siehst du hier?" Phil machte eine kreisende Handbewegung und drehte sich um die eigene Achse. „Sage mir, wie viele Tauben sind das?"

„Weiß nicht. Schätze aber an die fünfzig Stück." Jimmy zuckte mit den Achseln und gab sich betont entspannt, obwohl ihm Phil nun merkwürdig und beinahe unheimlich erschien.

„Fünfzig Tauben! Gut geschätzt, mein Junge! Es sind exakt siebenundvierzig Tauben und jede von ihnen hat einen eigenen Namen, ich habe schon mit jeder von ihnen gesprochen!" Phil hatte sich, während er redete, von den Käfigen entfernt und stand jetzt in der Mitte des Flachdachs. Er legte den Kopf in den Nacken und ließ den nadelstichscharfen Schneeregen auf sein Gesicht prasseln. Die Pistole hielt er seitlich weggestreckt, so als würde sie überhaupt nicht zu ihm gehören. Plötzlich schien er eine Eingebung zu haben, denn er zuckte zusammen, griff mit der Hand in seine Manteltasche und zog einen Flachmann heraus. Mit den Zähnen drehte er den Verschluss auf und trank gierig, so lange, bis der Flachmann leer war und er ihn wütend umdrehte und schüttelte, so als könne er das überhaupt nicht glauben.

In eine Wolke aus billigem Fusel, Pisse und Taubenscheiße gehüllt, torkelte er zu Jimmy und drückte ihn an seinen versifften Kamelhaarmantel.

„Das ist die letzte Welt, Jimmy! Siebenundvierzig Tauben und fünf Schuss. Wie soll das gehen, mein Junge, neun Tauben mit einem Schuss. Ich bin zwar der große Zauberer, aber das kann nicht einmal ich! Also muss ich umdisponieren und dazu brauche ich deine Hilfe." Verwirrt sah Jimmy zu ihm hoch, sah das Gesicht von Phil, sah auch plötzlich die Tränen, die dem alten Mann über die Wangen liefen und sich mit dem Schneeregen vermischten.

„Was meinst du, Phil? Ich verstehe dich nicht." Jimmys Stimme stockte, denn intuitiv spürte er, dass er Phil heute zum letzten Mal sehen würde. „Was ist los, Phil?"

„Nichts, mein Junge, nichts! Ich bin nur so sentimental heute." Noch einmal drückte er Jimmy fest an sich, schob ihn dann von sich weg, um ihm ins Gesicht sehen zu können.

„Versprichst du mir etwas, Jimmy?"

„Natürlich, Phil. Alles, was du willst", stotterte Jimmy verwirrt, der plötzlich von einem Schüttelfrost gepackt wurde, der sein Rückgrat hinaufwanderte bis zu seinem Kopf, um sich dort so eiskalt auszubreiten, dass seine Zähne laut klapperten. Der Schneeregen wurde immer stärker und Phil und er waren schon mit einer dünnen Schneeschicht bedeckt. Auf Phils fast kahlem Schädel bildeten sich feine Schneekristalle in den wenigen dünnen Haaren, auf Jimmy wirkte er jetzt wie eine Märchenfigur.

„Ich habe viel falsch gemacht, in meinem Leben", flüsterte Phil und beugte sich zu Jimmy, damit er ihn besser verstehen konnte. „Aber mit den Tauben, da habe ich alles richtig gemacht. Deswegen liegen sie mir ja auch so am Herzen. Ich will sie nicht alleine lassen, verstehst du, mein Junge."

Jimmy nickte und das vage Gefühl von zuvor wurde immer konkreter. Er würde Phil niemals wiedersehen. Doch das wollte er nicht wahrhaben und sagte stattdessen betont fröhlich und enthusiastisch: „Ich muss jetzt nach Hause, morgen nach der Schule bin ich wieder bei dir, Phil. Dann bringst du mir die Kunststücke bei! Versprochen!"

Traurig schüttelte Phil den Kopf.

„Nein, mein Junge. Morgen habe ich eine Verabredung. Da kann ich dich nicht brauchen." Er schnäuzte sich in den Ärmel seines Kamelhaarmantels. „Aber ich bin noch nicht fertig mit meiner Geschichte. Du musst dich um die Tauben kümmern, Jimmy. Verstehst du?“

„Und du, Phil?“, stotterte Jimmy.

„Ich mache eine Reise ans Ende der Nacht“, murmelte Phil.

„Kapiere ich nicht.“ Jimmy runzelte die Stirn und sah Phil fragend an. Doch dieser ging nicht auf die Frage ein, sondern redete einfach weiter.

„Es gibt mitten in der Stadt ein Taubenhaus. Dahin bringst du alle meine siebenundvierzig Lieblinge. Dort sind hunderte von Tauben, die sich in dem Gebäude eingenistet haben. Ich habe es zufällig bei meinen Streifzügen durch die Stadt entdeckt. Da werden sich meine Lieblinge wohlfühlen.“ Er leckte sich die Lippen und blickte versonnen zu dem nur schemenhaft erkennbaren Baumarkt, dessen rotes Logo den Schneeregen blutrot beleuchtete.

„Wo genau ist dieses Taubenhaus? Ich habe noch nie davon gehört“, fragte Jimmy zögernd.

„Es ist das Gebäude der ehemaligen Stadtbücherei. Du weißt schon, schräg gegenüber vom Museum. Du wirst es schon finden. Damian wird dir den Weg weisen. Er hat mich immer dorthin begleitet.“ Mit schweren Schritten ging Phil wieder auf die Taubenkäfige zu und riss einen Stofffetzen von einem der Gitter. Langsam band er sich das bunte Tuch über den Kopf, um sich so vor dem Schneeregen zu schützen. Auf Jimmy wirkte er jetzt wie die Hexe aus einem seiner Kinderbücher. Phil öffnete die Tür des Käfigs und nahm eine schwarze Taube heraus, die seinen ausgestreckten Arm entlang bis zu seiner Schulter spazierte. Als sie auf seiner Schulter angekommen war, zupfte sie mit dem Schnabel Fäden aus dem Stofffetzen auf Phils Kopf.

„Damian, das ist Jimmy, du kennst ihn ja schon“, sagte er dann und drehte sein Gesicht zu der Taube. „Du wirst ihm das

Taubenhaus in der Stadt zeigen und ihn begleiten. Weiche nie von seiner Seite. Hast du verstanden!“ Zu Jimmys Verblüffung nickte die Taube und begann laut zu gurren. Phil lächelte glücklich und seine verquollenen blutunterlaufenen Augen füllten sich wieder mit Tränen.

„Jetzt mach, dass du verschwindest, mein Junge! Es ist verdammt kalt hier oben. Los, weg, du erkältest dich sonst noch! Komm in den nächsten Tagen wieder vorbei! Damian wird dir zeigen, was zu tun ist. Jetzt hau ab!“

Mit gesenktem Kopf ging Jimmy über das Flachdach, vorbei an den Käfigen, die mit ihren Planen, Teppichen und Stofffetzen wie traurige Flüchtlingscamps aus einem längst vergangenen Jahrhundert aussahen. Durch den Motorenlärm der nahegelegenen Stadtautobahn und dem Heulen des Windes hörte er die Tauben gurren. Dieses Gurren hatte er noch im Ohr, als er über den vermüllten Parkplatz zur Busstation lief, um nach Hause zu fahren.

38

SOWJETSTERNE AUF BRUSTWARZEN

Die Wucht der Beats traf Tony Braun direkt im Magen und für einen kurzen Augenblick blieb ihm die Luft weg. Durch die Laserblitze und das Stroboskoplicht bahnten sich Kim Klinger und er einen Weg durch die tranceartigen Tänzer, hin zu den auf Podesten stehenden Käfigen, in denen halb nackte Mädchen tanzten oder auf Stangen aufreizend akrobatisch ihren Körper zur Schau stellten.

Im Sub Club, in einer ehemaligen sowjetischen Schiffswerft im alten Industriehafen von Bratislava, tanzten schon am frühen Abend an die 1.000 Menschen zu den donnernden Beats, die aus turmhohen Lautsprechern in die Halle dröhnten. In gut zehn Metern Höhe jagten beleuchtete Kräne über die Tanzenden, an denen große Käfige mit ausgestopften Bären und Wölfen hingen. Ein Wasserbecken an der Seitenwand mit einem original sowjetischen Patrouillenboot reichte direkt in die Donau hinaus und war mit Unterwasserscheinwerfern in allen Farben taghell erleuchtet. An einer fast dreißig Meter langen Wand war oberhalb der Bühne für DJ und Tänzer eine Stahlempore eingezogen worden, von der aus die VIP-Gäste mit ihrer eigenen Bar einen perfekten Überblick über den riesigen Dancefloor hatten. Von dieser Stahlempore führte eine Galerie mit kleinen Separees in fünf Meter Höhe rund um die gesamte Halle.

„Warum will sich der Modelchef hier mit dir treffen und nicht in der Agentur?", brüllte Braun Kim ins Ohr.

„Wahrscheinlich will er mich damit beeindrucken!", schrie Kim zurück und deutete auf die Treppe, die zur VIP-Area führte und die von zwei Männern in schwarzen Anzügen bewacht wurde.

Braun war ziemlich überrascht gewesen, dass Kim so schnell einen Termin bei Sherban, dem Eigentümer von Madonna Models, bekommen hatte. „Weißt du, Braun", hatte Kim gesagt, „wenn die deutsche Vogue ein Interview will, dann hat man immer Zeit." Seit ihrer Fahrt nach Bratislava duzten sie sich und Braun gefiel, dass Kim sich spontan für „Braun" als Anrede entschieden hatte. „Tony klingt zu sehr nach jungem Schnösel, Braun hingegen passt für einen richtigen Mann."

Endlich hatten Braun und Kim den Bühnenrand erreicht, wo das Gedränge nicht ganz so bedrohlich war wie in der Mitte der Halle. Die Luft war so stark alkohol- und rauchgeschwängert, dass ihnen das Atmen schwerfiel.

„Ich habe eine Verabredung mit Sherban. Ich bin von der deutschen Vogue!", sagte Kim zu einem der Männer im schwarzen Anzug. Ohne seine Miene zu verziehen, holte er ein Handy aus seiner Sakkotasche und drückte eine Taste. Braun konnte nicht verstehen, was er sagte, aber dann machte der Mann den Eingang frei und führte sie die Treppe nach oben auf die Empore. Das Erste was Braun oben sah, war eine ungefähr zwanzig Meter lange Bar aus goldgelbem Onyx, die indirekt beleuchtet war und unergründlich schimmerte. Auf der Bar tanzten ein Dutzend dünner Mädchen mit langen Haaren, die sie in kreisenden Bewegungen um ihre Köpfe schleuderten. Sie trugen nichts weiter als klobige Militärstiefel, Camouflageshorts und rote Sowjetsterne, die sie über die Brustwarzen geklebt hatten. Immer wieder wurde eines der Mädchen von den johlenden VIP-Gästen kopfüber von der Bar gezogen, mit Wodka aus 10-Liter-Flaschen abgefüllt, hochgehoben und über die Köpfe der tobenden Menge wieder auf die Bar gestellt, wo sie zu dem brutalen Techno weiterstampften.

„Keine von denen ist älter als sechzehn!“, brüllte Braun Kim ins Ohr, doch diese schien ihn nicht zu hören. Sie hatte nur Augen für einen kleinen Mann mit rasiertem Schädel, der über seinem nackten Oberkörper einen langen Zobelpelzmantel trug und jetzt mit einem breiten Grinsen auf Kim zusteuerte.

„Die Redakteurin von der deutschen Vogue!“, brüllte er schon von Weitem. „Da haben sie ja die schönste Redakteurin zu mir geschickt!“ Er nahm Kims Hand und deutete einen Handkuss an. „Ich bin Sherban! Ich leite die professionellste Modelagentur in ganz Osteuropa. Mit den schönsten Models.“ Stolz wies er mit seiner Hand auf die tanzenden Mädchen, die in der Zwischenzeit mit dicken Wasserschläuchen abgespritzt wurden und deren nassen, wirbelnden Haare Wasserfontänen durch die Luft sprühten.

„Katja, Wodka für unsere Redakteurin von der deutschen Vogue!“, schrie Sherban einem Mädchen zu, das in einem winzigen Bikinislip mit Piercings in den Brustwarzen hinter Sherban aufgetaucht war. Braun bemerkte sofort die unnatürlich geweiteten Pupillen des Mädchens, erkannte auch die verräterischen Einstichnarben in den Armbeugen, als ihnen Katja eisbeschlagene Wodkagläser reichte. Braun tippte Kim auf die Schulter und erst jetzt schien ihn Sherban überhaupt zu bemerken.

„Und Sie sind?“, fragte Sherban und betrachtete Braun abschätzig von oben bis unten.

„Ich bin einfach Braun und mache die Fotos.“

„Wenn Sie sich anstrengen, habe ich vielleicht einen Fotojob für Sie“, betonte Sherban dann herablassend und Braun konnte in seinen kalten Augen sehen, dass es eine seiner Standardfloskeln war, mit denen er demonstrierte, wer hier den Ton angab.

„Gehen wir doch nach hinten an unseren Tisch“, sagte er lächelnd zu Kim, nahm sie galant am Arm und führte sie nach hinten an einen niedrigen Tisch, um den unzählige Kissen gruppiert war und in deren Mitte ein mit rotem Samt ausgeschlagenes niedriges Sofa stand, in dessen Rückenlehne eine weinende Madonna, umringt von weißen Tauben, gestickt war.

Mit einer herrschaftlichen Geste ließ sich Sherban auf das Sofa fallen und zog Kim gleich mit sich. Katja reichte ihm eine überdimensionierte Zigarre, gab ihm Feuer und hielt den Arm mit einem gläsernen Teller in die Höhe wie ein lebender Aschenbecher. Auf dem Tisch standen mehrere 10-Liter-Wodkaflaschen, Kübel mit Eis, kleine Taschenspiegel, die das Technolicht reflektierten, silberne Rasierklingen an langen Ketten und kleine geschlossene Döschen mit Koks, da war sich Braun ziemlich sicher.

Dimitri from Moscow, der DJ, zog alle Register seines Könnens, und während Braun die Situation einzuschätzen versuchte, erkannte er eine ziemlich gut gemixte Technoversion von Tainted Love. Doch das Ganze behagte Braun überhaupt nicht. Er hatte keine Ahnung, wie Kim in diesem Inferno aus Alkohol, Drogen und Sound an Informationen gelangen wollte, denn Sherban erschien ihm viel zu clever, um etwas auszuplaudern. Er hatte einen Arm um Kims Schulter gelegt und redete unentwegt auf sie ein, mit seiner anderen Hand hielt er seine Zigarre, die er von Zeit zu Zeit in den gläsernen

Teller fallen ließ, um Katjas dürre Brüste zu massieren und mit ihren Piercings zu spielen.

Alles nur Angeber-Scheiße, um seine Gang zu beeindrucken, dachte Braun. Ihm waren schon etliche dieser Paten über den Weg gelaufen. Alle verteidigten ihre Machtposition mit brutaler Härte, da war Sherban sicher keine Ausnahme. Sherbans Entourage hatte es sich mittlerweile auf den Kissen gemütlich gemacht, die Männer trugen glänzende Anzüge, verspiegelte Sonnenbrillen und hatten die Hemden so weit geöffnet, dass man ihre martialischen Tattoos deutlich sehen konnte. Alle waren gut aussehend, wahrscheinlich wurden sie als Lockvögel eingesetzt, um naive junge Mädchen für Madonna Models zu rekrutieren. Sie schienen sich schon lange zu kennen, lachten viel und soffen noch mehr. Ein Mann saß ein wenig abseits, er war älter als die anderen und hatte einen dicken Verband über sein linkes Ohr geklebt. Ohne auch nur eine Miene zu verziehen, beobachtete er die Mädchen, die sich kichernd von den Männern befummeln ließen. Diese Mädchen waren alle dünn mit langen Haaren, leerem Blick und mehr oder weniger unbekleidet. Als Braun seine Kamera hob, um ein Foto der ganzen Truppe zu schießen, sprang eines der Mädchen auf den niedrigen Tisch, griff sich eine fast volle Flasche Wodka und ließ den klaren, reinen Alkohol über ihren Kopf laufen. Sie trug einen silbernen Minirock und Highheels, mit denen sie ständig umknickte, doch das schien ihr nichts auszumachen. Unter den anfeuernden Rufen der Männer zog sie ihr Oberteil aus und drehte sich zu Brauns Kamera, hielt ihm ihre kleinen Brüste entgegen und fuhr sich mit der Zunge geil über ihre Lippen. Doch ihr Blick sprach eine ganz andere Sprache, wie Braun in einem Kamera-Zoom erkennen konnte, ihr Blick war hoffnungslos, ängstlich, ohne jede Zukunft.

„Wie heißt du?", rief Braun zu dem Mädchen und ließ die Kamera sinken.

„Jana", antwortete das Mädchen und tanzte näher zu Braun. „Ich heiße Jana und du bist von der deutschen Vogue." Lasziv türmte sie ihre Haare auf und schob einen Fuß zwischen Brauns Beine. „Machst du Fotos von mir? Komme ich als Model in die Vogue?" Sie beugte sich zu Braun hinunter, ihre Brüste pendelten vor seinen Augen hin und her, natürlich war sie professionell abgerichtet. Doch dann fing Braun wieder ihren Blick auf, sah die Panik, die weit hinten lauerte, die Angst, es nicht richtig zu machen und dafür wohl wieder halb tot geprügelt zu werden.

Sanft schob Braun das Mädchen wieder zurück auf den Tisch, stand auf und schoss ein Foto von der ganzen Runde. Sherban redete noch immer ohne Unterbrechung auf Kim ein und Braun war sich sicher, dass er vor diesem Interview eine Straße Koks aufgezogen hatte.

Diese vom Koks befeuerte Energie brachte Kim in die Defensive, alles, was sie tun konnte, war zustimmend zu nicken. Immer wenn sie Sherban unterbrach, lächelte er sie freundlich an und redete weiter, ohne auf Fragen oder Einwände zu reagieren. Als Sherban eine Pause machte, um einen Schluck Wodka zu trinken, nutzte Braun die Gelegenheit und rief Kim zu:

„Kommst du einmal kurz, der Chefredakteur hat gerade angerufen. Er will, das du ihn sofort zurückrufst." Mit einem entschuldigenden Lächeln hielt er sein Handy in die Höhe und Kim schob sich vom Sofa, folgte Braun, der ihr eine schwere Stahltür aufhielt, die zu den Toiletten führte. In der Toilettenanlage war es wohltuend still, doch in Brauns Ohren hallte es wie in einer Kathedrale und der Beat wummerte noch immer in seinem Kopf. Er fasste Kim an den Schultern und sah ihr fest in die Augen.

„Kim, merkst du nicht, dass du in eine Sackgasse läufst? Der Kerl nimmt dich doch nicht für voll. Wie willst du Informationen aus ihm herauskriegen? Indem du dich auf seinen Schoß setzt?"

„Hör mir jetzt gut zu, Braun!", fauchte Kim. „Ich sage das nur einmal: Ich bin keine Tussi, der man Vorschriften macht. Ich habe dich nicht gebeten, mit mir hierher zu kommen! Du wolltest das so. Also halte dich da einfach raus und lass mich machen." Hektisch strich sich Kim durch die Haare. „Braun, ich will wissen, was mit den Mädchen passiert ist und wer Lola auf dem Gewissen hat! Deswegen bin ich hier! Dieser Sherban weiß vielleicht etwas. Mach mit deiner Art nicht alles kaputt! Ich habe nicht mehr so viel Zeit!" Kims Stimme bekam plötzlich einen flehenden Unterton, den Braun bisher noch nicht bei ihr gehört hatte. Doch ehe er darauf reagieren konnte, wurde hinten die Stahltür aufgerissen.

„Nun, alles erledigt? Hast du deinen Chef erwischt?" Einer von Sherbans jungen Männern in einem glänzenden Anzug war aufgetaucht, in den Gläsern seiner Sonnenbrille spiegelten sich Kim und Braun. Geistesgegenwärtig hielt Braun sein Handy in die Höhe und grinste.

„Kann ihn nicht erreichen. Schlechter Empfang hier drinnen!"

„Ach ja? Darf ich mal sehen?" Der Mann wartete nicht auf Brauns Antwort, sondern nahm ihm das Handy aus der Hand, scrollte durch die Anrufliste.

„Tatsächlich! Kein Empfang!", sagte er und gab Braun das Handy zurück. Braun atmete tief durch und seine Augenlider flatterten. Er hatte sicherheitshalber noch kurz zuvor die Münchner Nummer eines Freundes angerufen.

„Gehen wir wieder nach draußen und machen Party!" Der Mann packte Kim so fest am Arm, dass sie überrascht aufschrie, und schob sie resolut vor sich her.

„Hey, lassen Sie meine Kollegin sofort los!“, schrie Braun und riss den Kerl an der Schulter zurück. Unglaublich schnell wirbelte der Mann herum, stieß Braun an die Wand und knallte die schwere Stahltür gegen ihn. Noch ehe Braun überhaupt reagieren konnte, war er zwischen Stahltür und Wand eingeklemmt und die Klinke drückte schmerzhaft in seinen Bauch.

„Fass mich nie wieder an, Fotograf“, flüsterte der Mann und drückte Braun den Zeigefinger wie eine Pistole fest an die Schläfe. „Peng!“, rief er und formte einen Kussmund. Als er Kims entgeisterte Miene bemerkte, begann er laut zu lachen und ließ seine ebenmäßigen, strahlend weißen Zähne blitzen. „Vogue-Redakteurin! Das ist ein großer Spaß! Wir sind hier in Bratislava und genießen das Leben auf unsere Art! Lass uns Party machen!“

Dimitri from Moscow mixte in der VIP-Area „Bela Lugosi’s Dead“ mit einem knüppelharten Techno, Sherban thronte noch immer in seinem russischen Zobelpelzmantel auf seinem Madonna-Model-Sofa und ließ sich von Katja seine vernarbte Brust ablecken, zwei der Mädchen tanzten jetzt völlig nackt auf Tischen, die von den Anzugträgern in die Höhe gehalten wurden und dankend lehnte Kim die Wodkaflasche ab, die man ihr entgegenhielt. Sie sah müde aus, resigniert, fertig und frustriert. Es war nicht so gelaufen, wie sie gedacht hatte, aber Braun wollte nicht aufgeben, wollte ihr helfen.

Er hielt die Kamera hoch wie eine Pistole, zoomte Sherbans Kopf ganz nah heran und drückte mehrmals ab. Sherbans linkes Augenlid begann leicht zu zucken, doch er war zu professionell, um die Fotos zu verweigern. Stattdessen lächelte er breit, ohne dass dieses Grinsen jedoch seine Augen erreichte. Hinter seiner Kamera verschanzt, schrie Braun gegen den brutalen Technobeat an, während er wieder den Auslöser drückte.

„In Österreich hat es vor einiger Zeit einen spektakulären Todesfall gegeben. Eine Miss World wurde ermordet. Die hat doch früher auch für Madonna Models gearbeitet?“

Ohne auf Brauns Frage einzugehen, drehte Sherban den Kopf zu Katja und küsste sie widerlich aufreizend. Ganz langsam wandte er sich dann zu Kim, ließ sie nicht aus den Augen.

„Wer soll das gewesen sein?“ Sherbans Stimme klang spröde wie Eis.

Mit der Kamera zoomte Braun Sherbans Gesicht näher heran. Er hatte richtig geraten, auch Sherbans Augen wirkten plötzlich wie eingefroren.

„Laura Pestalozzi. Stand in allen internationalen Zeitungen. Natürlich auch bei uns in der Vogue.“ Braun konnte einfach nicht den Mund halten und irgendwie ahnte er, dass diese Reise ein böses Ende nehmen könnte. Auch Kim war aufgefallen, dass die Stimmung gekippt war und sich eine unterschwellige Aggression an dem Tisch breitmachte.

„Ach ja, Laura. Jetzt erinnere ich mich wieder! Ist aber schon eine Weile her.“ Sherban legte den Kopf schief, als würde er nachdenken. Gedankenverloren spielte er mit Katjas Brustwarzen. „Wic Sic schen, Madonna Models hatte sogar eine Miss World, die schönste Frau der Welt, unter Vertrag“, sagte er dann und knipste wieder sein Eisblocklächeln an.

Schnell und immer schneller drehten sich die Mädchen auf den Tischen, die Männer brüllten und der DJ erhöhte die Schlagzahl, dann kam der Break und die Männer warfen die Tische mitsamt den Mädchen über die Bar. Die Mädchen kreischten vor Schmerz, als sie auf den Boden mit den zersplitterten Flaschen stürzten, die ihre dünne Haut wie Papier aufschlitzten. Fassungslos starrte Braun hinter die Bar, wo die Mädchen blutend und zitternd zwischen den

Scherben umherkrochen, eines der Mädchen war Jana, das sah er jetzt, doch als er sich über die Bar lehnen wollte, um ihr aufzuhelfen, packten ihn Fäuste an den Schultern und wirbelten ihn herum. Plötzlich stand Sherban ohne den langen Pelzmantel vor ihm und schlug ihm in den Bauch.

„Wer bist du?", hörte Braun Sherbans Stimme durch das Technogewitter. „Was willst du von mir?"

Braun atmete tief durch. *Arschloch!,* schoss es ihm durch den Kopf. *Du gottverdammtes Arschloch! Hast alles vermasselt! Bringst Kim in Gefahr!* Wo war sie eigentlich? Braun reckte den Kopf in die Höhe, versuchte sich aus dem Griff der beiden Anzugträger zu befreien, er konnte Kim nirgends sehen.

Ohne sich im Geringsten um die Szene zu kümmern, tanzten die Mädchen auf der Bar weiter, stampften mit ihren schweren Militärstiefeln gegen den Technosound an, aus dem jetzt die remixte kommunistische Internationale als Hardcoreversion ertönte.

Ein neuer Schlag traf ihn in den Magen und Braun spürte, dass er nicht mehr lange so durchhalten würde. Ein hübscher Junge mit verspiegelter Sonnenbrille schob mit zwei Fingern Brauns Sakko auf, zog mit geübtem Griff die Brieftasche hervor und – Brauns Polizeiausweis.

„Ein Bulle!", schrie der Junge fröhlich. „Ein Bulle aus Österreich!" Wie ein Balletttänzer wirbelte er um die eigene Achse und seine weißen Markensneakers trafen Braun auf der Brust, dass ihm die Luft wegblieb.

„Hey, habt ihr gehört!", schrie er und schwenkte den Ausweis wie eine Trophäe. „Ein österreichischer Polizist!" Der Sound wurde noch eine Spur lauter und immer mehr Männer aus Sherbans Truppe scharten sich jetzt um Braun, hielten sich die Wodkaflaschen gegenseitig an den Mund und tranken gierig. Einer von ihnen zog

Brauns Glock aus dem Holster und ließ sie über den Boden unter einen der niedrigen Tische schlittern. Vier schwitzende Männer mit verspiegelten Sonnenbrillen tanzten vor Braun, sangen schrill im Technorhythmus „I am from Austria“, lachten und schlugen mit ihren Fäusten in schneller Folge auf Braun ein, so als würden sie ein Sandsacktraining absolvieren. Dann griff einer der Männer nach einer 10-Liter-Wodkaflasche, überschüttete Braun von oben bis unten mit der klaren hochprozentigen Flüssigkeit, während Sherban mit nacktem Oberkörper ein wenig abseits stand und die Szene beobachtete, die ganz nach seinem Geschmack war, während ihn die zwei Kopf größere Katja auf den rasierten Schädel küsste.

Dann bückte sich Katja und zog aus ihrem Stiefel ein goldenes Feuerzeug, leckte mit der Zunge darüber, sah Sherban tief in die Augen, doch der verzog keine Miene. Braun hustete und spuckte Blut, das in dünnen Fäden auf sein weißes T-Shirt tropfte. Die beiden Anzugträger ließen ihn plötzlich los und Braun sackte auf dem Boden zusammen. Er versuchte sich an der Onyxbar hochzuziehen, hatte aber keine Chance. Ein letzter Kick traf seine rechte Schläfe, die Haut platzte auf und Blut schoss über seine Wange.

Der Sound verschwand plötzlich aus Brauns Ohren, nur das Pochen seines Blutes blieb zurück. Nur das Pochen. Die Bewegungen um ihn herum wurden unendlich langsam. Die Männer mit den verspiegelten Sonnenbrillen traten zur Seite und als Braun den Kopf hob, sah er Katja wie eine Priesterin auf sich zukommen, mit dem goldenen Feuerzeug in der Hand. Knapp vor Braun blieb sie stehen, ihre Augen leuchteten ungesund, die Narben in ihren Armbeugen glänzten, ihre Brüste mit den Piercings zitterten. Schnapp! Bläulich stieg die Flamme in die Höhe und Katja leckte sich die Lippen. Noch immer nur das Pochen in Brauns Schädel und der Gedanke an den hochprozentigen Wodka, den man über ihn geschüttet hatte.

Wodka, der wie Benzin brannte, Wodka, der ihn verbrennen und töten würde.

*

„Aufhören! Sofort aufhören!“ Kims Stimme war nur noch ein hysterisches Kreischen, mit dem sie den mörderischen Sound zu überschreien versuchte. Mit beiden Händen umklammerte sie Brauns Pistole und zielte wahllos auf die Männer mit den verspiegelten Sonnenbrillen, dann wieder auf Sherban und auf Katja, die noch immer das Feuerzeug mit der bläulichen Flamme zwischen ihren Fingern hielt.

„Mach das Feuerzeug zu!“, schrie Kim zu Katja und hob den Lauf der Pistole drohend gegen ihren Kopf. Jetzt machte es sich bezahlt, dass Kim eine Reportage über den Schusswaffenproduzenten Steyr Mannlicher gemacht hatte, denn sie kannte sich mit Pistolen aus.

„Braun, steh auf!“, kreischte sie, als Katja das Feuerzeug wieder zuschnappen ließ. „Komm hier zu mir herüber.“ Aber Braun rührte sich nicht. Plötzlich näherte sich ein Mann und als er sich zu Kim drehte, bemerkte sie sein verbundenes Ohr. Er war an Sherbans Tisch gesessen. Der Mann ging auf Katja zu und hielt die Hand auf. Gehorsam wie ein gut abgerichtetes Hündchen gab sie ihm das Feuerzeug und ging wieder zurück zu Sherban. Langsam bückte sich der Mann, fasste Braun unter den Schultern und lehnte ihn an die Bar, schnippte mit den Fingern und eines der Mädchen brachte Wasser. Braun stützte beide Hände auf den Tresen und atmete heftig, bei jedem Atemzug verzog er das Gesicht vor Schmerz.

„Hier ist der Ausweis Ihres Kollegen“, sagte der Mann und gab Kim den Polizeiausweis von Braun.

„Wer sind Sie?", fragte Kim, ließ aber die Pistole vorsichtshalber noch nicht sinken.

„Ich bin Danilowitsch, mir gehört der Club. Und jetzt würde ich Sie bitten, zu gehen", sagte er, seine Worte wurden von dem Technogewitter beinahe ganz verschluckt, doch Kim wusste, dass sie jetzt sofort verschwinden mussten, wenn sie weiterleben wollten.

„Braun, zum Tor!" Ohne sich umzudrehen, liefen sie durch die verlassene Schiffswerft auf den weit außerhalb liegenden Parkplatz zu. Der Sound von der Tanzfläche war nur noch als Musikfetzen zu hören, Wellen klatschten träge an die verfallenen Kaimauern. Braun musste immer wieder stehen bleiben und spuckte Blut, auch die Wunde an seiner rechten Schläfe blutete noch.

Plötzlich glaubte Kim neben einem halb verfallenen Gebäude einen Schatten bemerkt zu haben, doch als sie darauf zuliefen, war es nur eine räudige Katze, die von einem Scheinwerfer auf einem Donauboot angestrahlt wurde und einen monströsen Schatten an die feuchten Mauern der Werft warf. Frierend, mit klappernden Zähnen blieben sie kurz im Schneeregen stehen, damit Braun wieder zu Atem kommen konnte. Wieder bemerkte Kim aus den Augenwinkeln einen Schatten und hörte auch ein Geräusch. *Das ist bloß wieder die Katze,* dachte sie, doch diesmal irrte sie sich.

„Ich bin's, Jana!" Kim zuckte zurück, als das dürre Mädchen plötzlich vor ihnen auftauchte. Sie trug jetzt einen alten Militärmantel und statt ihrer Highheels klobige Stiefel, ihr Gesicht und ihr Hals waren mit Schnitten und getrocknetem Blut übersät.

„Ihr seid österreichische Polizei! Ich suche meine Schwester Natalia. Sie ist verschwunden. In Österreich, Linz, glaube ich! Sherban hat sie in die Krell-Villa oder so ähnlich geschickt."

Jana hüllte sich fester in ihren Mantel und zitterte wie Espenlaub.

„Frag nach einem Hamburger. Er hat Mädchen wie Sherban. Vielleicht weiß er, wo meine Schwester ist. Sie ist nie mehr zurückgekommen." Jana zog ihren Mantel enger um sich. „Ich muss wieder zurück. Sherban wird sonst wütend."

„Warum kommst du nicht einfach mit uns?", fragte Kim.

„Ich kann nicht! Sherban versorgt mich mit dem Dope! Ohne ihn bin ich verloren."

*

„Du bist ein verdammtes Arschloch, Braun!" Kim sank neben ihrem weißen BMW auf dem dreckigen, nach Benzin stinkenden Boden zusammen. In ihrem Kopf fing es wieder heftig zu rumoren an, ihr Blickfeld begann sich zu verengen und von Braun war bald nur mehr die Hälfte zu sehen, trotzdem hörte sie jedes Wort messerscharf, das er hervorstieß, während er im Schneeregen auf dem Parkplatz der verlotterten Raststätte schwer atmend auf und ab ging.

„Die Mädchen von Madonna Models werden also nach Linz geschickt. Jemand aus der Krell-Villa gibt direkt die Aufträge, das hat Jana doch gemeint. Wir müssen jetzt herausfinden, wer hinter dem ganzen Wahnsinn steckt! Ich werde mir auch diesen Hamburger vorknöpfen. Ich glaube, ich weiß, wen Jana damit gemeint hat!" Trotz der Bildstörung sah Kim, wie Braun die Hände auf seinen Bauch presste, den Kopf schüttelte, nervös an dem Pflaster auf seiner Schläfe zerrte und weiterreden wollte, so als wäre nichts geschehen, so als wären sie nicht erst wenige Stunden zuvor nur knapp dem Tod entronnen. Sie konnte das alles nicht mehr hören.

„Aufhören! Aufhören! Braun, stopp!", brüllte und tobte sie, zog sich am Türgriff in die Höhe, ließ sich in den Sitz fallen und wäre am liebsten ohne Braun verschwunden, hätte ihn liebend gerne zurückgelassen auf dieser tristen Raststätte außerhalb von Bratislava. „Begreifst du nicht, Braun! Die wollten uns umbringen!“ Als Braun sich schwer auf den Beifahrersitz wuchtete, rückte sie von ihm ab.

„Dir ist das wohl völlig egal! Bist du öfters so kaputt drauf?“ Sie sah, wie er den Mund öffnete, um wieder eine seiner Rechtfertigungen von sich zu geben, aber jetzt konnte sie nicht mehr. Sie langte nach hinten und holte zitternd einen Jägermeister aus ihrer Tasche, versuchte den Verschluss zu öffnen, während in ihrem Schädel alles explodierte und Samsa aufgedreht durch ihre Hirnwindungen rannte und schabte und schabte.

„Musst du jetzt saufen, wenn wir noch nach Linz müssen?“

„Danke, Braun!“ Eine Art psychopathischer Selbstmörder gab ihr Ratschläge. Aber er wusste ja nicht, was in den Fläschchen war, vielleicht blieb ihr noch die Zeit, ihn aufzuklären, aber nicht jetzt. „Das ist meine Medizin, Braun! Kapiert?“ Sie startete den Wagen und trank noch einen Jägermeister, obwohl Braun sie entgeistert anstarrte. „Braun, ich bin krank und es ist nicht so, wie du denkst“, flüsterte sie, als sich ihr Hirn wieder beruhigt hatte und die Welt wieder klare Umrisse bekam.

„Krank, was heißt das?“ Braun drehte sich zu Kim und blickte sie überrascht an.

„In meinem Kopf ist ein Käfer, der alles in Unordnung bringt. Vielleicht erzähle ich dir einmal die ganze Geschichte. Aber nicht jetzt!“

Sie sah es Braun an, dass seine Gedanken rotierten und ihm die Fragen auf der Zunge lagen. Doch dann riss er sich zusammen, wurde wieder zum professionellen Polizisten und schwieg. Als sie knapp vor der slowakisch-österreichischen Grenze waren, riskierte Kim einen Blick auf ihn und plötzlich fiel es ihr wieder ein: die

DVD, natürlich! Der Film von Laura Pestalozzi! Das war ein Beweis!

„Braun, was ist mit der DVD, die ich dir gegeben habe?"

„Ist in der EDV-Abteilung, die versuchen, die Files zu öffnen." Braun hatte schon sein Handy am Ohr und wartete ungeduldig. „Vielleicht erreiche ich jemanden. Diese Freaks arbeiten doch immer gerne in der Nacht!"

„Ein File beschädigt? Kann man nicht öffnen? Das ist eine verdammte Scheiße!", schimpfte er los und zuckte zusammen, als er mit dem Handy versehentlich gegen seine Wunde an der Schläfe stieß. „Na wenigstens ist das andere in Ordnung. Schickt es sofort auf meinen Rechner."

Braun dachte einen Augenblick nach, wählte dann eine neue Nummer.

„Hallo, Richard!", meldete er sich kurz angebunden, ohne sich für die nächtliche Störung zu entschuldigen. „Ein Spezialauftrag, ich schicke dir in ein paar Stunden ein beschädigtes Videofile. Du musst es für mich wieder reparieren." Er hörte kurz zu und seine Miene verdüsterte sich.

„Nein, mehr will ich diesmal nicht von dir! Ich bitte dich nur um diesen einen Gefallen."

Als er die Verbindung getrennt hatte, fragte Kim:

„Wer ist dieser Richard?"

„Das ist ein Freund von mir, wenn es um knifflige technische Fragen geht. Vielleicht erzähle ich dir einmal die ganze Geschichte", sagte Braun und zwinkerte Kim zu.

Kim wollte gerade etwas darauf erwidern, da näherte sich von hinten mit großer Geschwindigkeit ein großer dunkler Geländewagen mit aufgeblendeten Scheinwerfern.

„Der Typ nervt aber gewaltig!“ Kim stieg fester auf das Gas, doch der Geländewagen ließ sich nicht abschütteln, sondern blieb konstant hinter ihrem BMW. In einer lang gezogenen Kurve beschleunigte er plötzlich und rammte Kims Wagen, der durch die Wucht des Aufpralls schleuderte und sich nicht mehr auf der Straße halten ließ, sondern über den seitlichen Rand hinauskam, über das Bankett schlitterte, einen Drahtzaun durchstieß und auf einem Acker landete.

„Was war das?“ Benommen schüttelte Kim den Kopf, sah die offene Tür und Braun draußen im Schneeregen mit seiner Pistole im Anschlag.

„Raus aus dem Auto, leg dich auf den Boden“, hörte sie seine gepresste Stimme, die vom heulenden Wind zu ihr getragen wurde.

Der Acker war steinhart gefroren und Erdklumpen drückten durch Kims Jacke, als sie auf dem Bauch um den Wagen herumrobbte. Dort, wo ihr Wagen den Zaun durchstoßen hatte, tauchten zwei Männer auf. Kim sah, wie Braun die hintere rechte Tür des BMW öffnete, um Deckung zu haben. Er ließ das Fenster herunter und stützte seine Arme am Rahmen ab.

„Ist Ihnen etwas passiert?“, fragte eine deutsche Stimme. „Sollen wir einen Rettungswagen rufen?“

Kim wagte noch immer nicht, aufzustehen. Mit angehaltenem Atem blieb sie am Boden liegen, krallte die Finger in die eiskalte Erde.

Wenn das jetzt eine Falle ist!

Sie hörte, wie Braun sich ächzend erhob und rief: „Wäre toll, wenn Sie uns auf die Autobahn zurückschleppen können. Der Wagen hat nicht viel abgekriegt.“ Jetzt erhob sich auch Kim, klopfte die Erde von ihren Klamotten und winkte grüßend mit der Hand.

„Ist eine ziemlich gefährliche Kurve! Ich bin zu schnell gefahren“, sagte sie entschuldigend und versuchte ein Lächeln. Die zwei Männer, die von einem Ausflug aus der Hohen Tatra kamen, wie sie unaufgefordert erzählten und deshalb noch immer ihre schwarze Skikleidung trugen, lächelten ebenfalls.

39

DER WEISSE ENGEL

Hast du eigentlich Freunde? Ich kann es mir nicht vorstellen, wenn ich dich so ansehe, mit deinen dünnen weißen Haaren und deinem knochigen Gesicht. Aber ja, doch!, da fällt es mir wieder ein: Du hast eine Freundin, das dünne Mädchen mit den lila Augen, das deinen Kopf in ihren Schoß gelegt hat.

Wie rührend!

Möchtest du wieder mit ihr zusammensein?

Ja?

Ihr beide, glücklich vereint! Ich werde sehen, was ich für dich tun kann, mein Engel! Aber jetzt musst du stillhalten! Ich muss doch den Flügel an deinen Arm nähen.

Eins, zwei, drei, vier – dann steht die böse Taube vor der Tür! Das hat mein Vater immer zu mir gesagt. Hat mich dann eingesperrt. Zu den bösen Tauben, die haben mich vollgeschissen! Von oben bis unten! Und geflattert mit ihren Flügeln! Immer mit den Flügeln nach mir geschlagen! Immer hat er mich zu den Tauben gesperrt – das war hässlich, deshalb hatte ich auch nie Freunde, denn ich habe immer nach Taubendreck gestunken.

Es gab tausende von Tauben auf unserem Anwesen. Ich kannte sie alle durch meinen Vater. Er hatte viele Taubenkäfige, große und auch kleine. Mich hat er in die ganz kleinen gesperrt, denn dort waren die großen Tauben, die bösen, die mit ihren Schnäbeln nach mir gestoßen haben, die mir mit diesen Schnäbeln die Augen aushacken wollten. Aber ich habe mich gerettet, so wie ich euch retten werde. Auch dich, mein weißer Engel, werde ich erlösen.

Ich erlöse dich für meinen Freund. Keine Freunde, bis jetzt! Denn jetzt habe ich einen Freund, den ich mit Geschenken überhäufen werde!

Tut es noch weh? Ich musste dir das Haarbüschel so schnell ausreißen, denn ich war in Eile!

Musste meinem Freund eine Einladung überbringen!

Ich habe dir gesagt, dass du stillhalten sollst! Wie kann ich sonst diesen Taubenflügel an deine Schulter nähen! Das ist eine schwierige Aufgabe!

Sei ein wenig stolz. Ich schmücke dich doch für meinen Freund!

Hier, ich habe mir auch extra Dartpfeile mit Taubenfedern angefertigt. Ich glaube, bei dir sehen sie am besten aus, wenn ich sie durch deine Wangen stoße, findest du nicht? Das lässt deine hohlen Wangen erblühen.

Oh, oh, das tut ein bisschen weh, wenn ich dir die Spitze in das Fleisch stoße, aber ich muss es tun, mein weißer Engel, ich muss.

Du nickst hoffentlich mit dem Kopf, wenn der Tropf leer ist. Ich habe noch einen hier, der dich am Leben erhält. Ja, ich verstehe das, du kannst einfach nicht loslassen, hast Angst vor dem, was nachher kommt! Aber vertraue mir, drüben in der anderen Welt bist du erlöst.

Tapferes Mädchen! Nicht alle haben so lange durchgehalten.

Ist deine Freundin auch so tapfer?

Ich freue mich ja schon so darauf, auch sie zu einem kleinen Engel zu machen. So wie du mein weißer Engel bist, mit deinen langen weißen Haaren! Oder soll ich dir vielleicht doch all diese hässlichen weißen Haare ausreißen?

Was meinst du?

Gefällst du meinem Freund besser mit Haaren oder ohne?

Ich weiß, was ich mache!

Ich reiße dir auf einer Seite die Haare aus, auf der anderen lasse ich sie lang. Dann kann mein Freund selbst entscheiden, wie du ihm besser gefällst.

Leider wirst du dann schon lange nicht mehr unter uns weilen, dann bist du schon ganz oben im Himmel.

Dann bist du endlich erlöst.

40

UNS KANN NIE ETWAS PASSIEREN

Tony Braun hatte nur zwei Stunden geschlafen, als sein Wecker klingelte. Im Morgengrauen waren er und Kim mit dem ramponierten BMW aus Bratislava zurückgekehrt und Braun hatte am Küchentisch zur Entspannung noch zwei Bier getrunken. Kim leistete ihm mit einem Glas Weißwein Gesellschaft, war aber so müde, dass sie beinahe im Sitzen einschlief. Als Braun ihr anbot, sich bei ihm ein wenig auszuruhen, hatte sie zunächst seufzend abgewunken, sich dann aber doch auf die Couch in Brauns Wohnzimmer gelegt und war sofort eingeschlafen.

Mit zerschlagenen Gliedern hatte er sich ins Badezimmer geschleppt, war dann in die Küche gewankt, um Kaffee zu kochen und aus irgendwelchen Resten der letzten Tage ein Frühstück für Jimmy zuzubereiten.

„Du siehst einfach grässlich aus, Tony", sagte Jimmy zur Begrüßung, als er in die Küche kam, wo Braun bei einer Tasse Kaffee saß. „Was ist dir da passiert?" Jimmy deutete auf Brauns blutdurchtränktes Pflaster.

Als Braun ihm von der Schlägerei mit Sherbans Männern im Sub Club erzählte, verdüsterte sich Jimmys Miene.

„Mit welchen Typen hast du bloß zu tun, Tony! Das wäre echt nichts für mich! Gibt's hier keine Musik am Morgen? Es ist ja still wie in einem Leichenhaus." Jimmy stand auf und ging zum Radio.

„Keine Musik, Jimmy. Mein Gast schläft noch und ich will sie nicht wecken."

„Dein Gast?" Jimmy starrte seinen Vater ungläubig an. „Was für ein Gast?"

„Es ist Kim, eine Journalistin. Keine Angst, sie schläft auf der Couch. Wir waren gemeinsam in Bratislava."

„Ich will es gar nicht so genau wissen, Tony. Ist mir echt egal, mit wem du dir die Nächte um die Ohren schlägst."

Jimmy zuckte mit den Schultern und schlurfte ins Bad, während Braun leise ins Wohnzimmer schlich, um die Vorhänge vor das Fenster zu ziehen, damit Kim noch eine Weile ungestört schlafen konnte. Sein Wohnzimmer lag in einem grauen Dämmerlicht, von Kim war nur die dunkelblonde Mähne zu sehen, sie schlief noch tief und atmete entspannt. Braun ging zum Fenster, sah nach draußen auf den Zubringer, wo sich bereits der erste morgendliche Stau gebildet hatte, und dann nach unten auf das Fensterbrett.

Zunächst glaubte er, sein übermüdetes Hirn hätte ihm einen Streich gespielt, aber es war tatsächlich da – ein dünnes, kraftloses Haarbüschel, das von einem roten Band zusammengehalten wurde und an dessen Ende noch Hautfetzen hingen. In dem roten Band steckten zwei Federn und Braun wusste, dass es sich um Taubenfedern handelte, ohne dass er sie näher betrachtet hätte. Ein Schauder durchlief ihn und am liebsten hätte er laut aufgeschrien, doch als er Kim so entspannt schlafen sah, hielt er sich zurück.

Stattdessen ging er zu Jimmy, der mit dem Kopfhörer auf seinem Bett saß und zum Beat irgendeiner Musik wippte.

„Ich muss mit dir reden!", schrie Braun.

„Was gibt's denn?" Verwundert nahm Jimmy die Kopfhörer ab.

„Warst du gestern die ganze Zeit in der Wohnung?" Braun setzte sich neben seinen Sohn auf das Bett. „Denk genau nach!"

„Natürlich. Bin dann am späten Nachmittag zu einem Freund. Habe ich dir ja gesagt!" Jimmy wurde rot im Gesicht, doch Braun nahm keine Notiz davon, sondern fragte weiter, versuchte seiner Stimme einen möglichst beiläufigen Tonfall zu geben, um seinen Sohn nicht zu beunruhigen.

„Ist dir etwas aufgefallen, als du nach Hause gekommen bist?"

„Nein, eigentlich nicht." Jimmy dachte angestrengt nach und kratzte sich auf der rasierten Seite seines Kopfes. „Doch, warte, Tony. Es hing so ein merkwürdiger Geruch in der Luft, war irgendwie unheimlich." Jimmy drehte den Kopf zur Seite und sah Braun an. „Warum fragst du?"

„Ach, nichts weiter, mein Junge, nichts weiter. War nur so eine Idee, die mir durch den Kopf ging."

Braun stand auf. „Du musst heute alleine in die Schule. Das macht dir doch nichts aus?"

„Ja, ja, ich weiß, dein Gast."

Braun ging zurück in die Küche, griff zum Handy, um die Spurensicherung zu alarmieren. Dieser Psychopath war jetzt ziemlich heftig in sein Leben eingebrochen und bei diesem Gedanken schüttelte es ihn.

*

Tony Braun fluchte, als er mit schmerzenden Gliedern durch den Eisregen in die Stadt fuhr. Jetzt hätte er den Fahrer Klein brauchen können. Braun quälte sich durch den morgendlichen Verkehr zur

Staatsanwaltschaft, um gemeinsam mit Ritter den Film von der DVD anzusehen. Trotz aller Versuche war es der EDV-Abteilung nicht gelungen, das zweite File zu reparieren und Braun hatte es daher gleich in der Früh zu seinem alten Bekannten Richard Marx, einem Art-Director und Profi-Hacker, geschickt. Aber er machte sich keine großen Hoffnungen.

Er dachte an das entsetzte Gesicht von Kim Klinger, als er ihr von dem „Geschenk" erzählte, das der Psychopath in seiner Wohnung hinterlassen hatte. Hätte er auch nicht verschweigen können, denn Minuten später hatte die Spurensicherung geklingelt und die Männer und Frauen waren in ihren weißen Schutzanzügen wie Außerirdische bei ihm eingefallen und hatten seine Wohnung auf den Kopf gestellt. Natürlich hatte er ihr auch von den verschiedenen Mails erzählt, die er bekommen hatte, die Fotos aber nur andeutungsweise erwähnt. Im Grunde war ja Kims Artikel der Auslöser gewesen, aber er brachte es nicht übers Herz, ihr das zu sagen.

„Sind das tote Mädchen, Braun?" Oberstaatsanwalt Ritter strich sich nervös über das Revers seines grauen dreiteiligen Anzugs. Jetzt saßen sie am Besprechungstisch in Ritters komfortablem Büro mit Blick auf das Linzer Schloss und die träge dahinfließende Donau.

Immer wieder ließ Braun die Videosequenz auf seinem Laptop durchlaufen, wortlos betrachteten er und Ritter den grob aus dem Felsen geschlagenen Tresen, vor dem zwei nackte Mädchen leblos und seltsam verdreht auf dem Steinboden lagen. Ihre Gesichter waren mit Plastikfolien überzogen und deswegen nicht zu erkennen.

„Schwer zu sagen, ob sie noch leben oder schon tot sind", seufzte Braun und hielt den Film an, gerade als der Rücken eines Mannes im Bild auftauchte.

„Leider können wir den Mann nicht identifizieren, das Video wurde wahrscheinlich geheim mit dem Handy aufgenommen."

„Das ist schade“, sagte Ritter und strich sich mit dem Finger über den Nasenrücken. „Was haben Sie noch, Braun?“

„Wir glauben, die Örtlichkeit identifiziert zu haben“, räusperte sich Braun und setzte sich aufrecht. „Gruber hat gestern festgestellt, dass es oberhalb von Linz an der Donau eine alte Bootsanlegestelle gibt. Dort war früher eine beliebte Ausflugsterrasse mit einer Felsenbar, die mit diesem Tresen auf dem Video übereinstimmt. Jetzt ist diese Örtlichkeit in Privatbesitz und wird zum Einwintern von Booten verwendet.“

„Wissen wir, wer der Besitzer dieses Areals ist?“, unterbrach ihn Ritter und hob fragend die Augenbrauen.

„Natürlich, das gesamte Areal gehört einer Firma namens Seaside Invest mit Sitz auf Jersey.“ Braun machte eine kurze Pause und strich sich über seine Bartstoppeln. „Seaside Invest ist eine 100-%-Tochter von Krell Immobilien. Diese wiederum gehört ...“ Er stoppte kurz und machte eine wegwerfende Handbewegung. „Aber das können Sie sich ja sowieso denken.“

Er öffnete einen neuen Ordner mit den Fotos, die er von seinem Team erhalten hatte.

„Genau über der ehemaligen Felsenbar steht diese Villa, auf dem Römerberg.“ Mit dem Cursor tippte er auf eines der Fotos, um das Bild zu vergrößern. Es war die Luftaufnahme einer futuristisch aussehenden riesigen Architektenvilla, die eher an ein überdimensioniertes Gewächshaus erinnerte als an ein Wohnhaus. Riesige Glasflächen dominierten die Optik, die nur von dünnen weißen Stahlträgern unterbrochen wurden, die wie Spinnenbeine vom kuppelförmigen Dach nach unten ragten und das beinahe quadratische Gebäude fest umklammerten. Auf einer Luftaufnahme konnte man auch sehen, dass sich die Villa auf einem großen Grundstück befand, das an drei Seiten von einer

Mauer umgeben war. Die vierte Seite grenzte direkt an den Rand eines Felsens, der an dieser Stelle beinahe senkrecht zur Donau hin abfiel.

„Ich kenne die Villa, natürlich!" Ritter klopfte nervös mit den Fingerspitzen auf die Platte seines Besprechungstischs. „Es ist die Event Location der Krell Holding. Das weiß doch jeder hier in Linz."

„Ja, aber dort finden sicher keine gewöhnlichen Events statt."

Braun machte eine Pause und tippte auf ein neues Bild, das die Einfahrt zur Villa von der Straße zeigte. „Ziemlich schwer bewacht, finden Sie nicht auch?", meinte er und vergrößerte einen Securityposten in einer schwarzen Uniform, der eine kleine Maschinenpistole lässig unter den Arm geklemmt hatte. „Möchte wissen, ob das legal ist."

„Alles schön und gut, Braun! Aber was Sie mir da erzählen, sind doch bloße Vermutungen. Das sind keine Fakten", warf Ritter ein, der schon ein wenig ungeduldig wurde.

„Laura Pestalozzi hat dort als Eventmanagerin gearbeitet", sagte Braun und zeigte auf ein Foto von Laura. „Sie wusste also Bescheid, was dort abging. Brigitta oder Lola, die Tochter des Polizeipräsidenten, hat bei derselben Modelagentur gearbeitet wie Laura und die beiden haben sich gekannt." Braun vergrößerte ein Bild, das die tote Lola auf dem Stahltisch in der Gerichtsmedizin ohne die Folie vor dem Gesicht zeigte.

„Muss das sein, Braun?" Ritter zuckte angeekelt zurück, als Braun die Aufnahme vergrößerte.

„Jemand Unbekannter, vielleicht auch der Mörder, hat die DVD und Lolas Habseligkeiten an eine Journalistin geschickt. Er will, dass wir damit an die Öffentlichkeit gehen. Das ist doch klar. Das Motiv für diesen spektakulären Mord ist dort zu finden." Braun tippte mit seinem Finger wieder auf die Luftaufnahme der Villa.

„Das sind nur leider keine Fakten, die einen Durchsuchungsbefehl rechtfertigen würden.“ Ritter lehnte sich in seinem Stuhl zurück und verschränkte die Arme vor der Brust. „Überhaupt die Vermutung, dass hier in Linz Mädchen bei Sexspielen verschwinden und getötet werden. Noch dazu in dieser auffälligen Villa, wo internationale Manager und Geschäftsleute verkehren. Ganz zu schweigen von den Politikern und Ministern, die dort häufig anzutreffen sind.“ Ritter machte eine wohldosierte Pause. „Da ist wieder Ihr Klassenkampfdenken mit Ihnen durchgegangen, Chefinspektor, die bösen Reichen und so weiter. Bis Wien den Ersatz für Wagner bekannt gibt, bin ich Ihr Vorgesetzter, Braun. Vergessen Sie das nicht! Zum letzten Mal: Sie bekommen keinen Durchsuchungsbefehl für diese Villa. Und jetzt nehmen Sie Ihre Fotos und Videos und kümmern Sie sich um den Mord an Brigitta Wagner, der Tochter unseres bedauernswerten Polizeipräsidenten. Der Bürgermeister will ihn noch vor Weihnachten aufgeklärt haben. Nichts soll die besinnliche Zeit stören.“ Ritter klopfte mit einer Faust auf die Tischplatte und stand auf. Auch Braun erhob sich und sah dem Oberstaatsanwalt prüfend ins Gesicht.

„Die toten Mädchen auf dem Steinboden mit der Plastikfolie über dem Kopf, die soll ich wohl auch vergessen?“

„Machen Sie sich nicht lächerlich, Chefinspektor.“ Ritter verschanzte sich jetzt hinter der für ihn typischen Vorgesetztenförmlichkeit. „Das ist doch nicht stichhaltig. Das könnte doch auch ein Ausschnitt aus einem perversen Porno sein, mit dem jemand der Krell Holding schaden will.“

Braun platzte der Kragen bei so viel Ignoranz: „Dann sind auch die Bilder und Mails, die ich bekomme, wohl auch nur ein Faschingsscherz! Auch, dass dieser Psychopath bei mir in der Wohnung gewesen ist und dort ein Andenken platziert hat. Ich hoffe nur, dass es nicht der Hinweis auf ein weiteres totes Mädchen ist!“, schrie er.

„Ein verrückter Mörder tötet die Tochter des Polizeipräsidenten, die bei Madonna Models gearbeitet hat, dann treibt er sich in meiner Wohnung herum und Madonna Models wiederum schickt Mädchen in die Krell-Villa, wo Laura Pestalozzi, die ebenfalls ermordet wurde, als Eventmanagerin gearbeitet hat. Ein bisschen viele Zufälle, finden Sie nicht, Herr Oberstaatsanwalt?“

„Das sind doch alles nur Hypothesen, Chefinspektor. Bringen Sie mir Fakten, legen Sie Beweise auf den Tisch, dann bin ich der Letzte, der nicht der Gerechtigkeit zum Sieg verhelfen will. Aber so, nein, Braun, dafür ist die Suppe zu dünn!“

Angriffslustig beugte sich Ritter vor und fixierte Braun mit seinen kalten grauen Augen. „Nochmals, die Krell Holding hat mit der ganzen Sache nichts zu tun. Haben Sie mich verstanden?“

Braun hielt Ritters Blick stand und für mehrere Sekunden starrten sich die beiden Männer schweigend und aggressiv wie Kampfhunde an, dann zuckte Braun mit den Achseln, packte seinen Laptop.

„Okay, es ist Ihre Entscheidung!“, sagte er genervt und ging zur Tür. Ehe er das Büro des Oberstaatsanwalts verließ, drehte er sich noch einmal zu Ritter um, der gerade sein Handy aus der Tasche gezogen hatte und überrascht aufsah.

„Wenn ich genügend Fakten habe, dann nehme ich die Bude dort oben auseinander. Das schwöre ich Ihnen!“

Wütend knallte er die Tür zu, im Foyer riss er seinen schwarzen Mantel vom Haken und stürmte die Treppe hinunter. Seine schweren Springerstiefel krachten über die Marmorfliesen und er musste sich beherrschen, um nicht einem der glänzenden Designerblumentöpfe einen Tritt zu versetzen.

„Scheiße! Scheiße! Scheiße!“, brüllte er, als er unter der Nibelungenbrücke stand und Autos und Straßenbahn über seinen Kopf hinwegdonnerten und seine Schreie verschluckten. Er brüllte, bis ihm die Stimme versagte und er sich langsam wieder beruhigte. Dann stieg er in seinen Range Rover und machte sich auf den Weg zum Anatolu Grill, wo er die ganze Angelegenheit noch einmal gründlich durchdenken wollte.

*

„Schon gehört, es gibt anscheinend eine DVD mit brisantem Inhalt.“ Der Mann drückte bedächtig die manikürten Fingerspitzen seiner Hände zusammen und schien nachzudenken. Die blütenweißen Manschetten, die exakt drei Zentimeter aus seinem maßgefertigten Jackett ragten, waren mit den Initialen F. W. versehen.

Der Mann, der ihm gegenüber saß, hatte ein breites Gesicht mit leicht schräg stehenden Augen und war nicht minder kostspielig gekleidet, allerdings wesentlich aufdringlicher. Er nickte nur gleichgültig mit seinem runden Schädel.

„Ach ja, wahrscheinlich das Übliche. Bei uns hätte man Personen, die so etwas in Umlauf bringen, sofort beseitigt.“ Er beugte sich zu einem kleinen Tischchen vor und goss sich ein Glas Wodka ein.

„Aber wir haben einen Rechtsstaat. Da kann man nicht einfach Personen verschwinden lassen“, unterbrach ihn der andere Mann genervt und kippte einen Wodka ex.

„Rechtsstaat, dass ich nicht lache! Bei euch gelten doch die gleichen Spielregeln wie bei uns.“ Der Mann beugte sich wieder schnaubend nach vorne und wies mit dicken Fingern auf sein Gegenüber. „Gibt es ein Problem mit dieser DVD?“

Der andere Mann überlegte kurz, goss sich dann noch einen Wodka ein, den er sofort wieder ex kippte. „Nein, es ist ja auch nichts Wichtiges darauf zu sehen! Sie ist teilweise beschädigt und was man sieht, ist nicht der Rede wert. Man kann nichts identifizieren. Nur ein paar leblose Mädchen."

„Das ist gut!", schnaubte der Dicke. „Hier wird exakt so vorgegangen, wie es in der Agenda steht. Wir verhandeln hier über ein Milliardengeschäft für die nächsten 20 Jahre. Das Rahmenprogramm ist fixer Bestandteil. Das kann man nicht einfach absagen. Glaubt ihr wirklich, ich habe nichts Besseres zu tun, als mir über eine DVD Gedanken zu machen? Leblose Mädchen, das wäre doch einmal etwas Originelles!" Der Dicke grunzte vor Vergnügen wie ein Schwein und klopfte sich auf seinen vorspringenden Bauch.

Dann wurde er schlagartig wieder ernst und runzelte die Stirn.

„Wieso weiß die Staatsanwaltschaft über die DVD Bescheid? Ich dachte, man hat das einzige Exemplar sofort zu Ihnen gebracht? Kann uns jetzt etwas passieren?"

Der Mann, an den er die Frage richtete, betrachtete gerade versonnen seine goldenen Manschettenknöpfe. Schweigend füllte er die leeren Gläser auf dem Beistelltischchen wieder mit Wodka, dann hob er den Kopf und sah dem Dicken direkt in die Augen.

„Diese Journalistin hält sich für ausgesprochen clever. Sie hat eine Kopie davon gemacht und sie diesem lästigen Bullen gegeben. Beide waren gestern in Bratislava und haben ein wenig für Unruhe gesorgt. Aber wie gesagt, kein Grund zur Sorge! Wir sind eines der größten Unternehmen in ganz Europa! Uns kann nie etwas passieren!"

Sie prosteten sich zu, leerten ihre Gläser ex und schleuderten sie dann nach hinten, wo sie an der Wand mit einem hellen Ton zerschellten. Lachend gingen sie dann an der Glasfront entlang, von wo man einen herrlichen Blick nach draußen in den Garten hatte, und verschwanden angeregt plaudernd in einem riesigen Besprechungszimmer, dessen Flügeltüren ihnen von zwei bildschönen Mädchen geöffnet wurden.

41

IM WEIßEN ZIMMER

Gregor Pestalozzi starrte auf den Boden, der mit weißen PVC-Platten ausgelegt war, die so exakt eingepasst waren, dass sie wie eine große weiße Fläche wirkten. Doch Gregor Pestalozzi hatte die feinen Linien, die den Boden unterteilten, längst entdeckt und in 64 weiße und schwarze Quadrate eingeteilt. Dort standen sich die weißen und die schwarzen Figuren gegenüber und warteten nur auf das Signal des Schiedsrichters, um mit dem Kampf zu beginnen. Wie immer war es der 11. Juli 1972 und wie immer hatte er die schwarzen Figuren und wie immer erschien er erst sechs Minuten nach dem offiziellen Beginn der Partie und wie immer war der 29. Zug entscheidend. Er hatte alles gründlich analysiert, aber er konnte den Sinn nicht begreifen: Läufer d6 schlägt den Bauern auf h2.

Er presste die Hände gegen die Schläfen und ging wieder zwei Züge zurück, dann wieder vorwärts, der 28. Zug, er begann mit dem Fuß zu wippen, streckte die Zunge heraus, stierte auf den weißen Boden, wippte stark und immer stärker, presste die Hände gegen die Schläfen, noch immer der 28. Zug, noch immer geht das Spiel weiter, noch immer ist die Hürde zu nehmen, noch immer ist die Ordnung nicht in Frage gestellt.

Einfach abbrechen? Aufstehen und auf das weiße Bett legen, den Kopf auf dem weißen Kissen zur weißen Wand gedreht, und schlafen?

Dann ist die Ordnung unterbrochen und dahinter ist nichts als Dunkelheit und Chaos und dann nimmt das Schreien kein Ende. Es ist nicht besser geworden, als er Laura im Schlafzimmer beobachtet hat, wie sonst auch. Sonst stand immer Lauras Körper im Mittelpunkt und ihre schnellen Blicke hatten ihm zu verstehen gegeben, dass sie es mochte, wenn er sie dabei beobachtete, wie sie ihre Liebhaber kontrollierte. Dann war die Ordnung unterbrochen worden und das Chaos hatte begonnen. Davor fürchtete er sich. Deshalb war es wichtig, auch den 29. Zug zu führen, obwohl dieser Zug der „vergiftete" war, der Zug, der das Spiel kippen ließ. Aber es gab keine Alternative, denn wenn er anders ziehen würde, dann wäre das Chaos vorprogrammiert, so wie damals, als er im Schrank saß und alles sofort anders war, denn „sie" war gekommen.

Bei diesem Gedanken musste er schreien und den Raster, den er über den Boden gelegt hatte und an dem er sich festhalten konnte, dieser Raster war plötzlich verschwunden und so konnte er auch nicht den „giftigen" Zug führen und plötzlich war nichts mehr, wie es sein sollte und er musste laut schreien und aufstehen und an die Tür trommeln, denn die Gedanken ließen sich jetzt nicht mehr wegsperren und in einem Raster ordnen, die Gedanken purzelten in seinem Kopf umher wie auf einer gigantischen Achterbahn. Er trommelte mit den Fäusten an die Tür, schrie „d2 nach d4", aber das war keine Hilfe mehr, denn jetzt war es zu spät, um sich an der alten Ordnung festzuhalten. Denn jetzt waren sie wieder da, die Männer, und packten ihn und zerrten ihn weg von der Tür und zurück zu seinem Bett und alles, was er noch konnte, war, laut aufzuschreien und seine Gedanken, die diese Unordnung erzeugt hatten, hinauszubrüllen:

„Ich. Weiß. Wer. Laura. Getötet. hat! Ich. Habe. Es. Gesehen!“

*

Rosa del Rey, die Frau mit dem Madonnengesicht und den in der Mitte gescheitelten glatten und glänzenden tiefschwarzen Haaren, die sie hochgesteckt und unter ihrer weißen Haube verborgen hatte, griff unwillkürlich nach dem kleinen silbernen Kreuz. Sie trug es ständig als Talisman an einer dünnen Kette um den Hals, der Pfarrer ihres Dorfes auf der philippinischen Insel Mindanao hatte es ihr überreicht, als sie die Diplomprüfung zur psychiatrischen Krankenschwester am amerikanischen Kolleg mit Auszeichnung bestanden hatte. Dieses silberne Kreuz hielt sie fest zwischen ihren Fingern, als sie sich nach vorn beugte, um nachzusehen, ob die Spritze bei Gregor Pestalozzi bereits wirkte.

Mit einem dünnen weißen Tuch wischte sie ihm vorsichtig den Schweiß von der wachsbleichen Stirn, dann setzte sie sich vorsichtig an den Rand seines Bettes, um zu warten, bis er aufwachen würde. Ihrer Erfahrung nach dauerte es keine zehn Minuten, bis man nach dieser Spritze wieder bei Sinnen war und klar denken konnte, wenn das auch in seinem Fall nicht wirklich möglich war.

Seit Gregor Pestalozzi in dem weißen Zimmer war, waren diese Zusammenbrüche mindestens zweimal pro Woche passiert. Und da Rosa festgestellt hatte, dass es Pestalozzi beruhigte, wenn er ihr ebenmäßiges Gesicht mit dem sanften Lächeln beim Aufwachen als Erstes sah, hatte sich ein Ritual daraus entwickelt. Auch der Leiter der psychiatrischen Klinik hatte nichts dagegen gehabt, im

Gegenteil, er fand diese rituelle Beziehung, vom therapeutischen Standpunkt aus gesehen, Erfolg versprechend, denn vielleicht gelang es dadurch, Pestalozzis Denkmuster zu durchbrechen.

Wie immer nahm Rosa ihre weiße Schwesternhaube ab und zog den gefleckten Schildpattkamm aus ihren schwarzen Haaren, die jetzt wie ein glänzender Wasserfall über ihre Schultern flossen und Rosa tatsächlich das Aussehen einer Madonna verliehen. Natürlich zog sie auch das silberne Kreuz unter ihrer weißen Tracht hervor und hielt es vor ihren Mund, so als würde sie es küssen. Dieses Bild musste jedes Mal das Erste sein, das Pestalozzi zu sehen bekam, wenn er die Augen öffnete.

Auch diesmal war es wieder so. Pestalozzi öffnete die Augen, blickte zunächst verwirrt, so als wäre er soeben aus einer gänzlich anderen Welt in die Realität zurückgekehrt. Doch schnell änderte sich seine Miene und als er in Rosas gütige Augen sah, trat ein Lächeln auf sein Gesicht. Aber anders als die Wochen zuvor, starrte er Rosa nicht minutenlang verzückt an, sondern schnellte bereits nach wenigen Sekunden hoch und packte sie bei den Schultern. Damit hatte Rosa nicht gerechnet und als sie vor Schreck zurückprallte, riss sie Pestalozzi mit, der sie noch immer fest umklammerte. Unter Aufbietung all ihrer Kräfte schob sie Pestalozzi zurück, wollte ihn auf das Bett drücken, um Distanz zu schaffen. Doch das war nicht so einfach, noch immer krallten sich seine Hände wie Schraubstöcke um ihre Oberarme und langsam kroch die Panik in ihr hoch.

„Ich. Weiß. Wer. Laura. Getötet. Hat." Jedes Wort schoss abgehackt aus seinem Mund und nach jedem Wort drückte er Rosas Oberarme schmerzhaft zusammen.

„Beruhige dich Gregor, wir spielen eine Partie Schach", versuchte sie ihn mit ihrer antrainierten Therapiestimme zu beruhigen. „Analysieren wir doch einfach die Partie vom 11. Juli 1972. Was meinst du?"

Doch Pestalozzi schien sie nicht zu hören. Immer wieder schnellten seine Pupillen nach oben, so weit, dass nur noch das Weiße in seinen Augen sichtbar war. Wie ein Fisch auf dem Trockenen öffnete er den Mund, schloss ihn wieder, um ihn erneut aufzureißen, doch mehr als ein Krächzen brachte er im Augenblick nicht zustande.

Vorsichtig löste Rosa einen Finger um den anderen, mit denen er sie umklammert hielt, flüsterte dabei beruhigende Worte in ihrer Landessprache. Kraftlos sanken seine Arme auf seine Oberschenkel und er wiegte nur den Kopf vor und zurück, so als wolle er die Gedanken wieder in die richtige Reihenfolge schütteln. Als Rosa aufgestanden war und überlegte, ob sie es wagen könnte, Pestalozzi den Rücken zuzudrehen, katapultierte er sich mit einem Satz aus dem Bett und so schnell auf sie zu, dass sie laut aufschrie. Diesmal erwischte er das silberne Kreuz, das sie noch immer außerhalb der Tracht um den Hals baumeln hatte, und riss sie daran zu sich. Die dünne Kette schnitt schmerzhaft in ihren Nacken, als er sie immer näher zu sich heranzog und sich zu ihr hinunterbeugte.

„Ich. Habe. Sie. Gesehen!" Nach jedem Wort riss er an der Kette und sein Mund war jetzt schon so nahe, dass Rosa eine Welle der Übelkeit überkam. Trotzdem stellte sie die Frage:

„Wen hast du gesehen, Gregor?"

„Eine. Blonde. Frau. Mit. Dem. Einhorn. Rotes. Auge."

Bei jedem Wort riss er an Rosas Kette, doch nun ebbte die Aggression langsam ab.

Pestalozzi kehrte zu seinem Bett zurück. Er setzte sich an den äußersten Rand und hielt die Hände fest zwischen die Oberschenkel geklemmt, während sein Oberkörper monoton vor und zurück wippte. Trotzdem war alles anders und Rosa atmete tief durch und verließ das Zimmer.

Draußen auf dem Korridor steckte sie mit zittrigen Fingern ihre Haare wieder hoch und setzte die Schwesternhaube auf. Erst jetzt, als sie wieder in ihre korrekte Schwesternhaltung zurückkehrte, dachte sie über Pestalozzis Worte nach, denen sie zunächst keine Bedeutung beigemessen hatte.

Ich weiß, wer Laura getötet hat. Ich habe sie gesehen! Eine blonde Frau mit dem Einhorn. Rotes Auge. Das waren seine Worte gewesen. Doch was hatten sie zu bedeuten? Sie stellte sich vor die Tür, schob vorsichtig die Klappe des Gucklochs zur Seite, betrachtete Pestalozzi, der noch immer am Bettrand saß und mit dem Oberkörper wippte wie zuvor. Es schien, als ob er damit seine Gedanken nach außen kippen und hinausschreien wollte. Nun wurden seine Bewegungen immer stärker und Rosa begann sich ernstlich Sorgen zu machen.

Natürlich wusste sie vom Mord an seiner Schwester und dass man ihn als Täter überführt hatte. Darum musste Rosa schnellstens über Pestalozzis Aussagen mit ihrem Chef, Raphael Goldmann, sprechen.

42

DER TAUBENMANN

Monoton prasselte der Eisregen an die Fensterscheiben von Dominik Grubers Apartment. Genauso monoton schoss das Wasser aus dem großen Duschkopf in seinem Badezimmer. Gruber wechselte von eiskalt zu glühend heiß, hielt sein Gesicht in den prasselnden Strahl, so lange, bis die Haut zu schmerzen begann, bis er die durchwachte Nacht von seinem Körper gewaschen hatte. Dann hüllte er sich in einen weichen Frotteebademantel und machte sich einen doppelten Espresso.

Nervös saß er auf einem Designhocker an seinem weiß lackierten Küchentresen und betrachtete zum wiederholten Mal argwöhnisch die mit dem Vorhängeschloss gesicherte Tür. Vorsichtig stand er auf, schlich leise zur Tür und legte das Ohr daran. Kein Laut, wahrscheinlich war sie vor Erschöpfung eingeschlafen.

„Verdammter Mist!“ Gruber schoss die leere Espressotasse quer über den Tresen, direkt in die blitzende Aluspüle, wo sie krachend zersplitterte. „Ruhig bleiben“, redete er sich selbst gut zu und horchte wieder. Doch aus dem Zimmer war nichts zu hören. Trotzdem konnte er nicht aufhören zu denken. Worauf hatte er sich da bloß eingelassen! Seine Kollegen bräuchten ja nur in seine Wohnung zu kommen. Die Küche, das Mah-Jong-Sofa, alles unbezahlbar von einem miesen kleinen Bullengehalt. Und dann noch diese versperrte Tür. Es war einfach zum Kotzen!

Als er einige Zeit später mit seinem Fiat 500 durch den Eisregen fuhr und der Verkehr ständig stockte, weil Autos auf der spiegelglatten Fahrbahn zusammengekracht waren, hatte er an die Nacht mit ihrem Schreien und Flüstern und ihrer Todessehnsucht völlig verdrängt, so sehr nahm ihn die Fahrt durch den Eisregen in Anspruch.

In der schwarzen Halle merkte er sofort, dass sich etwas verändert hatte. Schmidt, der Polizeischüler, saß zwar wie immer an seinem Computer, doch Tony Braun wirkte für seine Verhältnisse richtig gut gelaunt.

„Auch schon aufgewacht!“, brüllte Braun schon von Weitem und Gruber zuckte zusammen. „Wir haben unseren Verdächtigen! Ein Augenzeuge hat ihn eindeutig identifiziert. Er haust ganz in der Nähe.“

„Was meinst du, Braun?“ Gruber fuhr sich mit beiden Händen über das Gesicht, um seine Müdigkeit zu vertreiben.

„Na, Philipp Sommer, der den Koffer auf den Bahnhof gestellt hat! Wir haben doch sein Foto von der Überwachungskamera vom Bahnhof!“ Gruber bemerkte, dass ihn Braun prüfend betrachtete. „Geht’s dir nicht gut?“, fragte Braun dann auch. „Siehst ziemlich fertig aus!“

„Alles im grünen Bereich! Habe nur schlecht geschlafen!“ Er sah sich in der Halle um. „Also, wo müssen wir hin und wer kommt mit?“ Nicht sonderlich motiviert zuckte er mit den Schultern. „Warten wir noch auf das mobile Einsatzkommando oder stoßen die am Treffpunkt zu uns?“

Braun schüttelte vielsagend den Kopf. „Nicht die ganze Kavallerie, Gruber! Das machen wir diskret, nur wir beide! Mein Bauchgefühl sagt mir, dass dieser Sommer nicht unser Mörder ist!"

Für einen Augenblick wirkte Gruber verwirrt, doch Braun klopfte ihm beruhigend auf die Schulter. „Du hast doch die Überwachungsbilder gesehen, Gruber. Wärst du so dumm, einen Koffer mit einer Leiche so auffällig zu deponieren und dich dabei filmen zu lassen?"

Als Gruber nicht sofort antwortete, redete Braun einfach weiter.

„Glaub mir, dieser Philipp Sommer ist trotzdem interessant für uns, denn von irgendwoher muss er ja den Koffer mit der Leiche haben." Mit müden Augen beobachtete Gruber Braun, der energiegeladen in seinen langen schwarzen Mantel schlüpfte, sich einen dicken Schal gleich mehrmals um den Hals schlang und ununterbrochen redete, so als wäre er auf Speed.

„Ich denke, wenn wir Sommer haben, bringt uns das ein ziemliches Stück weiter. Also machen wir uns auf den Weg und statten wir dem Herrn einen Besuch ab."

Als Gruber gerade den Reißverschluss seines glänzenden Anoraks hochzog, tauchte auch Klein, der frühere Fahrer von Wagner, in der Halle auf.

„Allgemeiner Aufbruch, wie ich sehe! Kann ich jemanden wohin fahren?", fragte er in die Runde und sah dabei auf einen imaginären Punkt auf der Bühne hinter den Pinnwänden.

„Nicht nötig, Klein! Du hältst hier einfach die Stellung!" Dann drehte sich Braun wieder zu Gruber. „Los, machen wir uns auf den Weg."

„Wo müssen wir überhaupt hin?" Gruber konnte ein Gähnen nicht unterdrücken und Braun starrte ihn wütend an.

„Jetzt hör mal zu, Gruber! Krieg endlich dein Privatleben auf die Reihe, damit man wieder was mit dir anfangen kann."

„Tut mir leid, Braun. Das hat nichts mit meinem Privatleben zu tun. Das ist die verdammte Kälte!"

Braun ging nicht darauf ein, sondern überprüfte seine Glock.

„Er lebt anscheinend auf dem Dach des ehemaligen Logistik-Centers direkt beim Hafenbecken", meinte er dann, während er das Magazin einschnappen ließ.

„Unglaublich!" Gruber schüttelte fassungslos den Kopf. „Einfach unglaublich! Ein Mörder, nach dem gefahndet wird, versteckt sich nur fünfhundert Meter von uns entfernt."

*

Natürlich war der Kamelhaarmantel aus vierfach genähtem Garn und hielt so einiges aus. Aber er war nicht dafür geschaffen, als Decke in einem Taubenverschlag zu dienen und resigniert musste sich Philipp Sommer eingestehen, dass der Mantel durch die viele Vogelscheiße schon ganz brüchig geworden war und der Stoff überall kleine Löcher und zarte Risse hatte. Trotzdem wollte er sich heute noch nicht von diesem Mantel trennen, diesem ehemals hellen Kamelhaarmantel, der jetzt über und über mit Taubendreck beschmiert war und auf die Entfernung wie ein abstraktes Gemälde aussah.

Den Mantel hatte er auch getragen, als er nach sieben Jahren wegen guter Führung aus dem Knast entlassen worden war und alles weg war: Frau, Haus, Jaguar – genau in dieser Reihenfolge. Eine Zeitlang hatte er ja versucht, wieder eine bürgerliche Laufbahn einzuschlagen und im richtigen Leben Fuß zu fassen, aber das war gar nicht so einfach, in seinem ursprünglichen Beruf als

Finanzexperte durfte er nicht mehr arbeiten, also saß er seine Zeit in einer Implacement-Stiftung ab und versuchte sich weiterzubilden.

Doch im Knast hatte er jede Menge Ticks bekommen, daraus war wohl so etwas wie eine Nervenkrankheit geworden, deshalb blieb auch kein anderer Job als der eines Nachtwächters in einem Kleintierverein. So war er auf die Taubenzucht gekommen. Als Profi-Nachtwächter war er schließlich in das Logistik-Center drunten am Hafen gekommen und nach dem Verkauf des Unternehmens hatte man in dem leer stehenden Gebäude einfach auf ihn vergessen – das war jetzt auch schon wieder einige Jahre her.

Langsam ließ er Damian, seine schwarze Lieblingstaube, über seine Schulter, dann über seinen Kopf spazieren, er spürte die zarten Krallen durch die dünnen Haarsträhnen hindurch auf seinem kahlen Schädel und auch das feuchte Klatschen, als ihm Damian mitten auf den Kopf schiss. Mit der Taube auf dem Kopf schlurfte er zu seinem Verschlag, zerbrach einige Schnitten Brot und alle seine Freunde versammelten sich andächtig zu seinen Füßen. Für ihn war es kein Unterschied zu früher, als ihn alle angeschleimt hatten, ihr Schwarzgeld zu veranlagen, doch bei der entscheidenden Gerichtsverhandlung hatten sich alle abgeputzt und ihn im Regen stehen lassen.

Scheißkälte! Nach einem kräftigen Schluck Schnaps wurde ihm wärmer und er holte einen schmierigen Lappen unter der Matratze hervor, hockte sich auf die Waschbetonplatten und wickelte ihn auf. Die Pistole, die sich darin befand, war im Gegensatz zu seinem verwahrlosten Äußerem gewartet und gepflegt, zwar nicht mehr das neueste Modell, aber noch immer funktionstüchtig und das war gut so. Eigentlich hatte er vorgehabt, alle seine Tauben zu töten, ehe er sich eine Kugel durch den Kopf schoss, aber wie sollte das mit fünf Patronen funktionieren?

Zum Glück hatte er das Foto von Jimmy mit seinem Vater damals in der Zeitung gesehen und dann denn Jungen sofort wieder erkannt, als er auf dem Parkplatz vor dem Logistik-Center aufgetaucht war. Zum Glück würde sich Jimmy jetzt um die Tauben kümmern und sie in das Taubenhaus bringen, das hatte er ihm ja versprochen und Phil wusste, dass auf den Jungen Verlass war. So sehr er auch alles drehte und wendete, für ihn gab es keinen Ausweg. Der Junge hatte zwar die Zeitung mit seinem Foto von der Überwachungskamera gesehen, ihn aber nicht erkannt. Trotzdem war es nur eine Frage der Zeit, bis jemand seinen „Wohnsitz" der Polizei verraten würde und dann würde er wieder ins Gefängnis wandern, eine Vorstellung, vor der ihm graute. Hier im Hafen gab es zwar nur wenige Fußgänger, aber Phil war eine auffällige Erscheinung, die man im Gedächtnis behielt.

Idiot!, dachte er und schlug sich mit der flachen Hand auf seinen Schädel. *Idiot! Warst wieder zu gierig und hast überhaupt nicht nachgedacht, sondern nur die fünfzig Euro gesehen, die dir der Typ hingehalten hat. Erinnerst du dich überhaupt noch an den Kerl? Nein, da siehst du. Jeder weiß doch, von wem er Geld annimmt. Bloß du nicht – unglaubwürdig, absolut unglaubwürdig! Keiner wird dir glauben, alle werden denken: Es ist dein Koffer, den du in der Halle abgestellt hast, mit deiner Leiche! Du bist ein Mörder, da kannst du dich nicht mehr herausreden! Bist du wirklich so dumm und denkst, jemand wird an deine Unschuld glauben?*

Er schraubte den Verschluss der zweiten Schnapsflasche auf, nahm einen kräftigen Schluck und jetzt meldete sich auch seine böse Angst wieder.

Jetzt musst du also wieder ins Gefängnis. Diesmal aber lebenslänglich, denn du bist ja der Mörder dieses Mädchens. Du hast ein Motiv, denn sie ist die Tochter von Wagner, der dich schon einmal in den Knast gebracht hat. Das sieht nicht gut für dich aus, gar nicht gut. Bald werden sie dich holen und dann ist es vorbei mit der großen Freiheit, dann wirst du verrotten.

Phil nahm einen großen Schluck Schnaps und wickelte sich wieder einen bunten Fetzen um den Kopf, denn der Eisregen war hier oben auf dem Flachdach fast nicht auszuhalten.

Aber du bist doch unschuldig, flüsterte jetzt sein anderes Ich und Phil nickte zustimmend und begann unkontrolliert zu schluchzen.

„Du hast ja so Recht, du hast ja so Recht! Ich kann niemand etwas tun und ich bin unschuldig und muss nicht ins Gefängnis! Bitte, bitte, nicht ins Gefängnis!“, krächzte er, wischte sich den Rotz aus dem Gesicht und taumelte die Brüstung entlang zur Vorderfront. Als er nach unten stierte, fielen ihm gleich die zwei Typen auf, die energisch durch den Eisregen über den Parkplatz schritten, zunächst vor dem verrammelten Haupteingang stehen blieben, um dann zielgerichtet das Gebäude zu umrunden und auf den vermüllten Parkplatz an der Rückseite zusteuerten. Kein Zweifel, die beiden wollten zu ihm, um ihn zu verhaften und ins Gefängnis zu stecken.

*

„Was machen wir jetzt?“, fragte Gruber, als sie versucht hatten, unauffällig die mit Brettern verrammelte Tür des Haupteingangs zu öffnen.

„Wenn er hier in dem Gebäude ist, dann muss es noch einen anderen Eingang geben“, sagte Braun und tastete nach seiner Waffe. „Der Zeuge hat gesagt, er wohnt in einem Verschlag auf dem Dach. Das heißt, es muss eine direkte Treppe auf das Dach geben, sonst wäre er bei dieser Scheißkälte ja im Gebäude.“

Vorsichtig umrundeten sie den lang gestreckten Betonquader, der an eine überdimensionierte Schuhschachtel mit winzigen

Fenstern in jeder Etage erinnerte. Auf dem mit Müll überhäuften hinteren Parkplatz sahen sie sich um. An der Wand lehnten vermoderte Paletten und ausrangierte Einkaufswägen rosteten vor sich hin. Die Abfahrt zur ehemaligen Tiefgarage war mit Bauschutt aufgefüllt, doch dort entdeckten sie eine Feuerleiter, die direkt auf das Dach führte und deren unterster Teil hochgezogen war.

„Sollen wir nicht doch das mobile Einsatzkommando alarmieren?"

„Machst du dir in die Hosen, Gruber?" Braun taxierte seinen Kollegen mit einem verächtlichen Blick. „Wir werfen doch bloß einen Blick auf das Dach. Wenn unser Mann hier ist, nehmen wir ihn fest, wen nicht, warten wir eben unten auf ihn", sagte er und sah sich suchend um. Endlich hatte er eine lange Holzlatte gefunden, mit der er versuchte, den hochgefahrenen Teil der Feuerleiter herunterzuziehen, was ihm auch nach einigen vergeblichen Versuchen mit beträchtlichem Lärm gelang.

„Jetzt hat er uns sicher gehört!" Gruber zog blitzschnell seine Glock und warf sich in Schussposition.

„Spinnst du, Gruber! Was soll dieses Cowboy-Getue! Es ist doch total laut hier von der Autobahn her!", fauchte Braun. „Du sicherst mich!", zischte er über die Schulter zurück und begann mit dem Aufstieg. Die Waffe im Anschlag, kam er auf die erste Plattform, dann auf die zweite, und so ging es weiter. Dann trennte die beiden nur noch eine Treppeneinheit vom Flachdach. Braun wartete, bis Gruber ebenfalls die letzte Plattform erreicht hatte. Der Wind peitschte um das Gebäude und der Eisregen schmerzte im Gesicht. Braun beobachtete Gruber, der sich die Kapuze vom Kopf schob und sein Gesicht in den düsteren Himmel hielt. Mehrmals atmete Gruber tief ein und entsicherte seine Glock. Ehe Braun noch etwas unternehmen konnte, sprang Gruber auf die Leiter, die senkrecht in der Wand befestigt war und direkt auf das Flachdach führte.

„Gruber, warte. Ich gehe zuerst!“ Aber Gruber ignorierte Brauns Kommando und ihm blieb nichts anderes übrig, als hinter Gruber die Leiter nach oben zu steigen. Doch dann flatterten plötzlich dutzende von Tauben um sie herum, Gruber war schon oben auf der Brüstung und Braun versuchte die aggressiv auf ihn zuflatternden Vögel mit den Händen zu verscheuchen, gleichzeitig stieg er die eiserne Leiter weiter nach oben. Er hechtete über die Brüstung auf das Flachdach, hörte weiter vorne Gruber „Scheiß-Tauben!“ fluchen und plötzlich tauchte wie aus dem Nichts ein Mann in einem völlig verdreckten Kamelhaarmantel vor Gruber auf, mit einer Pistole im Anschlag, mit der er direkt auf ihn zielte. Braun entsicherte seine Glock, sprang seitlich zwischen zwei mit modrigen Tüchern umwickelte Käfige, doch in diesem Augenblick krachten in schneller Folge zwei Schüsse, Gruber und der Mann sanken beinahe gleichzeitig in die Knie, dann war Stille, nur die Tauben gurrten leise, als wäre nichts geschehen.

*

„Das ist ja eine ziemliche Sauerei hier oben! Wie soll man da seine Arbeit perfekt machen!“, maulte der Chef der Spurensicherung, als er sich in seinem im eisigen Wind raschelnden weißen Overall auf dem Flachdach umsah. Überall auf den Waschbetonplatten, der Brüstung und auf den Wänden des Holzverschlags vermischte sich Vogelscheiße mit Blut. Wahrlich keine leichte Aufgabe für die Spurensicherung. Vereinzelt waren schon Kärtchen aufgestellt worden, um den Tathergang auch aus der Sicht der Spurensicherung zu rekonstruieren und etwaige Aussagen zu untermauern oder in

Zweifel zu ziehen. Die Waffe war bereits eingetütet und es bestand kein Zweifel daran, dass es sich um die Tatwaffe handelte.

Auch Paul Adrian, der Gerichtsmediziner, hatte den ersten Teil seiner Arbeit schon erledigt und die Leiche lag jetzt in einem mausgrauen Plastiksack beim Abgang in das Gebäude. Paul Adrian riskierte einen Blick über die Brüstung nach unten, trotz des dichten Nebels konnte er sehen, dass sich in der gesamten Industriezeile ein elendslanger Stau gebildet hatte und eine riesige Menschenmenge den ansonsten leeren Platz vor dem Logistik-Betonklotz füllte.

„Das finden Sie alle geil, weil es hier eine Schießerei gegeben hat", sagte er zu einem Kollegen und deutete nach unten.

„Ja, sind alle interessiert an Leichen", murmelte der Kollege und fotografierte ein Stück graue Hirnmasse, die sich in einer Drahtschlinge des Taubenverschlags verfangen hatte, ehe er sie mit der Pinzette herunterfischte und eintütete.

„Ich habe geglaubt, er will mich erschießen!", hörte er Gruber den beiden Männern von der Internen zu Protokoll geben. „Ich habe noch einen Warnschuss abgegeben, doch der Kerl schießt sich direkt vor meinen Augen eine Kugel durch den Kopf! Hält sich die Waffe an den Hinterkopf und sein Schädel fliegt mir um die Ohren!"

„Hätten Sie diesen so genannten Selbstmord nicht verhindern können?" Paul Adrian kannte den Fragesteller, ein ganz scharfer Typ, der es auf die Fehler der Polizisten abgesehen hatte.

„Wie denn! Überall flatterten diese widerlichen Tauben ganz hektisch herum, ich konnte ja überhaupt nichts sehen und stand dann plötzlich vor dem Verdächtigen und starrte in den Lauf seiner Pistole. Das war schon ein ziemlicher Schock und dann hebt der Kerl die Waffe und pustet sich das Hirn weg! Ich hatte keine Chance auch nur irgendwie einzugreifen, um den Mann zu retten!"

„Ich bin dann mal weg, Kollegen“, unterbrach Adrian jetzt die Befragung und die beiden Männer von der Internen nickten, während Gruber teilnahmslos ins Leere starrte. Auf der Suche nach Braun sah sich Adrian auf dem Flachdach um, entdeckte ihn dann hinten bei den Käfigen, wo Braun die eingetütete Pistole von Philip Sommer nachdenklich betrachtete.

„Na Braun, schon eine heiße Spur, was die Waffe angeht?“, fragte Adrian und klopfte Braun auf die Schulter.

„Eine Beretta 92“, flüsterte Tony Braun und schaute Adrian in die Augen. Sein Gesicht war aschfahl, als er auf die eingravierte Nummer auf dem Lauf deutete. „Ich habe eine Beretta 92 mit dieser Seriennummer zu Hause in meinem Safe liegen.“

*

„Wie konnte das passieren, Chefinspektor! Ein Verdächtiger bringt sich bei der Festnahme um. Wissen Sie auch, was das für Schlagzeilen gibt!“ Oberstaatsanwalt Ritter ging mit großen Schritten wie ein Schauspieler auf der Bühne auf und ab. „Schon bei dem Pestalozzi-Fall haben Sie für peinliche Schlagzeilen gesorgt. Und jetzt schon wieder. Nur Pannen, wohin man blickt! Können wir diesen Philip Sommer wenigstens als unseren Mörder präsentieren?“ Ritter schob die Hände in seine Hosentaschen und starrte Braun wütend an, der mit versteinerter Miene vor der Bühne in der schwarzen Halle stand und zu Ritter hinaufsah.

„Wir werten noch alle Spuren aus, aber er hat unzweifelhaft den Koffer in die Halle gestellt.“

„Was heißt das?“, blaffte Ritter, dem sein verstockter Chefinspektor ziemlich auf die Nerven ging. „Ja oder nein?“

„Ich halte ihn nicht für den Täter! Er hat kein Motiv und war auch überhaupt nicht dazu in der Lage." Braun zuckte mit den Achseln. „Der Mann war ein Obdachloser, der bei dieser Scheißkälte draußen gelebt hat. Der hätte das überhaupt nicht zustande gebracht." Wieder machte er eine Pause. „Abgesehen von dem fehlenden Motiv."

„Motiv, Motiv!", schrie der Oberstaatsanwalt. „Ein Verrückter hört Stimmen und bringt Leute um. Was für ein Motiv braucht man dazu? Mit Verrückten haben Sie ja Erfahrung, stimmt's?"

„Scheiße, was soll das jetzt?", schoss Braun den Ball zurück. „Der Mann hat sich vor unseren Augen eine Kugel durch den Kopf geschossen. Ja, das kann man als Schuldeingeständnis interpretieren, aber ich glaube es einfach nicht. Sommer ist wegen Betrug und Insiderhandel im Gefängnis gesessen. Er passt einfach nicht in unser Profil", gab Braun zu bedenken.

„Wie auch immer, Braun. Ihre Bedenken sind mir im Augenblick völlig egal. Der Bürgermeister will Resultate, habe ich mich klar genug ausgedrückt?" Ritter sprang jetzt von der Bühne und baute sich direkt vor Braun auf. „Finden Sie etwas, das die Tätertheorie erhärtet. DNA und Hautfasern, was weiß ich denn. Irgendetwas muss ja auf Sommer als Täter hinweisen!"

„Wie gesagt, wir kümmern uns darum!"

„Was ist mit der Waffe? Woher hat ein Obdachloser eine Pistole?" Ritter begann wieder hektisch auf und ab zu gehen.

„Die Pistole ist in der Ballistik und bei der Spurensicherung. Die überprüfen die Seriennummer und dergleichen", sagte Braun und rieb sich die Nase. Dass es sich bei der Pistole höchstwahrscheinlich um seine eigene Waffe handelte, behielt er zunächst für sich.

Ritter schlug die Augen zum Himmel.

„Du meine Güte! Warum dauert das alles so lange!“ Er stellte sich neben Braun und holte sein Handy aus seiner Anzugsjacke. „Da, Braun, sehen Sie“, sagte er und hielt Braun das Display unter die Nase. „Innerhalb einer Stunde hat mich das Büro des Bürgermeisters siebenmal angerufen. Verstehen Sie jetzt, was ich ausdrücken will?“ Er stöhnte laut auf. „Sorgen Sie verdammt noch mal dafür, dass Sommer unser Täter ist. Dann haben wir alle unsere Ruhe.“

„Hier geht es nicht um Ruhe und Weihnachtsfrieden. Hier geht es um die Wahrheit und darum, dass auch unliebsame Fakten auf den Tisch müssen. Wie beispielsweise die Verbindung der Krell Holding zu Madonna Models in Bratislava, für die Brigitta Wagner und Laura Pestalozzi gearbeitet haben.“ Braun konnte sich jetzt nicht mehr beherrschen. Sollten sie ihn doch ruhig wegen der Waffe suspendieren, er würde nicht aufgeben, bis er den Zweck dieser Verbindung aufgedeckt hatte.

„Chefinspektor Braun“, schnitt ihm Ritter das Wort ab. „Diese sinnlose Diskussion haben wir doch schon einmal geführt. Jetzt erwarte ich Resultate, sonst können Sie bald wieder den Verkehr regeln.“

„Das haben Sie doch schon einmal zu mir gesagt, Herr Oberstaatsanwalt. Damals, als ich Ihren Golfpartner verdächtigt habe. Wie Sie sehen, bin ich aber noch immer hier.“

„Sie werden wohl nie begreifen, was Diplomatie bedeutet, Braun“, sagte Ritter und verzog verächtlich den Mund. „Und jetzt sammeln Sie Fakten und präsentieren Philipp Sommer als Täter. Das wäre dann alles.“ Ritter knöpfte seinen Mantel zu und verschwand grußlos.

43

DIE GRÜNEN LIEBLINGE

Mit einer Rolle schwarzem, unzerreißbarem Nylonfaden in der Hand hinkte Raphael Goldmann durch den nie fertig gestellten Operationssaal im Keller, der jetzt als überdimensionierte Abstellkammer diente. Am hinteren Ende des OP-Saals war jede Menge Gerümpel aufgestapelt, sodass man die niedrige, weiß gestrichene Eisentür fast nicht sehen konnte. Im Grund war das aber egal, denn außer Goldmann verirrte sich kein Mensch in diesen Teil der Klinik.

Goldmann öffnete die Eisentür, hinter der sich eine weitere Tür befand, die luftdicht abschloss, denn das war ihm besonders wichtig. Als er beide Türen wieder sorgfältig hinter sich geschlossen hatte, blieb er im Dunkeln stehen und musterte kritisch die an der Decke des Kellergewölbes hängenden Wärmelampen. Langsam hinkte er durch einen der beiden Gänge, die er frei gelassen hatte, der Rest des Kellergewölbes war mit großen Bottichen zugestellt. Die Heizsonnen und Wärmlampen warfen rötliche Schatten an die Wände und ihre Hitze beruhigte Goldmann ein wenig. In der Mitte des Gewölbes blieb er stehen, atmete den betörenden Duft ein, der aufstieg und begann schon nach wenigen Augenblicken unkontrolliert zu kichern. Das Zerren und Pochen in seinem kaputten Bein hörte langsam auf und so wie jedes Mal, wenn er in das Gewölbe kam, um nach seinen Lieblingen zu schauen, bereute er es, keine Stereoanlage hier zu haben.

„Wäre natürlich viel zu gefährlich“, tadelte er sich auch sofort grinsend, doch der Duft verströmte seine Wirkung in seinem Kopf und Goldmann wollte nun einfach nicht klar und rationell denken. Um sich abzulenken, rollte er den Faden aus, umwickelte einige besonders zarte Teile damit, spannte den Faden dann immer über zwei Bottiche, um den Inhalt zu stützen und dafür zu sorgen, dass sie nicht leblos in sich zusammensackten und einfach verendeten.

Was hatte ihm Schwester Rosa erzählt, diese Madonna, die immer die Augen so sittsam niederschlug, wenn sie sein Büro betrat? Gregor Pestalozzi wollte eine Aussage bei der Polizei machen? Unglaublich, einfach unglaublich! Goldmann hielt sich die Hand vor den Mund, um nicht laut loszulachen. Doch je länger er an Pestalozzi und seinen Schachtick dachte, desto lächerlicher kam ihm alles vor. Er lachte und lachte, bis sein Lachen wie in einer unendlichen Schleife von den glitschigen, vermoderten Steinen des Gewölbes widerhallte und immer hässlicher von den Wänden dröhnte. Goldmann hielt sich die Hände über die Ohren, um nichts mehr zu hören und seine gute Laune war wie weggeblasen. Er drehte sich um die eigene Achse, sah die Wärmelampen und Höhensonnen, die Bottiche, die überall herumstanden und deren Inhalt nur darauf wartete, von ihm begutachtet zu werden.

Was hier stand, ließ sich schwerlich als Experiment abtun oder gar leugnen. Vielleicht sollte er Gregor Pestalozzi einmal hierher mitnehmen, damit sich sein Verstand endlich ausdehnen könnte und dieses Tunneldenken aufhören würde. Könnte das nicht eine bahnbrechende Entwicklung sein? Einen Versuch wäre es sicher wert!

Er hinkte zu einem Bottich, griff hinein, zerrieb das modrige Gewebe zwischen den Fingern und schüttete den noch immer stark riechenden Staub in eine große Tasse. Dann füllte er einen völlig verkalkten Wasserkocher auf, wartete und goss anschließend das kochende Wasser auf den Staub. Jetzt entfaltete sich das Aroma noch intensiver und Goldmann trank gierig einen Schluck, verbrannte sich beinahe die Zunge und musste husten, als er den bitteren Nachgeschmack spürte. Wie zuvor, so kehrte auch jetzt diese neurotische gute Laune zurück und ein Lachanfall schüttelte ihn.

Nach zwei oder drei dieser Lachanfälle hatte Goldmann die ganze Tasse geleert, doch das war eindeutig zu viel gewesen und er musste sich in das große Funktionsspülbecken übergeben, das an die feuchte Wand geschraubt war. Er wischte sich mit dem Handrücken über den Mund und wie schon zuvor war auch jetzt die merkwürdige Aufgekratztheit wieder schlagartig verschwunden.

Trotzdem wollte er sich noch nicht von seinen Lieben trennen, wollte noch in ihrem Kreis ein wenig die Stille genießen, ihren betörenden Duft einatmen, doch der heftig lossummende Handyalarm für seinen nächsten Termin machte ihm einen Strich durch die Rechnung. Schweren Herzens verschloss er die luftdichte Tür, dann noch die zweite, räumte das Gerümpel wieder davor und hinkte im Dunkel durch den nie fertig gestellten OP zum Gang. Als er beinahe die Eisentür erreicht hatte, wurde diese plötzlich aufgeschoben und grelles Licht flammte in dem gesamten Abstellraum auf.

„Wer ist da?", rief Goldmann und schirmte mit der Hand seine Augen ab, damit er nicht so geblendet wurde. „Wer ist hier? Verdammt noch einmal! "

„Ich bin es, Schwester Rosa", hörte er die übertrieben salbungsvoll klingende Stimme der Schwester. Er entspannte sich ein wenig, war aber trotzdem auf der Hut, denn was hatte sie hier in diesem unbenützten Teil der Klinik zu suchen?

„Was suchen Sie hier?", fragte er dann auch gleich und hinkte auf sie zu, um sie aus dem Keller zu bekommen, dessen Inhalt nicht für sie bestimmt war.

„Ich suche Sie, Herr Professor." Sittsam wie immer schlug Schwester Rosa die Augen nieder.

„Wieso glaubten Sie eigentlich, dass Sie mich hier finden?", schnaubte Goldmann, dem die Absurdität der Frage zunächst überhaupt nicht auffiel.

„Aber ich habe Sie ja hier gefunden!" Rosas Antwort war klar und treffend. „Ich habe Sie schon öfters hier unten gesehen, immer sind Sie mit einem glücklichen Gesichtsausdruck den Korridor entlanggekommen und mit dem Lift nach oben gefahren. Das hat mir gefallen. Der glückliche Ausdruck in Ihrem Gesicht."

„Ja, finden Sie? Sie denken also, ich bin glücklich?" Goldmann dachte einen Augenblick nach. „Vielleicht haben Sie Recht. Vielleicht bin ich glücklich, wenn ich meinen Neigungen freien Lauf lasse."

Rosa wich langsam zurück und nestelte ihr silbernes Kreuz hervor, als Goldmann langsam auf sie zukam und sie von oben bis unten betrachtete. „Sicher haben Sie Recht, ich sollte meinen Neigungen freien Lauf lassen." Dann war er auch schon neben ihr und zog ihr den Schildpattkamm aus den Haaren, die sofort wie ein glänzender, schwarzer Wasserfall über ihre Schultern fielen.

*

„Was ist mit Gregor Pestalozzi passiert?", fragte Goldmann fast eine Stunde später, nachdem man ihn in der ganzen Klinik ausgerufen hatte.

„Er schreit und tobt und lässt sich nicht mehr beruhigen", stotterte eine sichtlich überforderte Lernschwester und schob die Klappe auf, damit Goldmann einen Blick auf Gregor Pestalozzi werfen konnte.

„Wieso ist Pestalozzi in dem weißen Zimmer? Er hat heute doch seine Therapiestunden." Goldmann schüttelte verwirrt den Kopf.

„Dabei ist es ja passiert!" Die Lernschwester war den Tränen nahe. „Normalerweise bringt ihn ja Schwester Rosa zur Therapie, aber die war heute wohl anders eingeteilt. Deshalb habe ich diese Aufgabe übernommen."

Sie machte eine Pause, drehte ihren Kopf zu Goldmann und blickte ihn mit ihren blauen Augen angstvoll an.

Blaue Augen interessieren mich nicht!, ging es Goldmann durch den Kopf und ein abfälliges Lächeln umspielte seine Lippen.

„Weiter! Was war dann?" Ungeduldig trommelte er mit den Fingern auf die Tür von Pestalozzis Zimmer.

„Wir gehen also den Gang entlang, dort wo die externen Patienten auf ihre Therapiesitzungen warten, und plötzlich fängt Pestalozzi an zu schreien, hört nicht mehr auf, verkriecht sich unter den Stühlen im Wartezimmer, legt sich ganz flach auf den Bauch und schreit: Das. Einhorn." Gekonnt imitierte die Lernschwester Pestalozzis abgehackte Sprechweise. „Das. Einhorn. Das hat er mehrmals geschrien. Bis ihm die Frau Doktor eine Spritze gegeben hat."

„Das Einhorn?" Nachdenklich kratzte sich Goldmann im Nacken und blickte in das weiße Zimmer, in dem nur ein weiß gestrichenes Bett mit weißen Gurten zum Fixieren an den Seiten, ein ebenfalls weiß gestrichener Kasten und ein kleiner Tisch mit einem Stuhl, beides natürlich in Weiß, stand. Keine Bilder an den Wänden, kein Fenster. Eine in die Decke eingelassene grell leuchtende Neonröhre erhellte den Raum intensiv. In diesem hellen Licht beobachtete er Gregor Pestalozzi, der ganz vorne an der Bettkante saß, mit zwischen den Knien eingeklemmten Händen und der mit seinem dünnen Oberkörper wie besessen vor und zurück wippte. Sein Gesicht war mit roten Flecken überzogen und er grimassierte heftig.

Wo hat Pestalozzi ein Einhorn gesehen?, dachte Goldmann. Und wieso kam ihm dieser Begriff so bekannt vor? So sehr er auch nachdachte, er konnte sich beim besten Willen nicht mehr daran erinnern, in welchem Zusammenhang er das Wort gehört hatte.

„Habe ich heute eine Therapiesitzung?“, fragte er seine Sekretärin, als er wieder in seinem Büro war und klopfte mit dem Zeigefinger nachdenklich gegen seine Lippen, denn Pestalozzis Verhalten wollte ihm nicht aus dem Kopf gehen.

„Ja, es wäre eine Sitzung vereinbart gewesen. Aber die Patientin hat es sich anders überlegt und ist wieder gegangen.“

„Das ist aber äußerst ungewöhnlich. Wer war denn die Patientin?“

„Die Tochter des berühmten Quizmasters, Camilla Dupont.“

44

JIMMY KANN NICHT FLIEGEN

Die Wolken hingen tief über der Stadt, die Temperatur war wieder gestiegen und der Eisregen hatte sich wieder in einen grauen Schneeregen verwandelt, der sich wie Asche auf Dächer und Straßen legte und überall ausufernde schmutzstarrende Wasserpfützen bildete. Der vermüllte Parkplatz an der Rückseite des verlassenen Logistik-Centers war großräumig mit einem Plastikband der Polizei abgesperrt und die Feuerleiter neben der Tiefgaragenabfahrt war hochgezogen.

Oben auf dem Flachdach standen noch immer die windschiefen Käfige mit ihren bunten Fetzen, vermoderten Teppichen und zerfetzten Plastikplanen. Die Tauben gurrten unruhig, flatterten aufgeregt gegen die Drahtgitter, warteten darauf, gefüttert zu werden. Es war schon seit Tagen niemand mehr hier gewesen. Doch jetzt tauchte eine schmale Gestalt an der rückwärtigen Dachkante auf, stieg über die Brüstung und lief auf die Käfige zu. Hier oben war der Wind wesentlich stärker als unten auf dem Parkplatz, der Schneeregen peitsche fast waagrecht über das Flachdach und hüllte die Gestalt in eine schmutziggraue Gischt.

Jimmy Braun stellte seinen schweren Rucksack vor sich auf den Boden und nahm einen riesigen Sack Vogelfutter heraus. Wie er es von Phil gelernt hatte, schüttete er das Futter in die an den Gittern befestigten abgeschlagenen Schalen und achtete darauf, mit seinem Arm die Tauben an die richtige Schale zu dirigieren, um ein Gedränge und hektisches Geflattere zu vermeiden. Als er mit der Fütterung fertig war, kamen die schwarzen Gedanken wieder.

Natürlich hatte er heute Morgen in der Zeitung von Phils dramatischem Selbstmord gelesen. Aber alles wäre nicht passiert, wenn er Phil nicht die Pistole überlassen hätte. Natürlich wollte er zunächst seinem Vater nichts über die gestohlene Pistole beichten, doch sein Vater war Polizist und hatte sofort nach dem Schusswechsel die Pistole erkannt. Ein Blick auf die Registrierungsnummer hatte seinen Verdacht bestätigt, nur konnte er sich beim besten Willen keinen Reim darauf machen, wie die Pistole in den Besitz des obdachlosen Phil gekommen war.

Jimmy erinnerte sich noch sehr genau an den gestrigen Tag. Der Eisregen hatte den Verkehr zum Erliegen gebracht und Jimmy brauchte dreimal so lange, um von der Schule nach Hause zu kommen. Natürlich war er mehr als überrascht, als er zu Hause seinen Vater antraf, der mit verschränkten Armen vor seinen Schallplattenregalen stand, die kinnlangen schwarzen Haare straff hinter die Ohren geklemmt, in seinem üblichen schwarzen Anzug mit den abgewetzten klobigen Springerstiefeln.

„Hinter welchen Schallplatten ist der Safe?"

Mehr hatte sein Vater nicht gesagt und Jimmy hatte schweigend auf Nirvana und Nick Cave gedeutet.

„Der Nummerncode?"

Automatisch hatte er den Code genannt, dabei betreten zur Seite geblickt und mit der Fußspitze seinen Rucksack hin und her geschoben.

„Du weißt, dass ich deswegen eine Anzeige bekommen habe!“ Jimmy hatte nur den Kopf geschüttelt und sich geduckt, denn gleich würde ja der Wutausbruch seines Vaters kommen. Doch es herrschte nur Stille im Wohnzimmer, bis auf den Schneeregen, der, von heftigen Windböen aufgepeitscht, gegen die Scheiben prasselte.

„Der Mann hätte meinen Partner töten können“, meinte sein Vater schließlich traurig.

„Phil bringt doch niemanden um!“ Dann war alles aus ihm herausgebrochen und er hatte sich wie ein kleines Kind auf den Boden geworfen und geflennt, hatte um Phil geweint, den er doch eigentlich überhaupt nicht gekannt hatte, aber Phil war der einzige Mensch gewesen, bei dem er sich wohlgefühlt hatte, sonst fühlte er sich irgendwie ausgestoßen.

Es war auch keine Hilfe gewesen, dass ihn sein Vater behutsam in die Arme genommen und ihm über den Kopf gestreichelt hatte.

„Jimmy, wir müssen uns beide ändern“, hatte sein Vater geflüstert und ihm mit einem Taschentuch die Tränen getrocknet wie einem kleinen Kind. „Ich muss mehr für dich da sein. Aber ich habe einen anstrengenden Beruf, der mich fordert, manchmal bis an die Grenzen meiner Belastbarkeit. Kannst du das verstehen?“

Jimmy hatte genickt, obwohl er das nicht verstanden hatte oder einfach nicht verstehen wollte. Wie immer hatte sein Vater automatisch von seinem stressigen Job geredet, wie immer war es nur um seinen Wohlfühlscheiß gegangen. Bei Phil war das anders gewesen, Phil hatte nie über sich gesprochen, sondern sich hinter seinen Tauben versteckt und war dabei glücklich gewesen. Das jedenfalls glaubte Jimmy. Er war schuld, dass Phil jetzt tot war und irgendwo in einem Sarg lag, sein Vater wollte ihm nicht sagen, wo. Jimmy war schuld, dass die Tauben keinen Vater mehr hatten, der sie beschützte, Jimmy war schuld, wenn sie jetzt in das Taubenhaus mussten, das für Jimmy in seiner Phantasie immer etwas von einem düsteren Waisenhaus an sich hatte.

Er öffnete einen Käfig und holte Damian, die schwarze Taube, hervor. Damian schlug zunächst hektisch mit den Flügeln, doch als ihm Jimmy mit dem Zeigefinger sanft über den Kopf strich, beruhigte er sich schnell wieder.

„Zeige mir den Weg“, sagte er und warf Damian in die Höhe. Die Taube drehte einige Runden in der schneeregendurchzogenen Luft, landete schließlich auf dem Flachdach, tappte bis an den Rand und verschwand in der Tiefe.

Jimmy sah über die Brüstung, konnte Damian aber nirgends sehen, Wind und Schneeregen peitschten ihm ins Gesicht. Damian kann fliegen, dachte Jimmy und brachte seine Gedanken nicht auf die Reihe, denn immer wieder kam ihm der rote Kopf von Phil dazwischen und noch immer roch er die Vogelscheiße dessen Mantel. Damian war nach unten in die Dunkelheit geflogen und hatte ihm den Weg gezeigt, genauso wie Phil es gesagt hatte. Der einzige Haken an der Sache war, Jimmy konnte nicht fliegen und wenn er Damian jetzt folgen würde, wie Phil es gewollt hätte, dann würde er nach unten stürzen und auf dem Parkplatz aufschlagen, direkt vor dem verrammelten Haupteingang, wo er Phil das erste Mal gesehen hatte. Jimmy saß auf der Brüstung ließ seine Beine in die Tiefe baumeln, er hatte seine Kapuze nach hinten geschlagen, um den Schneeregen auf seiner Haut zu spüren.

Ich kann nicht fliegen, sonst bin ich tot.

*

Dave Lang von der Spurensicherung war von Tony Braun beauftragt worden, nach belastendem Material zu suchen, das beweisen würde, dass Philipp Sommer auch wirklich der Mörder von Lola war. Denn Braun hatte so seine Zweifel und auch Lang war skeptisch. Zwar sprachen viele der Indizien für Sommer als Täter, aber es fehlte das Motiv. Ritter, der Oberstaatsanwalt und derzeitige Leiter der Polizei, brachte zwar Rache als Motiv ins Spiel, schließlich hatte Wagner vor Jahren die Verhaftung von Sommer angeordnet. Aber dass Sommer deswegen Wagners Tochter mit Taubenfedern foltern würde, das fanden sowohl er als auch Braun mehr als zweifelhaft. Doch Fakt war, dass Philipp Sommer Tauben gezüchtet und den Koffer mit der Leiche auf dem Bahnhof abgestellt hatte.

Als er vor dem Logistik-Center mit seinem Alukoffer aus dem Wagen stieg, hörte er durch den monotonen Lärm von der Stadtautobahn ein Geräusch, das nicht zum Heulen des Windes passte und vom Dach des Gebäudes kam. Lang hob den Kopf und kniff die Augen zusammen. Alles, was er in dem düsteren Licht erkennen konnte, waren die hellen Sohlen von Stiefeln.

Könnte natürlich auch eine optische Täuschung sein bei der schlechten Sicht. Aber besser war, auf Nummer sicher zu gehen. Lang stapfte langsam um das lang gestreckte Gebäude und seinem geübten Auge als Spurensicherer entging nicht, dass die Feuerleiter heruntergeklappt war. Vorsichtig stieg er nach oben, streckte den Kopf über die Brüstung und kletterte auf das Flachdach. Ganz vorne, beinahe unsichtbar in dem feinen Schneeregen, entdeckte er eine Gestalt, die auf der Brüstung saß. Lang schlich vorsichtig an den mit Lumpen und Fetzen notdürftig gegen die Kälte geschützten Käfigen vorbei und rief aus sicherer Entfernung, um sich gegen unliebsame Überraschungen zu schützen:

„Das ist ein polizeiliches Sperrgebiet! Sie sind hier unbefugt eingedrungen!" Als die Gestalt langsam den Kopf drehte, hielt er seinen Polizeiausweis in die Höhe, da erkannte er, dass es sich bei der Gestalt um einen Jungen handelte, genauer gesagt um Jimmy, den Sohn von Tony Braun.

„Mach keinen Scheiß, mein Junge!", hatte Lang später gesagt, als er Jimmy von der Brüstung weg zum sicheren Flachdach geführt hatte; beide warteten jetzt auf Braun, den er soeben verständigt hatte. Jimmy hatte ihm alles erzählt und Lang hatte gesagt, dass es sich lohne, für seine Sache zu kämpfen, und in Jimmys Fall wären das nun einmal die Tauben. Die könne der Junge doch nicht so einfach im Stich lassen. Das hatte funktioniert und jetzt standen beide oben im Schneeregen und dem pfeifenden Wind. Er hatte Jimmy versprochen, dafür zu sorgen, dass die Tauben auf dem Flachdach blieben, so lange, bis er sie alle in das Taubenhaus transportiert hätte.

*

Neben Giorgio Miller vom Internet Talk Radio „Wahre Werte" wirkte Jimmy wie ein dünner Strich. Miller wuchtete seine einhundertzwanzig Kilo auf einen der Plastikstühle, die in dem engen Korridor vor dem Tonstudio standen. Tony Braun lehnte mit verschränkten Armen an der Wand und betrachtete seinen Sohn, an dessen Aussehen mit der rasierten Schläfe er sich langsam gewöhnt hatte. Peter Klein hatte Braun und Jimmy in das Studio gefahren. Jetzt saß Klein mit unbeweglicher Miene auf einem wackeligen

Drehhocker neben der Studio-Tür und nippte an einem heißen Tee, den Giorgio Miller gebraut hatte.

Miller erzählte Jimmy aus seinem bewegten Leben, sprach über die Piratenradios vor der holländischen Küste, bei denen Miller in den 60er-Jahren gearbeitet hatte:

„Weißt du, die Sendung deines Vaters ist wirklich einzigartig. Ich habe hunderte von Mails von Hörern, die sich für seine Ratschläge bedankt haben. Da geht es nicht einfach um dieses psychologische Blabla, sondern darum, auszusprechen, was man sich denkt. Eben einen ‚Talk ohne Limits' zu führen."

Miller machte eine Pause und trank geräuschvoll aus einer riesigen Tasse, die aber in seinen Pranken wie eine Mokkatasse aussah, einen dampfenden Früchtetee.

„Dein Vater arbeitet intuitiv, er denkt mit dem Bauch – deshalb schießt er manchmal auch ein wenig über das Ziel hinaus, aber im Großen und Ganzen hat er Recht, denn er steht immer auf der Seite der Schwachen und vom Schicksal benachteiligten Menschen. Das darfst du nie vergessen!"

Ächzend stand Miller auf, packte Jimmy am Arm und schob ihn in das Studio. „Los, mein Kleiner, jetzt kannst du einmal zeigen, was in dir steckt. Ich habe da eine Idee über eine nachmittägliche Talk-Show für Kids in deinem Alter, die nicht wissen, was sie nachmittags machen sollen, und bevor sie auf dumme Gedanken kommen, sollen sie bei dir anrufen und du hörst ihnen zu."

„Weiß doch gar nicht, ob ich das kann."

„Natürlich kannst du das! Wenn man nichts probiert, kann man auch nichts falsch machen, kapiert!"

Braun sah den beiden nach und seufzte erleichtert auf. Es war gar nicht so schwer gewesen, seinen Sohn mit der Internetradio-Idee zu begeistern. Als ihn Dave Lang angerufen hatte, dass er Jimmy auf dem Flachdach des Logistik-Centers in ziemlich verwirrtem Zustand gefunden hatte, war Braun sofort aktiv geworden. Er hatte sich daran erinnert, dass Miller einmal von der vagen Idee gesprochen hatte, ein Talk-Radio-Format für Jugendliche ins Leben zu rufen, wo man ungeniert alle seine Sorgen und Ängste einem gleichaltrigen Host mitteilen konnte. Und so war er mit Jimmy hier gelandet, der von der Idee ziemlich angetan war, sich die Moderation aber nicht so recht zutraute. Doch dabei würde ihm Giorgio Miller schon helfen.

45

FUTTER FÜR HUNGRIGE HUNDE

Sherban drückte noch heftiger als sonst auf das Gaspedal seines Dodge V8, um so schnell wie möglich Minsk zu erreichen. Die Straßen in Weißrussland waren genauso katastrophal wie in der Slowakei, nur war weniger Verkehr und außer uralten, in giftige Abgaswolken gehüllten Diesellastwagen und Pferdefuhrwerken waren ihm bisher noch keine Fahrzeuge begegnet.

Sherban passierte einige kleinere Orte, die rund um die Schnellstraße gebaut worden waren und wo die Kinder seinem auffälligen Wagen nachliefen wie in einem Land der Dritten Welt. Auf dem Beifahrersitz hatte er den Flyer liegen, der auf Englisch und Russisch junge Mädchen aufforderte, sich bei einem Contest in Minsk für einen Vertrag bei Madonna Models zu bewerben. Für diesen Modelcontest arbeitete Sherban mit einer lokalen Agentur und natürlich auch mit der weißrussischen Polizei zusammen, ohne deren Unterstützung überhaupt nichts möglich war. Vor Tagen hatte ihm die Agentur einige Bilder aus Minsk gemailt, auf denen der längste Laufsteg von Weißrussland zu sehen war, mitten in eine schnurgerade Paradestraße gebaut, flankiert von unglaublich hässlichen Plattenbauten, und mit einem roten, zum Teil bereits wieder eingesunkenen Dach gegen Regen und Schnee versehen. Überall waren an die Stangen kleine Fähnchen mit den weißrussischen Farben gesteckt, das war eine Vorgabe der Polizei und natürlich hatte Sherban zugestimmt.

Während er sich Minsk näherte, überschlug er im Kopf die Kosten, die diese Aktion verursachte. Da kam einiges zusammen, denn die Agentur musste bezahlt werden, dann natürlich die Polizei, auch der Amtsdirektor von Minsk hielt die Hand auf und noch ein Dutzend andere, die an diesem Event mitschneiden wollten. Aber als Bonus bekam er wieder mindestens zehn der schönsten Mädchen aus Weißrussland, die er dann einzeln oder zu zweit nach Bratislava bringen würde. Die Rechnung ging sicher auf, darüber machte er sich keine Sorgen.

Mittlerweile war auch auf der Schnellstraße der Verkehr ein wenig stärker geworden und vereinzelt sah man jetzt sogar europäische Autos. Hinter Sherban war wie aus dem Nichts ein großer schwarzer Geländewagen mit russischem Kennzeichen aufgetaucht, der immer hinter ihm blieb, egal ob er vom Gas ging oder beschleunigte. Sherban bemerkte, dass seine Handflächen feucht wurden und er öfters als gewöhnlich einen Blick in den Rückspiegel warf, doch da änderte sich nichts, der schwarze Geländewagen mit den getönten Scheiben blieb hinter seinem Dodge.

Versteckt unter seinem Schalensitz wusste er die Pistole, und auch das Knochenmesser steckte griffbereit in seinem Stiefelschaft. Er konnte also beruhigt weiterfahren und überhaupt, was sollte ihm hier in Weißrussland schon passieren, hatte er doch die Polizei auf seiner Seite. Trotzdem – irgendetwas beunruhigte ihn und er beschleunigte den Dodge, bis der Drehzahlmesser im roten Bereich zitterte, dann schaltete er in den sechsten Gang, der Motor heulte auf und durch die Fliehkraft wurde Sherban fest in den Schalensitz gepresst. Jetzt konzentrierte er sich auf die Geschwindigkeit und als er nach einigen Minuten wieder in den Rückspielgel sah, war der schwarze Geländewagen verschwunden; mit einem entspannten Seufzer schaltete er zurück und verlangsamte sein Tempo. Weiter vorne tauchte eine Abzweigung auf und neben der Ausfahrt stand eine windschiefe Baracke mit einem Neonschild in kyrillischen Buchstaben, die hektisch flackerten, wie eine Notbeleuchtung. Sherban überlegte kurz, ob er eine kurze Pause einlegen sollte, aber sein Gefühl sagte ihm, dass es besser sei, bis Minsk durchzufahren. Wieder warf er einen prüfenden Blick in den Rückspiegel, doch die Straße hinter ihm war leer, wolkenverhangen und es begann leicht zu schneien. Ein lautes Motorengeräusch irritierte ihn, der V8 kann nicht so einen Lärm erzeugen, dachte er, und sah aus dem Fenster auf der Fahrerseite. Jetzt war es schon dunkel geworden und die Umrisse des schwarzen Geländewagens, der jetzt plötzlich auf derselben Höhe wie Sherbans Dodge war, verschmolzen mit dem schwarzen Himmel. Sherban registrierte wie in Trance, dass sich auf der Beifahrerseite des Geländewagens die dunkle Scheibe langsam nach unten senkte und der Lauf eines Gewehrs auftauchte. Wie paralysiert starrte er in eine kreisrunde Mündung, unfähig, einen klaren Gedanken zu fassen oder einfach nur auf das Gaspedal zu steigen, um der Bedrohung zu entrinnen. Die Zeit schien stillzustehen und als der gelbe Mündungsblitz aus dem Lauf fauchte, wunderte sich Sherban noch darüber, wie lange es dauerte, bis die Scheibe auf seiner Fahrerseite mit einem lauten Knall in tausende kleine Teile zersplitterte.

Als Sherban erwachte, war ihm fürchterlich kalt. Die Kälte kroch von dem Steinboden hoch, durch seine Haut hindurch und verwandelte seinen Körper in einen Eisblock. Langsam gewöhnten sich seine Augen an die Dunkelheit, die ihn umgab. Er versuchte einen Arm zu heben, doch das war nicht möglich, denn er war mit einem eisernen Ring am Boden fixiert. Auch der andere Arm ließ sich nicht bewegen, ebenso wenig die Beine. Mit einer großen Kraftanstrengung hob er den Kopf und stellte zu seinem Entsetzen fest, dass er völlig nackt auf dem Steinboden in einem undefinierbaren Gebäude lag. Irgendwo entfernt hörte er leises Scharren und ein dumpfes Hecheln, ansonsten war es gespenstisch still.

Irgendetwas stimmte nicht mit seiner Haut. Er war zwar nackt, das konnte er fühlen, trotzdem war seine Haut mit etwas Kaltem bedeckt, mit etwas, das einen intensiven Geruch verströmte. Einen Geruch nach frischem Fleisch. Er konnte sich keinen Reim darauf machen. Auch hatte er keine Ahnung, wo er war oder wie er hierher gekommen sein konnte. Alles, woran er sich noch erinnerte, war die zersplitternde Scheibe und der brennende Schmerz, den er verspürt hatte. Dann war es schwarz geworden, bis jetzt.

Denn jetzt zerschnitt ein schmaler Lichtstrahl die Dunkelheit und er hörte Schritte, Winseln und hektisches Getrappel. Sherban schloss die Augen und erinnerte sich an die Zelle in dem Gefängnis in den Karpaten, an das Taubenpärchen, das ihn vor dem Verrücktwerden gerettet hatte. Aber er wusste, dass ihn jetzt nichts mehr retten würde und sein Herz schlug wie verrückt, weil er sich vor den Schmerzen fürchtete. Der Lichtstrahl fuhr langsam und tastend über seinen Körper, der jetzt nicht mehr eiskalt war, sondern vor angstvoller Hitze glühte.

Der grelle Strahl der Taschenlampe traf ihn mitten ins Gesicht und blendete ihn, so dass er die Augen schloss. Irgendein Tier schnüffelte an seinen Fußsohlen herum, aber mehr noch erschreckte ihn die Stimme, die jetzt dicht neben seinem Kopf erklang.

„Sherban, wir sind die Könige von Bratislava. Erinnerst du dich noch daran?", hörte er Danilowitsch den Russen. „Möchtest du wissen, wie es meinem Ohr geht? Komm, ich zeige es dir!"

Der Strahl der Lampe schwenkte von Sherbans Gesicht weg und beleuchtete ein mit Heftpflaster verklebtes, verstümmeltes Ohr. „Sieht nicht gut aus, was meinst du? Die Ärzte sagen, ich werde auf diesem Ohr nie wieder hören können. Dein Knochenmesser hat das Trommelfell durchstoßen. Das war dein erster Fehler!" Der Strahl der Lampe glitt wieder über Sherbans Körper und verharrte auf seinem vernarbten Oberkörper.

„Die Bullen haben dich in meinem Club aufgespürt. Das war Fehler Nummer zwei. Ich kann unmöglich mit Leuten zusammenarbeiten, die ständig Fehler machen, das verstehst du doch. Du und der Österreicher, ihr seid einfach zu anstrengend geworden. Deshalb muss ich dir eine Lektion erteilen."

Sherban hörte Danilowitsch leise in sich hineinlachen.

„Ich habe lange über die Art der Bestrafung nachgedacht. Soll ich dich erschießen? Nein, das wäre zu primitiv. Foltern? Wozu sollte ich mir die Hände an dir schmutzig machen. Dann kam mir die Erleuchtung: Du bist doch aus der Modelbranche, da muss man doch immer kreativ sein. Also habe ich mir auch etwas Kreatives ausgedacht."

Der Strahl der Taschenlampe richtet sich jetzt wieder auf Sherbans Gesicht, der erneut seine Augen schloss. Danilowitsch redete in gleichgültigem Ton weiter: „Weißt du, ich stamme eigentlich aus Weißrussland und habe hier auf dem Land eine kleine Datscha, um mich von den Strapazen des Nachtlebens zu erholen." Danilowitsch hockte sich neben Sherbans Kopf und zündete sich jetzt eine Zigarette an. „Willst du?“, fragte er freundlich und hielt ihm die Zigarette an die Lippen, doch Sherban schüttelte den Kopf.

„Auch gut“, meinte Danilowitsch gelangweilt. „Natürlich ist das Leben auf dem Lande ein wenig langweilig, deshalb habe ich mir auch eine Beschäftigung gesucht.“ Er machte wieder eine Pause und zog an seiner Zigarette. „Ich züchte Hunde. Aber nicht irgendwelche Hunde, sondern richtige Kampfhunde. Du weißt doch, wie das funktioniert. Man macht sie mit rohem Fleisch richtig scharf. Der Geruch von rohem Fleisch versetzt sie in die richtige Kampfstimmung.“ Er richtete den Strahl der Lampe in eine dunkle Ecke des Gewölbes, woher Sherban zuvor das Winseln, Hecheln und Scharren gehört hatte.

„Schau, sind sie nicht richtige Prachtexemplare“, redete Danilowitsch monoton weiter und zeigte mit der Zigarette auf seine Kampfhunde. „Ach, ja übrigens, auf deiner Haut befindet sich eine dünne Schicht rohes Fleisch und damit dich die Lampe nicht zu sehr blendet, lege ich auch ein Stück Fleisch über deine Augen.“

Danilowitsch löschte die Lampe und stand auf. Sherban roch das rohe Fleisch auf seinem Gesicht, hörte die Schritte von Danilowitsch in der Weite des Raums verklingen, hörte dann ein Klirren von Ketten, ein Hecheln und Winseln und das Scharren von Pfoten, das sich plötzlich zu einem Galopp steigerte und immer näher kam. Sherban hielt den Atem an und wünschte, sein Herz würde aufhören zu schlagen, aber es schlug unerbittlich weiter, auch noch als ihn die ersten Hunde mit wütendem Knurren erreicht hatten.

46

EIS BRICHT

Kim Klinger hatte Tony Braun auf der Rückreise von Bratislava versprochen, ihm Hintergrundinformationen über die Firmenverschachtelungen der Krell Holding zu besorgen. Jetzt saß sie in einem durchgesessenen Sofa auf der Bühne der schwarzen Halle und breitete Organigramme und Ausdrucke auf dem Besprechungstisch aus.

„Die Krell Foundation ist eine Charity-Organisation und gehört direkt zur Krell Holding, sie ist also keine eigenständige Firma." Kim machte eine Pause, um vorsichtig einen Schluck heißen Tees zu trinken, den ihr Klein zubereitet hatte.

Schon am frühen Morgen hatte Kim eine heftige Auseinandersetzung mit Bauer, ihrem Chefredakteur, gehabt, denn sie ließ nicht locker, wollte unbedingt die Verflechtungen der Krell Holding zu Madonna Models in einem Artikel darlegen, nur ganz allgemein, wie sie Bauer treuherzig schilderte. Der Chefredakteur war zwar ein Ekel, aber nicht auf den Kopf gefallen. Er hatte sie bloß ungläubig angestarrt und sich hektisch über seinen Verband gestrichen.

„Schon mal in unserer Zeitung geblättert, Kim?", hatte er zynisch gefragt und Kim ein Exemplar auf den Tisch geknallt. „Wirf doch einfach einmal einen Blick in den Anzeigenteil, Mädchen!", hatte er gesagt und mit einem Lineal die betreffenden Seiten aufgeschlagen, als wäre die bloße Berührung mit ihnen giftig. Kim hätte ihm die Zeitung am liebsten um die Ohren geschlagen, doch stattdessen lächelte sie nur süßlich.

„Ja, und was gibt's dort?"

„Bist du so dämlich oder verarschst du mich, Mädchen?", hatte der Chefredakteur mit hochrotem Kopf geschrien und mit dem Lineal auf die ganzseitigen Anzeigen geklopft. Werbung für Aluminium mit einem Mädchen mit slawischen Gesichtszügen und rechts unten ganz klein der Schriftzug: Krell-Alu, ein Unternehmen der Krell Holding. Erst jetzt kapierte sie – Gott wie blöde war sie doch gewesen.

„Wir dürfen also unsere Anzeigenkunden nicht vergrämen", stammelte sie und hatte gehofft, dass es sich um einen Irrtum handeln würde.

„Hat das unsere ach so kluge Reporterin auch langsam kapiert!", triefte der Chefredakteur vor Ironie.

„Wie sieht es mit der Unabhängigkeit der Redaktion aus? Was ist mit unserem Redakteursstatus?", ließ Kim aber trotzdem nicht locker.

„Spar dir diese linken Parolen, Kim! Wenn wir unsere Anzeigenkunden verlieren, bist du die Erste, die gefeuert wird! Dann kannst du sehen, wo du in deinem Alter noch unterkriechst. Das sind die Fakten!", hatte er sie angefaucht, um dann sofort wieder ins Geschäftsmäßige umzuschlagen.

„Also, Kim, du schreibst über Brigitta, die Tochter des Polizeipräsidenten." Bauer legte den Kopf in den Nacken, um sich einen nachdenklichen Ausdruck zu geben. „Es muss eine dramatische Story werden von einem Mädchen, das alles hat und dann trotzdem auf die schiefe Bahn gekommen ist. Sie soll ein abschreckendes Beispiel für unsere Jugend sein." Er zupfte an dem Verband seiner linken Hand. „Der Artikel soll darlegen, dass Selbstverwirklichung und linke Parolen out und Kinder und Küche für Mädchen in sind."

Kim sah ihn nur verständnislos an und hatte keine Ahnung, was Bauer genau meinte.

Schließlich brachte er es doch noch auf den Punkt.

„Es soll eine Vorher-Nachher-Story werden. Vorher der blonde Engel, nachher die schwarze Nutte. Sieh zu, dass du auch von irgendwoher ein Pornobild von ihr kriegst, diese Weiber machen doch alles für Geld. Nicht wahr?" Er kniff sie noch freundschaftlich in die Wange und verschwand wieder in seinem Glaskasten, um sich den wirklich wichtigen Dingen, also den Anzeigenkunden, zu widmen.

„Arschloch", hatte Kim geflüstert und auf der Toilette gleich zwei Jägermeister gekippt, da das weiße Rauschen und die Bildstörung jetzt immer öfter einsetzten. Aber gerade jetzt wollte sie diesem Scheißtumor, der sich langsam, aber stetig durch ihr Gehirn fraß, nicht nachgeben. Jetzt wollte sie alle diese Machenschaften aufdecken und wenn es das Letzte wäre, was sie noch tun würde. Sie hatte es Lola versprochen.

Deshalb saß sie auch jetzt wieder in der schwarzen Halle und versorgte Braun mit Informationen über die Firmenverschachtelungen der Krell Holding, die sie aus diversen Zeitungsarchiven und Internetblogs gesammelt hatte. In der schwarzen Halle war jetzt eine ziemliche Hektik und Braun hatte sie eine Weile warten lassen. Klein, der Fahrbereitschaft hatte, brachte ihr ständig frischen Tee, betrachtete sie mit ausdrucksloser Miene, war aber nicht sehr gesprächig.

Sie hatte natürlich mitbekommen, dass ein Sanitätsgroßhandel den schwarzen Faden identifiziert hatte, mit dem ein Taubenflügel an Lola bzw. Brigitta Wagner angenäht worden war. Kim hatte die Fotos der Gerichtsmedizin gesehen und Braun hatte ihr einige Details verraten, über die sie natürlich nie schreiben würde. Jedenfalls ließ sich der Faden bis zu einer Klinik zurückverfolgen, deren Leiter der renommierte Psychiater Goldmann war, den sie von der Pestalozzi-Pressekonferenz her kannte. Als sie Braun näher dazu befragen wollte, wimmelte er sie mit Hinweis auf eine laufende Ermittlung ab und deshalb erklärte sie ihm die Firmenverschachtelungen weiter.

„Die Krell Foundation kümmert sich um Waisenkinder in der Ukraine, in Moldawien und in Weißrussland. Für die unterschiedlichsten Projekte werden Spenden gesammelt. Auch jetzt steigt wieder eine Charity-Veranstaltung." Kim scrollte durch den Kalender ihres Smartphones. „Da ist es. Im Zuge der großen Agenda-2020-Konferenz findet auch die Charity-Veranstaltung statt." Sie zeigte Braun den entsprechenden Eintrag in ihrem Kalender.

„Wieso hast du dir den Termin notiert?", fragte Braun und betrachtete ein Organigramm der Firmengruppe.

„Ich schreibe einen Artikel darüber. Das ist schon lange vereinbart", erwiderte Kim und sah Braun direkt ins Gesicht. Ihre Blicke trafen sich und beide wussten sofort, dass sie dasselbe dachten.

„Du unternimmst nichts auf eigene Faust! Das ist Sache der Polizei und viel zu gefährlich", warnte Braun sie dann auch sofort eindringlich.

„Natürlich, ich habe schon verstanden. Ich mache nur das vereinbarte Interview mit Falk Weber, dem Vorstandsvorsitzenden." Kim blickte treuherzig in Brauns Gesicht und lächelte. Braun sah sie ernst an, kratzte an dem Pflaster an seiner Schläfe und Kim spürte, dass ihn dieser Fall ziemlich belastete. Das konnte sie ihm nachfühlen. Genauso wie Braun lief auch sie gegen Mauern und undurchdringliche Bollwerke, hinter denen eine eigene Welt mit eigenen Gesetzen existierte und die man weder mit der Polizei noch mit investigativem Journalismus beeindrucken konnte. Es war zum Kotzen.

„Ich habe ein Date mit einem Zuhälter. Du weißt doch noch, was das Mädchen Jana aus dem Sub Club gesagt hat." Braun schickte ein schiefes Grinsen zu Kim und schlüpfte in seinen Mantel. In einem anderen Leben und in einer anderen Zeit hätte sie Braun vielleicht gerne näher kennen gelernt, aber jetzt war es dafür zu spät, viel zu spät.

*

Der feuerrote Ford Mustang stand schon auf dem vereisten Parkplatz neben dem kleinen Yachthafen im Hafenviertel, als der Fahrer Klein den schwarzen Mercedes vorsichtig über die bereits vereiste schmale Straße steuerte.

„Geht das vielleicht noch ein wenig langsamer!", schnauzte Tony Braun und wischte mit dem Ärmel seines Mantels über die Scheibe, die sich schon wieder beschlagen hatte.

„Die Straße ist spiegelglatt!", warf Klein ein.

„Blödsinn, Klein! Dann bleib hier oben stehen, wenn du dir in die Hosen machst!"

Unten, direkt an der Donau, sah Braun den Mustang und sein Mund verzog sich zu einem zufriedenen Grinsen.

„Na also, man braucht nur ein wenig Druck zu machen", flüsterte er. „Du wartest hier im Auto", sagte er dann lauter, zu Klein gewandt.

„Soll ich nicht mitgehen, Chefinspektor. Ich meine, dieses Treffen könnte gefährlich werden. Man weiß bei diesen Personen ja nie, woran man ist."

„Klein, du verdammter Klugscheißer, ich weiß genau, woran ich bei diesem Kerl bin. Er ist ein Arschloch und wird immer ein Arschloch bleiben. Also was gibt's da sonst noch groß zu wissen!"

„Aber er könnte bewaffnet sein, Chefinspektor!"

„Halte endlich die Klappe!" Langsam, aber sicher ging ihm Klein mit seiner Fürsorglichkeit auf die Nerven. Immer höflich und zuvorkommend, nie ein lautes Wort. Also die besten Voraussetzungen für eine Spitzenposition im Polizeidienst.

„Wozu habe ich denn die da", brummte Braun noch und klopfte auf seinen Mantel, unter dem er wie immer seine Glock im Schulterhalfter trug.

Als er aus dem Wagen stieg, raubten ihm der eiskalte Wind und der peitschende Eisregen für einen Moment den Atem. Er knöpfte sich den Mantel zu, stellte den Kragen auf, war aber trotzdem innerhalb weniger Augenblicke komplett durchfroren. Mit hochgezogenen Schultern stapfte er auf den Mustang zu und klopfte mit der Faust an die verdunkelte Scheibe.

„Petersen! Aufwachen. Besuch ist da!"

Langsam wurde das Fenster auf der Fahrerseite heruntergelassen und ein Kopf mit weißblond gefärbten Haaren tauchte auf.

„Hallo Braun, nett von mir, zu diesem Date zu kommen, findest du nicht?"

„Ich komme gleich um vor Rührung. Los, steig aus deinem Schlitten, damit wir ein paar Schritte laufen können!" Braun stützte sich mit beiden Händen am Dach des Mustangs ab und musterte Petersen, der keinerlei Anstalten machte, den Wagen zu verlassen. Petersens Haut hatte die ungesunde gelblich braune Farbe von zu viel Solarium. Am linken Ohr hing ein großer goldener Ohrring, der so schwer war, dass er sein Ohrläppchen in die Länge zog. Petersen stammte aus Hamburg und sein Geschäft war die Zuhälterei. Nebenbei betrieb er auch einige Laufhäuser in Linz, die in den vergangenen Jahren die Stadt überzogen hatten und deren Zimmer er an freischaffende Nutten vermietete.

Braun kannte ihn von einem Mordfall, der sich in einer Peepshow zugetragen hatte, wo man einen Toten mit heruntergelassener Hose gefunden hatte, der durch die Kabinentür hindurch erstochen worden war. Braun war es zu verdanken, dass Petersen nicht unschuldig im Gefängnis versauerte, sondern der richtige Täter gefasst wurde. Deshalb hatte Braun bei Petersen auch einen Stein im Brett und deswegen war der Zuhälter auch gekommen, nachdem ihm Braun noch zusätzlich mit einer geschäftsschädigenden Razzia, bei der man auch Drogen finden würde, gedroht hatte. Der Zuhälter war vielleicht auch eine zusätzliche Informationsquelle, denn Jana hatte mit dem Hamburger sicher ihn gemeint, und Braun erhoffte sich Neuigkeiten über die Krell-Villa am Römerberg.

„Nee, Braun, draußen ist mir zu kalt!“, jammerte Petersen in einem übertrieben tuntigen Tonfall und schüttelte den Kopf so energisch, dass seine Hamsterbacken schwabbelten.

Doch Braun war überhaupt nicht in Stimmung, sich mit dem Zuhälter auf eine lange Diskussion einzulassen oder noch länger neben dem Mustang in der eisigen Luft zu stehen.

„Aussteigen!“, zischte er und packte den goldenen Ohrring, um Petersen ein wenig zu motivieren. Einmal kurz angerissen und Petersen schrie: „Ist ja gut, Braun! Ist ja gut! Ich komme schon!“

Schweigend gingen sie auf dem breiten Holzsteg am Yachthafen entlang. Das Wasser zwischen den einzelnen Stegen war bereits gefroren und der Eisregen prasselte darauf. Endlich begann Petersen den Mund aufzumachen.

„Diese Agentur Madonna Models kenne ich natürlich. Die ist schlecht für unser Geschäft. Sie überschwemmen den Markt mit billigen Mädchen, die alle sehr jung sind, so um die sechzehn, und nehmen uns das Geschäft weg! Von Bratislava werden die Mädchen direkt hierher gebracht, Linz ist mittlerweile eine Drehscheibe für den internationalen Mädchenhandel geworden." Petersen machte eine Pause und fingerte eine Zigarette aus seinem Leopardenanorak. Nach mehreren vergeblichen Versuchen, die Zigarette anzuzünden, warf er sie angeekelt auf das Eis. „Scheißwind!"

„Werden die Mädchen auch in die Krell-Villa auf dem Römerberg gebracht?", fragte Braun und grub die Hände noch tiefer in seine Taschen, um sich zu wärmen. Oberhalb des Yachthafens verlief die schmale Straße, auf der Klein im Mercedes auf ihn wartete, doch der Eisregen war so heftig, dass man keine Armlänge weit sehen konnte.

„Krell-Villa? Was soll denn das sein?", fragte Petersen erstaunt und rückte ein Stück von Braun ab. „Habe ich noch nie gehört!"

„Du willst mir doch nicht weismachen, dass du noch nie deine Nutten in die Krell-Villa geschickt hast, Petersen?"

„Ehrlich, Braun, ehrlich! Ich weiß nicht, wovon du redest! Ich kenne Madonna Models und Sherban, den verfickten Rumänen, der die Mädchen hier arbeiten lässt. Aber mit Krell hat das alles nichts zu tun, glaube mir!"

So lief das immer mit Typen wie Petersen. Braun hatte das richtig satt, es stand ihm bis oben. Alles nur leeres Gerede, keine brauchbaren Informationen. War natürlich auch klar, denn Petersen wollte sich nicht seine Kunden vergraulen. Braun hatte dafür überhaupt kein Verständnis. Aber er wollte es noch einmal im Guten probieren.

„Nochmal zurück zum Anfang, Petersen! Was läuft mit den Mädchen und der Krell Holding?“

„Hörst du mir nicht zu, Braun? Ich weiß nichts! Was willst ...“ Zu mehr kam Petersen nicht, den Braun hatte blitzschnell seine Glock gezogen und hielt ihm den Lauf vor die Nase.

„Los, runter von dem Steg“, zischte er und gab dem Zuhälter einen Stoß.

„Was?“ Panisch schüttelte Petersen den Kopf. „Das Eis ist ja viel zu dünn!“

„Ich zähle bis drei. Wenn du bis dann nicht unten bist, schieße ich dir ins Bein!“, schrie Braun gegen den peitschenden Wind an, der seine Worte zum Teil verschluckte, aber Petersen hatte auch so verstanden. Das Eis knackte bedrohlich, als Petersen mit seinem ganzen Gewicht darauf gestiegen war. Die Bräune hatte sich aus seinem Gesicht verflüchtigt und trotz der Kälte stand ihm der Schweiß auf der Stirn.

„Braun, bitte!“, jammerte Petersen und ruderte mit seinen Armen in der Luft, als würde er jeden Augenblick die Balance verlieren.

„Die Mädchen und die Krell Holding, Du wolltest mir etwas darüber erzählen!“

„Braun, Braun, ich kann nicht!“ Ein Schuss knallte durch den leeren Yachthafen, Möwen flatterten erschreckt durch die Luft, um sich dann wieder auf den vereisten Pollern niederzulassen, und Petersen schrie wie am Spieß.

„Keine Panik, Petersen, ich schieße nur das Eis kaputt“, meinte Braun und schoss zum zweiten Mal knapp neben Petersen durch die Eisdecke, auf der sich unter Petersens Cowboystiefeln blitzschnell Sprünge wie ein Spinnennetz ausbreiteten, das Eis knackte bedrohlich.

„Ich höre!“, rief er in Richtung Petersen, der wachsbleich im Eisregen stand und sich nicht wagte zu bewegen. „Vergiss nicht, Petersen, du bewegst dich auf dünnem Eis.“

„Die Mädchen oben in der Villa verschwinden einfach, Braun.“ Petersen redete schnell und machte einen zaghaften Schritt auf den Steg zu. „Ich habe drei Moldawierinnen nach oben geschickt und nur eine ist zurückgekommen. Die beiden anderen sind bei einem angeblichen Unfall ums Leben gekommen. Als Entschädigung habe ich 200.000 Euro erhalten.“

„Von wem hast du das Geld bekommen?“

Petersen presste den Mund zusammen und ganz deutlich war seinem stupiden aufgedunsenem Gesicht anzusehen, wie sein Spatzenhirn arbeitete, um eine plausible Geschichte zu erfinden, doch Braun schoss einfach ein weiteres Mal direkt vor Petersens Füße, sodass feine Eispartikel in die Luft spritzten und das Eis knirschte, und nahm ihm auf diese Weise das Denken ab.

„Falk Weber, der Chef der Krell Holding, hat es mir persönlich in bar übergeben! Er wollte keine Zeugen. Das war ein Geschäft nur zwischen ihm und mir“, heulte Petersen dann auch ohne lange zu überlegen. „Doch dann sind Madonna Models ins Spiel gekommen, die Mädchen waren viel jünger und niemand hat sich aufgeregt, wenn die eine oder andere verschwunden ist. Von einem Tag auf den nächsten war unser Geschäft weg!“

„Ist ja tieftraurig, Petersen! Nochmal im Klartext: Falk Weber hat dir also Geld gegeben, damit du vergisst, dass zwei deiner Mädchen verstorben sind?“

„Genauso war es, Braun! Aber ich werde das nie wieder sagen. Auch nicht vor Gericht.“ Petersen schüttelte heftig den Kopf und machte erneut einen zögerlichen Schritt auf den Steg zu.

„Bleib, wo du bist, Petersen!" Braun hob die Glock, ließ sie dann aber wieder sinken, als der Zuhälter sofort stehen blieb.

„Was ist mit deinen toten Mädchen passiert?"

„Weiß nicht, Braun, weiß nicht. Ich habe nur gehört, dass es einen Mann geben soll, der die Mädchen erlöst. Wenn ein Mädchen einen so genannten Unfall hat, dann taucht er auf. Er bringt dann die Mädchen weg. Wohin er die Mädchen bringt, weiß niemand und ehrlich, ich will es auch nicht wissen, denn mit dieser Scheiße will ich nichts zu tun haben! Wir nennen ihn einfach nur den Erlöser! Ehrlich Braun, mehr weiß ich nicht!", winselte der Zuhälter.

Langsam fügten sich in Brauns Kopf die Details zu einem, wenn auch noch unvollständigen, Bild zusammen. Die verstörenden Fotos und Mails, die er bekommen hatte, stammten von dem mysteriösen Erlöser. So musste es sein, alles andere machte keinen Sinn. Dieser Erlöser wurde von Falk Weber beauftragt, halb tote Mädchen abzutransportieren. Und der Erlöser war so verrückt, dass er die Mädchen mit Taubenfedern schmückte und jetzt begonnen hatte, sie zu fotografieren, um Braun zu beeindrucken und auf verquere Weise seine Freundschaft zu erringen. Die Mädchen waren nicht tot, wenn sie mit den Taubenfedern gefoltert wurden, das hatte die Gerichtsmedizin eindeutig festgestellt. Wurden die Mädchen also oben in der Villa gefoltert und dann dem Erlöser übergeben, der sie wegbrachte? Aber wer zum Teufel war das?

„Braun, Braun, kann ich jetzt wieder auf den Steg?", riss ihn die jammernde Stimme Petersens aus seinen Gedanken. Braun sah auf Petersen hinunter, der sich jetzt langsam Richtung Steg bewegte, während rings um ihn das Eis krachte und knirschte.

Ja, wir bewegen uns alle auf dünnem Eis, dachte Braun. *Oben sind wir zivilisiert und darunter lauert die Hölle. Wenn das Eis bricht, werden wir zu Teufeln und lassen unseren Dämonen freien Lauf, wie es die Wirtschaftsbosse der Krell Holding vormachen: Mädchen werden wie Müll entsorgt.* Braun musste schlucken, als er dem Zuhälter zurief:

„Warst du eigentlich traurig, als du vom Tod deiner beiden Mädchen erfahren hast, Petersen?"

„Aber Braun, das waren doch nur Nutten aus Moldawien! Da war mir das Geld schon lieber!" Der Zuhälter verzog das Gesicht zu einem höhnischen Grinsen und für den Bruchteil einer Sekunde sah er seine Chance, sich mit Braun zu verbrüdern. Doch Brauns finstere Miene belehrte ihn eines Besseren.

„Ich dachte mir schon so etwas, Petersen!" Braun hob die Glock und zielte auf Petersens feistes Gesicht.

„Was machst du da, Braun! Ich habe dir doch alles gesagt, was ich weiß!" Petersen blieb wie angewurzelt stehen, hektisch rasten seine Schweinsäuglein nach links und rechts, doch es war niemand in Sicht, der ihn retten konnte.

„Geh zurück aufs Eis, Petersen! Los, mach schon!"

„Braun, bist du verrückt? Dort ist das Eis ja ganz dünn, so dünn, dass ich einbreche und ertrinke. Dort hinten ist der Fluss und kein Eis mehr!"

Ja, sie ist dünn, diese Eisschicht, die Gut von Böse trennt, Leben von Tod oder Freude von Schmerz. Es ist nur eine dünne Schicht, die als Humanität und Zivilisation eingezogen ist, um uns vor unseren Dämonen zu schützen. Der Psychiater Goldmann hat gesagt, die dünne weiße Linie wird überschritten, wenn man tötet. Ich sage, die dünne Eisschicht bricht und man wird zum Tier.

Es war eine existenzialistische Stimmung, in der sich Tony Braun befand, und schuld daran waren sicher auch die verdammte Kälte und der Eisregen, sonst hatte er selten diese merkwürdigen

Gedanken. Aber sie passte zu seinem Vorhaben, sich bald Falk Weber, den so genannten Vorstandsvorsitzenden der Krell Holding vorzuknöpfen, obwohl er natürlich wusste, dass ihm die Aussage des Zuhälters nicht helfen würde, er hatte keinerlei Beweise, um Falk Weber mit den toten Mädchen in Verbindung zu bringen. Aber alles der Reihe nach, jetzt musste er erst diese Sache hier zu Ende bringen.

„Nach hinten, Petersen, oder ich schieße dir eine Kugel in das Bein!“ Braun schoss durch den Eisregen und die Kugel ratschte jaulend über das Eis und hüllte Petersen in eine Wolke feiner Splitter. „Du hast ja die Chance, dich zu retten. Deine Mädchen hatten diese Chance nicht!“

Dann feuerte er systematisch Schuss um Schuss durch die Eisdecke, bis das Eis zu Schollen zersplitterte und Petersen draußen im Eisregen schreiend zu schwanken begann, wie in Zeitlupe kippte und langsam im schwarzen Wasser verschwand. Braun drehte sich um, riss einen vereisten Rettungsring von einem Pfosten und warf ihn mit Schwung über die treibenden Eisschollen in Petersens Richtung.

47

DIE CINDERELLA-MASKE

Die Villa der Krell Holding auf dem Römerberg war abgesichert wie eine Festung. Seit einigen Tagen verhandelte der Vorstand mit hohen Regierungsvertretern aus Ulan Bator, dem Industrie-Minister von Turkmenistan und hochrangigen EU-Kommissaren über die Fusion mit einem zentralasiatischen Industriekonzern, der die Krell Holding schlagartig zu einem der größten Industrieunternehmen der Welt machen würde. An die Öffentlichkeit war durchgesickert, dass die Verträge vor der Ratifizierung waren, doch die Krell Holding hatte diese Informationen geschickt lanciert, um den Aktienkurs in die Höhe zu treiben und die über Briefkastenfirmen günstig erworbenen Aktien jetzt teuer zu verkaufen. Die österreichische Börsenaufsicht hatte zwar einen Tipp wegen Insidertrading bekommen, aber nach einem geheimen Treffen, bei dem ein Umschlag mit einem sechsstelligen Geldbetrag den Besitzer gewechselt hatte, kümmerte man sich nicht mehr darum.

Doch hinter verschlossenen Türen war noch keine Rede vom positiven Ende der Verhandlungen, jetzt wurde erbittert um Details des Milliardendeals diskutiert und die Stimmung war angespannt und aggressiv. Nursultan Alhabrich, der Industrieminister von Turkmenistan, hatte langsam genug von den Verhandlungen, von deren Inhalt er sowieso nichts verstand. Aber dafür hatte er ja seine Ökonomen und Harvard-Absolventen, die alles detailliert für ihn aufbereiteten. Auf der Suche nach Ablenkung ging er zügig die breiten Fensterfronten entlang, durch die man normalerweise einen Panoramablick auf die Stadt hatte, doch jetzt peitschte der Eisregen gegen die Fenster und der Himmel war fast schwarz wie um Mitternacht. Nursultan stieg in den Lift und steckte seine Chip-Karte in den Schlitz, der den Lift diskret am Erdgeschoss vorbei in die Räume der Villa führte. Noch immer schwirrte ihm der Kopf von dem endlosen Gerede und den vielen Zahlen, die über die Laptops liefen, als er einen Korridor entlangging, von dem links und rechts Türen abgingen. In regelmäßigen Abständen saßen die Männer einer privaten russischen Securityfirma in ihren schwarzen Uniformen in dem Korridor und blickten stoisch ins Leere. Als Nursultan sein Ziel erreicht hatte, leckte er sich schon erwartungsvoll über die Lippen und öffnete die Tür mit der Nummer dreizehn.

Drinnen sah noch alles genauso aus wie am Morgen, als er das Zimmer verlassen hatte. Elektrische Heizstrahler hatten die Temperatur in dem fensterlosen Raum so aufgeheizt, dass er einen Schweißausbruch bekam. Die große Tagesdecke aus dunkelrotem Brokat lag noch immer zerrissen auf dem hellen Teppichboden, der mit Bluttropfen gesprenkelt war, die sich bis zum Bad hinzogen. Schnaufend lockerte er seine Krawatte und öffnete sein Sakko. Dann riss er das dick verknäulte Leintuch herunter, aber das Bett war leer. Das weiße Leintuch leuchtete intensiv in dem grellen Licht, dass von den Spots an der Decke in den Raum strahlte und die Blutstropfen darauf hätten auch ein Muster sein können.

Sein breiter Schädel wurde ganz rot von der Hitze und von dem aufgestauten Zorn, in den ihn die stockenden Verhandlungen versetzt hatten. Grunzend drehte er sich um, stapfte auf den Paravent in der Ecke zu. Mit seinen riesigen Händen warf er das filigrane schwarze Lackgestell zu Boden, trampelte mit seinen glänzenden Maßschuhen darauf herum, doch auch hinter dem Paravent war alles leer, nur die zerfetzten Kleider, die zerrissene Unterwäsche und blutige High-Heels lagen über dem Boden verstreut.

Er ballte die Fäuste und seine Augen zogen sich zu winzigen Schlitzen zusammen, als er in das Bad stürmte. In der Whirlpool-Wanne plusterte sich der Schaum auf wie ein zartes Gebirge, doch Nursultan zerstörte mit einem Prankenhieb diese vermeintliche Idylle. Ohne sich um den Ärmel seines Maßanzugs, die Manschetten oder die 120.000 Euro teure Armbanduhr zu scheren, schaufelte er mit seinem Arm durch das Schaumbad, doch auch die Badewanne war leer. Schnaufend stand er vor dem Spiegel, stützte die Hände auf das Waschbecken, dachte an die Verhandlungen und starrte in sein flaches rundes Gesicht mit der breiten Nase und den hasserfüllten Augen. An einem Haken hing noch die Cinderella-Maske, die er abgenommen hatte, weil sie ihn beim Schlagen behindert hatte. Jetzt setzte er sie wieder auf und verwandelte sich in eine dicke Comicfigur, die aber so gar nichts Liebliches an sich hatte.

Dann hörte er das Geräusch. Es war nicht mehr als ein Wispern, aber in dem monotonen Rauschen der Heizstrahler klang es wie ein ferner Paukenschlag und ein böses Lächeln umspielte seine Lippen. Schnell und lautlos, wie man es ihm bei seiner Leibesfülle gar nicht zugetraut hätte, huschte er zurück in das Schlafzimmer, riss mit einer wütenden Handbewegung die schwere Matratze vom Bettgestell, packte den Lattenrost mit beiden Händen, knickte die Teile wie Zahnstocher und holte das zitternde Mädchen unter den zertrümmerten Holzteilen hervor, warf es in einen Stuhl wie eine federleichte Puppe. Sie sah wirklich noch genauso aus wie am Morgen, nachdem er sich vor den nervenzermürbenden Verhandlungen in eine aggressive Alpha-Stimmung versetzen hatte müssen. Ihr linkes Auge war mittlerweile komplett zugeschwollen, doch der breite Riss auf ihrem hohen Wangenknochen – den ihr sein Siegelring, den er für seine Verdienste um die Gleichberechtigung der Frauen in Turkmenistan erhalten hatte, zugefügt hatte – blutete nicht mehr. Dafür spielten die Hämatome auf ihrem zerbrechlichen Körper alle Farben und erinnerten ihn an die Regenbogensage seiner Heimat.

Das Mädchen schrie plötzlich laut auf, so als wäre es erst jetzt aus einem schlimmen Traum erwacht und hätte festgestellt, dass die Wirklichkeit mit Cinderella erst der richtige Alptraum war. Dieses Schreien machte ihn zornig und er verpasste ihr wieder einen kräftigen Schlag, dass der Riss erneut aufplatzte und das Blut über ihre Wange tropfte. Jetzt wusste er auch wieder, warum er sich ausgerechnet für dieses Mädchen entschieden hatte, als ihm Falk Weber, der Vorstandsvorsitzende der Krell Holding, die Mädchen zur Begutachtung vorgeführt hatte. Dieses Mädchen mit den blonden Haaren und den fast lila Augen erinnerte ihn an seine Jugendliebe, die ihn so schmählich verlassen hatte. Als er sich diese Schmach wieder vergegenwärtigte, war er in seinem Element, und während er auf sie einschlug, imaginierte er die Verhandlungsrunde, die EU-Kommissare, den Vorstand der Krell Holding, den österreichischen Minister, internationale Banken und deutsche Kreditgeber – und für jedes Gesicht setzte es einen Hieb, bis er seine Strategie gefunden hatte. Turkmenistan hatte riesige Gasvorkommen, deshalb brauchte er bei den Verhandlungen nicht nachzugeben, sondern hatte diesen besonderen Trumpf, Lieferstopp und dergleichen. Ja, es gab nichts, wovor er sich fürchten musste, und während er seine Hose öffnete, das Mädchen an den Haaren in die Knie zwang und sich von ihr befriedigen ließ, dachte er bereits an die millionenschwere Provision, die auf den Cayman Islands gebunkert war und mit der er sich alle Nutten dieser Welt kaufen konnte.

Innerhalb von wenigen Augenblicken war alles vorbei, das Mädchen erhielt noch einen Tritt mit seinen Maßschuhen in den Bauch, dass es sich zusammenkrümmte. Gerne wäre er auf ihrem dürren, weißen Körper herumgetrampelt, doch just in diesem Augenblick summte sein Handy und einer der Harvard-Absolventen, die für ein verrückt hohes Gehalt für Turkmenistan arbeiteten, sagte, seine Anwesenheit sei jetzt notwendig.

Deshalb bückte er sich nur schnell und wischte sich seine mit kleinen Blutspritzern beschmutzten Maßschuhe mit den blonden Haaren des Mädchens sauber. Dann riss er sich die Maske vom Gesicht, verließ er das Zimmer und vergaß in seiner Hektik, die Tür zu schließen. Oben stürmte er aus dem Lift und wäre um ein Haar mit einer Frau zusammengestoßen, die gerade um die Ecke bog. Sie hatte dichtes blondes Haar und katzenhafte Züge, trug einen modischen Rucksack über die Schulter und musterte ihn mit einem abschätzigen Blick, so als würde sie eine Entschuldigung für sein ungestümes Auftauchen erwarten. Am liebsten hätte er sie einfach umgestoßen, doch ein Blick auf das Schild Press, dass sie an das Revers ihrer Lederjacke geheftet hatte, belehrte ihn eines Besseren und deshalb nickte er ihr nur finster zu und beschloss, bei der nächstbesten Gelegenheit wieder nach unten zu fahren und es dem Mädchen in Nummer 13 noch einmal so richtig zu zeigen.

*

Kim Klinger ging der Typ unglaublich auf die Nerven, der mit seinem hässlichen platten Gesicht und dem unförmigen Körper um die Ecke gewalzt kam und sie beinahe umstieß. Vage erinnerte sie sich an das Gesicht, es war der turkmenische Industrieminister und Kim fiel ein, dass in den nächsten Tagen eine große Fusion zweier Konzerne stattfinden würde. Doch deshalb war sie nicht hier, sie war für das Rahmenprogramm der Krell Foundation akkreditiert und auf dem Weg zu einem Interview mit dem Vorstandsvorsitzenden der Krell Holding – Falk Weber.

„Sie schreiben also für die Morgenpost?“, fragte Falk Weber und konnte nur mühsam seine Verachtung hinter einem Haifischlächeln verbergen. Alles, bis hin zu seinem Aussehen, wirkte auf Kim wie einstudiert, sogar der Schnitt seiner blonden Haare war nicht dem Zufall überlassen, sondern diente mit der dezenten Bräune seines Gesichts nur dazu, den Aktionären zu signalisieren: „Hallo, ich bin ein Winner!“ Natürlich wusste er auch, dass ein soziales Gewissen für einen Konzern dieser Größe wichtig war und deshalb hatte er auch die Foundation gegründet. Kim merkte sofort, wie schwer es ihm fiel, das Engagement der Krell Holding für die Waisenhäuser in Weißrussland und Moldawien humanistisch darzustellen, immer wieder musste er in der Hochglanzbroschüre blättern, wenn sie eine Frage stellte. Irgendwann während des Interviews schrillte ein Handy und Falk Weber sprang auf und stellte sich mit dem Rücken zu Kim in eine Ecke des Raumes, um ungestört den Anruf entgegennehmen zu können.

„Warum willst du ihm ein Geschenk machen?“, fragte er, nachdem er eine Weile zugehört hatte. Nervös strich er sich mit der linken Hand durch die Haare und nahm sein Handy in die andere Hand.

„Ich untersage dir das! Du weißt, was dann passiert!“ Erst jetzt merkte er, dass Kim noch immer in seinem Büro war. Mit einem entschuldigenden Schulterzucken öffnete er die Tür und ging auf den Gang hinaus, mit zusammengekniffenem Mund und einer dicken senkrechten Zornesfalte auf seiner Stirn.

Kim nutzte diese Gelegenheit, um einen Blick auf Webers Schreibtisch zu riskieren, auf dem das absolute Chaos herrschte. Scheinbar planlos lagen Memos, Konzepte und Statistiken wild durcheinander, mit spitzen Fingern wühlte sich Kim durch den Papierberg, plötzlich hielt sie inne.

Ein Dokument hatte ihre Neugierde geweckt. Ein Gutachten von Professor Goldmann, den sie von der Pressekonferenz für den Mordfall Pestalozzi kannte. Doch das war es nicht, was sie neugierig machte. Es waren nur einzelne Worte, die sie wahrnahm: „... mit seinem Erlöserwahn zu einer ernsten Gefahr für andere Personen ... hat bereits Tauben zerstückelt ... rate dringend zu einer geschlossenen Abteilung ..."

Plötzlich erschallte Webers energische Stimme hinter Kims Rücken. „Ich verlasse mich darauf, dass nichts geschieht! Bestätige meine Anweisung! Bestätige sie!"

Weber ging mit dem Rücken zu Kim durch die Tür und telefonierte noch immer. Schnell ließ Kim das Gutachten in ihrer großen Tasche verschwinden, huschte lautlos zum Fenster, blickte nach draußen, versuchte sich zu beruhigen, ihren Herzschlag zu normalisieren, wieder an das Interview zu denken.

„Machen wir weiter!" Mit müdem Blick steckte Weber das Handy in seine Sakkotasche und erst jetzt fiel ihm auf, dass Kim ihren Platz verlassen hatte und vor dem riesigen Fenster stand. Er warf einen schnellen Blick auf seinen mit Papieren überhäuften Schreibtisch, stellte sich schweigend neben Kim und sie hatte plötzlich das Gefühl, dass er wusste, dass sie das Gutachten eingesteckt hatte.

„Eine wunderbare Aussicht, die Sie da haben", sagte Kim und gewann allmählich ihre Fassung wieder.

„Ja, nur jetzt wird der Himmel immer düsterer und die Tage sind gezählt." Kim warf ihm einen überraschten Blick zu.

„Ist das ein Gedicht?"

„Nein! Das ist nur so dahingesagt. Wo sind wir stehen geblieben?"

„Das Waisenhaus in Ternopol, das Sie errichten wollen", half ihm Kim wieder auf die Sprünge.

Nachdem das Interview noch eine Weile belanglos dahingeplätschert war, sagte Weber: „Wir machen Schluss für heute! Sie schicken mir doch den Artikel noch zur Freigabe, bevor er gedruckt wird?" Es klang weniger wie eine Frage als vielmehr wie ein Befehl.

„Natürlich erhalten Sie den Artikel." Kim machte eine kleine Pause, während sich in ihrem Kopf die Gedanken zusammenzogen und in eine komplett falsche Richtung davonwanderten.

„Hat Laura Pestalozzi viele Mädchen für Ihre Events engagiert?", platzte es dann auch aus ihr heraus und Weber starrte sie irritiert an und presste die Lippen zusammen.

„Bitte?" Wie Kotze stieß er dieses Wort hervor und mehr war nicht von ihm zu hören, doch Kim bemerkte, dass er spontan seine Hände zu Fäusten ballte.

„Fragen wir anders herum. War Lola von Madonna Models auch hier engagiert, wenn Sie Ihre Tagungen hatten? So wie die hübschen Mädchen, die uns immer die Türen öffnen?" Die Aufnahmefunktion des Handys leuchtete und Kim schob das Gerät näher an Falk Weber heran.

„Ich frage mich schon die ganze Zeit, was das wohl für Events sind, bei denen so viele hübsche junge Mädchen gebraucht werden."

„Machen Sie, dass Sie verschwinden!", zischte Weber und warf einen schnellen Blick auf Kims Handy. „Ich habe Ihnen nichts mehr zu sagen!“ Übertrieben schnaufend blickte er auf seine protzige Uhr, die wahrscheinlich mehr gekostet hatte, als Kim in ihrem ganzen Leben verdienen würde. Was bei Kims Lebenserwartung allerdings nicht schwierig war.

Das mit dem Tumor hatte doch sein Gutes, sie brauchte keine Konsequenzen zu befürchten. Bis es so weit war, war sie ja schon tot und überhaupt hatte sie Lola versprochen, sie nicht zu vergessen. Da hieß es jetzt dranbleiben.

„Haben Sie eigentlich schon früher gewusst, dass Lola eigentlich Brigitta heißt und die Tochter des Polizeipräsidenten Wagner ist beziehungsweise war?“

Jetzt ließ sie ihm keine Zeit mehr für eine Antwort.

„Sie hat von sieben Mädchen gesprochen, die alle hier in dieser Villa verschwunden sind. Was sagen Sie dazu?“

Weber saß leblos wie ein Wachsfigur in seinem Stuhl, die blütenweißen Manschetten seines Hemdes ragten zwei Zentimeter aus dem Ärmel seines Nadelstreifanzugs heraus, die goldenen Manschettenknöpfe blitzten, nur sein Adamsapfel oberhalb des seidenen Krawattenknotens hüpfte hektisch auf und ab.

Kim griff nach ihrem Handy, schaltete die Aufnahmefunktion ab, um Weber ein Foto von Lola auf dem Display zu zeigen und erkannte in diesem Augenblick, dass sie einen Fehler gemacht hatte. Sie hatte das Mikro abgeschaltet und Weber ergriff die Gelegenheit.

„Verpiss dich, du Journalistenschlampe! Du erhältst nie wieder einen Job, das schwöre ich dir“, flüsterte er und starrte sie hasserfüllt an. „Pass bloß auf, dass es dir nicht genauso geht wie Laura und Lola! Ein Wort an die Öffentlichkeit und ich mache dich fertig! Haben wir uns verstanden?“ Wutentbrannt katapultierte er sich aus seinem Stuhl und pflanzte sich ganz nahe vor Kim auf, um ihr zu zeigen, dass es ihm ernst war. „Ein Wort davon in deiner Zeitung und du wirst bis an dein Lebensende verklagt, du Nutte! Jetzt hau ab, sonst lasse ich dich hinausprügeln!"

Ohne Kim noch weiter zu beachten, ging er an ihr vorbei hinaus auf den breiten Gang mit den riesigen Panoramafenstern und rief einen der schwarz gekleideten Security-Männer.

„Die Dame möchte gehen! Zeigen Sie ihr bitte den Weg hinaus!" Dann schritt er mit großen, raumgreifenden Schritten den Gang entlang auf die riesigen holzvertäfelten Doppeltüren zu, die von zwei bildschönen Mädchen in knappen Kostümen geöffnet und hinter ihm wieder geschlossen wurden.

„Kommen Sie!", hörte Kim die Stimme des Security-Mannes in schwer verständlichem Deutsch und gehorsam nickte sie und hängte sich ihren Rucksack über die Schulter. Der Security-Mann ging knapp hinter Kim und hatte seine Handfläche unangenehm fest an ihr Schulterblatt gelegt, um sie vorwärtszuschieben. Hinter ihrem Rücken hörte Kim das leise Surren des Lifts und das Zischen der sich öffnenden Türen. Unbewusst drehte sich Kim um und sah plötzlich ein Mädchen, das aus dem Lift stolperte. Im Inneren des Lifts schloss sich eine Spiegeltür und die Kabine sah wieder völlig normal aus. Automatisch griff Kim in die Tasche ihrer Lederjacke, zückte ihr Handy. Mit dem Daumen aktivierte sie die Kamera und schoss ohne hinzusehen, ein, zwei Bilder, das Ganze hatte nicht mehr als zwei Sekunden, vielleicht zwei Atemzüge lang gedauert. Dann hatte auch der Security-Mann die Situation realisiert und rannte auf den Lift zu, dessen Türen sich aber inzwischen wieder geschlossen hatten und der erneut auf dem Weg nach unten war.

„Go, go!", rief er jetzt hektisch zu Kim und scheuchte sie mit beiden Händen den breiten Gang entlang bis zum großen gläsernen Eingangsportal der Villa, zog dann sein Funkgerät und redete in einer unverständlichen Sprache abgehackt und hektisch. Eines der schönen Mädchen in den knappen Kostümen lächelte mechanisch, fasste dann Kim am Arm, um sie nach draußen in die Kälte und den Eisregen und den peitschenden Wind zu geleiten.

„Please, take the umbrella! It's a present!", sagte das Mädchen und hielt Kim einen riesigen Schirm entgegen, verschwand dann wieder hinter den spiegelnden Glastüren im Inneren der Villa.

Wieder in der Redaktion, überflog Kim mit klopfendem Herzen das Gutachten, schielte immer in Richtung Glaskasten, wo ihr Chefredakteur Bauer gemütlich in seinem Ledersessel lehnte und anscheinend noch keinen Beschwerdeanruf von Falk Weber erhalten hatte. Sie scannte dann das Gutachten und schickte auch eine Kopie an Tony Braun, gemeinsam mit den Fotos des Mädchens und einem kurzen Hinweis auf die merkwürdige Spiegeltür im Lift. Als sie das erledigt hatte, atmete sie tief durch, überlegte noch kurz, griff dann zum Hörer und ließ sich mit der Klinik verbinden, in der Goldmann seine Praxis hatte. Nachdem sie mehrmals weiterverbunden worden war, hatte sie ihn endlich in der Leitung und war überrascht vom positiven Klang seiner Stimme.

*

Die Lifttüren hatten sich geschlossen, bevor der Security-Mann den Aufzug erreichen konnte. Marusha sackte zusammen und starrte mit ihrem unverletzten Auge panisch auf die Liftanzeige, die langsam wieder nach unten wanderte, wie der Countdown zu ihrem Verderben. Im zweiten Untergeschoss öffneten sich die Türen mit einem leisen Zischen und sie wartete mit angehaltenem Atem darauf, wieder mit Schlägen und Hieben empfangen zu werden. Doch in dieser Etage war es gespenstisch still und so wankte sie wie benommen in einen breiten Gang hinaus, der mit einem flauschigen Teppichboden ausgelegt war, in den sie sofort knöcheltief versank.

Marusha hatte keine Ahnung, in welchem Teil der Villa sie sich befand. Sie wusste nur, dass sie verschwinden musste, bevor man sie brutal niederschlug und vielleicht tötete. Oft hatte sie in letzter Zeit an das Sterben gedacht, als sie tief unten gewesen war, in den dunklen Bereichen ihrer Seele. Doch auch ganz unten in den Zimmern der schwärzesten Schwärze und finstersten Finsternis waren Baba Yaga und die heilige Mutter Gottes bei ihr gewesen und hatten ihr mit einem Lichtstrahl, der durch den Türspalt drang, den Weg gewiesen. Dieser Weg hatte sie durch die unversperrte Tür hinausgeführt auf den düsteren Gang mit seinen an den Haken hängenden Masken, an denen sie fast lautlos vorbeigeschwebt war, während die Security-Mannschaft in einem Aufenthaltsraum gegessen und geraucht hatte. Barfuß war sie weiter eine enge Wendeltreppe nach oben gelaufen, stand dann mit klopfendem Herzen vor einer Holzschiebetür, die sich mit einem Druckmechanismus öffnen ließ. Plötzlich war sie in einer Liftkabine, deren Wände mit Mahagoni und Messing verkleidet waren und an eine Schiffkabine erinnerten. Völlig überrascht starrte sie in ein riesiges Foyer und sah bereits einen Security-Mann auf sie zulaufen. In ihrer Panik drückte sie alle Knöpfe und lautlos hatten sich die Türen des Lifts hinter ihr geschlossen. Doch jetzt stellte sie mit Entsetzen fest, dass sie wieder unten angekommen war. Vor Enttäuschung weinend ging sie in die Knie und kroch dann auf allen Vieren über den Boden.

„Yeddih! Wie wahr, wie wahr, die Schnellstraße von Ternopol in den Westen führt doch nur in den Tod!“

Wimmernd rollte sie sich auf ihren Rücken, um einzuschlafen und nie wieder aufzuwachen, um alles zu vergessen, ihre Vergangenheit, ihre Zukunft, vor allem aber ihre Gegenwart.

Denn diese Gegenwart war ein lautes Trampeln, das Marusha schlagartig aus ihrer todessüchtigen Lethargie riss und der panische Adrenalinschub dopte sie wieder mit einem zähen Überlebenswillen, der nur ein Ziel kannte: die Flucht. Sie stolperte weiter einen sanft gerundeten Gang entlang und versuchte die Türen, die links und rechts abgingen, zu öffnen, doch alle waren verschlossen. Fest krallte sie ihre Finger um das verknitterte und blutige Bild der Schwarzen Madonna von Kiew, jeder Atemzug schmerzte und sie konnte sich nur gebückt vorwärtsschleppen, wahrscheinlich hatten ihr die Fußtritte des Mannes einige Rippen gebrochen. Vorsichtig tastete sie mit den Fingerspitzen über den tiefen Schnitt auf ihrer Wange, doch das Blut war mittlerweile zum Glück eingetrocknet. Jetzt waren die trampelnden Schritte schon ganz laut und gnadenlos hinter der Tür zu vernehmen, die neben dem Lift in das Treppenhaus führte. Es konnte nur noch Sekunden dauern, bis die Männer in den Gang stürzten und sie packten und schlugen und wieder in das fensterlose Zimmer schleiften, in die allerfinsterste der finsteren Kammern, wo sie von dem dicken Mann hingebungsvoll und mit Genuss zu Tode geprügelt werden würde.

Panisch irrte sie im Zickzackgang weiter, stieß sich mit ihren Händen von der Wand ab, taumelte von einer Seite auf die andere. Weiter vorne endete der halbkreisförmige Gang direkt im Berg, ein Stück des ursprünglichen Felsens ragte aus der Wand und wurde von versteckten Spots dramatisch beleuchtet. alles abgeschlossen und kein Entkommen möglich. Hinter ihr wurde mit einem lauten Knall die Tür des Treppenhauses aufgerissen und zwei Männer tauchten auf. Marusha presste das Bild der heiligen Madonna fest an ihre Lippen und rannte auf die Felswand zu, die sich zerklüftet mit Vorsprüngen und Einkerbungen vor ihr auftürmte und an der sie zerbrechen würde.

Als sie sich in Gedanken schon fast mit ihrem Schicksal abgefunden hatte, sah sie in der Wand eine schmale, niedrige Klappe, zu eng für einen erwachsenen Menschen, um hineinzuschlüpfen. Doch Marusha war dünn und während sie die Klappe aufriss und mit den Beinen zuerst in einen nach unten führenden Schacht kroch, hörte sie schon die Männer den halbkreisförmigen Korridor entlanglaufen, Funkgeräte knisterten und die Stimmen waren laut und bedrohlich.

Marusha hielt den Atem an und streckte ihre Arme nach oben, sie hatte keine Zeit für Platzangst oder Zögern. Ein Schwall eiskalter Luft stieg durch den Schacht von unten herauf und nur mit Mühe konnte Marusha ihren Kopf durch die enge Öffnung stecken, die sich hinter ihr automatisch wieder schloss. Marusha wurde in dem engen Schacht von der eiskalten Luft regelrecht angesaugt und sauste senkrecht nach unten. Irgendwo in ihrem Kopf spürte sie den brennenden Schmerz, den abstehende Schrauben und verzogene Blechteile, mit denen der Schacht ausgekleidet war, auf ihrer Haut verursachten, aber das Adrenalin pulste unentwegt durch ihre Venen und machte sie immun gegen Schmerz und Gefahr und beinahe unbesiegbar.

Während sie immer schneller nach unten rutschte, wurde oben die Klappe aufgerissen und der starke Strahl einer Taschenlampe tastete nach unten. Dann begann der rote Markierungspunkt eines Präzisionsgewehrs gespenstisch durch den dunklen Schacht zu tanzen und mehrere Schüsse wurden aufs Geratewohl mit einem ohrenbetäubenden Krachen und Jaulen in den Schacht gefeuert. Doch Marusha hatte Glück, denn auf den letzten Metern machte der Schacht eine scharfe Biegung und so dröhnten ihr zwar die Ohren, aber die Kugeln verfehlten sie, bis auf einen Querschläger, der sich jaulend durch die Haut ihres linken Oberarms fräste und blutige Schlieren auf der Blechverkleidung des Schachtes zurückließ. Dann krachte Marusha in einen Container, ausgespuckt wie ekelhafter Schleim, versank in übel riechenden Leintüchern, Unterwäsche, Socken und Hemden mit Schweißrändern und feuchten Handtüchern. Sie war in einem Wäschecontainer gelandet.

„Heilige Mutter Gottes!“ Marusha küsste das Heiligenbild und wühlte sich hektisch durch die Schmutzwäsche, schlüpfte vor Kälte und Angst schlotternd in einen schmutzigen rosa Trainingsanzug, der intensiv nach Schweiß stank, kletterte aus dem Container und landete mit ihren nackten Füßen auf einem eiskalten Betonboden. Im Schatten des Containers schlich sie an einer Wand entlang, gelangte durch eine offene Tür in die riesige Tiefgarage der Villa. Protzige Autos standen dicht an dicht, aber Marusha hatte keine Augen dafür. Früher, ja früher wäre sie vor Ehrfurcht auf die Knie gesunken, wenn sie einen echten Maserati gesehen hätte, aber jetzt ging es um ihr Überleben und wenn sie etwas aus dem grauenhaften Ternopol mitgenommen hatte, dann war es die Zähigkeit, auch unter den härtesten Bedingungen am Leben zu bleiben und weiterzumachen. Mit zusammengebissenen Zähnen schleppte sich Marusha deshalb weiter, kroch geduckt hinter den Autos zum offenen Tor der Tiefgarage, barfuß, schlotternd, mit klappernden Zähnen und unkoordiniertem Zittern. Ihr linker Arm pochte und erst jetzt bemerkte sie, dass der Ärmel des Trainingsanzugs blutdurchtränkt war, der Querschläger hatte ein Stück Haut aus ihrem linken Oberarm gefetzt, aber das war jetzt nebensächlich, es dauerte sicher nur noch wenige

Augenblicke, bis die Security auftauchen würde, um Wäscherei und Tiefgarage zu durchsuchen.

„Nicht stehenbleiben, Marusha, schnell weiter, hinaus in die Dunkelheit“, machte sie sich selbst Mut. Gebückt und lautlos schlich sie die Auffahrt hinauf, wich geschickt den Scheinwerfern aus. Doch jetzt spürte sie die grausame Kälte, durch den Eisregen war sie sofort nass bis auf die Haut und der peitschende Wind schlug ihr die Haare ins Gesicht. Keuchend lief sie über die schneebedeckte Wiese, die sanft zum Tor hin abfiel, verschwand wie eine unwirkliche Erscheinung in dem Eisregen, löste sich beinahe in Dunkelheit und Sturm auf und lief schnell wie der Wind; sie blieb erst wieder stehen, als vorne das Pförtnerhaus auftauchte. Sie duckte sich und rollte sich auf die Straße, blieb sekundenlang regungslos auf dem Bauch liegen, um Atem zu holen und robbte dann auf das hell erleuchtete wachturmartige Pförtnerhaus zu, dessen Licht zur Straße und Einfahrt gelbe Rechtecke in die Dunkelheit warf.

„Heilige Mutter Gottes!“, wisperte Marusha und küsste das völlig zerfledderte Bild der Schwarzen Madonna, „danke, dass du den Eisregen geschickt hast!“ Denn der hatte die Wachposten in das Innere des Pförtnerhauses vertrieben und so robbte Marusha unbemerkt weiter im Schatten der hohen Bordsteigkante. Dreck, Blut, Eis und spitze Kiesel, mit denen die eisige Straße gestreut war, konnten sie nicht von ihrem Ziel abbringen und dieses Ziel kam näher und näher, war jetzt zum Greifen nahe: das große Tor. Hinter diesem Tor war die Freiheit und während sie sich lautlos wie eine Schlange über den Boden schob, trug der Wind die Geräusche aus der Villa bis zu ihr herunter und sie hörte abgehackte Schreie und Flüche und sie wusste, dass bald auch dieser Fluchtweg für immer verschlossen sein würde.

„Yeddih! Schmücke deine Ängste wie Geschenke und wirf sie ins Meer, dann bist du frei!“, hatte Baba Yaga hinter dem

Schrottplatz gemurmelt, wo es nie ein Meer gegeben hatte und doch hatte sie Recht gehabt. Nur noch zwei, drei Meter bis in die Freiheit, doch die beiden großen Torflügel aus gebürstetem Edelstahl waren mindestens zwei Meter hoch und am oberen Rand mit eisernen Spitzen versehen. Und die Fläche war glatt, es gab weder Kanten noch Scharniere oder Klinken, nichts, woran man sich hochziehen könnte, nur die majestätisch metallisch glänzende Fläche, die, von Scheinwerfern bestrahlt, durch den Eisregen wie ein unerreichbares Schmuckstück blitzte. Wie sollte sie jemals diese Hürde überwinden?

Mit seitlich weggestreckten Armen lag sie auf dem Boden, legte ihre Wange auf den vereisten Beton und starrte auf ihren Arm, aus dem das Blut lief und sich mit dem Dreck des Bodens mischte. Sie atmete flach, machte sich dünn, beinahe unsichtbar und während ihr die Tränen über die Wangen liefen, rutschte sie weiter auf dem Bauch über den Asphalt, auf das verschlossene Tor zu.

„Schicke deine Probleme weg! Schmücke deine Ängste wie Geschenke!“ Das alte Lied aus Ternopol wehte über den Schrottplatz bis hin zur Stelzenhütte, in der die alte Baba Yaga vielleicht schon tot war, so wie Marusha spürte, dass der Tod sie erreicht hatte. Jetzt war sie am Tor, lag im Schatten der massiven Betonpfeiler, konnte bereits mit den Fingerspitzen das kalte Metall berühren, nur dieses leblose Stück Metall trennte sie von der Freiheit, trennte sie vom Leben, denn hier wartete der Tod auf sie und der Tod hatte eine tiefe, brutale Stimme und der Mann, dem diese Stimme gehörte, aktivierte von seiner Wachturm-Pförtnerloge aus einen Hochleistungsscheinwerfer, der das Tor plötzlich wie eine Bühne beleuchtete und die beinahe mit dem Boden verschmolzene Marusha von der gnädigen Dunkelheit in das tödliche Licht führte.

48

EIN MÄDCHEN TAUCHT AUF

„Du bleibst so lange bei Giorgio, bis ich dich wieder abhole“, sagte Tony Braun und drehte sich zu seinem Sohn Jimmy im Fond des Mercedes um.

„Ist schon in Ordnung, Tony.“ Jimmy öffnete die Tür und stieg langsam aus. Er klopfte an die Scheibe der Beifahrertür und Braun ließ das Fenster hinunter.

„Was ich dir noch sagen wollte, Tony“, druckste Jimmy herum und Braun konnte sehen, wie schwer es ihm fiel, die richtigen Worte zu finden. „Es tut mir leid. Ich habe totalen Mist gebaut. Irgendwie bin ich ja doch schuld an Phils Tod.“ Er schniefte lautstark und richtete sich dann auf.

„Kannst dich auf mich verlassen, Tony. Ich werde Giorgio beweisen, dass ich was draufhabe und die Sendung ein Hit wird.“ Er klopfte zum Abschied auf das Autodach und schlurfte schnell weg.

„Netter Junge, Ihr Sohn.“ Klein drückte auf den Startknopf des Motors und der Mercedes setzte sich langsam wieder in Bewegung.

„Ja, das ist er." Braun klopfte mit seinen Fingerspitzen auf das Armaturenbrett. „Hoffentlich nimmt er sich den Tod seines Freundes nicht zu sehr zu Herzen."

„Nun, wenn es sein Freund war, dann wird er sicher traurig sein." Der Mercedes schnurrte die breite Straße entlang und Klein schaltete die Scheibenwischer auf die höchste Stufe, um in dem Eisregen wenigstens einige Meter sehen zu können.

„Vielleicht schaffe ich es heute, ein wenig früher zu Hause zu sein. Dann kann ich mit ihm zu Abend essen. Der Junge war die letzten Tage oft allein. Da kommt man schon einmal auf blöde Ideen." Mit seinem Sakkoärmel wischte Braun über das Seitenfenster, das sich aber sofort wieder beschlug.

„Nicht dass er Ihre tolle Schallplattensammlung durcheinanderbringt", sagte Klein und gab Gas, um noch bei Grün über eine Kreuzung zu kommen.

„Wie sieht eigentlich Ihr Privatleben aus, Klein? Was treiben Sie so abends?", fragte Braun zerstreut und zupfte an dem dicken Pflaster auf seiner Schläfe herum.

Ehe Klein antworten konnte, knisterte sein Funkgerät und eine hektische Stimme ertönte:

„Hier ist der Polizeiposten Linz Altstadt. Bei uns ist ein verletztes ausländisches Mädchen. Es sagt, es ist angeschossen worden. Wenn ich das Mädchen richtig verstanden habe, dann werden oben in einer großen Villa am Römerberg angeblich noch andere Mädchen festgehalten und auch getötet."

„Hier Braun von der Mordkommission. Bin ganz in der Nähe. Wir übernehmen! Passen Sie auf, dass dem Mädchen nichts passiert. Wir sind gleich da!", brüllte Braun in das Funkgerät, das knackte und knisterte, dann war die Verbindung abgerissen.

„Klein, tritt auf das Gas! Der Posten meint sicher die Krell-Villa oben am Berg. Wir müssen das Mädchen befragen, noch bevor es ins Spital kommt. Vielleicht haben wir dann endlich den Beweis für die kriminellen Machenschaften oben in dieser Villa."

Er kurbelte das Seitenfenster nach unten und knallte das Blaulicht auf das Dach des Mercedes. Mit der linken Faust schlug er in seine flache rechte Hand, reckte den Kopf aus dem Fenster und brüllte in den Eisregen: „Diesmal kriegen wir sie alle!"

Aufgrund des rotierenden Blaulichts kamen sie ziemlich schnell vom Hafen in die Altstadt von Linz, trotz der vereisten Straßen gab Klein Vollgas und manchmal rutschte das Heck der langen Limousine weg und der Wagen rutschte bedenklich. Die Straßen waren wie immer verstopft, als sie am späten Nachmittag vom Hauptplatz gegen die Einbahn rasten, auch die Weihnachtsbeleuchtung in den Schaufenstern, die an ihnen vorbeirauschten, wirkte aufdringlich und aggressiv, alles erinnerte an ein Endzeitdrama. Der Eisregen trommelte wie Hagel auf das Autodach und knapp vor der Polizeistation touchierte Klein mit der Stoßstange auch noch einen Begrenzungsposten und der Mercedes stellte sich quer. Doch Klein brachte den Wagen mit aufheulendem Motor wieder auf die richtige Spur und weiter vorn war bereits das blaurotweiße Polizeischild der Station zu erkennen. Als Klein mit der Limousine auf den Gehsteig rumpelte, sahen sie, dass drinnen am Gang die Sicherheitstür weit offen stand.

„Scheiße!", rief Braun, öffnete die Tür des Wagens und zog gleichzeitig seine Glock. „Wo ist deine Waffe, Klein?"

„Ich bin unbewaffnet", stotterte Klein und wedelte hilflos mit seinen Händen durch die Luft. „Ich bin unbewaffnet!"

„Dann bleib im Wagen und mach dich unsichtbar! Alarmiere aber vorher noch das Einsatzkommando und verständige Gruber, er soll den Einsatz koordinieren!", rief Braun und näherte sich mit seiner entsicherten Waffe dem Eingang.

In der Polizeistation war alles still. Lautlos huschte Braun in den Vorraum, weiter durch den Flur. Mitten in der Sicherheitsschleuse lag ein Polizist, mehrere Kugeln hatten ihn in die Brust getroffen und jemand hatte ihm auch mit unglaublicher Brutalität in den Kopf geschossen – sein Gesicht war nur mehr eine einzige blutige Masse. Vorsichtig stieg Braun über den Toten, das Blut trommelte in seinen Schläfen.

Hinten im Aufenthaltsraum hörte er ein leises Stöhnen und langsam glitt er an der Wand entlang, bis er in den Raum hineinsehen konnte. Eine junge Polizistin saß unnatürlich abgeknickt auf dem Boden, ihr Oberkörper lehnte an der Wand, aber ohne jegliche Spannung, wie eine Gliederpuppe, die den Halt verloren hat und kraftlos in sich zusammengesunken ist. In ihrer Hand, deren Finger abgespreizt wie Krallen wirkten, lag noch ihre Dienstwaffe. Sie atmete panisch und flach, starrte Braun mit großen blauen Augen an, saugte sich förmlich an seinem Gesicht fest, so als könne er durch seine bloße Anwesenheit ihren Tod bannen. Doch aus ihrem Mund tropfte bereits dunkles, fast schwarzes Blut, das über das Kinn auf ihre Uniform tropfte, wo es in den Stoff einsickerte.

Als Braun gelang, mit ihr Blickkontakt aufzunehmen, gab er ihr ein Signal mit den Augen. Ihre Hand unter der Pistole begann unkontrolliert zu zittern und ihre blauen Augen drehten sich warnend immer wieder zum Sicherheitstrakt. Plötzlich schoss ein Schwall pechschwarzes Blut aus ihrem Mund und ihr Lächeln erstarb.

Natürlich wäre es klüger gewesen, sich leise zurückzuziehen und auf Verstärkung zu warten, das wusste auch Braun, doch er schob sich weiter vor, an der Polizistin vorbei, deren Kopf jetzt nach vorne auf ihre Brust gesunken war, immer weiter hin zu der massiven Stahltür des Sicherheitstrakts. Auch diese Tür stand weit offen, ebenso die Türen der beiden Zellen. Aus einer der Zellen hörte Braun ein Geräusch, dann sah er einen Schatten und während er sich duckte, spürte er wie der Mauerverputz auf seinen Kopf rieselte. Dann hörte er in rascher Folge das hässliche Plopp einer Pistole mit Schalldämpfer und blitzschnell hechtete Braun hinter die schwere Stahltür und der Angreifer jagte Kugel um Kugel in den massiven Stahl. Dann herrschte plötzlich Stille, ein Magazin fiel blechern zu Boden und dieses Geräusch war für Braun das Signal, die Stahltür mit einem Fuß aufzustoßen und sofort zu feuern.

Als sich der Pulverdampf verzogen hatte, sah Braun einen vierschrötigen Kerl mit schwarzer Sturmmaske auf dem Boden liegen, den er mit seinen Kugeln durchsiebt hatte. Braun legte ein neues Magazin in seine Glock und brachte sie in Anschlag, als ein aus einer Kopfwunde blutender Polizist in den Gang gestoßen wurde. Eine Hand in einem schwarzen Handschuh fasste den zitternden Polizisten am Genick und ein schwarz gekleideter, breitschultriger Mann tauchte dahinter auf und hielt dem Polizisten eine Pistole an die Schläfe.

„Where is the girl?“, rief er dumpf unter seiner Sturmhaube hervor. „Give me the girl or I kill him!“, setzte er in schlechtem Englisch nach und drückte dem Polizisten den Lauf fest an die Schläfe. „Take the pistol away!“

„Ich weiß nicht, wo das Mädchen ist“, sagte Braun und zielte weiter auf den Mann, der unter der Sturmhaube dumpf fluchte.

„Away the gun!“, brüllte der Mann mit überkippender Stimme unter seiner Sturmhaube und Braun sah deutlich, wie sich der behandschuhte Zeigefinger am Abzug krümmte, der Polizist stöhnte und schnaufte panisch. Jetzt war keine Zeit mehr zu überlegen, jetzt hieß es handeln und deshalb drückte Braun ab und schoss dem Mann mit der Sturmhaube direkt in den Kopf. Von der Wucht des Schusses wurde er nach hinten geschleudert, reflexartig feuerte er noch an die Decke, doch er war bereits tot, als er auf dem Boden aufschlug.

Auch der Polizist sackte in die Knie und kotzte vor sich auf den Boden. Keuchend und mit blutunterlaufenen Augen blickte er zu Braun hoch. Aus der Platzwunde am Kopf tropfte das Blut über seine Wange und sickerte in den Hemdkragen.

„Was, was ist mit meinen Kollegen?", flüsterte er abgehackt und Braun konnte in seinen Augen sehen, dass er die Antwort bereits wusste. „Oh, mein Gott! Oh mein Gott!", schluchzte er und schlug die Hände vor sein Gesicht, Blut und Tränen vermischten sich.

„Wo ist das Mädchen?", fragte ihn Braun, doch der Polizist wurde von einem Weinkrampf geschüttelt und schien ihn nicht zu hören.

„Reißen Sie sich gefälligst zusammen!", zischte Braun und rüttelte den Mann, um ihn wieder zur Vernunft zu bringen. „Sie sind doch Polizist! Also, wo ist das Mädchen, von dem die Rede war?"

„Ich weiß nicht, ich weiß nicht!", krächzte der Polizist. „Plötzlich waren die beiden Männer da und haben geschossen. Zuerst Robert, dann Krista ...", wieder unterbrach ein Heulkrampf seine Antwort. „Das Mädchen ist plötzlich im Sicherheitstrakt verschwunden. Schnell und lautlos, so als wäre sie nie dagewesen."

„Danke für die Info, Kollege." Braun hörte draußen bereits die Sirene des anrückenden Einsatzkommandos. „Es kümmert sich gleich jemand um Sie! Bleiben Sie einfach auf dem Boden sitzen", wies Braun den Polizisten an und klopfte ihm beruhigend auf die Schulter. Er wollte natürlich verhindern, dass der Polizist seine toten Kollegen draußen zu Gesicht bekam, völlig durchdrehte und als Zeuge absolut unbrauchbar wurde.

Denn jetzt ging es vorrangig darum, dieses mysteriöse Mädchen zu finden, von dem alle gesprochen hatten. So leise wie möglich schlich Braun den Gang entlang, mit einer Fußspitze schob er die Tür der zweiten Zelle auf, doch diese war völlig leer. Aber geflohen konnte das Mädchen nicht sein, denn die Fenster waren vergittert und sich zwischen den Stäben durchzuzwängen war völlig ausgeschlossen. Blieb also nur noch der Waschraum ganz hinten. Die Pistole im Anschlag stieß er die Tür auf und drückte auf den Lichtschalter. Knisternd flammte die nackte Neonröhre über dem Waschbecken auf und Braun konnte sich umsehen. Der Waschraum war weiß gefliest, es gab ein Waschbecken, eine Toilette und eine freistehende Dusche, keine Schränke oder Kisten, in denen man sich verstecken konnte. In diesem fensterlosen Raum war der Autolärm und das Heulen der Sirenen fast nicht mehr nicht zu hören, es herrschte eine Stille, die nur von einem monotonen Tropfen unterbrochen wurde, und unwillkürlich blickte Braun zum Wasserhahn.

Langsam, die Pistole mit beiden Händen im Anschlag, drehte sich Braun herum und sah etwas Dunkles auf dem Boden. Es war eindeutig ein Blutfleck. Braun hob den Kopf. An der Decke fehlten mehrere Platten der Zwischendecke und durch diese Lücke starrte ihn das zerschlagene, aber noch immer sehr hübsche Gesicht eines jungen Mädchens angstvoll an. Vom Arm des Mädchens löste sich erneut ein Tropfen Blut.

Kluges Mädchen, dachte Braun. Es hatte sich auf der Flucht vor den Verfolgern durch die Lücke gezwängt und in dem Hohlraum versteckt.

„Austrian Police“, flüsterte Braun. „Du hast nichts zu befürchten. Du bist jetzt in Sicherheit.“ Ängstlich nickte das

Mädchen und versuchte umständlich aus seinem Versteck zu klettern. Es schaffte es erst, als Braun es herunterhob, denn der linke Arm des Mädchens hing schlaff nach unten und der Ärmel der verdreckten Joggingjacke war blutdurchtränkt. Jetzt waren Motorenlärm, Türenknallen und Stimmengewirr zu hören und wenige Augenblicke später stürmte das schwerbewaffnete Sonderkommando in den Raum. Als das Mädchen die schwarz gekleideten Männer mit Helmen und dunklen Visieren sah, begann es zu kreischen und unkontrolliert zu zittern.

„Nicht schießen, nicht schießen!", schrie es und trommelte mit der Faust panisch auf Brauns Brustkorb ein.

„Keiner will dir was tun", sagte Braun und drückte das Mädchen fest an sich, um es zu beruhigen. „Bleib ganz ruhig. Wir schützen dich."

„Chefinspektor, das Mädchen muss ins Krankenhaus. Ich kann das übernehmen", sagte Klein, der plötzlich in dem Waschraum stand und das Mädchen von oben bis unten betrachtete.

„Du hast Recht, Klein. Das Mädchen gehört sofort ins Krankenhaus." Fürsorglich strich er dem Mädchen über die langen, verfilzten Haare. „Alles wird gut", flüsterte er und zum ersten Mal schlich sich ein scheues Lächeln über das zerschlagene Gesicht des Mädchens. „Ich heiße Marusha", flüsterte es und ließ sich von Braun nach draußen führen.

Während die völlig überforderten Sanitäter die Schusswunde von Marusha notdürftig versorgten, erzählte sie stockend von den Vergewaltigungen und Schlägen oben in der Villa, berichtete von ihrer Flucht und wie sie sich unter dem Tor durchgezwängt hatte, während über ihr die Kugeln in das Metall einschlugen, barfuß die Straße nach unten gelaufen war, ohne Ziel und ohne Plan, nur mit dem Willen zu überleben. Dann hatte sie die Polizeistation gesehen und das Bild der Schwarzen Madonna geküsst und so ihren Beistand herbeigefleht, denn die Polizeistation war ihre letzte Chance gewesen, als sie die aufheulenden Motoren der Geländewagen hörte, die sie verfolgten.

„Kannst du die Männer oben identifizieren, die dich so zugerichtet haben?“, fragte Braun, doch Marusha schüttelte verneinend den Kopf.

„Die Männer haben immer Masken getragen. Märchenfiguren. Der Mann, der mich zusammengeschlagen hat, trug eine Cinderella-Maske.“ Sie seufzte tief auf, sackte dann plötzlich zusammen und Braun musste sie stützen, damit sie nicht völlig zusammenbrach. Langsam gingen sie zu der Limousine, in der Klein schon ungeduldig wartete.

„Bitte, du musst die Mädchen retten!“ Marusha hatte Panik im Blick, doch Braun beruhigte sie.

„Ich habe dich gerettet. Ich werde also auch die anderen Mädchen retten. Vertraue mir!“

Vorsichtig bettete er Marusha auf den Rücksitz, deckte sie fürsorglich mit einer kratzigen Polizeidecke zu und strich ihr wieder die Haare aus ihrem Gesicht.

„Du fährst Marusha in das allgemeine Krankenhaus. Übergibst sie dem Leiter der Notaufnahme, Dr. Huber, und weichst keine Sekunde von ihrer Seite, bis ich komme. Huber ist ein Freund von mir. Er wird das Mädchen untersuchen. Sie muss sofort in ein bewachtes Einzelzimmer und die beste Behandlung erhalten“, sagte er zu Klein, ohne dabei Marusha aus den Augen zu lassen. „Sie ist unsere Hauptzeugin und muss so schnell wie möglich wieder auf die Beine kommen.“ Er machte eine Pause, ergriff die Hand, die Marusha ihm entgegenstreckte und drückte sie.

„Wo ist mein Bild?“, fragte Marusha plötzlich und richtete sich ein wenig auf. „Das Bild der Schwarzen Madonna von Kiew, mein Glücksbringer!“

Suchend blickte sich Braun im Fond des Mercedes um, entdeckte das zerknüllte Bild auf dem Boden des Wagens.

„Alles wird gut“, sagte er und drückte ihr das Bild in die Hand. „Das verspreche ich dir. Ich bin dein Freund“, flüsterte er und lächelte Marusha zuversichtlich zu, während Klein jetzt nervös den Motor aufheulen ließ und mit den Fingern einen hektischen Tanz auf dem Lenkrad aufführte.

„Irgendwann kommt mein Prinz“, hörte er Marusha noch flüstern, dann gab Klein auch schon Gas und fuhr los. Braun stand im eisigen Wind vor der Polizeistation und starrte versunken dem Wagen nach, während rings um ihn herum die Einsatzfahrzeuge kreuz und quer parkten, Blaulichter den Eisregen durchschnitten und die Männer hektisch den Tatort abriegelten und untersuchten. Plötzlich legte sich eine dunkle Hand schwer auf Brauns Schulter.

49

IM AUGE DES TAIFUNS

„Worauf warten wir noch, Braun! Jetzt mischen wir sie richtig auf!" Jesus Makombo nahm die Hand von Brauns Schulter und wies auf den Römerberg. „Ist deine Zeugin auch glaubwürdig?", fragte er Braun, doch dessen Gesichtsausdruck ließ keine Zweifel offen.

Jesus Makombo war der Leiter des mobilen Einsatzkommandos und der einzige Schwarze im Linzer Polizeidienst, er überragte alle um Haupteslänge. Gemeinsam mit Tony Braun hatte er schon mehrere Einsätze erfolgreich geleitet und Braun war froh, dass Makombo das Kommando führte, denn auf ihn konnte er sich blind verlassen.

„Das Mädchen hat ein völlig zerschlagenes Gesicht und eine Schussverletzung! Glaube mir, Jess, das Mädchen ist absolut vertrauenswürdig. Also knöpfen wir uns die Herrschaften jetzt vor."

„Das hast du ganz richtig gemacht, Braun!", nickte Makombo und deutete mit dem Daumen hinter sich zur Polizeistation, wo gerade die Leichen der beiden Killer herausgetragen wurden. „Diese Schweine! Haben unsere Kollegen einfach abgeknallt. Was sind das bloß für Menschen!"

„Das sind keine Menschen, Jess. Wenn du das Mädchen gesehen hättest, ihr zerschlagenes Gesicht, dann würdest du anders denken."

Brauns Handy summte und auf dem Display erschien die Nummer der EDV-Abteilung.

„Gute Neuigkeiten, Chefinspektor", schrie der EDV-Techniker euphorisch, ohne sich mit einer Begrüßung aufzuhalten.

„Ich höre!" Braun presste das Handy fest an sein Ohr, um in dem Lärm ringsum etwas zu verstehen.

„Wir haben die IP-Adresse geortet. Chefinspektor, Sie werden es nicht glauben, wem diese IP-Adresse zugeordnet ist."

„Ich habe jetzt überhaupt keine Zeit für eine Quizshow!", schnaubte Braun. „Ich bin mitten in einem Einsatz!"

„Es ist die IP-Adresse des Polizeipräsidenten Wagner!"

„Ach du Scheiße! Ich kümmere mich darum, wenn der Einsatz hier vorbei ist."

Braun steckte das Handy wieder ein und presste seine Lippen zusammen, dann blickte er zu Makombo hoch. „Habe ich fast vergessen! Ich habe keinen Durchsuchungsbefehl für die Villa oben."

„Vergiss es, Braun! Hier geht es um ermordete Polizisten. Da brauchen wir keinen übereifrigen Staatsanwalt."

Jesus Makombo steckte zwei Finger in den Mund und stieß einen gellenden Pfiff aus. Sofort tauchte ein Dutzend schwer bewaffneter Polizisten auf, alle mit Scheinwerferhelmen und schwarzen Visieren ausgestattet.

„Wo ist eigentlich Gruber?", fragte Braun, denn seinen Partner hatte er in der ganzen Anspannung völlig vergessen, suchend blickte er umher. „Er hat euch doch alarmiert und die einzelnen Trupps auch koordiniert. Wo steckt er nur?"

„Irrtum, Braun!", sagte Makombo mit seiner tiefen und voluminösen Gospelstimme. „Die Planung stammt diesmal ausnahmsweise von uns. Gruber haben wir überhaupt nicht gesehen."

„Scheiße!", fluchte Braun, dem sein Partner wegen seiner ständigen Unverlässlichkeit rasend auf die Nerven ging. Mehrmals wählte er Grubers Handynummer, kam aber wie immer nur auf dessen Mailbox.

„Makombo und ich sind bei einem Einsatz in der Krell-Villa! Also bewege deinen Arsch hinauf. Wir brauchen jeden Mann!", brüllte er ins Handy.

Wütend steckte er das Handy wieder in seine Manteltasche und schlug mit der Faust gegen Makombos kugelsichere Weste.

„Dann mal los, machen wir uns auf den Weg, Jess!"

Vier dunkle Geländewagen bretterten in einem Höllentempo die schmale Straße den Römerberg hinauf. Der Eisregen hatte sich jetzt in dicke Schneeflocken verwandelt, die Sicht war gleich null und innerhalb kürzester Zeit waren Dächer, Straßen und Gärten von einer weißen Schneedecke überzogen, die rein und unschuldig war. Die Straße endete direkt vor der Krell-Villa und Braun sah jetzt die imposanten Ausmaße das erste Mal in natura. Die Villa war ein Quadrat mit fünfzig Metern Seitenlänge und fast vollkommen aus Glas gebaut. Wie eine weiß lackierte Spinne thronte sie auf der Anhöhe und selbst wenn man vor dem schweren Stahltor stand, hatte man einen beeindruckenden Blick auf das Gebäude.

Nachdem der Wachposten am Tor mit einem Warnschuss überzeugt worden war, das Tor zu öffnen, brausten die Wagen nach oben. Als Braun vor dem Haupteingang aus dem Auto sprang, hörte er lautes Motorengeräusch, durchdringend und beunruhigend.

„Jess, was ist das für ein Lärm?“, brüllte er zu Makombo.

„Für mich hört sich das wie die Rotorgeräusche von Hubschraubern an!“

„Hubschrauber? Scheiße, Jess, die Typen wollen einfach abhauen!“ Ohne eine Antwort abzuwarten, rannte Braun schnell auf einen flachen Garagenkomplex zu, der etwas entfernt von der Villa war, denn von dahinter kamen die Motorengeräusche. Als er an dem Gebäude vorbeilief, sah er auch schon zwei schwarze Hubschrauber des Innenministeriums mit kreisenden Rotoren abflugbereit auf einer verschneiten Wiese stehen. Die Rotoren des ersten Hubschraubers drehten sich bereits schneller und mit lautem Getöse hob er auch schon ab. Er tauchte in eine von den Rotoren aufgewirbelte düstere Wand aus Schnee ein und verschwand wie ein Spuk in der pechschwarzen Finsternis.

In der Zwischenzeit begann auch der Pilot des zweiten Hubschraubers seine Maschine startklar zu machen und erhöhte die Drehzahl. Die Rotoren drehten sich immer schneller, doch der Hubschrauber blieb weiter am Boden, denn noch immer stolperten Männer in Anzügen durch das Schneetreiben darauf zu. Umständlich kletterten sie mit ihren eleganten Schuhen über die Ausleger und verschwanden durch die aufgeschobenen Seitentüren im Inneren.

Um diesen nervösen Passagieren den Einstieg zu erleichtern, schaltete der Pilot einen Suchscheinwerfer ein. Der Lichtkegel warf einen hellen Strahl über die letzte Personengruppe und erfasste den Mann am Schluss. Brauns Pulsschlag beschleunigte sich. Schon sehr oft hatte er über die Erfolge dieses Mannes in der Zeitung gelesen. Er hatte auch schon oft diese Stimme im Radio gehört, wenn überkluge Statements zur Wirtschaftslage gewünscht wurden. Und natürlich hatte Braun das gebräunte Gesicht mit den blonden

Haaren in Begleitung junger Mädchen auch in den Klatschspalten vieler Magazine gesehen.

„Falk Weber!“, zischte Braun und rannte noch schneller. Das war der Mann, der dem Zuhälter Petersen 200.000 Euro als Bezahlung für zwei tote Mädchen gegeben hatte. Der Mann, der ein beinahe tot geprügeltes Mädchen von einer Killertruppe verfolgen ließ, die einfach Polizisten erschossen, wenn sie im Weg waren. Und der Mann, in dessen Villa Mädchen mit Hilfe eines Psychopathen verschwanden.

Braun rannte über die schneebedeckte Wiese auf den Hubschrauber zu, kam auf dem Schneematsch ins Rutschen und stürzte der Länge nach zu Boden. Schnell rappelte er sich wieder hoch, bemerkte, dass ein dicker Mann Probleme mit dem Einsteigen in den Hubschrauber hatte und die Tür blockierte. Jetzt wurden die Rotoren wieder langsamer, denn einer der Piloten musste aus der Kabine nach draußen springen, um den Dicken in das Innere zu heben. Schneefall und peitschender Wind hatten Braun bereits bis auf die Haut durchnässt und als er näher kam, wirbelte der Sog der Rotorblätter noch mehr Schnee und Dreck vom Boden auf. Die Sicht auf den Hubschrauber war jetzt fast null, doch der Motorenlärm zeigte Braun die Richtung an. Im Laufen zog er seine Glock, schlitterte über die schneeglatte Wiese, rutschte erneut aus und schlug sich den Lauf der Pistole gegen seinen Kopf. Die Wunde an seiner Schläfe platzte wieder auf, doch Braun spürte in diesem Augenblick keinen Schmerz. Die Rotorblätter trieben den Schnee jetzt fast waagrecht zu ihm, trotzdem war der Hubschrauber nun wieder deutlicher zu erkennen. Falk Weber hatte bereits den Einstieg erreicht, seine blonden Haare flatterten im Sog der Rotorblätter.

„Halt! Stehen bleiben, Polizei!“, schrie Braun und gab einen Warnschuss in die Luft ab, der allerdings im Motorenlärm unterging. Weber versuchte den dicken Mann vor sich abzudrängen, um schneller in den Hubschrauber zu gelangen, und Braun hatte keine Möglichkeit mehr, einen gezielten zweiten Schuss abzugeben. Außerdem konnte er nicht einfach so auf Weber schießen, obwohl er das gerne getan hätte.

Nur noch wenige Meter! Los, mach jetzt nicht schlapp!, feuerte sich Braun selbst an, steckte die Pistole weg und hatte eine Idee. Im Laufen zog er seine Handschellen aus dem Gürtel und klickte sich eines der Eisen um ein Handgelenk. Gerade sprang Weber leichtfüßig wie ein Sportler in den Hubschrauber und konnte es sich nicht verkneifen, Braun noch höhnisch zuzuwinken. Die Drehzahl der Rotoren wurde wieder erhöht und der Hubschrauber hob bereits schwankend vom Boden ab. In der Kabine blinkte ein rotes Warnlicht und Weber fasste mit der linken Hand nach dem Griff der Schiebetür, um sie zu schließen. Doch es war nicht so einfach, die Tür zu schließen, denn durch den Luftsog der Rotorblätter rutschte sie immer wieder in ihre Ausgangsposition zurück. Mit einem lauten Schrei sprang Braun in den nun langsam steigenden Hubschrauber. Ungebremst knallte er auf den metallenen Kabinenboden und verletzte sich die Rippen. Er sah Webers entgeistertes Gesicht jetzt direkt neben sich und nutzte geistesgegenwärtig diesen Überraschungsmoment. Blitzschnell schlug er die zweite, geöffnete Handschelle um Webers Handgelenk und zog das Eisen zusammen. In diesem Moment wurde der Hubschrauber von einer Sturmbö erfasst und legte sich zur Seite. Braun rutschte halb aus der Kabine und riss den an ihn geketteten Weber mit sich. Dieser hatte sich noch nicht angegurtet und wurde durch den Ruck unsanft aus seinem Sitz gerissen.

„Losmachen! Sofort losmachen!“, brüllte Weber mit zunehmender Panik und versuchte Braun mit seinen Schuhen ins Gesicht zu schlagen. Doch der Hubschrauber bekam durch den

Kampf in der Kabine noch mehr Schlagseite und Braun rutschte immer weiter nach draußen. Unerbittlich wurde Weber mitgezogen. Hilfesuchend hielt er sich am Bein eines anderen Passagiers fest, doch dieser schüttelte seine Hand ab. Inzwischen war Braun fast ganz aus der Kabine gestürzt und pendelte an seiner Handschelle in der Luft. Er hatte das Gefühl, als würde ihm der Arm abgerissen. Mit seinen Beinen versuchte er die Kufen des Hubschraubers zu erreichen, um seinen Arm zu entlasten, rutschte aber immer wieder ab. Der aufgepeitschte Schneeregen trommelte wie Hagel auf seine Haut, der Sog der Rotorblätter wirbelte ihm die Haare über die Augen. Auch Weber war halb aus der Kabine gerutscht und krallte sich mit der freien Hand noch immer verzweifelt am Türrahmen fest.

„Lassen Sie die Tür los oder wir fliegen beide in den Tod!", brüllte Braun und starrte in Webers wachsbleiches, angstverzerrtes Gesicht. Webers Mund war nur noch ein Strich, als er die Finger vom Türrahmen löste und durch Brauns Gewicht sofort nach draußen gezogen wurde.

Beide stürzten nebeneinander in die aufgeweichte, mit schmutzigem Schnee bedeckte Wiese und blieben keuchend, aber unverletzt im Matsch liegen. Der Hubschrauber des Innenministeriums mit seiner kostbaren Fracht aus Regierungschefs, Ministern, Bankiers und Harvard-Absolventen nahm im dichten Schneetreiben Kurs auf den Flughafen Hörsching und verschwand schnell in der Finsternis.

*

Ein Polizist tippte Makombo, der noch draußen vor der Villa stand, auf die Schulter.

„Hubschrauber des Innenministeriums!“, schrie er gegen den Lärm an und wies nach oben. Makombo nickte zustimmend und verzog den Mund zu einem breiten Grinsen.

„Da hast du aber jetzt eine Lawine ins Rollen gebracht, Braun“, murmelte er mehr zu sich. Er gab seinen Männern ein Zeichen und mit den Gewehren im Anschlag stürmten sie durch das Glasfoyer.

Am Ende eines Ganges öffneten sich Lifttüren und ein schwarz gekleideter Security-Mann trat heraus. Als er die Polizisten bemerkte, zog er blitzschnell seine Pistole, duckte sich hinter den panisch weglaufenden Mädchen und eröffnete das Feuer. Wie von einem Faustschlag getroffen, flog eine hochgewachsene, blonde junge Frau in die Luft, als sie das Geschoss von hinten traf, durch den Bauch fetzte, um vorne, eine Blutbahn wie einen Kometenschweif hinter sich herziehend, wieder auszutreten, klatschend landete ihr Körper direkt vor Makombos Beine. „Nora van Stappen, Krell Eventmanagement“, stand auf der ID-Card, die auf Makombos Stiefel segelte.

Makombo riss sich die Maschinenpistole von seiner Schulter und feuerte eine Salve auf den Security-Mann ab, die diesen wieder zurück in den Lift beförderte, wo er noch ein paar Mal zuckte. Seine aus dem Lift ragenden Beine verhinderten, dass sich die Lifttüren schlossen. Die Mädchen lagen auf dem Boden und hielten die Arme schützend über ihre Köpfe, außer leisem Wimmern und Schluchzen war nichts zu hören. Vorsichtig schlichen Makombo und seine Männer den Gang entlang, jederzeit konnte noch jemand von der Security auftauchen und ohne Warnung losfeuern.

Einer von Makombos Männern zerrte die Leiche des Securitypostens aus dem Lift, während ein Zweiter den Grundriss der Villa auf sein Handy lud.

„Gibt es nur diesen Lift in die unteren Stockwerke?“, fragte Makombo und der andere Polizist nickte.

„Na dann los!“ Zwei von Makombos Leuten holten die großen Stahlschilde aus einem Geländewagen und Makombo und fünf Mann verschanzten stiegen in den Lift. Makombo steckte die ID-Card des toten Security-Manns in den Schlitz und die Lifttüren schlossen sich zischend.

„Ihr kommt mit bis in die erste untere Etage!“, rief Makombo und wies seine Männer ein. Lautlos fuhr der Lift nach unten, zwei der schwerbewaffneten Polizisten zwängten sich hinter den Stahlschilden vorbei und verließen geduckt, ihre Gewehre im Anschlag, im ersten Untergeschoss den Lift. Der breite Flur war mit kitschigen Stühlen und Tischen ausgestattet und die Landschaftsbilder an den Wänden harmonierten mit dem flauschigen Teppichboden. Als der Lift im zweiten Untergeschoss hielt und sich die Lifttüren lautlos öffneten, herrschte eine angespannte Ruhe. Keiner der Polizisten wagte es, hinter den Stahlschilden hervorzukommen und in den langen Korridor zu treten, der in einem Halbkreis nach hinten führte. In diesem Untergeschoss gab es anders als einen Stock höher keine Bilder und Tischchen, auch der flauschige Teppichboden fehlte. Wie überhaupt das ganze Ambiente eher an einen Kerker erinnerte. Boden und Wände waren aus grauem Beton, neben den ebenfalls grauen Stahltüren beleuchteten in den Boden eingelassene Spots die schmucklosen Wände. Neben einigen Stahltüren hingen bizarre Faschingsmasken, die Figuren aus populären Comics darstellten.

Mit dem Lauf seiner Maschinenpistole schob Makombo eine der Stahltüren auf. Er sah ein großes Bett mit plüschigen Herzpolstern, von der niedrigen Decke hingen mehrere Flaschenzüge mit Haken und Gewichten. An einigen der Haken waren noch fast frische Blutspuren, wie er feststellte, als er nähertrat. Verwirrt starrte

Makombo auf die Haken, die Gewichte und das Bett. Einer seiner Männer zwängte sich an ihm vorbei in das Zimmer.

„Hey, Jess, sieh dir das an", flüsterte der Mann und hielt ein Foto hoch, das er auf einem kleinen Beistelltisch gefunden hatte. Es war ein Computerausdruck, der einen ähnlichen Flaschenzug zeigte. Dort hing ein gefesseltes nacktes Mädchen in der Luft, das von den Haken, die man ihr in die zum Zerreißen gespannte Haut durch Rücken und Beine gestoßen hatte, in diesem Schwebezustand gehalten wurde. Im Mund des Mädchens steckte ein Gummiball, der mit einem Gurt um ihren Kopf befestigt war. Das Foto diente wahrscheinlich als eine Art Gebrauchsanweisung für dieses Zimmer.

„Mir kommt gleich das Kotzen!", keuchte Makombo. Noch ehe er weitersprechen konnte, wurde er von einem Geräusch aufgeschreckt. Plötzlich sah er einen breitschultrigen Mann, der fast genauso groß wie er war, im Türrahmen stehen und mit einer kleinen, handlichen Maschinenpistole auf ihn losfeuern. Die ersten Kugeln trafen seine Schutzweste, hatten aber trotzdem so eine Wucht, dass er über das Bett flog. Das war sein Glück, denn die Garbe fetzte in den Beton hinter ihm und riss eine Schneise der Verwüstung quer über die Wand. Mit der einen Hand riss Makombo schnell die Matratze vom Bett, um sie als Schutzschild zu verwenden, mit der anderen feuerte er auf den Angreifer und schoss ihn regelrecht aus der Tür.

Von dem Korridor hörte er Schüsse und Geschrei, dazwischen hohes angstvolles Kreischen. Drei Security-Männer mit großen, ausdruckslosen Gesichtern und rasierten Schädeln schoben mehrere halbnackte Mädchen vor sich her. Damit keines der Mädchen flüchten konnte, hatten die Männer mehrere Verlängerungskabel zu einem langen Seil zusammengebunden und die Mädchen damit eingekreist.

„Freier Abzug, sonst sind die Mädchen tot!", brüllte einer von ihnen mit stark slawischem Akzent. Makombo gab seinen Männern ein Zeichen und diese senkten die Waffen und machten den Weg frei. In Deckung der Mädchen schoben sich die Gegner langsam Richtung Lift, der in der Zwischenzeit wieder nach oben gefahren war. Der Sprechfunk in Makombos Helm knisterte.

„Code zero three", flüsterte er, ohne die Lippen zu bewegen. In der Zwischenzeit hatte einer der Security-Männer seine ID-Card in den Schlitz beim Lift geschoben und beobachtete angespannt, wie sich der Lift in Bewegung setzte, während die anderen mit ihren kurzen, aber sehr effektiven Maschinenpistolen Makombos Männer in Schach hielten und die zitternden Mädchen noch immer als Schutzschilder benützten. Als sich die Lifttüren öffneten, knallte ein Schuss und ein Security-Mann krachte schwer auf den Boden, zwei weitere Schüsse beförderten die beiden anderen vom Leben in den Tod.

„Das war ein ziemlich riskantes Manöver!", schnaufte Makombo, und wischte sich den Schweiß von seiner Stirn. „Hätte ins Auge gehen können!"

„Im Auge des Taifuns ist es immer am sichersten, Jess. Das hast du selbst gesagt! Wir fuhren mitten hinein in diese Killer und dreimal Kopfschuss. Deshalb hat es auch funktioniert!", antwortete einer seiner Männer, die das Stockwerk darüber gesichert hatten, und schob sich einen Kaugummi in den Mund. „Wir haben Geiselbefreiungen mit dir oft genug trainiert!"

Oben im Foyer wimmelte es von Polizisten, mehreren Teams der Spurensicherung und Rettungskräften.

„Sie sind ja verletzt!", rief ein Sanitäter und wies auf Makombos Arm, wo ihn eine Kugel erwischt hatte.

„Ist nicht so schlimm", brummte er und deutete auf die zitternden Mädchen, denen man Decken umgehängt hatte und die schrill auf Russisch durcheinanderredeten. „Die Mädchen sind wichtiger! Sie haben Schlimmes mitgemacht. Versorgt zunächst die Mädchen!"

Makombo riss sich die zerfetzte kugelsichere Weste herunter. „Wo ist eigentlich Braun!“, rief er und blickte sich suchend um.

*

„Das wird teuer für Sie, das wird sehr, sehr teuer“, murmelte Falk Weber und strich zärtlich über das zersprungene Glas seiner großen Armbanduhr. Mit zitternden Fingern öffnete er den komplizierten Verschluss des Uhrbandes und streifte die Uhr von seinem Handgelenk, über das ein dicker rotunterlaufener Streifen lief, der an einigen Stellen getrocknetes Blut aufwies. Die aufgeschürfte Haut war ein Andenken an Tony Brauns Handschelle, mit der er Weber aus dem Hubschrauber gezerrt und in die Krell-Villa in einen der überdimensionierten Besprechungsräume mit so klingenden Namen wie Shark oder Lion verfrachtet hatte.

Im grellen Licht sah Weber wesentlich weniger attraktiv aus als in den Medien, denn er war kaum mittelgroß mit schmalen Schultern, dünnen blonden Haaren und dem gebräunten Gesicht eines gealterten Mittdreißigers, obwohl er bereits Mitte fünfzig sein musste.

„Fangen wir an“, sagte Braun, doch Weber konzentrierte sich nur auf seine kaputte Uhr. Braun nahm einen der Tischwimpel, die in allen möglichen Farben herumstanden, und drehte ihn mit den Fingern, während er an Weber vorbei durch die riesigen Glasfenster nach draußen auf die andere Seite der Donau starrte, wo vereinzelt die Lichter der Häuser trotz des starken Schneefalls die Dunkelheit zerrissen, wo Menschen in Sicherheit waren und ruhig schlafen konnten und sich nicht so wie Braun mit einem Arschloch die Nacht um die Ohren schlagen mussten.

„Diese Mädchen aus dem unteren Trakt der Villa wurden gegen ihren Willen hier gefangen gehalten“, sagte er, denn Makombo hatte ihn per Handy kurz darüber informiert, und stellte den Wimpel wieder zurück auf den Tisch.

„Diese Uhr kostet ein Vermögen und Sie werden dafür bezahlen, das verspreche ich Ihnen!“ Vorsichtig legte Weber die Uhr auf den Besprechungstisch, straffte die Schultern und blickte Braun direkt in die Augen. „Die Mädchen sind freiwillig hier. Die Security-Truppe ist nur angemietet. Was wollen Sie also?“ Ein dünnes Lächeln umspielte seine Lippen.

„In den letzten Jahren sind sieben Mädchen hier in Linz verschwunden, die für Sie gearbeitet haben!“, ließ sich Braun nicht aus dem Konzept bringen.

„Ach ja? Wir haben fünftausend Mitarbeiter alleine hier in Österreich. Ich kann mir nicht jeden davon merken.“ Vorsichtig schielte Weber auf das Zifferblatt seiner Uhr, doch der Sekundenzeiger bewegte sich nicht. „Die Mechanik funktioniert nicht mehr! Dafür werden Sie büßen!“

Er rieb sich das gerötete Handgelenk. „Und dafür kommen Sie ins Gefängnis! Freiheitsberaubung! Nötigung! Ich habe beste Beziehungen.“

„Die werden Sie auch brauchen!“ Braun stand auf und stellte sich neben Weber. „Wir haben nämlich eine Zeugin! Ein ausländisches Mädchen hat Sie identifiziert. Hier und in Bratislava, als Sie die Mädchen ausgesucht haben. Das Mädchen hat außerdem ausgesagt, dass es hier in der Villa beinahe zu Tode geprügelt und vergewaltigt wurde.“

Braun setzte alles auf eine Karte. Natürlich erinnerte er sich an Marushas Aussage, dass die Männer Masken getragen hatten und über Geschehnisse in Bratislava hatten sie nichts erzählt.

„Sie bluffen doch! Wer soll denn diese Zeugin sein?“ Obwohl Weber sofort auf Angriff ging, hatte Braun zum ersten Mal den

Eindruck, als würde er die Fassung verlieren. Mit dem Zeigefinger trommelte er auf die Tischplatte, während sein Ton immer schriller wurde. „Schaffen Sie dieses Mädchen doch her! Das möchte ich von ihr selbst hören!"

„Wie Sie wollen!"

Braun spürte, dass Falk Weber an der Kippe stand. Wenn es ihm jetzt gelang, Marusha ans Telefon zu bekommen, dann würde Weber zusammenbrechen. Wenn Weber die Stimme des Mädchens hörte, dann würde er begreifen, dass eine Zeugin existierte. Dann würde er auspacken. Dann würde er auch diesen mysteriösen Erlöser ans Messer liefern, um seine Haut zu retten. Dann wäre auch das Schicksal der verschwundenen Mädchen geklärt. Dann würden sie vor dem Vergessen bewahrt.

Braun griff zum Handy, ohne Falk Weber aus den Augen zu lassen. Dem stand plötzlich der Schweiß auf der Stirn.

„Allgemeines Krankenhaus."

Braun schaltete auf Freisprechen und Webers Blick wurde starr, so als ob er in eine Trance gefallen wäre.

„Verbinden Sie mich dringend mit Dr. Huber von der Notaufnahme."

„Hallo, Georg! Vor Kurzem ist ein ausländisches Mädchen bei dir eingeliefert worden, es liegt derzeit unter Bewachung in einem Einzelzimmer auf deiner Abteilung."

„Ausländisches Mädchen? Einzelzimmer mit Bewachung? Braun, geht's ein wenig genauer?"

„Ein Mädchen mit einer Schussverletzung am Oberarm und einem völlig zerschlagenen Gesicht. Ihr Name ist Marusha."

Schweigen. Nur das Blättern in der Aufnahmekartei war zu hören, dann das Tippen auf einer Computertastatur. Im Hintergrund die üblichen Geräusche eines Spitals. Weber schien das

Atmen eingestellt zu haben. Starrte wie paralysiert auf das Handy, das Braun auf den Besprechungstisch gelegt hatte. Dann meldete sich Huber zurück.

„Tut mir leid, Braun. Bei uns ist heute überhaupt niemand mit einer Schussverletzung eingeliefert worden, auch kein ausländisches Mädchen mit dem Namen Marusha."

50

DIE SCHMERZTHERAPIE

„Sie haben Glück, ich habe heute in der Klinik Spätdienst. Wenn Sie als Privatpatientin kommen, kann ich Sie noch einschieben."

Übertrieben freundlich bedankte sich Kim Klinger bei Raphael Goldmann und legte den Hörer auf. Goldmann hatte sie erzählt, dass sie einen unheilbaren Tumor hätte und sich am liebsten sofort aus dem Fenster stürzen würde, so sehr hätte sie das Leben satt. Diese Tränendrüsengeschichte wirkte und Kim fragte sich, ob es ein schlechtes Omen war, ihre Krankheit als Vorwand zu benützen.

Aber sie hatte es sich zum Ziel gesetzt, über die verschwundenen Mädchen zu schreiben, ihnen zumindest jetzt noch ein wenig von der Würde zurückzugeben, die sie im Leben sicher nie gehabt hatten. Kim überlegte angestrengt, wie sie Goldmann dazu bringen konnte, etwas Genaueres über das Gutachten zu sagen. Sie hatte keine Ahnung, um wen es sich dabei handelte, denn in dem Gutachten war immer nur von „dem Patienten" oder dem „Probanden" die Rede und darauf konnte sich Kim keinen Reim machen. Sie dachte an Tony Braun und sein Gespräch mit dem Zuhälter. Der hatte von einem „Erlöser“ gesprochen, ob es sich dabei um dieselbe Person handelte, wusste sie allerdings nicht.

Sie war gerade dabei aufzubrechen, als eine allgemeine Hektik in der Redaktion ausbrach und alle zu einem großen Flatscreen rannten, der an der Wand in der Cafeteria des Großraumbüros hing. Dort berichtete gerade eine atemlose Lokalreporterin von einer Schießerei in einer Polizeistation der Altstadt mit mehreren Toten und versuchte erfolglos, eine Liveschaltung auf den Römerberg herzustellen, wo in der Eventvilla der Krell Holding ebenfalls Schüsse gefallen waren, aber man wisse noch nichts Näheres. Kim hätte sich gerne näher informiert, aber die Zeit drängte und sie wollte Goldmann auf gar keinen Fall warten lassen.

„Sieht nicht gut aus, aber Sie sollten die Hoffnung nicht aufgeben“, murmelte Goldmann, als er die Röntgenbilder und die Prognose des Neurologen studiert hatte, die Kim mitgebracht hatte. „Ich will ganz offen mit Ihnen sein, wenn Sie sich einer Therapie bei mir unterziehen, besteht nur eine minimale Chance auf Besserung.“

„Wie soll das mit einer Therapie funktionieren?“, frage Kim, die gegen ihren Willen an Goldmanns Theorie interessiert war, obwohl ihr die Frage nach dem Gutachten, das sie bei Falk Weber mitgenommen hatte, auf der Zunge brannte.

„Ich arbeite mit positiven Rezeptoren in Ihrem Gehirn, meine Therapie setzt ganz gezielt Endorphine frei, die Sie positiv stimmen.“

Goldmann redete nur sehr vage von seiner Therapie, wurde niemals konkret und als ihn Kim darauf ansprach, überlegte er einen Augenblick, zog dann aus einer Schreibtischlade ein Blatt Papier hervor:

„Unterschreiben Sie rechts unten, dann erzähle ich Ihnen mehr", sagte er und deutete mit seinem Zeigefinger auf das leere Blatt Papier.

„Da steht ja nichts darauf!" Verwirrt schüttelte Kim den Kopf und starrte Goldmann verblüfft an, doch der meinte es anscheinend ernst.

„Ich darf vorab nichts über meine Therapie verlautbaren. Erst wenn Sie mir Ihre Blankounterschrift gegeben haben, erzähle ich Ihnen alles ein wenig genauer."

Seufzend dachte Kim an die Jägermeister in ihrer Tasche und an die vage Möglichkeit, sie durch Goldmanns Therapie zu ersetzen. Aber sie entschied sich dagegen und kam wieder zurück zum eigentlichen Grund ihres Besuchs.

„Ist Falk Weber auch ein Patient von Ihnen?"

Goldmanns Miene verdüsterte sich, er streckte die rechte Hand aus und strich nervös über die merkwürdigen Vogelfedern, die in einer Styroporkugel auf seinem Schreibtisch steckten.

„Wie kommen Sie darauf?"

„Ach, nur so. Ich meine, als renommierter Psychiater, der wissenschaftliche Artikel für internationale Fachzeitschriften verfasst, ist es doch naheliegend, dass Falk Weber, falls er oder jemand aus seinem Umfeld ein Problem hätte, zu ihnen kommen würde", stotterte Kim und merkte, dass sie nervös wurde, denn es lief völlig anders als geplant und sie zweifelte keinen Augenblick daran, dass Goldmann sie durchschaut hatte.

„Ich darf nichts über meine Patienten sagen, das verstehen Sie doch." Jetzt klopfte Goldmann ganz leicht mit der flachen Hand auf die Federn, die unter dem Druck seiner Hand nachgaben und leicht einknickten. Lange und prüfend betrachtete er Kim.

„Sie kommen mir bekannt vor", sagte er schließlich.

„Ach, ich habe ein Allerweltgesicht, da kommt es leicht zu einer Verwechslung." Kim spürte, wie sie langsam rot wurde.

„Nein, ich denke da mehr an Ihre Stimme." Goldmann schloss die Augen und streckte den Kopf in die Höhe, so als würde er irgendwo in einem fremden Universum Kims Stimme hören. Dann lächelte er sie kühl an und schüttelte den Kopf.

„Ich bin enttäuscht von Ihnen. Ich dachte wirklich, Sie interessieren sich für meine Therapie. Wirklich, ich bin enttäuscht."

„Wie meinen Sie das?" Kim rückte auf ihrem Stuhl ein wenig zurück, denn Goldmann hatte sich nun weit nach vorn gebeugt und studierte sie jetzt wie ein Objekt.

„Sie wissen genau, wie ich das meine! Sie sind die Journalistin, die Chefinspektor Braun so übel mitgespielt hat. Bei der Pressekonferenz."

Für einen kurzen Moment überlegte Kim, ob sie einfach alles abstreiten sollte, aber wozu. Es war besser mit offenen Karten zu spielen. Vielleicht brachte sie Ehrlichkeit ans Ziel.

„Ja, Sie haben Recht. Ich bin Journalistin und bin auf der Suche nach Informationen über eine Person aus dem Umfeld von Falk Weber, die Sie therapiert haben. Genügt Ihnen das?" Sie blickte ihn herausfordernd an. Als Goldmann keinerlei Reaktion zeigte, setzte sie trotzig nach: „Aber das mit meinem Tumor stimmt wirklich!"

Doch Goldmann hatte im Augenblick nichts übrig für Kims naive Ehrlichkeit, er war empört.

„Sie wollten mich einfach über Falk Weber ausfragen! Ich bin wirklich sehr enttäuscht!“ Wütend schlug Goldmann mit der flachen Hand auf den Schreibtisch, stand auf und hinkte auf Kim zu. Die Luft in dem fensterlosen Raum war mit einem Mal stickig und heiß. Als Goldmann sich zu Kim hinunterbeugte, roch sie einen süßlichen Duft, der ihre Schleimhäute so stark reizte, dass sie husten musste.

„Bitte, kann ich ein Glas Wasser haben?“, krächzte sie und kämpfte vergeblich gegen den immer stärker werdenden Hustenreiz an. Doch Goldmann schien sie nicht zu hören, er starrte an ihr vorbei auf die leere Wand. „Sie sind so enttäuschend!“, wiederholte er immer wieder.

Plötzlich packte er Kim an den Schultern. „Aber ich lasse mich nicht so einfach abspeisen und für Ihre Zwecke instrumentalisieren. Nicht mit mir, verstehen Sie das?“

Er schüttelte Kim so fest, dass die bisher nur in den Augenwinkeln flackernde Bildstörung immer heftiger wurde und auch das Schaben in ihrem Kopf setzte plötzlich mit brutaler Härte ein.

„Lassen Sie mich sofort los“, wollte Kim schreien, doch es war nur mehr ein Krächzen, das aus ihrem Mund kam. „Lassen Sie mich los!“ Panik erwachte und kroch langsam an ihrem Herz vorbei nach oben in ihre Luftröhre, blockierte ihr Atmen. Hektisch hechelte Kim nach Luft, doch es war nur ein trockenheißes Etwas, das ihre Lungen füllte und keine Entspannung brachte. Die Bildstörung engte ihren Blickwinkel immer stärker ein, doch sie bekam noch mit, wie Goldmann eine Feder aus der Styroporkugel zog. Kim hätte schwören können, dass es eine Taubenfeder war. Trotz der brutzelnden Bildstörung wollte sie sich auf die Feder konzentrieren, die Goldmann jetzt hektisch in der Luft schwenkte und die gefährlich nahe vor ihrem Gesicht kreiste. Plötzlich explodierte in ihrem Kopf ein Schmerz wie nach einem fürchterlichen Schlag auf den Hinterkopf und die Welt um sie herum versank im Schwarz.

„Sie wollten mich für Ihre Zwecke benutzen, jetzt benutze ich Sie für meine!"

Sie hörte die Stimme weit entfernt, dann wieder näher, dann über sich und schlagartig war sie wieder da. Langsam öffnete Kim die Augen und sah nur orange leuchtende Wärmelampen, die von einer feuchten und fleckigen Decke hingen. Als sie heftig durch die Nase einatmete, stellte sie zu ihrem Entsetzen fest, dass sich der intensive trockene Geruch noch weiter verstärkt hatte. Doch anders als in Goldmanns Praxis war hier die Luft mit Feuchtigkeit aufgeladen und das entspannte sie ein wenig.

„Meine Therapie kann Ihnen helfen. Wir werden das jetzt versuchen, ob Sie wollen oder nicht!" Goldmanns Kopf mit den dunklen Knopfaugen ragte plötzlich seitlich ins Bild und erst jetzt erkannte Kim, dass sie auf einer Krankentrage lag.

„Wo bin ich?", fragte sie verwirrt, stützte sich auf ihren Ellbogen auf und sah sich um. Sie befand sich in einem alten Kellergewölbe mit tausenden von Pflanzen, die in großen, mit schwarzer Erde gefüllten Bottichen gezüchtet wurden und mit Schnüren und Fäden oben an der Decke des Gewölbes festgezurrt waren.

„Was ist das alles hier?"

„So viele Fragen auf einmal. Ja, man merkt, dass Sie Journalistin sind!" Goldmann kicherte neurotisch in sich hinein, humpelte zu einer Staude, befühlte mit Kennermiene eines der Blätter, zerrieb es dann mit den Fingern, bis es nur noch grünlich grauer Staub war. Den gab er in eine große Tasse und griff nach einem Wasserkocher.

„Wenn Sie das trinken, geht es Ihnen sofort besser! Vertrauen Sie mir! Das ist ein wesentlicher Teil meiner Therapie!"

Kim schüttelte heftig den Kopf und setzte sich aufrecht.

„Sind Sie verrückt! Das mache ich auf keinen Fall!"

„Dann erhalten Sie auch keine Informationen. Deswegen sind Sie doch hier?" Goldmann machte eine kurze Pause und starrte verträumt in seine Tasse. „Ich war wirklich sehr enttäuscht von Ihnen! Wie gesagt, für einen Moment habe ich geglaubt, Sie interessieren sich wirklich für meine Therapie." Gedankenverloren strich er sich über die Stirn.

„Wo waren wir stehen geblieben? Ach ja, Ihre Fragen." Er stellte sich jetzt direkt vor Kim und breitete die Arme aus. „Das hier ist der alte Kellertrakt der Klinik. Niemand wusste davon, bis ich ihn zufällig entdeckt habe." Mit weit aufgerissenen Augen musterte er die Decke. „Der ideale Platz für meine Pflanzen. Nur minimale Feuchtigkeit und dazu die Wärmelampen, da gedeihen sie optimal."

„Was sind das überhaupt für Pflanzen?", fragte Kim, obwohl ihr die charakteristische Form der Blätter irgendwie bekannt vorkam.

„Das ist bestes kalifornisches Marihuana. Ich habe einige Setzlinge von einem Kollegen von der University of Berkeley bekommen." Goldmann klopfte sich auf sein steifes Bein. „Marihuana ist ein perfektes Mittel gegen Schmerzen. Es ist weit ungefährlicher als Opium oder Morphium." Er hielt kurz inne und betrachtete Kim prüfend. „Sie nehmen sicher Morphium. Habe ich Recht?"

Kim nickte kurz, wollte sich aber dann doch keine Blöße geben und zuckte sofort mit den Schultern, als wäre alles nicht der Rede wert.

„Sie wollten mir doch etwas über das Gutachten erzählen."

Goldmann überlegte kurz, riss wieder euphorisch die Augen auf und überhörte Kims Bemerkung.

„Bei mir hat das Marihuana gewirkt! Die Schmerzen in meinem Bein wurden weniger und sind fast ganz verschwunden. Aber dabei habe ich etwas viel Wichtigeres entdeckt." Goldmann machte eine Pause und leckte sich die Lippen vor Begeisterung. „Das positive Denken kehrt zurück. Das ist auch mein Therapieansatz. Ganz simpel ausgedrückt: Glückliche Menschen haben weniger Probleme."

Zärtlich wie ein verliebter Gärtner strich Goldmann über die Blätter. „Dieses von mir gezüchtete Marihuana ist der Katalysator. Alles andere erledigen die Botenstoffe im Gehirn." Er hielt noch immer die Tasse in der Hand und füllte sie jetzt mit heißem Wasser auf. „Jetzt trinken Sie!"

„Stopp! Zuerst will ich meine Informationen. Wer ist die Person in dem Gutachten, das sie Falk Weber geschickt haben?"

„Woher wissen Sie eigentlich von dem Gutachten?" Goldmann zog überrascht die Augenbrauen zusammen.

„Ist doch egal." Kim schob die Tasse zur Seite, die ihr Goldmann noch immer unter die Nase hielt, und sprang von der Liege. „Jetzt hören Sie mir einmal zu! Sie züchten hier illegal Marihuana in riesigen Mengen. Wenn ich darüber in meiner Zeitung berichte, dann sind Sie Ihren Job los und wandern ins Gefängnis." Mit verschränkten Armen pflanzte sich Kim direkt vor Goldmann auf. „Also, auf welche Person bezieht sich das Gutachten? Entweder Sie erzählen mir jetzt alles oder ich gehe!"

„Wer sagt, dass ich Sie gehen lasse?“ Goldmann hatte den Kopf gesenkt und strich mit seinem Zeigefinger gedankenverloren über den Rand der großen Tasse. Plötzlich ging ein Ruck durch seinen Körper und er hob den Kopf. Seine schwarzen Augen funkelten wie glühende Kohlen und erinnerten Kim an einen Dämon. Unwillkürlich wich sie diesem stechenden Blick aus und sah auf eine Marihuana-Staude, die mit einem schwarzen Faden an einen Bambusstab gebunden war. Hatte Braun nicht von einem schwarzen Faden gesprochen, mit dem die Taubenflügel an die Haut der Mädchen genäht wurden?

„Auf wen bezieht sich das Gutachten?“, ließ Kim nicht locker und schnippte mit den Fingern. „Los, geben Sie mir etwas von Ihrem Wundermittel. Ich habe schon einen ganz trockenen Hals.“

„Ich bin an die ärztliche Schweigepflicht gebunden.“ Dann griff er in die Tasche seines weißen Arztmantels und legte ein zusammengefaltetes Blatt Papier vor Kim auf die Liege.

„Diese Aufzeichnungen können Sie selbst lesen. Ich kann nur soviel sagen: Das Gutachten bezieht sich auf Peter Klein und seinen Vater.“

51

DER JUNGE IM TAUBENKÄFIG

Alles begann mit einem Schrei. So viel weiß ich noch, den Rest habe ich leider vergessen. Doch Goldmann, mein Therapeut, sagt, dass durch das Schreiben die Erinnerung wieder zurückkehrt und deshalb versuche ich mich jetzt an diese zwanzig Jahre zurückliegenden Ereignisse zu erinnern. Ich schreibe alles ganz ungefiltert auf, so wie es mein Therapeut von mir verlangt hat, denn nur so werde ich geheilt.

Ich höre ein Mädchen laut schreien und schleiche über die Terrasse, um einen Blick in das Wohnzimmer zu werfen. Doch noch ehe ich begreife, warum das Mädchen gefesselt auf dem Boden liegt, hat mich mein Vater entdeckt, geohrfeigt und an den Haaren nach draußen zu dem großen Taubenkäfig gezerrt. Mit einem seltsam erregten Blick sperrt er mich zu den Tauben, die nervös zu flattern beginnen und mich mit ihren Flügeln und Schnäbeln bedrohen. Die Verandatür ist offen und so kann ich die Schreie des Mädchens hören und für jeden Schrei drehe ich einer Taube den Hals um und reiße ihr die Flügel aus, um endlich wegzufliegen an einen Ort, wo ich gerettet bin und Erlösung finde.

Dann, als keine der Tauben mehr lebt, beiße ich mit den Zähnen den Draht des Käfigs auf und zwänge mich nach draußen. Ich bin sechs Jahre alt und sehr kräftig. Ich nehme so viele Taubenflügel, wie ich mit meinen Armen tragen kann, denn ich muss das schreiende Mädchen retten. Ich verstehe nicht ganz, was mein Vater mit dem Mädchen macht, aber er muss ziemlich zornig sein, denn er reißt ihr unentwegt die Haare aus. Der ganze Boden ist schon blutig von dem schreienden Mädchen, das meinem Vater nicht gehorcht.

Um das Mädchen zu retten, werfe ich die abgerissenen und blutigen Taubenflügel durch die Terrassentür auf das Mädchen. Natürlich entdeckt mich mein Vater, doch anstatt mich zu schlagen, ist er stolz auf mich und ermuntert mich, dem Mädchen mit den spitzen Taubenknochen wehzutun.

Den Boden im Wohnzimmer muss ich später immer wieder putzen, bis alles Blut und die Knochenreste weg sind. Heute gibt es dieses Mädchen nicht mehr, trotzdem sehe ich das Mädchen noch immer auf dem Boden liegen und auf Erlösung hoffen. Ich nähe ihr daher die Taubenflügel auf die Schultern und wünsche mir, dass dieses Mädchen zu einem Engel wird. Doch draußen gibt es noch so viele Mädchen und das war erst der Anfang.

52

DER ERLÖSER UND SEINE ENGEL

„Spieglein, Spieglein, an der Wand! Löse das Rätsel mit einer Hand!" Die Stimme klang schrill und war mit einer gefährlichen Euphorie aufgeladen. Tony Braun hielt das Handy an sein Ohr gepresst und alles um ihn herum begann sich zu drehen, doch er konnte jetzt nicht schlappmachen, sondern musste zuhören, was ihm Peter Klein, der Polizeifahrer, in seinem Wahn erzählte.

„Wenn du deinen kleinen Engel Marusha finden willst, dann musst du durch den Spiegel gehen. Du kommst dann auf die andere Seite, mein Freund."

In Brauns Kopf überschlugen sich die Gedanken. Mein Freund, hatte Klein gesagt und jetzt sah er die letzten Tage mit gänzlich anderen Augen: Die ausdruckslose Miene von Peter Klein, als Big Boss Wagner in der schwarzen Halle zusammengebrochen war. Die Nähe, die Klein immer gesucht hatte und die Braun so unangenehm gewesen war. Der sezierende Blick, mit dem er die Personen in seiner Umgebung geradezu studiert hatte und dann natürlich Kleins Kommentar zu Brauns Schallplattensammlung. Etwas war damals zwar in seinem Kopf in Bewegung geraten, aber der Funkspruch aus der Polizeistation hatte diese kleine Irritation wieder vergessen lassen. Das war ein Fehler gewesen, ein verdammter Fehler.

„Also mein Freund!“ Kleins Stimme war jetzt plötzlich wieder emotionslos und kalt. „Du hast genau fünfzehn Minuten, um zu mir zu gelangen. Aber alleine! Wir wollen ein Gespräch unter Freunden führen!“

„Verdammt, Klein! Wie finde ich dich?“, schnauzte Braun in sein Handy.

„Nicht böse werden, mein Freund. Nicht böse werden. Die Uhr läuft bereits. Du findest mich unter der Villa in der Felsenbar. Du musst durch den Spiegel gehen, dann kommst du auf die andere Seite. Dort werden dir meine Engel den Weg weisen.“

Klack. Aufgelegt.

„Ich brauche einen Plan der Villa!“, brüllte Braun, als er ins Foyer zurücklief. Er stürzte in den Besprechungsraum, wo das Desaster mit Falk Weber seinen Anfang genommen hatte. Weber saß noch immer am Besprechungstisch, allerdings flankiert von zwei Männern mit roten Krawatten und identischen Stecktüchern. Das waren seine Anwälte, die aus irgendeinem Zimmer der Villa hervorgekrochen waren.

„Wie gelange ich von hier nach unten zu dieser Felsenbar?“

Falk Weber zuckte gelangweilt mit den Schultern und seine Anwälte plusterten sich bereits gefährlich auf. Gerade als Braun ihm die Meinung sagen wollte, summte sein Handy und er lief wieder hinaus ins Foyer. Niemand sollte mitbekommen, dass er mit dem Erlöser telefonierte, denn er wollte das Leben von Marusha nicht gefährden.

Doch es war nicht Klein, sondern Gruber, sein verschollener Partner.

„Braun, habe gerade deine Nachricht abgehört! Tut mir leid, dass ich abgetaucht bin. War so was wie ein persönliches Problem." Pause. Grubers Stimme zerrann im Äther, verdichtete sich wieder. „Hat aber auch was Gutes. Ich habe da vielleicht eine interessante Information für dich."

„Gruber, wovon redest du?", brüllte Braun. „Ich habe jetzt keine Zeit für deine Blödheit. Bewege deinen Arsch hier herauf in die Krell-Villa."

„Braun, unter der Villa ist eine überschwemmte Felsenbar", ließ sich Gruber nicht abwimmeln. „Da werden die Mädchen angeliefert und dann nach oben gebracht."

Braun blieb abrupt stehen, lehnte sich an eine Wand, presste den Hinterkopf an den Beton. „Woher weißt du das?"

„Braun, tut nichts zur Sache! Nur so viel, es gibt einen Geheimgang vom Lift nach unten. Lenka weiß leider nicht genau, wo."

„Mann, Gruber! Ein Mädchen ist dorthin entführt worden und stirbt in dreizehn Minuten!", schrie Braun nach einem Blick auf seine Armbanduhr.

„Ich sehe zu, dass ich so schnell wie möglich mit einem Boot zu der Anlegestelle komme. Lenka kennt den Platz!"

Braun steckte das Handy weg und strich sich die Haare zurück, starrte auf den Lift im Foyer, der jetzt offen stand, das Team der Spurensicherung hatte sich bereits in die unteren Räume begeben. Plötzlich erinnerte sich Braun wieder an die SMS von Kim, die ihm ein Foto und einen Text geschickt hatte: „... Kommt irgendwie aus dem Spiegel ..." oder so ähnlich. Im Laufen zückte er sein Handy und betrachtete das Foto. Unscharf, aber das Mädchen konnte Marusha sein und es kam direkt aus dem Spiegel. „Du musst durch den Spiegel gehen, dann kommst du auf die andere Seite", waren Kleins Worte gewesen.

Der Spiegel im Lift machte einen stabilen Eindruck. *Konzentriere dich! Noch zwölf Minuten, dann ist Marusha tot und du bist schuld daran.* Zwölf Minuten, die nicht sinnlos vergeudet werden dürfen.

Schließ die Augen! Verlasse dich auf deine Intuition! Mit den Fingerspitzen strich Braun über Ecken und Kanten des Spiegels, stellte sich auf die Zehenspitzen, um auch an dem oberen Rand mit seiner Hand entlangzustreichen.

Er spürte den Hebel. Drückte ihn nieder. Nichts passierte. Er hob ihn leicht an.

Klack!

Ein Mechanismus wurde in Gang gesetzt, der Spiegel schob sich lautlos zur Seite und ein dunkler Schacht mit einer Wendeltreppe, die nach unten führte, tauchte auf. Ohne zu überlegen, überschritt Braun eine Grenze, war auf der anderen Seite, trat Braun aus dem Lift auf die Wendeltreppe. Hinter ihm schloss sich die Spiegeltür wieder lautlos und Braun stand im Dunkel. Er zog seine Glock und stieg die enge Treppe nach unten. Seine Schritte dröhnten auf den gusseisernen Stufen, doch die Wendeltreppe war so eng, dass Braun nicht schnell hinunterlaufen konnte, ohne einen Sturz zu riskieren. Nachdem er einige Zeit nach unten gehastet war, wurde der Schacht ein wenig breiter, ein Gang zweigte davon ab. Unschlüssig blieb er kurz stehen, überlegte, ob er den Gang durchsuchen sollte, aber ein Blick auf die Uhr zeigte ihm, dass er sich beeilen musste. Er hatte nur mehr zehn Minuten und ein Ende der Wendeltreppe war noch immer nicht in Sicht.

Je weiter Braun die Wendeltreppe nach unten hastete, desto kälter wurde es. Der Schacht wurde wieder enger und die gusseisernen Stufen immer schmäler. Mehrmals schrammte Braun schmerzhaft an den betonierten Wänden entlang, doch jetzt war unten ein schmaler Lichtstreifen zu erkennen, der rasch größer wurde. Durch einen Rundbogen gelangte er in einen großen Raum, der zur Donau hin offen war. Von dort kam eiskalte Luft herein und durch den starken Wind wurde Schnee hereingetrieben. Der Boden war mit bläulich schimmerndem Eis bedeckt, in dem sich undeutlich Fackeln spiegelten, die zu beiden Seiten eines Gewölbegangs hingen und unruhig flackerten. Vor dem Gewölbe lagen auf einem verrotteten Tresen, der zur Hälfte im Eis versunken war, ein rotes Tuch, das neu aussah und wohl erst kürzlich hierher gelegt worden war.

Mit entsicherter Glock ging Braun vorsichtig und ganz langsam zum Tresen, um auf dem spiegelblanken Eis nicht auszurutschen. Es herrschte eine angespannte Ruhe, nur das Klatschen der Wellen an den betonierten Anleger und das vereinzelte Gurren von aufgeschreckten Tauben war zu hören. Endlich stand er vor dem Tresen und das Eis unter seinen Füßen knackte. Acht Minuten blieben ihm noch, um Marushas Tod hoffentlich noch zu verhindern. Denn Braun machte sich keine Illusionen. Klein würde das Mädchen töten, wenn ihn Braun nicht daran hinderte. Doch im Augenblick hielt er sich noch an Kleins Spielregeln und später würde ihm schon noch ein Ausweg einfallen, das hoffte er wenigstens. So einfach wollte er es diesem Verrückten nicht machen.

Auf dem Tuch waren Fetische ausgebreitet: ein goldener Lippenstift, den er sofort erkannte, denn „For Lola" war auf die Spiegelfläche geschrieben. Ein rotes Band, das um eine weiße Haarsträhne gebunden war. Fast identisch mit dem Band und der Haarsträhne, die er in seiner Wohnung gefunden hatte. Als sein Blick auf den letzten Fetisch fiel, musste er schlucken und der letzte Rest Hoffnung, dass Klein nur geblufft haben könnte, verpuffte in der kalten Luft. Es war Marushas zerknülltes Heiligenbild der

Schwarzen Madonna von Kiew. Wütend strich er mit der Hand über das Bild und schwor sich, dass er Marusha dieses Bild zurückgeben würde. Und zwar der lebenden Marusha. Er legte die Glock auf die geborstene Platte des Tresens, nahm das Heiligenbild und steckte es ganz vorsichtig in seine Manteltasche, sah das zerschlagene Gesicht von Marusha vor sich, hörte hinter sich das Eis knacken, riss die Glock vom Tresen und wirbelte herum. Es war nichts zu sehen und doch hatte sich die Atmosphäre verändert, Braun spürte, dass er nicht alleine war.

„Mein Freund, du lässt die Minuten ungenützt verstreichen!“, rief eine Stimme aus dem mit Fackeln erleuchteten Gewölbe. „Minuten ungenützt verstreichen!“, hallte es von den Wänden zurück. Selbst das Echo schien Braun zu verhöhnen.

„Was soll dieses ganze Theater, Klein?“, schrie Braun und rutschte mit angelegter Pistole vorsichtig über den spiegelglatten Boden auf das Gewölbe zu. „Glaubst du wirklich, du kannst auf diese Art mein Freund werden, indem du Menschen tötest?“

Er bekam keine Antwort, nur seine eigenen Worte wurden als leises Echo zurückgeworfen.

„Was ist mit dir? Freundschaft muss man sich verdienen!“ Brauns wütende Stimme kreiste die Wände entlang und wurde vom Sturm nach draußen gefegt. Langsam bewegte er sich weiter, doch plötzlich begann das Eis unter seinen Füßen zu knacken.

„Scheiße!“ Jetzt hatte Braun bemerkt, dass der Gewölbegang nicht vereist war, sondern unter Wasser stand.

Er blieb stehen und starrte in das dunkle, fast schwarze Wasser. Noch drei Minuten zeigte ihm seine Uhr und er wusste, dass er eine Entscheidung treffen musste. Langsam zog er das Heiligenbild aus seiner Manteltasche und schob es in die Brusttasche seiner Jacke. Dann zog er seinen Mantel aus, legte ihn auf das Eis und stieg in das schwarze Wasser, das so kalt war, dass sich seine Beine sofort wie taub anfühlten. Zum Glück reichte ihm das Wasser nur bis zu den Knien. Das Gewölbe erinnerte ihn an den Kreuzgang in einer Kirche. Links und rechts waren Nischen in den Wänden, die von Fackeln erhellt wurden. Die ersten beiden Nischen waren leer, doch alle anderen wurden im diffusen Licht der Fackeln zu einem Spalier des Todes.

Braun watete an grässlich entstellten Mädchen vorbei und die Kälte des schwarzen Wassers hatte sein Herz erreicht, als er die halb verwesten, von Ratten und Maden zerfressenen Gesichter sah. Die Kälte und das Grauen schnürten ihm die Luft ab und am liebsten wäre er umgekehrt und hätte auf Verstärkung gewartet, so entsetzlich war der Anblick der verfaulten und verschrumpelten Haut, der abgenagten Arme und Beine, zwischen denen Ratten mit leisem Zischen herumhuschten. Vereinzelt hingen noch zerfetzte Taubenflügel an den Schultern der Mädchen und eiserne Pfeile mit geknickten Federn steckten in den Brustknochen. Durch die Wellenbewegung, die Braun im Wasser auslöste, wurde eine Unmenge von Tauben aufgeschreckt, die nervös und orientierungslos durch das Gewölbe flatterten.

Braun zitterte am ganzen Körper, als er endlich ein steinernes Rondell erreichte, das ungefähr einen halben Meter aus dem Wasser ragte. Er konnte sich an den Bericht erinnern, dass man das Rondell früher für Tanzveranstaltungen genutzt hatte. Sonst war das Rondell leer, bis auf einen riesigen Mirrorball, der auf dem Felsboden lag und dessen halb blinde Spiegel Brauns Gestalt in tausende kleiner Figuren aufsplitterte. Weit im Hintergrund wurde das Rondell von einer Felswand begrenzt.

Noch dreißig Sekunden und er hatte sein Ziel erreicht. Da war er sich sicher.

„Wo bist du, Klein! Du verdammtes Arschloch! Ich habe das Zeitlimit eingehalten! Also, wo ist das Mädchen? Wo ist Marusha?“, brüllte er und drehte sich im Kreis.

„Irrtum, mein Freund!“, hörte Braun plötzlich eine Stimme aus der Dunkelheit. Eine Fackel wurde entzündet und in eine Halterung in der Felswand gesteckt. Jetzt sah er Marusha, die an ein langes Brett gefesselt war und sich nicht bewegen konnte. Dahinter tauchte Klein auf.

Klein hatte seine Brille abgenommen und sich die Augenbrauen abrasiert, was seinem Gesicht den Charakter eines Aliens gab. Er grimassierte heftig und trug trotz der Kälte einen weißen Fliegeroverall aus Fallschirmseide. In der Hand hielt er eine Armbrust, die wie ein Kinderspielzeug aussah, aber mit einem eisernen gefiederten Pfeil gespannt war.

Mit seiner Glock im Anschlag machte Braun einige Schritte nach vorne, doch Klein war auf der Hut und hielt die Armbrust ständig auf Marushas Hals gerichtet.

„Warum hältst du dich nicht an die Regeln?“, zischte Braun und machte einen weiteren Schritt auf Klein zu.

„Du hältst dich nicht an die Regeln, mein Freund!“, entgegnete Klein. „Also gibt es eine Strafminute für ungebührliches Verhalten. Du hast mich beleidigt, das ist ein klarer Regelbruch!“

„Scheiß auf deine bescheuerten Regeln, Klein! Ich bin hier, also lass das Mädchen frei!“ Braun hob den Lauf der Glock leicht an und sofort hielt Klein die Armbrust noch näher an Marushas Hals.

„Wieso beleidigst du mich? Ich bin doch dein Freund?“, schrie er. „Das darfst du nicht! Deshalb ist deine Zeit auch abgelaufen, mein Freund!“, brüllte er.

Kleins linke Hand zuckte vor und zurück, als hätte er einen Krampf bekommen, doch er versuchte nur, mit den Fingern zu schnippen. „Schiebe die Pistole herüber, sonst ist dein kleiner Engel sofort im Himmel."

„Hol sie dir doch!", erwiderte Braun und legte alle Kälte der Welt in seine Stimme.

„Hahaha!", kreischte Klein. „Du willst mich töten, mein Freund. Doch das geht gar nicht. Ich bin doch schon lange gestorben, mein Freund!", lachte Klein hysterisch und dieses krächzende Lachen wurde als Echo zurückgeworfen, drang bis hinaus zu den Mädchen mit ihren toten Augen und in der Kälte erfrorenen Illusionen.

„Mein Vater hat mich vor zwanzig Jahren getötet." Klein seufzte laut auf. „Los, die Pistole."

„Du musst sie dir schon holen!" Braun hob die Pistole und ging ganz langsam einen weiteren Schritt auf Klein zu. Er sah, wie sich Klein mit den Schneidezähnen auf die Lippen biss, überlegte, aber die Armbrust trotzdem nicht senkte. Stattdessen griff er in seine Hosentasche und zog einen Schraubenzieher heraus, den er zunächst anstarrte, als hätte er ihn zum ersten Mal gesehen. Ohne Vorwarnung rammte er den Schraubenzieher so fest in den Oberschenkel von Marusha, dass diese schreiend aus ihrer Ohnmacht erwachte und erst jetzt zu realisieren schien, was mit ihr geschah.

„Das hast du jetzt davon, mein Freund!", geiferte Klein. „Wer meinen Befehlen nicht gehorcht, wird bestraft! Das hat mein Vater immer zu mir gesagt und mich in den Taubenkäfig gesperrt, wenn die jungen Mädchen geschrien haben."

Er nickte heftig mit dem Kopf und zog der wimmernden Marusha den Schraubenzieher wieder aus dem Bein. Blut floss aus der Wunde und das Mädchen stöhnte.

„Soll ich noch einmal zustechen?" Klein hielt den blutverschmierten Schraubenzieher wie eine Trophäe und Marusha kreischte vor Angst laut auf.

„Aufhören! Hier ist meine Waffe!" Braun bückte sich und schob die Pistole über das Rondell zu Klein. Doch dieser schien das überhaupt nicht zu registrieren, sondern starrte einfach an Braun vorbei in das Gewölbe.

„Kannst du dir vorstellen, wie schwer es war, alle diese Mädchen zu erlösen? Weißt du, was das für eine Anstrengung ist, so ganz alleine, ohne Freund?" Er schüttelte heftig den Kopf. „Nein, das weißt du natürlich nicht!" Erst jetzt bemerkte er die Pistole vor sich auf dem Boden und schob sie mit seinem Fuß vor das Brett, an das Marusha gefesselt war.

„Als ich bei der Pressekonferenz deine Botschaften hörte, habe ich gewusst, dass du der Freund bist, der mir bei meinem Werk hilft. Der mir dabei behilflich ist, diese Mädchen zu erlösen. Diese Polizistennutten-Tochter war mein erstes Geschenk an dich. Ich habe auch ihre DVD und ihr Notizbuch an die Journalistin geschickt, damit endlich mein Vater seine gerechte Strafe erhält. Denn wir haben beide dieselbe Aufgabe. Die Welt von dem Bösen zu befreien. Ich rette diese Mädchen und erlöse sie. Du fängst Mörder und erlöst sie durch das Gefängnis von ihrer Schuld. Wir sind wahre Freunde."

Langsam ließ Klein die Armbrust sinken, holte tief Luft und schrie zu Braun: „Mein Vater hat es gerne, wenn die jungen Mädchen schreien, während er sie vergewaltigt! Das war schon immer so, je lauter sie schrien, desto mehr hat es ihn erregt! Immer noch habe ich ihre Schreie im Ohr, höre die fürchterlichen Schreie der Mädchen, von denen keine älter als fünfzehn Jahre sein durfte. Immer diese Schreie!" Klein schwenkte die Armbrust und brüllte: „Schreie, Schreie, Schreie!", dann horchte er auf das gebrochene Echo, schüttelte seinen Kopf, als würde er dadurch die Schreie aus seinem Gedächtnis schütteln.

„Das ist jetzt zwanzig Jahre her und doch erscheint es mir, als sei es erst gestern gewesen. Vor zwanzig Jahren hat mich mein Vater in einen Taubenkäfig gesperrt, wenn die jungen Mädchen vor Schmerzen geschrien haben. Heute müssen sie nicht mehr schreien, wenn er sie zu mir bringt. Heute bin ich stark und kann sie retten und erlösen!"

Beim Gewölbeausgang waren jetzt Geräusche zu hören, Wortfetzen wehten zu ihnen auf das Rondell, der Strahl starker Scheinwerfer glitt über die Mädchen, machte ihre zerplatzten Träume für Sekundenbruchteile wieder lebendig. Durch das gleißende Licht wurde Klein aus seiner Trance gerissen, er kniff die Augen zusammen, drehte sich mitsamt seiner Armbrust zum Gewölbeeingang und sah seine Mädchen in dem grellen Schein.

„Meine Mädchen, wie schön ihr doch seid", stammelte er verzückt und ließ seinen Arm mit der Armbrust schwer nach unten sinken.

Braun griff schnell in die Brusttasche seiner Jacke, zog das Bild mit der Schwarzen Madonna von Kiew so weit heraus, dass Marusha es erkennen konnte. Ihr zerschlagenes Gesicht glühte förmlich und Braun fing ihren Blick auf. Beinahe unmerklich blinzelte sie mit den Lidern und Braun verstand sofort. Er sah, wie sie ihr unverletztes Beins anspannte und mit der Fußspitze versuchte, die Pistole, die vor ihr am Boden lag, in seine Richtung zu kicken.

Das Geräusch der über den glatten Felsboden schlitternden Pistole ließ Klein herumwirbeln. Mit seiner Armbrust zielte er direkt auf Braun und schoss. Braun sah Kleins wutverzerrtes Gesicht, sah den gekrümmten Zeigefinger, sah den Pfeil mit einem surrenden Geräusch aus der Führungsrinne schnellen, sah die glänzende, Tod bringende Spitze auf sich zurasen und reagierte instinktiv.

Er ging in die Knie und sprang nach vorne auf seine Pistole zu. Der Armbrustpfeil streifte ihn nur mehr an seiner Schulter, dann krachte er auf den Boden. Er ergriff seine Pistole, rollte sich herum und sah, dass Klein schon einen neuen Pfeil eingelegt hatte und die Armbrust hektisch spannte. Ohne auch nur einmal nachzudenken, schoss Braun auf Klein. Von der Wucht der Kugeln wurde Klein zurückgeschleudert und knallte mit seinem Rücken gegen den Mirrorball, der in tausende kleine Stücke zersplitterte. In diesem Meer aus funkelnden Splittern versank Klein und wurde von den Scherben wie auf einem Nagelbrett aufgespießt.

*

Er lag mit halb geschlossenen Augen auf dem Boden und jede Bewegung bereitete ihm große Schmerzen. Auf dem Rondell hörte er laute Stimmen, die die beinahe klösterliche Stille in dem Gewölbe störten. Unauslöschlich hatten sich die Mädchen auf seine Netzhaut eingeätzt – seine Mädchen. Wie schön sie doch waren und wie friedvoll sie in ihren Nischen ruhten. Er wusste, dass sie nur auf ihn warteten, auf ihren Erlöser. Er würde sie anführen, wenn sie gemeinsam in unbekannte Welten aufbrachen und sie würden ihm bedingungslos folgen, dorthin, wo es keinen Tag und keine Nacht gab, kein Licht und keine Dunkelheit, kein Gut und auch kein Böse.

Ein Gesicht tauchte plötzlich vor ihm auf, zunächst verschwommen, dann gewann es langsam an Konturen, wurde zum Gesicht seines Freundes. Er sah, wie sich der Mund seines Freundes bewegte, konnte aber nichts hören oder verstehen und langsam löste sich diese Welt vor seinen Augen in einem grauen Nebel auf. Doch aus einem anderen Schattenreich tauchten plötzlich seine Mädchen auf. Sie umringten ihn wütend und in ihren toten Augen loderte der Hass.

Mit ihren von den Ratten abgenagten Knochenhänden stießen sie ihn immer weiter zurück in die eisige Finsternis, wo er für immer alleine bleiben würde und es für ihn keine Erlösung gab.

53

DIE RÜCKKEHR DER SCHWARZEN MADONNA

„Klein ist tot", sagte Tony Braun, der neben dem Toten kniete, zu Gruber, und richtete sich wieder auf. „Er war mein mörderischer Freund, der mir die verstörenden Mails geschickt hat." Nachdenklich strich er sich mit beiden Händen seine langen schwarzen Haare nach hinten. „Klein hat auch Lola oder Brigitta ermordet und alle diese Mädchen hier!" Selbst für einen so abgebrühten Polizisten wie Braun war dieser Anblick der halb skelettierten Mädchen, die jetzt schutzlos ins gleißende Licht der Spurensicherung geholt wurden, nur sehr schwer zu ertragen. Betroffen wendete er den Blick ab und starrte wütend auf die Leiche des Mörders, die noch immer in den zersplitterten Spiegeln des Mirrorball lag. „Jetzt ist Klein tot und kann für seine Taten nicht mehr zur Rechenschaft gezogen werden! Das ist schade!"

Sein Partner Gruber war gemeinsam mit Jesus Makombo gerade in richtigen Augenblick von der Flussseite her in die Felsenbar gekommen. Ihre Scheinwerfer hatten Klein irritiert und Braun die Möglichkeit geboten, schnell zu reagieren. Allerdings hätte er ohne die Hilfe von Marusha keine Chance gehabt.

„Wo ist das Mädchen?“, rief er und blickte auf dem Rondell umher. Er sah zwar das lange Holzbrett, auf das Marusha gefesselt gewesen war, aber keine Spur von ihr. Während er suchend umherging, realisierte er zum ersten Mal den Schmerz, der in seiner Schulter pochte. Mit einer Hand drückte er auf die Wunde, die Kleins Pfeil verursacht hatte, um die Blutung zu stoppen, und winkte ab, als ein Sanitäter mit einem Verbandskasten auf ihn zukam.

„Ich muss mich zuerst um das Mädchen kümmern!“, rief er dem Sanitäter zu. Seine Beine waren in den nassen Hosen fast steifgefroren, jeder Schritt schmerzte ihn und er fühlte sich unsagbar müde. Doch als er die Bahre sah, auf der Marusha mit geschlossenen Augen lag, war die Müdigkeit wie weggeblasen. Mit der Handfläche klopfte er auf die Brusttasche seiner Jacke, spürte das leise Knistern des Papiers. Langsam zog er das Bild der Schwarzen Madonna von Kiew wie einen Schatz heraus und trat an die Bahre, auf der Marusha lag.

„Hallo“, sagte er ganz leise, doch Marusha hatte ihn gehört und öffnete die Augen.

„Dein Glücksbringer“, sagte Braun und steckte ihr das Heiligenbild zwischen die Finger. „Ich habe es für dich aufbewahrt.“

„Danke“, flüsterte Marusha. „Danke!“ Trotz ihrer Verletzungen strahlte ihr Gesicht und ihr Mund verzog sich zu einem angedeuteten Lächeln. Sie drückte das Heiligenbild auf ihre Brust und streckte Braun ihren anderen Arm entgegen. „Bitte, nimm das rote Band“, sagte sie und deutete auf ihren Arm. „Es gehörte Darija. Binde es an einen Rosenstrauch, denn erst dann kann ihre Seele heimkehren. Versprichst du mir das?“

„Ich verspreche es, natürlich!“ Vorsichtig knotete Braun das rote Band von Marushas dünnem Handgelenk und steckte es in seine Tasche.

„Baba Yaga hat gesagt, ein Prinz wird mich retten, wenn ich in großer Gefahr bin! Ich habe gewusst, dass du mich rettest!", hauchte sie, dann wurde die Bahre von zwei Sanitätern auf ein flaches Metallboot geschoben, das langsam durch den Gewölbegang wieder auf die Donau hinausfuhr.

„Das Mädchen ist wirklich bewundernswert. Sie hatte ein einziges Ziel und das war, in dieser Hölle zu überleben. Dafür hat sie gekämpft und schließlich gesiegt." Lange blickte Braun dem Boot hinterher und spielte gedankenverloren mit dem Band in seiner Tasche.

„Jetzt bist du ihr Held, denn du hast sie aus dieser Hölle gerettet!"

Braun drehte sich zu Gruber um, der jetzt hinter ihm stand und dem Spurensicherungsteam zusah, wie vor die Nischen mit den toten Mädchen weiße Plastikplanen gehängt wurden, damit niemand diesen Anblick länger ertragen musste.

„Dein Hinweis hat entscheidend dazu beigetragen, dass wir das Mädchen gerettet haben", meinte Braun nach einer längeren Pause zu Gruber, während sie sich in ein schwankendes Metallboot setzten. „Ich hätte es sonst nicht in der vorgegebenen Zeit hier herunter geschafft. Aber trotzdem müssen wir beide noch etwas klären!"

„Ist mir klar, Braun", antwortete Gruber leise. „Ich kann dir alles erklären, dann wirst du mich auch verstehen!" Gruber rückte näher an Braun heran. „Du erinnerst dich doch noch an den Zuhälter Petersen? Den du vor dem Knast bewahrt hast."

„Natürlich erinnere ich mich an Petersen!" Braun musste wieder an das hysterische Kreischen des Zuhälters auf den Eisplatten denken.

„Für Petersen arbeiteten drei Mädchen aus Moldawien. Eine von ihnen ist Lenka. Die Mädchen mussten nach oben in die Krell-Villa. Dafür wurden nur ausländische Mädchen ausgewählt."

Gruber rückte noch näher und seine Stimme wurde zu einem Flüstern. „Lenka habe ich vor der Disco in der Lenaupark City getroffen. Sie war auf der Suche nach Stoff und ich habe ihr welchen besorgt. Sie hat mir einfach leid getan. Die Kerle oben hatten sie hart rangenommen, sie war überall blutig, wollte aber aus Angst vor Petersen und der Fremdenpolizei keine Anzeige machen. Sie war komplett durch den Wind, denn ihre beiden Freundinnen waren gerade oben in der Krell-Villa verschwunden. Sind durch einen Spiegel und weg waren sie. Deshalb wusste Lenka auch darüber Bescheid."

„Triffst du dich noch immer mit ihr?" Braun rieb sich seine eiskalten Hände, doch der Frost, der schon die ganze Zeit sein Inneres vereiste, blieb.

„Wenn es so einfach wäre, Braun! Ich habe Lenka aus dem Laufhaus von Petersen mehr oder weniger entführt. Zunächst wollte sie nicht, aber dann hat sie eingesehen, dass es der einzige Weg ist, vom Heroin wegzukommen, wenn ich sie bei mir einsperre und sie auf Entzug geht! Deshalb war ich auch nicht zu erreichen. Ich musste mich um Lenka kümmern und ihren Zustand kontrollieren!" Gruber packte Braun fest am Arm und drehte sich zu ihm. „Braun, sie hat es beinahe geschafft. Sie ist bald clean, verstehst du? Aber sie ist illegal in Österreich. Wenn sie jetzt weg muss, war alles umsonst!"

„Kann ich verstehen." Braun kratzte sich seinen Dreitagebart. „Gruber, warum machst du das eigentlich? Du bist doch sonst nicht so sozial. Weshalb engagierst du dich so für dieses Mädchen?"

„Weißt du, Braun, als ich jung war, hatte ich eine Freundin, die nach einer Überdosis ins Koma gefallen war. Ihr Vater hat mich angefleht, sie doch auf der Intensivstation zu besuchen, damit sie meine Stimme hören kann und vielleicht wieder aufwacht." Gruber schluckte und starrte auf den Metallboden des Bootes. Dann räusperte er sich und Braun konnte sehen, wie schwer es ihm fiel, weiterzusprechen. „Ich bin nicht hingegangen, habe mich einfach feig zu Hause verkrochen und sie ist kurz darauf gestorben. Ich war ein gottverdammter Feigling, Braun. Noch heute wache ich manchmal auf, weil ich von ihrem Vater geträumt habe. Nicht von meiner toten Freundin, sondern von ihrem Vater. Ich sehe immer sein enttäuschtes Gesicht vor mir, als ich mich geweigert habe, ins Spital zu gehen. Er war so maßlos enttäuscht von mir, denn ich habe ja seine Tochter getötet! Obwohl es nicht stimmt, aber er und ich, wir beide glauben das!“ Geräuschvoll atmete Gruber ein. „Das passiert mir kein zweites Mal, Braun. Deshalb muss ich Lenka retten, auch wenn ich selbst dabei draufgehe.“ Gruber schwieg und kratzte mit seinem abgebissenen Fingernagel den Rost von der Seitenwand des Bootes. Jetzt schien er die Kontrolle über sein Leben wieder erlangt zu haben, doch Braun wusste, dass die Fundamente, auf denen sie alle ihre Existenz aufbauten, so unsicher waren wie ihre Schritte auf dem Eis, das den Betonboden überzogen hatte und unter jedem ihrer Schritte bedrohlich knirschte und knackte.

54

REQUIEM FÜR VERSCHWUNDENE MÄDCHEN

Im Foyer der Krell-Villa traf Braun auf Oberstaatsanwalt Ritter, der soeben aus dem Besprechungsraum gekommen war, in dem noch immer Falk Weber mit seinen Anwälten hektisch konferierte.

„Gratuliere, Braun!“, rief Ritter schon von Weitem. „Sie haben einen psychopathischen Killer zur Strecke gebracht. Das war wirklich erstklassige Polizeiarbeit.“ Er machte eine kurze Pause, ehe er fortfuhr: „Leider ist der Täter bei Ihrem Einsatz um das Leben gekommen! Aber das war Notwehr, die Untersuchung wird reine Routine werden. Das verspreche ich Ihnen!“

Braun nickte nur mürrisch und dachte an ein heißes Bad, denn seine Füße fühlten sich wie Eisklumpen an.

„Was passiert jetzt mit Falk Weber?“, fragte er Ritter, der ihn überrascht anblickte. Doch noch ehe er antworten konnte, summte Brauns Handy.

„Braun, endlich kann ich dich erreichen!“, hörte er Kim und irgendwie freute es ihn, ihre rauchige und kaputte Stimme zu hören. „Hör mir zu! Ich weiß jetzt, wer dieser Psychopath höchstwahrscheinlich ist!“

„Kim!", unterbrach sie Braun. „Der Fall ist erledigt. Peter Klein, der Fahrer von Wagner, war unser Mann. Er hat die Mädchen umgebracht. Jetzt ist er tot."

„Oh, das wusste ich nicht!" Kim stockte für einen Augenblick, hakte dann aber sofort nach: „Hat er vielleicht seinen Vater erwähnt? Seinen Vater für die Morde verantwortlich gemacht? Er muss doch über seinen Vater gesprochen haben!"

„Sein Vater? Woher weißt du das, Kim? Natürlich hat er über seinen Vater gesprochen. Und zwar ziemlich merkwürdiges Zeugs. Aber ich darf dir nicht mehr darüber erzählen. Nur soviel: Ich weiß jetzt, wieso er seinen Opfern Taubenflügel angenäht hat."

„Kein Wunder, sein Vater hat ihn ja als kleinen Jungen in einen Taubenkäfig gesperrt. Da bekommt man schon eine schwere Störung."

„Woher weißt du das mit dem Taubenkäfig?", fragte Braun verblüfft.

„Peter Klein war bei Goldmann in Therapie. Hat diese aber abgebrochen, weil ihn sein Vater angeblich für dringende Geschäfte gebraucht hat. Klein hat natürlich nicht gewagt, seinem Vater zu widersprechen." Kim stockte, schien nachzudenken.

„Kim, bist du noch dran?"

„Ja, ja. Mir war nur kurz schwindlig." Sie holte tief Luft und fuhr dann fort: „Goldmann hat ein Gutachten verfasst und es dem Vater von Klein geschickt. In diesem Gutachten hat er darauf hingewiesen, dass Klein unter einer schweren Persönlichkeitsstörung leidet und eigentlich in einer geschlossenen Klinik therapiert werden muss." Wieder machte Kim eine Pause, ehe sie weiterredete. „Sein Vater hat das Gutachten natürlich ignoriert und Klein stattdessen einen Job als Polizeifahrer verschafft."

„Kim, wie ich dich kenne, hast du natürlich längst herausgefunden, wer der Vater von Klein ist."

Stille am anderen Ende der Leitung. Kim machte eine dramatische Pause.

„Falk Weber ist der Vater von Peter Klein! Weber hat seinen Sohn aber nie offiziell anerkannt und deswegen hat dieser auch den Namen seiner Mutter behalten!"

„Wiederhole das, bitte!" Braun ließ das Handy sinken und winkte Ritter zu sich heran. „Kim, könntest du das bitte noch einmal wiederholen?" Er hielt das Handy so, dass Ritter jedes Wort mitbekam.

„Falk Weber ist der Vater von Peter Klein!" Nach jedem Wort verfiel Ritters Miene ein Stück mehr, bis zum Schluss nichts mehr übrigblieb als sein aschgraues Gesicht, das von tiefen Falten durchzogen war.

„Das ist eine Katastrophe", flüsterte Ritter und fuhr sich mit seinem Handrücken über die Stirn. „Wenn das an die Öffentlichkeit gelangt! Ein Super-Gau!"

„Danke, Kim!" Braun drehte sich mit dem Handy ein wenig zur Seite, damit Ritter nicht alles mitbekam. „Darüber schreibst du doch sicher einen Artikel?"

„Natürlich, Braun!" Kim schwieg, so als würde es ihr schwer fallen, die richtigen Worte zu finden. „Aber viel wichtiger ist es mir, über die verschwundenen Mädchen zu schreiben! Ich will sie vor dem Vergessen bewahren. Das habe ich Lola fest versprochen!" Wieder machte sie eine Pause. „Vielleicht schreibe ich auch ein Buch darüber."

„Ein Buch? Wie kommst du denn darauf?", fragte Braun irritiert.

„Goldmann hat mich auf die Idee gebracht. Er meint, wenn ich ein Buch über die verschwundenen Mädchen schreibe, dann werden sie unsterblich. Und natürlich bleibe auch ich mit einem Buch immer unter den Lebenden, auch wenn ich tot bin."

„Bis dahin kannst du aber noch viele Bücher schreiben, Kim!", sagte Braun leichthin, obwohl ihm der merkwürdige Unterton in Kims Stimme nicht entgangen war.

„Wer weiß, wer weiß! Es kann schnell vorbei sein! Das müsstest du doch am besten wissen, Braun! Du hast doch immer mit Mord zu tun!"

„Aber das ist doch etwas ganz anderes. Das ist nicht das normale Leben."

„Was ist schon normal, Braun! Aber keine Sorge, ich bin jetzt bei Goldmann in guten Händen, denn seine Therapie ist alles andere als normal."

„Wovon redest du, Kim?" Braun spürte plötzlich, wie sein Herz heftig zu schlagen begann, denn natürlich hatte er etwas für Kim übrig, obwohl er sich das niemals eingestehen würde. „Was machst du für eine Therapie bei Goldmann?"

„Ich hoffe, du kannst mich mit Exklusivmaterial für mein Buch versorgen, Braun!" Kim ignorierte Brauns Frage, wurde wieder ganz die lockere Journalistin. „Dann mache ich auch ein großes Interview mit dir!"

„Damals, auf der Autobahn bei Bratislava, hast du gesagt, dass du krank bist. Hat das jetzt damit zu tun, Kim?", fragte Braun besorgt, doch seine Stimme verpuffte im Leeren.

„Ich melde mich sicher bei dir, Braun!"

*

„Peter Klein ist Ihr Sohn und Sie haben ihn dazu angestiftet, die halb toten Mädchen wegzuschaffen!"

Tony Braun stützte sich mit den Händen auf den Besprechungstisch und sah abwechselnd von Falk Weber zu dessen Anwälten, die sich eifrig Notizen machten.

„Sie sind daher Mitschuld am Tod dieser Mädchen!"

„Moment. Moment. Chefinspektor!" Einer von Webers Anwälten war aufgesprungen und beugte sich über den Tisch, so als müsste er verhindern, dass Braun handgreiflich werden würde.

„Mein Mandant hat mit den Vorkommnissen unterhalb der Villa nichts zu tun!"

„Vorkommnisse nennen Sie das? Vorkommnisse?", schrie Braun und schlug mit seiner Faust auf den Tisch. „Sieben tote Mädchen klagen Sie an! Sieben tote Mädchen, die sein Sohn gefoltert und getötet hat!" Er wandte sich direkt an Weber, wollte ihn zu einer Reaktion provozieren. „Ihr Sohn war ein geisteskrankes Stück Scheiße und Sie haben ihn dazu gemacht! Sie sind schuld, dass Ihr Sohn zum Mörder geworden ist! Er hat es mir selbst gesagt und dafür gibt es eine Zeugin. Das Mädchen, das Klein entführt hat! Sie hat alles mitgehört!"

„Schon wieder eine Zeugin?" Weber grinste amüsiert und in diesem Moment hätte ihm Braun mit Vergnügen eine gescheuert.

„Sie haben Ihren Sohn beauftragt, die Mädchen verschwinden zu lassen", blieb er dann trotzdem sachlich.

„Was habe ich damit zu tun? Sie können mir überhaupt nichts beweisen! Wir haben hier unseren Spaß mit Mädchen gehabt, und wenn schon? Peter sollte sich nur um die Mädchen kümmern und sie zurückbringen, mehr nicht." Weber fuhr sich durch seine blonden Haare und starrte herausfordernd in Brauns Gesicht.

„Es ist Ihnen also vollkommen egal, dass Ihr Sohn ein Mörder ist? Er war Ihr Sohn und Sie haben ihn zu einem Psychopathen gemacht!" Braun schüttelte den Kopf über so viel eiskalte Ignoranz.

„Peter war mein Sohn, na und? Nur weil ich sein Vater bin, muss ich doch nicht auch noch Gefühle für diesen kranken Bastard entwickeln." Falk Weber lächelte zynisch und griff nach seiner Uhr, die noch immer auf dem Besprechungstisch lag. „Meine Anwälte bereiten übrigens gerade eine Klage gegen Sie vor. Nötigung, Freiheitsberaubung, vor allem aber verlange ich Schadenersatz für meine wertvolle Uhr. Das wird Sie ruinieren, Chefinspektor!"

Braun starrte auf Falk Weber, der eingekeilt zwischen seinen Anwälten saß und wie ein beleidigtes Kind seine kaputte Uhr in der Hand hielt.

„Sie tun mir leid!", sagte Braun und meinte es aus tiefstem Herzen. „Was muss das für ein beschissenes Leben sein, wenn man so an einer blöden Uhr hängt, weil man zu keinen anderen Gefühlen fähig ist!"

Er drehte sich um und ging hinaus, er konnte keine Minute länger dieselbe Luft wie dieser Mensch atmen.

„Woher wissen Sie über meine Gefühle Bescheid, Sie beschränkter Polizist!", hörte er Falk Weber mit schriller Stimme hinterherrufen. „Was wissen Sie über meine Gefühle!" Webers Stimme kippte über. „Wissen Sie, wie schmerzhaft es ist, wenn ein Mädchen nicht schreit, wenn es gequält wird? Man fällt in eine tiefe schwarze Leere, denn diese Schreie sind doch das Einzige, was man noch fühlen kann. Wenn das auch wegfällt, was bleibt dann? Dann kann man gleich so gut wie tot sein!"

Braun schüttelte traurig den Kopf und wünschte sich eine andere Gerechtigkeit, die Existenzen wie Weber auf direktem Weg in die Hölle befördern würde.

55

EIN EINHORN FINDET SEINEN BESITZER

„Oh, oh, was haben Sie mir denn da für einen netten Jungen vorbeigebracht!“ Camilla Dupont leckte sich mit der Zungenspitze über die Oberlippe und strich mit den Fingerspitzen langsam an Tony Brauns Anzugjacke nach unten. „Gehen wir doch gleich zu mir nach hinten?“, flüsterte sie und näherte sich Brauns Mund mit halb geöffneten Lippen.

„Hör sofort auf damit, du Hure!“, fauchte Raphael Goldmann und Camilla wich entsetzt zwei Schritte zurück.

„Tut mir leid, Herr Doktor“, stammelte Camilla und blickte betreten auf ihre nackten Füße. „Es wird nie wieder vorkommen! Ich bin doch ein braves Mädchen.“

Gemeinsam mit Goldmann war Tony Braun zu dem Haus von Cordula Wagner gefahren, nachdem er die Einhorn-Brosche aus der Asservatenkammer der Polizei geholt hatte, wo sie als Beweisstück im Mordfall Laura Pestalozzi archiviert war.

Goldmann hatte ihn über Gregor Pestalozzis Beobachtung informiert und dann hatte er sich daran erinnert, dass seine Patientin Camilla Dupont häufig eine Einhorn-Brosche mit einem roten Auge trug, die ein Geschenk ihres Vaters war. Ab diesem Zeitpunkt war es für Braun erwiesen, dass Camilla Dupont in den Mord an Laura Pestalozzi verwickelt war. Laut Goldmann war Camilla allerdings eine sehr labile Persönlichkeit, deshalb war er auch mitgekommen.

„Camilla, wir sind hier, weil wir dir etwas zurückgeben wollen, das du verloren hast.“ Goldmann sprach vollkommen emotionslos und wies auf Braun, der einen Plastikbeutel aus seiner Tasche zog.

„Das ist deine Brosche, Camilla. Die mit dem Einhorn und dem rubinroten Auge.“ Goldmann lächelte freundlich, nahm Braun die Plastiktüte aus der Hand und schwenkte sie vor Camillas Gesicht hin und her.

„Oh, oh!“, klatschte Camilla vor Freude in die Hände. „Die Brosche. Endlich habt ihr sie gefunden! Da wird sich Cordula aber freuen! Sie hat sie doch schon überall gesucht.“

„Das ist nicht Ihre Brosche?“, schaltete sich Braun in das Gespräch ein.

„Aber nein, schöner Mann! Aber nein!“ Camilla zwinkerte Braun aufmunternd zu. „Ich habe meine doch noch. Das ist die Brosche von Cordula.“ Sie langte nach der Plastiktüte. „Hier, den kleinen Zacken des Horns hat sie abgebrochen.“ Camillas Stimme rutschte in eine höhere Tonlage und sie plapperte wie ein kleines Mädchen. „Papa ist sehr wütend geworden und Cordula musste zwei Tage bei Tisch sitzen, ohne etwas zu essen. Cordula wurde weggesperrt, dorthin wo es ganz, ganz dunkel ist, und durfte nicht weinen. Niemals weinen! Oh, oh. Papa war sehr, sehr wütend darüber, dass Cordula ihre Brosche kaputt gemacht hat.“

„Ist schon in Ordnung, Camilla! Könntest du bitte auf dein Zimmer gehen?“

Alle blickten nun auf Cordula Wagner, die langsam die Schiebetüren der Wohnhalle geöffnet hatte und zu den riesigen

Fenstern ging, an die der Schnee klatschte. Sie wartete noch, bis ihre Zwillingsschwester verschwunden war, dann griff sie in die Tasche ihrer Chanel-Jacke, zog eine silberne Dose hervor und zündete sich eine Zigarette an. Gierig inhalierte sie und blies den Rauch gegen die Fensterscheibe.

„Laura Pestalozzi hat mich erpresst! Brigitta hat ihr erzählt, dass sie die Tochter des Polizeipräsidenten ist und als Lola zur Hure wurde, um mich zu bestrafen. Warum nur hat sie ihren Mund nicht gehalten, das dumme Ding. Laura, dieses Gossenkind, hat natürlich sofort ihre Chance gewittert.“ Cordula Wagner zog so intensiv an ihrer Zigarette, dass die Hälfte verglühte. „Eines Tages rief mich Laura an und erzählte mir am Telefon, dass meine Tochter eine Nutte ist.“ Bei der Erwähnung des Wortes „Nutte“ lachte sie höhnisch auf. „Als ob ich das nicht gewusst hätte!“ Mit vor Wut zitternden Fingern klopfte Cordula auf das silberne Zigarettenetui. „Laura Pestalozzi hat es tatsächlich gewagt, mir zu drohen, wenn ich ihr nicht 100.000 Euro für ihr Schweigen bezahle. Sie hat gedroht, in aller Öffentlichkeit zu erzählen, dass meine Tochter eine Nutte ist.“ Sie öffnete die silberne Dose und fischte eine neue Zigarette hervor, die sie mit dem abgerauchten Stummel anzündete. „Was hätte ich denn tun sollen? Unser Name stand auf dem Spiel. Unsere Reputation. Die Stellung meines Mannes.“

„Warum haben Sie nicht einfach gezahlt?“, fragte Braun und zog die Augenbrauen hoch.

„Ich habe die Gier in den Augen von Laura Pestalozzi gesehen und gewusst, dass sie mich immer weiter erpressen wird, dass es nie aufhören wird. Deshalb habe ich sie getötet und die Wohnung verwüstet. Ihren Laptop habe ich in die Donau geworfen. Es sollte wie ein Überfall aussehen.“ Sie starrte nach draußen in die Dunkelheit und rauchte ihre Zigarette bis zum Filter herunter. „Ich musste sie töten, um unseren Ruf zu schützen. Aber es hat nichts genützt, denn jetzt ist auch meine Tochter tot und mein Mann wird sich von diesem Schock nie wieder erholen. Doch jetzt ist es zu spät, jetzt kann ich die Uhr nicht mehr zurückdrehen. Meine Zeit ist abgelaufen!"

„Cordula Wagner, ich verhafte Sie wegen des Mordes an Laura Pestalozzi!", sagte Braun in das betretene Schweigen hinein. Cordula Wagner nickte, streckte das Kinn nach vorne und zündete sich schnell noch eine Zigarette an.

„Sorgen Sie dafür, dass Camilla die beste therapeutische Behandlung erhält, damit sie den Horror mit unserem Vater überwindet und endlich ein normales Leben führen kann", sagte sie beim Hinausgehen noch zu Goldmann und schritt ohne Mantel kerzengerade auf Brauns Wagen zu. Braun ging neben ihr und öffnete die Fondstür. Cordula Wagner drehte sich noch einmal um, betrachtete die Villa, die ihr Vater erbaut hatte und die für sie und ihre Schwester zu einem lebenslangen Kerker geworden war. Schnee und Kälte spürte sie nicht, denn in ihrem Inneren war bereits jedes Leben schon vor langer Zeit erfroren.

56

EPILOG

Ein verbeulter Lieferwagen hielt vor dem leer stehenden Logistik-Center am Hafen. Im dichten Schneetreiben stiegen zwei Personen aus, liefen über den vermüllten Parkplatz und kletterten schnell die Feuertreppe zum Dach hinauf. Auf dem flachen Dach standen noch immer die Taubenkäfige, die mit Lumpen und alten Zeitungen notdürftig gegen die Kälte geschützt waren.

„Du hast die Tauben wirklich jeden Tag gefüttert?“, fragte Tony Braun seinen Sohn Jimmy, der mit skeptischer Miene die Käfige betrachtete.

„Natürlich, sonst wären sie ja jetzt genauso tot wie Phil!“ Der Junge zog sich die Kapuze seines Parkas tiefer ins Gesicht. „Wie kriegen wir die sperrigen Käfige hinunter? Das schaffen wir doch nie im Leben“, maulte er.

„Hör mal, mein Sohn. Wir haben schon so viel geschafft, da bringen uns diese Käfige sicher nicht aus der Ruhe!“

Jimmy zuckte bloß mit den Schultern, sagte aber nichts. Phils Tod ging ihm noch immer ziemlich nah und die Szenerie auf dem Dach weckte viele schmerzliche Erinnerungen.

„Dann mal los!“ Braun klopfte ihm auf die Schulter, spuckte dann übertrieben in die Hände, um Jimmy aufzuheitern. Aber der Junge verzog keine Miene.

Nach über zwei Stunden hatten sie die Käfige mit den Tauben in dem Lieferwagen verstaut und machten sich auf den Weg. Jimmy hob eine zerknüllte Zeitung auf, die Braun einfach auf den Boden geworfen hatte, und tippte auf das Foto auf der Titelseite.

„Ist das der Mann, den deine Freundin Kim so cool auffliegen lassen hat?“

„Sie ist nicht meine Freundin!“ Braun schaltete höher und das Getriebe ächzte und krachte. „Sie hat ein Videofile bekommen und es auf der freien Journalistenplattform Wikifreaks veröffentlicht. Daraufhin wurde Falk Weber in London verhaftet, als er gerade das Land verlassen wollte.“

Er lächelte und dachte an die letzten Tage, als er von dem Hacker und Art-Director Richard Marx das rekonstruierte Videofile der DVD von Lola erhalten hatte. Richard Marx hatte auf Brauns Bitte auch eine Kopie an Kim Klinger geschickt, die das Video dann ins Netz gestellt hatte, wo man es noch immer sehen konnte.

Der Film war kurz, keine zwei Minuten lang, hatte es aber in sich. Man sah zwei nackte Mädchen auf dem Boden vor dem Anleger an der Felsenbar bei der Donau liegen. Beide Mädchen hatten Plastikfolien über das Gesicht gewickelt. Aus dem Hintergrund kam ein Mann näher, der die Hände in den Hosentaschen hatte.

„Laura, wo ist Klein, dieser Bastard?“, fragte der Mann ins Leere. Die Handykamera zuckte leicht, fuhr dann höher, um das Gesicht des Mannes einzufangen. Dreißig Sekunden war das Gesicht deutlich zu erkennen, die blonden Haare, das gealterte

Jungengesicht, das Gesicht von Falk Weber. „Wenn Klein auftaucht, soll er diesen Müll da entsorgen", sagte er und stieß mit dem Fuß gegen die leblosen Körper der Mädchen.

Als Falk Weber in London Heathrow ins Flugzeug gestiegen war, hatte er natürlich keine Ahnung, dass diese dreißig Sekunden seinen Untergang besiegelten. Erst als ihn zwei Beamte von Scotland Yard aus dem Flugzeug holten und vor dem Flughafen bereits die internationale Presse auf ihn wartete, um ihn mit den Mädchenmorden zu konfrontieren, begriff er endlich, dass auch er für seine Sünden büßen musste.

An den internationalen Börsen stürzte nach Bekanntwerden der Verhaftung von Weber der Kurs der Krell Holding ins Bodenlose und das Unternehmen verschwand von der Bildfläche.

Mittlerweile waren die Straßen fast völlig zugeschneit und Braun und Jimmy kamen nur mehr im Schritttempo weiter. Zwischen den Containertürmen im Hafen blinkten die bunten Lichterketten des Anatolu Grill auf und Braun dachte an den gestrigen Tag, als er sich mit Kim dort auf ein Bier getroffen hatte.

Bauer, ihr Chefredakteur, war komplett ausgeflippt, als er das Video auf Wikifreaks gesehen hatte und Kim hatte daraufhin spontan gekündigt.

„War nicht weiter schlimm", hatte sie zu Braun gesagt und ihm mit einem Jägermeister zugeprostet. „Ich habe bereits ein Angebot von einem internationalen Magazin. Mal sehen, was daraus wird." Mit dem Zeigefinger hatte sie einen Kreis auf das verschneite Stehpult gemalt. „Ich habe viel von dem jungen Mädchen gelernt", hatte sie gesagt. „Dieser Überlebenswille von Marusha hat mich tief beeindruckt. Sie wird die Leitfigur für mein Buch werden, das Licht, das die Hölle erleuchtet. Was passiert jetzt eigentlich mit ihr?"

„Sie ist unsere Hauptbelastungszeugin und hat eine unbefristete Aufenthaltsbewilligung für Österreich bekommen. Alle Fälle der verschwundenen Mädchen werden jetzt untersucht und die Familien müssen ausfindig gemacht werden. Da liegt noch eine Riesenarbeit vor uns, aber das ist es wert. Keines der toten Mädchen darf namenlos bleiben. Ich habe einen Deal mit Ritter von der Staatsanwaltschaft ausgehandelt, denn er wollte das belastende Video-File von seinem Golfpartner Falk Weber einfach verschwinden lassen. Wenn das herausgekommen wäre, dann wäre er erledigt gewesen. Aber zufälligerweise hattest du ja noch die Kopie."

„War mehr als ein glücklicher Zufall, findest du nicht, Braun?", hatte Kim wissend gelächelt. „Das kommt aber nicht in meinem Buch vor!"

„Wie heißt denn dein Buch?" Braun war schon beim zweiten Bier angelangt und Kim hatte billigen Weißwein aus einem Pappkarton getrunken, da Kemal der Wirt bedauerlicherweise nichts für hochwertige Weine übrig hatte.

„Mein Buch heißt ‚Requiem für die verschwundenen Mädchen'. Das Buch wird die Mädchen vor dem Vergessen bewahren und vielleicht auch mich." Kim war ein wenig sentimental geworden und hatte sich ein weiteres Glas eingeschenkt. „Aber ich nehme den Kampf auf und lasse mich nicht unterkriegen! Die Therapie von Goldmann stimmt mich so positiv!"

„Du willst mir noch immer nicht sagen, wofür du kämpfst?"

„Braun, ich kämpfe für das Leben, verstehst du! Für mein Leben!" Als Kim ihr Glas Wein ausgetrunken hatte, sah sie Braun lange in die Augen.

„Ich melde mich, wenn ich wieder zurück im Leben bin, Braun! Versprochen!"

Endlich erreichten Braun und Jimmy die Innenstadt von Linz und krochen mit ihrem Wagen im dichten Schneetreiben zwischen den Häusern entlang. Vor dem mit Brettern vernagelten Gebäude der ehemaligen Stadtbibliothek hielt Braun den Lieferwagen an und blickte auf das ziemlich heruntergekommene Haus.

„Das also ist das Taubenhaus, das dein Freund Phil erwähnt hat?"

„Genau. Ich habe versprochen, alle 47 Tauben hierher zu bringen, damit für sie gesorgt wird. Es ist so etwas wie ein Waisenhaus für Tauben." Jimmys Augen glänzten, als er Braun davon erzählte, dass ein alter Mann täglich mit Taubenfutter vorbeikam und, während er die Körner in den leeren Gängen und Lesesälen der Bibliothek verstreute, den Vögeln aus den Büchern vorlas, die halb verschimmelt in den Regalen zurückgelassen worden waren.

Als die letzte Taube durch den großen Lesesaal davonflatterte, blickte ihr Jimmy lange hinterher.

„Das war Damian, Phils Lieblingstaube! Ich glaube, sie erzählt Phil jetzt, dass ich seinen letzten Wunsch erfüllt habe. Sie ist jetzt in Freiheit!"

Zwei Tage vor Weihnachten tranken die beiden Männer heißen Tee und freuten sich schon auf die Feiertage. Von ihrem Beobachtungsposten aus konnten sie den Hof des Hochsicherheitsgefängnisses und auch die Straße überblicken. Dort war ihnen natürlich der verbeulte Range Rover aufgefallen, der am Straßenrand im Schnee parkte.

„Glaubst du, dass er ihn heute besucht und ihm schöne Weihnachten wünscht?“, fragte einer der Gefängniswärter und deutete auf den Mann, der mit verschränkten Armen am Kühler lehnte und dessen schwarze Haare im Wind flatterten.

„Nein, ich denke, heute ist er noch nicht so weit.“

NACHWORT DER AUTOREN

Liebe Leserin,
lieber Leser,

wir möchten einmal recht herzlich DANKE sagen, dass Sie unseren Thriller „Freunde müssen töten" gelesen haben. Hoffentlich haben Sie die spannende Lektüre mit Tony Braun genossen!

Wenn Ihnen dieser Thriller gefallen hat, dann freuen wir uns sehr über eine kurze Rezension/Buchbewertung bei Amazon.de.

Nicht vergessen: Ab sofort gibt's **B.C.SCHILLER-NEWS**. Sie brauchen sich nur auf unserer website anmelden:
www.bcschiller.com
Wir freuen uns immer über jede Nachricht von Ihnen an unsere B.C. Schiller Email Adresse: bc.schiller@blue-velvet.com

Das war's auch schon. Alles Liebe an Sie und bleiben Sie gesund und glücklich :)

Barbara & Christian Schiller

P.S. Natürlich freuen wir uns auch riesig, wenn Sie unser Fan auf Facebook und/oder Follower auf Twitter werden.

f www.facebook.com/BC.Schiller
t www.twitter.com/BCSchiller

MEHR THRILLER VON B.C. SCHILLER

Die David Stein Thriller-Reihe:

DER HUNDEFLÜSTERER – David Steins erster Auftrag

SCHWARZER SKORPION – David Steins zweiter Auftrag

ROTE WÜSTENBLUME – David Steins dritter Auftrag

RUSSISCHES MÄDCHEN – David Steins vierter Auftrag

Die Tony Braun Thriller-Reihe:

TOTES SOMMERMÄDCHEN – wie alles begann – Tony Brauns erster Fall

TÖTEN IST GANZ EINFACH – Tony Brauns zweiter Fall

FREUNDE MÜSSEN TÖTEN – Tony Brauns dritter Fall

ALLE MÜSSEN STERBEN – Tony Brauns vierter Fall

DER STILLE DUFT DES TODES – Tony Brauns fünfter Fall

RATTENKINDER – Tony Brauns sechster Fall

RABENSCHWESTER – Tony Brauns siebter Fall

Die Psychothriller-Reihe:

DIE FOTOGRAFIN

DIE SCHWESTER

16692923R00271

Printed in Poland
by Amazon Fulfillment
Poland Sp. z o.o., Wrocław